컴퍼트 우먼

'위안부' 엄마의 끝나지 않은 노래

컴퍼트 우먼

comfort woman

노라 옥자 켈러 지음

김지은 · 전유진 옮김

산처럼

『컴퍼트 우먼』에 대한 찬사

미국 일간지 『디트로이트 프리 프레스*Detroit Free Press*』 선정
올해 최고의 책 중 한 권!

"서정적이면서 뇌리를 떠나지 않는 ··· 엄마와 딸, 한 세대와 다음 세대를 결속시키려는 열정이 빛나는 호소력 짙은 책."

— 미치코 가쿠타니 · 『뉴욕 타임스』 문학평론가, 작가

"애정을 담아 쓰고 들려준 아름다운 데뷔작. 『컴퍼트 우먼』은 부모님의 과거를 상상하고, 산 자와 죽은 자가 얽힌 역사의 편린을 한데 모으고자 하는 모든 이들을 대변한다. 노라 옥자 켈러는 품격 있고 우아한 문체에 유머를 잃지 않은 이 소설을 통해 자신의 조상과 독자들에게 존경을 표한다. 그러니 한 편의 이야기를 넘어 영혼을 치유하는 책이다."

— 산드라 시스네로스 · 소설가,

『망고 스트리트』『루스 우먼*Loose Woman*』 작가

"『컴퍼트 우먼』은 전통적인 모녀 서사를 따르면서도 아주 매력적이고 신선한 구성에 미지의 서사 영역을 개척하고 있다. 스

토리텔링 기법 역시 이야기 자체만큼이나 풍부하다."

—『샌프란시스코 크로니클San Francisco Chronicle』

"강력하면서도 아름답게 표현된 작품."

—『우먼스 리뷰 오브 북스The Women's Review of Books』

"끔찍할 정도로 생생한 …『컴퍼트 우먼』은 독자의 강렬한 반응을 이끌어낸다. 충격적이고 아름다운 이 작품은 독특하고 정교한 이야기로 미국의 정전 반열에 올랐다."

—『시애틀 타임스』

"『컴퍼트 우먼』에 안락함 따위는 없다. 다만, 홀로코스트와 광기와 죽음에서 살아남은 어머니와 그 딸의 관계를 그린 서글픈 이야기가 아름답게 연주된다. 켈러는 곧장 어둠의 심연으로 들어가는 글쓰기 기법을 선보이면서 명료하고 유쾌하며 우아한 문체를 펼쳐보인다. 그 속에서 탄생한 대담한 캐릭터들이 우리를 위로한다."

— 줄리아 알바레즈·시인, 소설가,『가르시아 소녀들은 어떻게 자신의 억양을 잃어버렸는가How the Garcia Girls Lost Their Accents』 작가

"심금을 울리는 인상적인 데뷔 ⋯ 잔혹한 사실뿐 아니라 미묘한 감정을 호소력 있게 전달하는 서정적인 문체가 돋보인다."

—『로스앤젤레스 타임스』

"오랜 세월 침묵 속에 묻혀 있다가, 한 한국인 '위안부'에 의해 수면 위로 드러난 신화적이고 영웅적이며 구원을 찾는 이야기. 이 작품은 동정과 증오가 아닌, 사랑과 용기에 관한 소설이다."

— 숀 웡·교수,『홈베이스Homebase』작가

"천재적 재능을 갖춘 작가의 인상적인 등장, 전쟁의 참상과 후대까지 내려온 상처를 그리며 그 속의 모녀 관계를 밀도 높게 보여준 첫 소설 ⋯ 서로 닮은 모녀의 과거와 현재를 관통하며, 아키코가 회상하는 귀신 들린 과거와 베카가 서술하는 현재의 삶이 번갈아 교차된다. 켈러는 이 두 세계를 선명하고 효과적으로 보여주는 데 성공했다."

—『퍼블리셔스 위클리Publishers Weekly』

"『컴퍼트 우먼』은 책을 덮은 후에도 기억의 강물처럼 오랫동안 그
구절을 흥얼거리게 하는 순수한 음을 들려준다."

— 캐시 송·시인, 『틀 없는 창 *Frameless Windows*』 작가

"보기 드물게 매우 특별한 소설 … 한국의 민속 문화부터 미국
으로 이민 온 여성의 삶과 기독교의 아시아 선교를 낱낱이 보여
주며 독자의 혼을 빼놓는다. … 서정적인 표현에 서린 분노가 『컴
퍼트 우먼』을 귀신 들리게 한다."

— 『디트로이트 프리 프레스』

"『컴퍼트 우먼』에 등장하는 물은 음악이 흐르는 산문이 되어
독자들을 정화한다. 켈러는 강렬하고 서정적인 문체로 한국과 하
와이를 융합한다. 그리하여 한국의 압록강이 호놀룰루의 어느 집
뒤편으로 흐르는 개울과 만나 그 푸른빛을 자랑하며 아름답게 흘
러간다."

— 로이스앤 야마나카·시인,

『와일드 미트 & 불리 버거 *Wild Meat & the Bully Burgers*』 작가

태 캐슬린을 위하여

| 일러두기 |

1. 이 책은 Nora Okja Keller의 *Comfort Woman*(Viking Penguin, 1997)을 번역한 것이다.
2. 외래어 인명과 지명은 국립국어원의 외래어 표기법에 따라 표기했다.
3. 본문에 설명이 필요한 부분에는 괄호 안에 옮긴이 주를 달았다.

차
례

1

베카

아버지가 죽은 지 5년째 되던 날 엄마는 아버지를 죽였다고 고백했다. 우리는 아버지의 제사를 지내기 위해 새우 껍질을 벗기는 중이었다. 엄마는 잘 익은 과일처럼 탱글탱글한 회색빛 새우 살을 발라내 부엌 싱크대로 가져갔다. 아버지가 좋아하던 새우에 알레르기가 있는 엄마는 손이 빨갛게 부어올랐다. 엄마는 흐르는 찬물에 손을 댄 채 손가락을 긁었다. "베카 찬," 엄마는 나를 바라보지도 않고 말했다. "내가 네 아버지를 죽였다."

엄마는 손가락 사이에 난 볼록한 물집을 문지르며 손을 만지작거렸다. 나는 물을 잠그고 행주로 엄마의 손을 닦으며 말했다. "쉿, 엄마. 그만해요."

"세상에 이런 일은 다신 없을 거야." 엄마가 행주에서 손을 빼내며 말했다. "난 그렇게 할 수밖에 없었어."

나는 엄마를 식탁으로 데려가 제사 음식을 치우고 자리를 마련했다. 아버지의 영혼을 달래기 위해 엄마가 준비한 제사 음식은 내가 먹고 남으면 태우려 했던 것이다. 아버지는 내가 다섯 살 때 죽었다. 해마다 준비하던 음식은 실제로 존재했던 한 남자의 흐릿한 기억을 대신했다. 음식은 지독한 비린내를 풍겼고 아파트는 종이돈(망자가 저승에서 사용하는 가짜 화폐인 지전紙錢―옮긴이)과 종이인형 옷을 태운 연기와 재로 며칠씩이나 매캐했다. 나는 서랍에서 아버지의 사진을 몰래 꺼내 보곤 했다. 하지만 햇빛 아래서 자세히 들여다볼 때마다 이미지가 조금씩 바래지듯, 아버지는 점점 더 희미해져갔다.

그럼에도 아버지의 눈동자 색깔만은 내게 남아 있다. 아버지의 얼굴과 몸은 항상 지니고 다녔던 검은 성경책 너머 그림자 속에 가려져 있었지만 그의 푸른 눈빛만은 나를 날카롭게 노려보았다. 밤에 잠들기 전에는 아버지가 나를 위로해주러 내려온 천사라고 생각했다. 로저스 아저씨(1968년부터 2001년까지 미국에서 인기리에 방영된 어린이 TV 프로그램 진행자이자 장로교 목사―옮긴이)의 얼굴과 목소리를 가진 아버지를 상상하며, 좀약과 민트 향과 아빠의 체취가 풍기는 카디건 스웨터로 나를 안아주길 바랐다. 아버지는 보드라운 카펫과 코커 스패니얼 강아지가 있는 완벽한 메인랜드(미국 본토―옮긴이)의 집으로 나를 데려갔다. 나는 알고 있었다. 아빠가 푸른 눈으로 우리 삶을 갉아먹던 한국의 귀신과 악령을 불태워 우리를 구해주었다는 것을.

하지만 아버지가 나를 스웨터로 둘둘 감아 내 등 뒤에서 두 팔을 묶었을 때, 아버지의 시선은 악령이 아니라 나를 향하고 있었다. 그 눈에서 뿜어져 나오던 시퍼런 빛이 너무 강렬해서 밤마다 나를 태워버리는 것만 같았다.

～ℓℓℓϡ～

엄마가 아버지를 죽였다고 말했던 날 내 기분이 어땠는지 기억나지 않는다. 아마 화가 나면서도 두려웠던 것 같다. 아버지를 죽였다는 말을 믿어서가 아니라 엄마가 신이 들렸다고 생각해서였다. 나는 엄마에게 크고 낮은 목소리로 알겠다고 말하면서 머릿속으로는 해야 할 일을 정리하고 있었다. 레노 아줌마에게 전화를 걸고, 남은 2주 동안 충분히 쓸 오렌지와 스틱 향을 산 다음, 내가 학교에 가고 없을 때 엄마가 집 밖으로 나오지 못하도록 이중 자물쇠로 문을 단단히 잠가야 했다.

대체로 엄마는 정상처럼 보였다. TV에 나오는 엄마들처럼 쿠키를 굽는다든지 학부모 모임에 참석하거나 매주 축구 게임을 보러 오지는 않았지만 자신이 어디에 있는지 내가 누군지 알아보았다. 그런 날에 엄마는 알람 소리를 듣고 일어나 두 번째 알람을 끄기도 전에 아침 준비를 마쳤다. 침대 옆 담요를 정리하고 차에 뜨거운 물을 부은 다음 갓 지은 밥에 날달걀과 일본간장과 타바스코 소스를 섞어 아침을 준비했다. 밥을 먹은 후 우리는 옷을 갈아

입었다. 물이 고여 썩은 건물 복도를 지나고, 계단 맨 아래 칸에서 잠들어 있는 '새벽 세 시' 술주정뱅이를 지나 버스 정류장까지 걸어갔다. 나는 학교로 곧바로 가지 않고, 엄마를 레노 아줌마가 운영하는 와이키키 바비큐 헛에 데려다 줄 8번 버스를 엄마와 같이 기다렸다. 엄마는 그곳에서 요리사와 청소부로 일했다.

엄마가 버스를 탈 정도로 상태가 괜찮은 날이면 자기 전에 먹으려고 반쯤 남기곤 했던 점심을 학교에서 모두 먹었다. 레노 아줌마 가게에서 일하는 동안 엄마는 그날 남은 음식을 가져올 수 있었다. 비록 아줌마는 혈육이 아니었지만 그런 식으로 우리에게 친절을 베풀었다. 우리가 늘 배불리 먹을 수 있게 도와주었다.

나에게는 어릴 때부터 몸에 밴 습관으로 지금까지 하는 버릇이 있다. 식사 전에 신령님이든 하나님이든 어느 쪽이 실제로 존재하든지 간에 그들을 위한 제물로 밥을 조금 남겨놓고 기도를 하는 것이다. 꼭 밥이 아니더라도 내가 먹는 것은 무엇이든지 말이다. 친구들과 외식을 할 때도, 나는 접시 가장자리에 음식을 조금 덜어 놓고서 지금까지도 절대 잊지 못하는 기도를 떠올린다. "하나님, 제발요. 신령님과 인덕 님, 제발. 아빠, 그리고 이 기도를 듣고 계신 누구든지 제발요. 엄마를 내버려두세요."

$\sim\!\!\sim\!\!\infty$

나는 정상일 때의 엄마를 사랑했다. 엄마는 웃으며 자신이 만든 노래를 불렀다. 저녁을 준비할 때 식탁에 놓인 신문과 책을 치우라는 잔소리 대신 노래로 말했다. 가끔씩 화투를 칠 때는 패를 섞으면서 아버지나 한국에 관한 이야기를 곧잘 해주었다. 그 이야기들은 '옛날 옛적에'로 시작하지만 곳곳에 진실이 숨겨져 있었다. 엄마는 내가 숙제하는 모습을 텔레비전 보듯 바라보면서, 내가 자기 딸인 것이 믿기지 않을 만큼 내가 똑똑하다고 중얼거렸다. 나는 "뭘 그리 쳐다봐요? 내 머리가 두 개라도 돼요?"라며 투덜댔지만 속으로는 엄마가 나를 바라보며 미소 짓는 모습이 정말 좋았다.

그러나 신들을 위해 아무리 많은 밥을 남겨놓고 아무리 열심히 기도를 해도, 레노 아줌마 말마따나 신령들이 엄마를 차지하러 왔다.

신령들이 오면 엄마는 나를 남겨두고 자신만의 세계로 빠져들었다. 내가 따라갈 수도, 따라가고 싶지도 않은 어딘가로. 마치 내가 아는 엄마는 모습을 감추고 다른 누군가가 그 공간을 빌려 들어온 것 같았다. 그럴 때 엄마의 몸은 한 칸짜리 우리 집을 떠돌아다니다가 벽과 책장에 부딪혔고 커피 테이블과 텔레비전의 모서리를 들이받았다. 나는 그런 엄마를 붙잡아 칸비손 연고로 상처를 닦아내거나, 멍든 곳이 붓지 않도록 식초로 가볍게 두드려 주었다. 그러나 대부분은 엄마가 먹을 음식과 물을 남겨둔 채 침실에 숨어버렸다. 그러면 크게 부딪히는 소리가 오랫동안 이어졌고 그 소리 사이사이에 인덕이라는 신령을 부르는 외침이 들려왔다.

어렸을 때는 상황이 더 좋지 않았다. 아버지는 최근까지 고용되어 있던 마이애미 소년 선교원에 우리를 게스트 신분으로 놔둔 채 죽었다. 그때 엄마는 아버지의 재산으로 남아 있던 것들, 즉 대부분 진주인 집안의 보석 몇 점과 은퇴지의 배당 몫을 현금으로 바꿔 아버지의 병원비로 지불하고 한국으로 돌아가려 했다. 엄마는 빈털터리에 아이까지 달고는 아는 사람 하나 없는 하와이까지 왔다. 엄마는 나를 학교에 보내놓고 일을 찾아야 했다. 나는 엄마가 베트남 식당에서 접시를 닦거나 키아모쿠(하와이 호놀룰루의 한인 타운―옮긴이)의 한국 바에서 슬링 음료(증류주를 넣고 만든 음료로 칵테일의 일종―옮긴이)를 만드는 것과 같은 꺼림칙한 일을 했던 걸로 기억한다. 엄마는 카피올라니 대로에 있는 더러운 2층 아파트 집세를 내기 위해 쉬지 않고 일했다. 그 아파트의 어둠이 아직까지 기억난다. 거리의 배기가스로 시커메진 갈색 벽 패널, 널빤지를 덧댄 창문, 전기세를 내지 못해 불이 꺼진 방 안. 그런 밤들이 며칠씩 계속되었다. 엄마는 자신의 어둠 속으로 아주 깊게 빠져들어가서 다시는 내게 돌아오지 않을 것만 같았다.

알라와이 초등학교에서 나는 문제가 생기면 선생님이나 경찰 또는 911에 알려야 한다고 배웠다. 하지만 현실에서 그들 누구도 우리를 이해하지 못할 것 같았다. 어쩌면 그들이 엄마를 다치게 할지도 모른다는 생각도 들었다. 나는 혼자였다. 레노 아줌마가 엄마의 가능성을 발견하기 전까지는.

꼬ﾟﾟﾟﾟﾟﾟﾟ

레노 아줌마는 엄마를 고용한 유일한 사람이 자기라고 말하고 다녔다. 엄마는 영어, 한국어, 일본어를 구사할 줄 알았고 이 점은 와이키키에서 큰 장점이었지만 엄마에게는 이 능력을 실제로 일하는 데 써먹을 수 있는 기술이나 경험이 없었다. "내가 마음이 착해서 햄버거 스테이크도 잘 굽지 못하는 네 엄마에게 일을 시킨 거야." 레노 아줌마가 내게 말했다.

처음 몇 달 동안 엄마는 팔과 얼굴에 화상을 입었지만 나중에는 제법 일을 잘했다. 그러다가 죽음의 전령인 사자使者와 삼신할머니인 인덕이 내려와 엄마의 충성심과 정신을 서로 차지하기 위해 싸우기 시작했다. 엄마는 소리를 지르고 머리 위 허공에 주먹질을 하며 마치 되돌아오는 주먹을 피하려는 듯이 날뛰었다. 나는 엄마가 밖으로 나갈까 봐 무서웠다. 내 마음의 절반은 엄마가 다시 돌아오지 않을까 봐, 절반은 자기가 태어난 곳으로 되돌아가려고 방황하는 용선(불교에서 차용한 무속 용어 반야용선般若龍船. 중생이 극락정토를 갈 때 타고 가는 용이 끄는 배를 의미하고, 씻김굿 등에서 무구로 활용된다. 소설에서는 망자가 되어 헤매는 영혼 혹은 그 영혼들이 잠시 머무는 공간 등으로 다양하게 서술되었다―옮긴이) 귀신처럼 될 것 같아 두려웠다. 엄마가 길거리를 배회하다가 누군가의 손에 잡혀

집으로 돌아오면 나는 이름도 모르는 사람에게 우리 엄마가 제정신이 아니라고 설명해야 할 터였다. 매일 아침 고함치고 떠들면서 발작하는 엄마를 집에 두고 문을 잠근 뒤 학교에 갔다. 그리고 오후에는 어떤 일이 벌어졌을까 두려움에 휩싸인 채 집으로 달려와 몰래 숨어 들어갔다.

그날은 레노 아줌마가 엄마의 상태를 알게 된 날이었다. 학교에서 돌아온 나는 엄마가 날뛰는 것을 마냥 지켜보고 있었다. 처음에는 엄마가 라디오를 들으며 10대 아이들이 매주 밴드스탠드(공원이나 부둣가, 정원 등에 설치된 개방형 구조물로 주로 야외 공연장으로 활용된다―옮긴이)에서 추는 범프 앤드 그라인드(골반과 엉덩이를 과도하게 사용하여 마치 성행위를 연상시키는 춤―옮긴이) 댄스를 추는 줄 알았다. 그러나 이내 방 안의 적막을 눈치챘다. 엄마는 팔을 마구 휘두르고 가슴까지 무릎을 끌어올리며 음악도 없이 춤을 추고 있었다. 공기도 통하지 않는 그 더운 아파트에서 얼마나 오래 춤을 추었는지 땀에 흠뻑 젖어 있었다. 머리카락은 땀범벅이 된 얼굴에 찰싹 달라붙었고, 온몸에서 난 땀에 블라우스의 가슴과 겨드랑이까지 젖어 있었다.

"엄마," 나는 엄마를 향해 소리를 질렀다. 엄마의 팔을 잡으려 했지만 엄마는 쳐다보지도 않고 도망가면서 계속 춤을 추었다.

"먹을 것을 챙겨왔어요." 학교에서 냅킨에 말아 가져온 점심을 보여주었다. 반쯤 남긴 돼지고기 튀김과 땅콩버터 쿠키였다. 엄마가 마지막으로 언제 밥을 먹었는지 알 수 없었다. 내가 없는 동안 무엇이라도 먹었기를 바랐지만 냉장고와 선반을 살펴보니 음식에 전혀 손을 대지 않은 것 같았다.

나에겐 들리지 않는 음악을 듣고 춤을 추면서 엄마는 내게서 멀어져갔다. 거칠게 헉헉거릴 때까지 춤을 추고 또 췄다. 방 안은 엄마가 내뱉은 숨으로 가득 차 있었다. 돼지고기 튀김을 한 입씩 베어 먹을 때마다 음식에서는 역한 냄새와 뜨거운 공기 맛이 났다. 그래도 나는 배가 몹시 고팠기에 책장 맨 위의 제단에 올려놓을 쿠키도 남기지 않고 모두 먹어치웠다. 나는 엄마를 빼앗아간 신령들과 하나님에게 화가 나서 견딜 수가 없었다.

엄마가 춤을 추고 있는 동안 나는 숙제를 했다. 그때 레노 아줌마가 우리 집 현관문을 두드렸다. "문 열어. 여기 있는 거 다 알아. 아키코, 이 게으름뱅이야! 너 때문에 며칠 동안 일손이 부족했다고!" 아줌마가 소리를 질렀다.

나는 문으로 달려가 틈 사이로 외쳤다. "드실바 청 부인, 엄마가 아파요."

"거짓말하지 마! 내가 전화를 걸었을 때 네 엄마가 웃다가 전화를 끊어버렸어. 어떻게 그럴 수 있니?" 그녀가 다시 고함을 질렀다.

"아 … ." 학교 가기 전에 전화선을 뽑는다는 것을 깜박했다.

그때 옆집에 살고 있던 스위트 메리가 발로 벽을 세게 찼다. 싱크대의 접시들이 들썩거렸다. "조용히 해! 경찰을 부를 거야! 여기가 도떼기시장인 줄 알아?" 벽에 대고 그녀가 사납게 외쳤다.

레노 아줌마가 되받아쳤다. "너나 입 닥쳐!" 그러나 아줌마는 문 두드리기를 멈추고 부드럽게 목소리를 낮추며 말했다. "얘, 레베카, 문을 열어주지 않으면 저 여자가 경찰을 부르도록 내버려두겠어."

그제야 나는 잠금장치를 풀고 문을 열었다. "들어오실래요?" 내가 말했다. 내 뒤로 엄마가 숨을 들이쉬며 헐떡거렸다.

"허어?" 레노 아줌마가 나를 지나치며 말했다. 푸들처럼 곱슬거리는 파마머리에 둘러맨 푸른 은색 스카프가 문틀에 걸렸다. "제기랄," 아줌마가 스카프를 낚아채며 투덜거렸다. 그녀는 머리카락 위로 스카프를 접어 그 안에 빽빽한 곱슬머리를 집어넣었다. "너희 엄마는 어디 있니?" 아줌마가 투덜거리며 고개를 들었을 때 엄마는 속이 훤히 비치는 옷을 입은 채 빙빙 돌고 있었다. "맙소사," 레노 아줌마는 숨이 멎은 것처럼 놀라며 다시 스카프를 바닥에 떨어뜨렸다.

나는 문을 닫고 레노 아줌마가 엄마를 바라보는 모습을 지켜보았다. 커피 테이블 위에서 몸을 흔들 때마다 헐떡거리는 입에서는 침이 거미줄처럼 대롱거렸다. 마침내 엄마가 땅에 쓰러져 숨을 벌컥 삼키자 가슴이 부풀어 올랐다. "세상에, 이런 건 처음 봐." 레노 아줌마가 말했다.

"그만하세요!" 나는 팔짱을 끼고 엄마가 누워 있는 곳으로 걸어갔다. "엄마는 미치지 않았어요!"

레노 아줌마가 나를 쳐다보고선 천천히 눈을 깜박였다. 아줌마의 반짝거리는 파란 아이섀도가 눈에 들어왔다. "애야, 누가 뭐래니?" 그녀는 나에게 걸어와서 멈춰 서더니 몸을 숙여 엄마를 쓰다듬었다.

엄마가 눈을 떴다. "레노, 네가 여기 왜 왔어? 저주받은 데서 온 더러운 것 같으니. 네 엄마나 잘 돌봐. 네 엄마는 이를 바득바득 갈고 너를 원망하지. 너희 집 지하실에는 쥐가 들끓고 있어."

레노 아줌마는 말문이 턱 막혔다. "이 미친 여자가 도대체 뭐라는 거야?"

"나쁜 년, 나쁜 딸 같으니라고!" 엄마가 웅크린 채 뒹굴면서 레노 아줌마에게 고함쳤다. "넌 엄마 궁둥이를 닦아주면서 네 엄마를 돌보는 척하고 있지. 하지만 네 엄마가 죽길 바랄 뿐이야! 너 좋자고 돈 모으는 거잖아. 평생 좋은 침대 하나 사주지 않았어. 봐! 네 엄마가 죽었는데도 침대 하나 사주려 하지 않잖아."

"안 돼!" 나는 엄마의 입을 막으려고 달려 나갔다. "엄마는 자기가 무슨 소릴 하는지 몰 … ."

레노 아줌마는 어기적거리며 재빨리 문으로 걸어갔다. "가봐야겠다. 음, 네 엄마가 나아지면 전화하마." 그녀는 스카프를 집으려고 몸을 숙였다.

엄마는 내가 막기도 전에 레노 아줌마에게 달려들어 스카프를 움켜쥐었다. 엄마는 그것을 자기 목에 칭칭 감고 눈을 감은 후 앞뒤로 몸을 흔들기 시작했다. "너, 레노 이것아. 네 언니도 그렇고 언제나 이 스카프를 갖고 싶어 했지. 나는 너희 둘이 싸우지 않기를 바랐어. 내가 같이 묻어달라고 했지. 약속했잖아, 이 망할 것아. 그래 놓고 네 언니한테는 내가 너한테 주었다고 거짓말을 했어."

레노 아줌마가 무릎을 꿇었다. "세상에," 그녀가 괴로워했다. "어 … 엄마, 거짓말 말아요. 맹세코 그렇지 않아요."

"엄마, 그만." 나는 엄마 목의 스카프를 풀려고 뛰어올랐다. 스카프는 땀에 흠뻑 젖어 있었다. 레노 아줌마에게 스카프를 건네며 내가 말했다. "죄송해요, 엄마가 아파요. 가끔 말을 막 해요."

"기다려줘요, 엄마. 다시 날 떠나지 말아요." 레노 아줌마가 엄마의 발아래로 기어갔다. 그러고는 속삭였다. "엄마? 아키코 상? 제발, 나한테 하고 싶은 말이 또 있어요?"

엄마는 중얼거리더니 소파에 누우러 갔다.

레노 아줌마가 눈물을 닦아내자 엄마 얼굴의 화장이 번졌다. 그러면서 엄마가 단조롭게 웅얼거리는 소리에 귀 기울였다. "너희 엄마는 미쳤는지도 몰라." 내가 대꾸할 것이라 생각했는지 레노 아줌마가 손을 들어 보이며 말했다. "하지만 네 엄마는 신기가 있어. 너도 알잖니, 네 엄마가 맞아." 레노 아줌마는 스카프를 손에 동여매며 나를 뚫어지게 쳐다봤다. "모든 물건은 아니지만 엄마는 이걸, 그러니까, 유품으로 가져도 된다고 했어. 언니는 내가 이걸 엄마와 함께 묻을 거라고 생각했지. 부끄러운 얘기지만 나는 엄마가 말한 곳에 묻지 않았어. 시에서는 엄마의 무덤을 옮기고 있어. 지금도 트랙터가 땅을 파고 있지."

내가 얼굴을 찡그리면서 뒷걸음질을 치자 레노 아줌마가 나를 노려보았다. "넌 둔한 거니, 뭐니? 이해 못 하겠어? 그게 네 엄마를 물고 늘어지는 거라고." 레노 아줌마는 다리를 꼬고 고개를 숙여 손으로는 턱받침을 하고서 엄마를 관찰했다. 엄마가 눈을 감은 채 숨이 잠잠해지자 레노 아줌마가 말했다. "평생 이런 사람들의 이야기만 들어봤어. 우리 가족 중에도 이런 사람이 있다고 했지. 하지만 이렇게 강한 신기를 가진 사람은 본 적이 없는걸." 그녀는 손가락 끝으로 엄마의 이마를 만졌다. "많지는 않지만 어떤 사람들은 죽은 이와 이야기를 하면서 진짜 세상을 떠다니는 재능을 가졌어. 너나 나와 같은 평범한 사람들은 뭔지도 모르는 것들을 보는 능력 말이야. 신령들은 이 사람들에게 '이거 해라, 저거 해라' 시키면서 그들을 좋아하는 거지. 하지만 동시에 살아 있는 자들을 질투하고 증오도 하지."

레노 아줌마는 자기가 엄마와 나를 길거리에서 구해줬다고 입버릇처럼 말한다. 나도 그렇게 생각한다. "진짜로, 내가 정말 좋은 마음에 네 엄마 매니저가 되기로 한 거란다. 네 엄마가 어떻게 사람들을 도울 수 있을지 알겠더라고. 그리고 그 사람들이 너와 네 엄마를 어떻게 도울 수 있을지도 알겠던걸." 그 말도 어느 정도 맞는 말이다. 하지만 레노 아줌마는 아줌마 자신에게도 도움이 될 방도 또한 알아차렸다.

레노 아줌마는 신령들이 엄마를 부를 때마다 나보고 자신에게 삐삐를 치라고, 911을 찍어 보내서 엄마가 신들렸다는 사실을 알리라고 했다. 아줌마는 혼잡한 점심시간 이후와 사람이 몰리는 저녁 시간 사이에, 몇 달씩이나 엄마를 기다린 사람들과 통화를 했다. 사람들은 엄마가 저승에서 주고받은 소식을 전해주기를 기다렸다. 통화를 마치면 레노 아줌마는 가게 문을 닫고 빠르게 우리 집으로 달려왔다.

엄마가 귀신들과 대화를 하며 방을 돌아다니는 동안 레노 아줌마는 도자기로 된 커다란 위싱볼Wishing Bowl과 빨간 돈 봉투 뭉치를 커피 테이블에 올려두었다. 나는 아파트 구석구석에 오렌지를 두고 스틱 향을 피웠다. 레노 아줌마는 분위기가 능력만큼이나 중요하다면서 벽에 종을 매달고 긴 간지干支 족자들을 걸어두었다. 내가 무슨 뜻인지 물어보자 그녀는 어깨를 으쓱할 뿐이었다. "복, 두 배의 행복. 대충 그런 말이야."

그러고 나면 우리는 엄마를 붙잡아 백색, 청색, 황색 줄무늬의 긴 옷을 입혔다. 신령들이 거부하지 않아 엄마에게 입힐 수 있는 옷이면 어떤 옷이든 괜찮았다. 그다음에는 엄마가 좋아하는 둔탁한 북소리를 들려주었다. 음악에 맞춰 엄마가 춤을 추기 시작하면 고객과 그들 주위를 배회하는 망자들의 소원을 말할 수 있었다.

엄마가 신들린 날이면 우리 집 부엌과 거실, 아파트 복도까지 사람들로 가득 찼다. 고객들은 망자들이 생전에 못다 이룬 소원에 대해 알고 싶어 했다. "네 할머니의 언니가 애를 낳다가 죽었어.

배 속에서 죽은 아이의 이름을 외치면서 말이야." 엄마가 자궁에 종양이 자라고 있는 나이 든 고객에게 말했다. "그 여자가 네 주변을 맴돌면서 병과 우환을 가져오고 있어. 왜냐하면 그녀는 네 자식들과 손주들을 질투하거든." 또 엄마는 다른 사람에게 그녀의 고약한 입 냄새 때문에 그녀의 남편이 바람을 피운다고 말했다. 그 입 냄새는 첫째 부인 귀신 때문이라고, 죽기 전 마지막으로 무김치 한 입을 그토록 베어 먹고 싶었던 첫째 부인이 복수심을 품어서 일어난 일이라고 말했다.

엄마는 자신을 찾아온 고객들을 위해 기도하고 조언했다. 사람들이 떠나기 전 엄마는 바위에서 채취한 정제 소금과 제단에서 나온 재, 그리고 그들 마음 깊은 곳에 자리 잡은 소원을 적어 네모난 비단 천에 싸 주었다. 그들 집에 살고 있는 사악하고 해로우며 불행한 영혼들을 막기 위한 일종의 부적이었다. 그러면 고객들은 소원이 이루어지길 바라는 마음을 담아 그 보답으로 빨간 봉투에 돈을 넣어 위싱볼에 넣었다.

관절이 아프거나 엇나간 자식들이 있는 노부인, 바람난 남편 문제와 세금 문제로 골치를 썩고 있는 갓 정착한 이민자들, 나중에는 새로운 삶을 찾으려는 부유한 중년 외국인 등 저마다의 애환을 가진 많은 사람들이 엄마를 줄지어 기다렸다. 레노 아줌마는 식당 교대 시간을 이용해 그들 사이를 비집고 돌아다니며 차와 탄산음료를 대접하고 돈을 챙겼다.

사람들은 엄마를 존경하면서 동시에 두려워했다. 그리고 레노 아줌마는 그 심리를 잘 이용했다. 레노 아줌마는 엄마가 한국어와 일본어에 능통한 용한 점쟁이자 영매라고 말하고 다녔다. "아키코 선생님께서는 한국에서도 유명해요." 레노 아줌마는 엄마가 제정신일 때에는 절대 붙이지 않는 한국식 존칭을 붙여가며 말했다.

레노 아줌마의 말은 너무 그럴싸해서 많은 고객들은 눅눅한 복도와 다 무너져가는 아파트 계단에서 몇 시간이나 기다렸다. 그러자 건축법규에 한참 어긋나는 시설 때문에 혹여나 소송에 휘말릴까 두려워한 아파트 관리인이 우리를 쫓아냈다. 레노 아줌마는 엄마 몫으로 받은 돈이면 우리가 와이파후, 카이무키, 누아누에 있는 작은 평수의 집이나, 우리가 너무 까다롭게 고르지만 않는다면 심지어 마노아밸리에 있는 작은 평수의 집 계약금 정도는 해결할 수 있다고 알려주었다. 그렇게 레노 아줌마는 또 한 번 우리를 길바닥에서 구해주었다.

엄마가 신들려 있는 날이면, 레노 아줌마는 내가 학교 가기 전부터 아침마다 새로운 무리를 데리고 나타났다. 아줌마가 고객들을 줄 세우면 대기 줄은 아파트 계단을 꽉 채워 2층에서 아래 골목까지 구불구불 이어졌다. 그러고서 아줌마는 나를 옆으로 불러 세워 페이스트리와 위싱볼에서 꺼낸 동전을 쥐어주었다.

내 방에 돈을 숨기러 갈 때마다 나는 1달러 지폐를 스틱 향처럼 단단히 말아서 옷장 속 재떨이 안에 넣어두었다. 레노 아줌마의 눈을 피해 조심스럽게 성냥에 불을 붙여 신령들을 위해 돈을 태웠다. 그리고 아버지의 사진을 꺼내 영혼 세계의 유일한 연줄인 아버지에게 기도를 드리기 시작했다. "제발, 제발, 제발, 아빠. 엄마를 돌려주세요. 그러면 무엇이든 다 드릴게요." 나는 죽은 목사인 아버지가 엄마를 대신해 하나님께 간청할 수 있을 거라고 생각했다. 아니면 아버지의 영혼이 복수 어린 다른 귀신들과 함께 엄마를 붙잡고 있는 거라서 내가 태운 제물과 뇌물에 아버지가 설득되어 엄마를 자유롭게 해줄 거라고 생각했다.

ᘇ

엄마가 어떻게 아버지를 죽였는지 말하려 하자 나는 이번에도 신령들이 엄마를 부르러 오는 거라고 생각했다. 나는 엄마 손가락에서 새어 나오는 새우 즙을 닦으며 "그만해요, 엄마"라고 말했다. "지금 무슨 말을 하는지도 모르잖아요." 사람들은 엄마가 내뱉는 이런 말을 들으러 온다는 것을 알고 있었지만, 나는 여전히 누군가 엄마를 미친 사람이라고 몰면서 엄마를 가둘까 봐 두려웠다. 하지만 고등학교 때부터는 그런 일이 벌어지길 남몰래 바라기도 했다. "엄마는 지금 엄마가 아니에요." 내가 소리쳤다.

"조용히 해!" 내가 학교 시간표를 외우지 못했을 때처럼 엄마는 내 손을 찰싹 때렸다. "그럼 내가 누구라는 말이니? 잘 들어!" 엄마는 행주를 가져다가 직사각형으로, 다시 정사각형으로 접은 뒤 주름을 펴면서 말했다. "나는 그가 죽기를 바랐어. '죽어, 죽으라고!' 하면서 매일 같이 생각하고 기도했어. 기도가 응답을 받을 때까지 죽음을 부르는 화살을 실어 보냈지."

"오, 맙소사." 내가 눈을 감으며 볼멘소리를 냈다. "그렇지만 엄마가 진짜로, 그러니까 진짜로 아버지를 죽인 건 아니잖아요. 칼 같은 걸로 말이에요."

엄마가 다시 내 손을 때렸다. "난 인생에 관해 아주 중요한 가르침을 알려주는 거야. 잘 들어. 병, 불행, 죽음, 이런 건 우연이 아니야. 사람들이 너에게 날려 보내는 거야. 내 말을 믿어! 그런 바람들을 막지 못하면, 사람들의 나쁜 생각이 모여 화살이 되고 그게 네 등에 꽂히는 거야. 주름이 생기고 어깨가 굽는 것도 다 이것 때문이야."

엄마는 의자 쪽으로 몸을 굽히고 내 몸에 어깨를 기댔다. 나는 몸을 똑바로 폈다.

"죽음의 생각들이 네 머리칼을 하얗게 세게 하고 몸을 약하게 망가뜨리는 거야. 그건 생명을 빨아 먹어. 다 너를 보호하기 위해서 하는 말이야." 물집 잡힌 손으로 내 머리카락을 만지며 엄마가 말했다.

엄마가 내게 몸을 기대며 안으려고 몸을 숙이자 엄마의 검은 머리 사이로 희끗희끗한 머리카락이 보였다. 그러나 엄마가 내 몸에 닿기도 전에 나는 탁자를 밀치고 일어섰다. 그리고 엄마 손을 갈라지고 피나게 만든 새우를 손질하러 싱크대로 돌아섰다.

나는 지금 거울에 비친 내 모습을 바라본다. 검은 머리 사이로 희끗한 머리카락이 눈에 띈다. 눈을 가늘게 뜨자 눈가의 주름들이 깊어진다. 지금의 내 얼굴에서 엄마가 보인다. 30년이나 걸렸다. 어릴 적부터 바라왔던 내 소원이 마침내 이루어진 것이다.

엄마가 죽었다.

2

아
키
코

내 아기는 내가 죽은 후에서야 내 품에 왔다.

압록강을 들여다본 때가 열네 살 무렵이었을 테니, 나는 고작 열두 살에 살해당한 셈이다. 강물에 비친 표정 없는 나를 마주하고 나니, 내가 이미 죽었다는 사실을 깨달았다. 그저 압록강 물길에 몸을 맡겨, 영혼을 되찾을 수 있는 장소에 다다르기를 바랐다. 하지만 빨리 다리를 건너라고 재촉하는 일본군 때문에 차마 뛰어내리지도 못했다.

되도록 일본군과 멀찍이 있으려고 했다. 그들이 강물에 떠내려간 나를 발견한다면, 저고리에 박힌 내 이름과 번호를 확인한 후 내 몸을 위안소로 되돌려보낼 거라는 것을 알았으니까. 위안소, 그곳에서 죽은 소녀의 몸은 하등 쓸모없는 것으로 다뤄진다. 보초병이 내 쪽으로 걸어오기 시작했다. 보초병들이 내 쪽으로 걸어

오기 시작했을 때, 나는 걸음을 멈춰서는 안 된다는 것을 알았다. 그래야 보초병들이 그들 '특유의 시선'으로 조선인들을 감시하는 주둔지로 되돌아갈 테니까. 압록강 다리는 일본 정부가 '조선을 위한 선의'라는 명목으로 일본군을 배치하기 전부터 자살 장소로 유명했다.

몸이 계속 움직였다.

이렇게 위안소에서 몸이 영혼을 떠난 지 20년이 흐른 후에야 비로소 내 몸은 아기를 가질 수 있었다. 이곳 의사들조차 기적에 가깝다고 말했다. 위안소 담당의는 내가 밴 첫 번째 아기를 배 속에서 끄집어낸 후, 내가 다시는 아기를 가질 수 없을 것이라고 말했다. 내부 장기마저 망가져 완치가 불가능하다고.

그러니 이 여린 생명은 기적이다. 반은 백인이고 반은 조선인인 아이. 비록 내가 태어난 마을에서는 '튀기'라고 불리겠지만, 이 아이는 이곳에서 미국인이리라.

ее∂

선교사들이 나를 발견했을 때, 그들은 나를 일본인으로 오해했다. 내 옷 저고리에 아키코라는 이름이 꿰매어져 있었기 때문이다. 41번, 그들은 이 숫자의 의미를 몰랐다. 어쩌면 나를 고아라고 여겼을 것이다. 그들이 한국어와 일본어와 중국어로 내가 어디서 왔는지, 가족이 누구인지 질문을 해댔다. 하지만 그때 나는 아무 말도 할 수 없었다. 그저 바삐 움직이는 그들의 입 모양을 바라보며 멍하니 서 있었다. 그러자 그들은 내 팔을 들어 올리고, 내 눈과 이를 찔러보고, 내 얼굴에 묻은 흙을 털어줬다.

호랑이가 키운 야생아 같아, 그들이 서로에게 건네는 말소리가 내 귀에 닿았다. 몸은 인간인데 동물의 말밖에 못하나봐. 그래도 그들은 친절했다. 그들은 일본어로 앉아라, 먹어라, 자라와 같은 간단한 지시를 내렸고, 내가 그에 맞춰 반응하면 나를 칭찬해주었다. 그들이 내게 "입 다물고 다리 벌려"라고 요구했다면, 나는 그 요구에도 반응했을 것이다. 위안소에서 일본인들은 우리를 종군위안부라고 불렀고, 우리는 일본군에게 봉사하는 데 필요한 것만 배웠다. 그 이외에는 어떤 다른 말을 내뱉는 것도, 알아채서도 안 됐다.

하지만 우리는 빨리 배웠고 창의적이기까지 했다. 일본군의 식사를 준비하거나 빨랫감을 모을 때마다, 그들의 말을 엿들었다. 그러다 보니 부대가 언제 들어오는지, 우리가 얼마나 많은 병사를 받아야 하는지 추측할 수 있었다. 우리는 눈짓과 몸짓과 머리 젖힘으로 소통하는 법을 익혔다. 우리들 사이에 있는 칸막이에 가로막혀 서로를 볼 수 없을 때는 바스락거리는 소리로 소통했다. 이렇게나마 말할 수 있었고 그 덕에 정신을 놓지 않을 수 있었다.

일본인들은 조선인이 언어에 타고난 재능이 있다고 말한다. 우리가 타고난 피식민지인, 그러니까 지배당하는 존재임을 증명할 요량으로 그렇게들 말한다. 일본인들은 두려워할 것도 배울 것도 없다고 느끼기 때문에 우리에 대한 자신의 무지를 기꺼이 받아들인다. 사실 우리에게는 잘된 일이다. 우리가 하는 말을 그들이 알아들을 수 없으니까. 아니면 우리에게 신경조차 쓰고 있지 않았는지도 모른다.

～ɛɛᗝ

내가 언제 죽었는지를 정확하게 기억해본다. 내 삶의 여정은 김씨 집안의 넷째 딸이자 막내로 태어나 압록강 북부에 있는 위안소에서 끝난다. 부모님이 그토록 일찍 돌아가시지만 않았다면, 나역시 온전한 삶을 살았을 것이다. 아니다. 우리 집은 가난했으니, 어쨌든 팔려 갔을 것이다.

아버지는 암소를 거래하는 사람이었다. 아버지는 이 마을에서 저 마을로, 이 농부에게서 저 농부에게로 소 떼를 몰고 다니며 작은 이윤을 남기는 중개인이었다. 아버지가 집에 돌아오면, 언니들은 쇠똥을 모아 우리 밭에 거름을 뿌리고 난 후 남은 것을 몽땅 이웃에게 팔았다. 연료로 쓰기 위해 쇠똥을 말리기도 했다. 쇠똥은 나무보다 더 오래 타고 더 깨끗했다. 그렇지만 땔감으로 주로 쓴 것은 언니들이 숲에서 주워온 장작이었다.

나는 어머니의 빨래를 도왔다. 어머니와 나는 몸집에 맞는 바구니를 하나씩 챙겨, 우리가 '압록강의 언니야'라고 부른 강에 갔다. 빨랫감을 머리에 이면 가벼웠기에, 강에 올라가는 길은 쉬웠다.

하지만 돌아오는 길은 무척 힘들었다. 우리는 바위에 대고 빨랫감을 두들기느라 지쳐 있었을 뿐 아니라, 물에 젖은 빨랫감이 아주 무거워졌기 때문이다. 어머니와 내가 빨래터에 쪼그리고 앉아 옷감의 찌든 때를 벗길 때, 서로에게 비밀 신호를 보내려고 했던 기억이 난다. 그때 바위는 오직 우리만 이해할 수 있는 소리를 자아냈다.

ᏋᏋᎧ

어머니는 아버지가 죽은 후 곧 눈을 감았다. 아버지는 집에서 대략 48킬로미터가량 떨어진 곳에서 죽은 탓에, 나는 아버지의 임종을 지키지 못했다. 아버지의 생애를 건너 들었던 것처럼, 나는 다른 사람들을 통해 아버지의 죽음에 대해 알게 되었다. 아버지를 데려온 마을 사람들은 아버지가 폐병을 앓고 있었고, 피를 토하면서 숨을 거뒀다고 말했다. 아버지가 어머니를 불렀다고도 했다.

어머니는 언제나 좋은 아내였다. 살아생전에 그랬듯이 죽음에 있어서도 어머니는 아버지를 바로 따라갔다. 빨래를 하고 돌아온 어느 날 밤, 어머니는 계속 피곤하다고, 정말 피곤하다고 말했다. 이쪽으로 오세요. 어머니, 내가 말했다. 여기 누우세요. 나는 계속 물었다. 제가 뭘 할까요? 죽을 가져올까요? 안마를 할까요? 그러자 어머니는 내 입에 손을 갖다 대고, 내 손가락을 자신의 이마로 가져갔다. 나는 어머니를 부드럽게 만졌다. 이어 어머니의 쪽진 머리를 풀고, 어머니의 심장박동과 온기가 느껴지는 관자놀이를 문질렀다. 일정치 않던 맥박 속도가 느려지고 끝내 멈출 때까지, 나는 계속 어머니를 어루만졌다. 어머니를 사랑하는 내 마음을 어머니에게 알리고 싶었다.

이제 나는 내 딸을 같은 방식으로 어루만진다. 이 아이가 이해하는 언어란 바로 이런 것이다. 내 손가락으로 아이의 작은 눈꺼풀과 부드러운 배, 그리고 통통한 발가락을 쓰다듬는 것. 쓸모없는 말을 무의미하게 중얼거리는 것이 아니다. 이 언어는 아이를 달래고, 아이의 소중함을 말한다. 그러니 나의 딸은 나의 어머니와도 같다.

이처럼 닮았다는 것, 죽은 자와의 유대 때문일까. 내 딸은 내가 사랑하는 존재 중 유일하게 살아 있는 존재가 된다. 나의 남편, 위안소를 탈출한 나를 데려간 선교사들, 살아 있을지도 모를 나의 언니들, 그 모두가 우연한 인연이다. 귀신에게 산 자가 대체 무슨 의미를 갖겠는가? 그들에게 산 자도 결국 귀신같은 존재일 뿐이지.

큰언니는 이 점을 알고 있었다. 둘째 언니와 셋째 언니가 잡일이나 공장 일거리를 찾아 평양으로 함께 도망쳤을 때, 큰언니는 아버지의 가업을 잇기 위해 가까운 이웃과 혼인하려 했다. 그 집은 부유하지 않았다. 그래도 우리보다는 형편이 나았고, 그래서 지참금 없이는 큰언니를 데려가려 하지 않았다. 그쪽은 자금 없이 어찌 소를 살 수 있겠냐며 이유를 둘러댔다.

큰언니의 지참금은 나였다. 나 앞서, 그리고 뒤따라 팔린 암소들 중 한 마리처럼 나 역시 그렇게 팔려 갔다. 넌 그냥 둘째랑 셋째를 따라가는 거야, 큰언니가 내게 말했다. 일본인들이 그러는데 도시에는 일자리가 많대. 계집애들도 공장 일을 배우거나 식당 일을 할 수 있다는걸. 너, 떼돈을 벌 거야.

내가 계속 울자 큰언니가 날 껴안았다. 그리고 날 꼬집었다. 이제 철 좀 들어, 큰언니가 말했다. 어머니도 아버지도 없다고. 그러니까 우리 모두 알아서 살아가야 돼. 군인들이 찾아왔을 때, 큰언니는 내 얼굴을 쳐다보지 않았다. 그들이 나를 트럭에 밀어 넣을 때조차 내 얼굴을 쳐다보지 않았다. 그들이 큰언니에게 같이 가겠냐고 묻는 소리를 들었다. 네 동생은 너무 어려. 얼마 받지도 못해, 그들이 말했다. 그런데 너, 넌 다 컸고 네가 잘할 텐데.

잘 기억나지는 않지만 큰언니가 웃었던 것 같다. 나는 큰언니가 그들이 자신도 같이 데려가는 공포를 잠깐이나마 느꼈었길 바란다.

전 이미 혼인했는걸요, 큰언니가 말했다.

내 기억에 큰언니는 제가 뭘 할 수 있겠어요? 하고 말하는 듯 어깨를 으쓱했던 것 같다. 그러곤 덧붙였다. 제 동생이 훨씬 예쁜걸요. 큰언니는 공장 일에 어째서 외모가 중요한지 묻지도 않았다.

나는 도시를 보지 못하리라는 것을 곧 알아챘다. 도시 외곽 마을에서 계집애들을 납치하거나 사서 일본군 위안소에 보내버린다는 소문을 들은 적이 있었으니까. 하지만 그 위안소가 대체 어떤 곳인지는 몰랐다. 최악의 경우라 할지라도 기껏해야 지금껏 내가 한평생 해온 일들을 하게 될 줄 알았다. 청소하고 요리하고 빨래하고 열심히 일하는 것 말이다. 그 밖의 다른 일을 상상이나 할 수 있었겠는가?

처음에는 정말 그런 일들을 했다. 나는 아직 어렸기 때문에 위안소 여자들의 시중을 들었다. 나는 이제껏 여자들에 둘러싸여 살아왔다. 그래서 이곳에 열두 명 정도의 여자들이 있다는 것을 처음 알게 되었을 때, 마치 집에 돌아온 것처럼 느껴졌다. 하지만 이곳 여자들을 곧바로 볼 수는 없었다. 여자들은 각자에게 배정된 좁은 칸 안에서 낮 시간 대부분과 밤새 지내야 했고, 각 칸은 거적때기로 칸칸이 가려져 있었기 때문이다. 나는 그들의 식사를 나르고 빈 그릇을 치우고 요강을 비우면서야 그들의 모습을 서서히 눈에 담을 수 있었다. 하나코 38, 그녀는 한때 얼굴이 꽃처럼 아름다웠기에 그 이름이 붙여졌다. 미요코 52, 그녀는 앞선 미요코들처럼 병약했고 운이 썩 좋지 않았다. 기미코 3, 달걀색의 노란 머리칼을 지닌 그녀를 보고 장교들은 웃어댔다. '기미'가 군주이자 동시에 노른자를 뜻했기 때문이다. 아키코 40도 있었다. 다마요 29, 그녀는 남자들에게 사랑을 고백하고 그 대가로 선물과 돈을 받았다. 미래에 대한 희망을 악착스럽게 부여잡고 있던 그녀는 자신이 받은 대가를 자기가 머물던 칸 안의 구석에 묻어두곤 했다.

위안소 담당의에게 진찰받는 것을 제외하면, 여자들에게 허락된 칸 밖에서 허용되는 자유라고는 고작 매주 강으로 목욕 가는 것과 시간에 맞춰 변소 가는 것뿐이었다. 밖에 나갈 차례가 아닌데 배변 신호가 오면, 여자들은 자신의 요강을 특별히 사용할 수 있었다. 요강 비우기는 곧 내 일이 되었다. 나는 여자들의 옷과 침구를 정돈하고, 머리를 빗기고 땋아주었으며, 식사를 날랐다. 또 구할 수만 있으면 소량의 윤활제를 구해다 주었다. 그러면 여자들은 수많은 남자를 받느라 생긴 통증을 가라앉히기 위해 생채기가 난 자신의 몸 위에 윤활제를 펴 발랐다.

나는 여자들을 보살피는 일이 좋았다. 나는 시중을 드는 아이였으니, 한 칸에서 다른 칸으로 심지어 위안소의 한 구역에서 다른 구역으로 쉬이 오갈 수 있었다. 여자들은 내가 누리는 이 작은 호사에 기대어, 나를 소식통으로 이용했다. 나는 머리를 땋아줄 때나 요강 확인차 칸막이를 지나갈 때, 노래를 불러주곤 했다. 내가 노래를 부르다 어느 부분을 흥얼거리며, 여자들은 그 웅얼거린 가사가 전달하려는 말임을 알아챘다. 이렇게 우리는 소식을 나눴다. 누가 아픈지, 누가 새로 들어왔는지, 누가 전날 밤 가장 많은 남자를 받아냈는지, 또 누가 무너지고 있는지를 알 수 있었다.

꿈꿈

지금까지도 나는 인덕이 무너졌다고 생각하지 않는다. 인덕은 나 이전의 아키코였다. 위안소 여자들 대부분은 그녀가 입을 다

물지 않아 무너졌다고 생각했다. 어느 날 밤 인덕은 큰 소리로 비명을 지르더니 말해대기를 멈추지 않았다. 인덕은 조선말과 일본 말로 일본군을 맹렬히 비난하면서 자기 몸과 나라를 그만 침범하라고 소리쳤다. 일본군이 그녀 몸 위에 올라탔을 때에도 그녀는 소리쳤다. 나는 조선인이다. 나는 여자다. 나는 살아 있다. 나는 열일곱 살이다. 나 역시 너희처럼 가족이 있다. 나는 딸이고 누이다.

군인들이 인덕의 칸을 서둘러 떠났다. 그들 중 몇 명은 고함쳤고, 대부분은 화를 내며 옆 칸의 위안부 앞에 줄을 섰다. 인덕은 밤새도록 자신의 조선인 이름을 울부짖고, 가족 계보를 열거하고, 자기 어머니가 전수해준 요리법까지 소리 높여 외쳤다. 군인들은 동트기 직전에 인덕을 그녀가 머물던 칸 안에서 끌어내 숲으로 데려갔다. 그렇게 그녀의 외침은 더 이상 들리지 않았다. 군인들은 구울 준비를 마친 통돼지마냥, 인덕의 질에서 입까지 꼬챙이로 꿰어왔다. 본보기다. 군인들이 남은 우리들에게 조용히 하라고 경고하며 말했다.

그날 밤은 마치 개구리 천 마리가 위안소를 에워싼 것 같았다. 개구리들은 우리를 향해 목구멍을 열고 우리의 눈물을 삼켰으며, 우리를 위해 울어주었다. 개구리들이 밤새도록 인덕, 인덕, 인덕 하고 우는 것만 같았기에 우리는 결코 그날을 잊을 수 없다.

내가 개구리를 떠올렸는지는 잘 모르겠지만, 사실 그날은 내가 새로운 아키코가 되어 맞은 첫 밤이었다. 인덕의 옷을 물려받았는데, 옷이 너무 큰 탓에 군인들이 웃어댔다. 신선한 보지라면 그 옷을 어떻게든 안 입으려고 했을 텐데 말이야, 군인들이 나를 한껏 조롱했다. 신선한 보지.

아직 첫 피를 흘리지 않았던 터라 나는 경매에 부쳐졌고, 가장 높은 입찰자에게 낙찰되었다. 하지만 그 이후엔 내 몸도 결국 누구나 이용할 수 있게 될 테니 결국 내 피가 계속 멈추지 않을 것 같다는 생각이 들었다.

그래서 나는 인덕이 미치지 않았다는 것을 알게 되었다. 오히려 그녀는 정신이 멀쩡했고 도망칠 계획이었다. 그러니 군인들이 숲에서 가져온 시체는 인덕이 아니었다.

그것은 아키코 41이었다. 바로 나였다.

∼ൟ∼

남편은 4개 국어를 한다. 독일어, 영어, 한국어, 그리고 일본어. 그는 공공도서관에서 빌려온 카세트테이프를 들으며 다섯 번째 언어인 폴란드어를 배우고 있다. 그는 중국어도 읽는다.

한평생 성경을 끼고 살아온 학자인 그는 자신이 안전하다고, 자신이 읽는 성경 구절과 자신이 해석한 의미는 늘 같을 것이라고 믿는다. 굳건한 믿음이다. 하지만 그는 틀렸다.

남편은 한 살도 안 된 딸에게 자신이 익힌 모든 언어를 가르친다. 우리 애는 이 소리를 흡수할 거야, 그가 내게 말한다. 하지만 나는 같은 대상에 대한 다른 소리들이 아이를 혼란스럽게 할까 봐 걱정된다. 그래서 나는 내가 진실이라고 여기는 언어로 균형을 맞춰주려고 애쓴다. 어미의 눈으로 딸을 바라보아 아이가 울기 전, 아이가 고통을 입 밖으로 내뱉기 전에 무엇을 필요로 하는지 알아차리려 애쓴다. 내 젖가슴, 기저귀 갈이, 입맞춤, 장난감일 터이니.

나는 매일 밤 아이 몸 구석구석을 어루만지며, 아이가 이런 내 마음을 알아차리기를 기다린다. 딸이 내가 만지는 모든 것이 바로 자신이자 자신의 것임을 깨달을 때까지 기다린다. 바로 이 점이 아이 마음속 깊이 새겨져야 한다. 언어가 그 애를 산산조각 분해하여, 그 애 자신이 아닌 다른 사람이 아이를 삼키고 소화시키기 전에 그래야 한다.

위안소에서 담당의는 내게 쥐약과 막대기 중 하나를 고르라고 했다. 난 막대기를 골랐다. 나는 배 속 아기를 떼려고 쥐약을 받은 소녀에게 무슨 일이 일어났는지 본 적이 있었다. 내게는 그녀가 죽었던 방식처럼 죽을 용기가 없었다.

의사는 내 팔다리를 묶고 재갈을 물렸다. 그리고 아기를 끄집어낼 막대기에 손을 뻗었다. 아기라고 부르기엔 아직 형태도 갖추지 못한 태아였다. 그는 인종 간에 보이는 진화론적 차이에 대해 이야기했다. 생물학적 기벽으로 인해 어떤 인종의 여자는 참으로 순결한 반면 다른 인종의 여자는 너무 문란하다는 내용이었다. 정말이지, 동물처럼 미천한 게야, 그가 덧붙였다.

쥐들도 말이야. 맘에 드는 짝이 계속 공급되면 음식이나 물도 거부하고 아주 죽을 때까지 그 짓을 해대겠지, 의사가 낄낄대며 말했다. 그는 설교를 해대는 와중에 내 몸에 막대기를 찔러 넣고 파냈다. 종에게는 참 행운인 거야. 우세한 수컷이 다른 수컷들을 궁지에 몰아넣고선 암컷을 지배하도록 자연이 보장하니까. 암컷은 항상 우세한 수컷에게 반응하게 되어 있어, 그가 내 젖꼭지를 쥐고 딱딱해질 때까지 비틀어 꼬집으면서 내뱉었다. 알겠어?

나는 고통에 허덕이는 몸에서 벗어나고자 고통의 물결이 자아내는 빛을 따라갔다. 그러나 의사는 막대기와 설교로 나를 이 땅에 박아버렸다. 일을 마친 그는 제자리에서 일어나 등을 한번 움켜쥐고는 쓰레기통에 막대기를 던졌다. 대야에 받아놓은 물에 손을 씻고서 내 손과 입을 풀어주었다. 이어 내 다리 사이에 다 헤진 천을 밀어 넣었다.

참 매혹적이란 말이지, 그는 잡념에 잠겨 말을 내뱉고 막사를 떠났다. 어쩌면 우리 두 나라의 여자들이 이토록 도덕적으로 상반된 건 지리상의 차이일 테니까.

의사는 나를 잡아두기 위해 밤사이 나를 묶어두지도 않았다. 아마 내가 너무 아파 달릴 수 없다고 생각했던 것 같다. 내가 도망갈 생각이 없다고 보았는지도 모른다. 어쩌면 내가 죽을 줄 알고 밧줄과 보초병이 필요치 않다고 여겼을 수도 있다.

그날 밤 나는 피에 흠뻑 젖은 누더기 천을 허벅지 사이에 낀 채 막사 밖으로, 위안소 밖으로 빠져나갔다. 어머니가 바위에 치는 빨래 소리를 쫓아가며, 그렇게 나는 사슴이 만든 길을 따라 헤맸다. 그러다 산의 모든 개울처럼, 압록강으로 합류하는 어느 이름 없는 개울을 만났다.

3

베
카

나는 죽은 자들의 삶을 기록한다.

세베리노 산토스 아고파다, 65세, 은퇴한 배관공, 하와이 식물원 협회 회원, 1995년 3월 13일 사망.

글래디스 말리아 레이아투아스미스, 81세, 1995년 4월 9일 사망. 서西사모아에서 살던 그녀는 슬하에 아들 제이콥, 너새니얼, 루크, 매튜, 시우 주니어, 그리고 딸 홉, 그레이스, 페이스, 그리고 넬리, 19명의 손주와 다섯 증손주를 둠.

호놀룰루의 로런스 칭 3세, 1995년 4월 15일 사망. 부인 로즈와 아들 로런스 4세가 있음. 토요일 장례. 알로하 복장.

저널리즘을 전공한 나는 『호놀룰루 스타불러틴』에 부고를 쓰기 시작했을 때만 해도 성인이 되어 처음 사귄 샌퍼드 딩먼에게 경외심을 갖고 있었다. 그는 호놀룰루대학교의 유명인사이자 『호놀룰루 스타불러틴』의 편집국장이기도 했다. 나는 영안실에서 팩스로 보내온 사망 증명서를 보면서 상상력을 펼쳤다. 고향에서 멀리 떨어진 곳에서 죽은 사람들을 위해 그들의 모험을 만들어내거나, 아이를 묻어야 하는 부모의 슬픔을 상상한다든지, 또는 어떤 노인이 가족들에게 둘러싸인 채 평화롭게 죽음을 맞이한다는 식으로 말이다.

그러나 6년 동안 죽음을 기록하며 연인 관계와 경력 모두에서 시간을 허비하고 나서야 나는 더 이상 사그라져간 사람, 가족, 인생을 보지 않게 되었다. 더 이상 '죽다' 대신 모호한 동의어를 찾으려고 사전을 붙든 채 원고에 매달리지 않았다. 내가 쓴 기사에서 잠재력이 뿜어져 나오길 기대한다거나 그 대단한 딩먼에게 감탄 어린 칭찬을 끌어내려고도 하지 않았다. 오직 기사에 필요한 단어와 숫자만을 입력할 뿐이었다. 내가 한 일이라고는 매일 컴퓨터에 로그인을 하고 나서 얼마나 많은 이름과 사망일을 처리해야 하는지, 채워야 하는 글자 수가 얼마인지를 세는 것이었다.

너무 많은 죽음을 기록하면서 머릿속에는 공식이 생겼다. 이름, 나이, 사망일, 유족들, 장례식, 뭐 그런 것들. 그러나 막상 엄마의 사망 증명서를 손에 들고 부고를 써야 하는 순간이 오자 나는 기본적인 것도 생각나지 않았다. 어떻게 엄마의 삶을 상상해야 할지 짐작할 수도 없었다.

어렸을 때는 나를 낳기 전 엄마에게도 인생이 있었을 거란 생각을 해본 적이 없다. 가끔 엄마에게 과거를 물을 때면 엄마의 대답은 언제나 임신한 후 나에 대한 이야기부터 시작되었다. "엄마랑 아빠는 어떻게 만났어요? 둘이 사랑에 빠졌다는 건 언제 알았어요? 언제 나를 갖기로 결심했어요?"

엄마는 조선에서 유명한 가수일 때 아버지를 만났다고 했다. 그 시절에는 엄마 말을 믿었다. "옛날에 나는 무대에서 노래를 불렀어. 네 아버지가 나를 보러 왔지. 그는 사랑에 빠져 있었어." 종종 이런 식으로 자랑을 했다.

눈을 멀게 하는 화려한 스포트라이트 아래, 반짝이는 옷을 입고 큰 무대에 서 있는 엄마의 모습을 상상했다. 레노 아줌마의 패션 감각에 쉽게 영향을 받던 초등학생 때에도 내 상상 속의 엄마는 화려함 그 자체였다. 내가 처음으로 직접 고른 옷은 격자무늬의 데님 나팔바지였다. 4학년 때에는 그 옷을 일주일에 세 번이나 입고 다녔다. 남자아이들이 야유를 보내거나 '투츠'('아가씨'라는 뜻으로 장난스럽게 쓰이는 표현—옮긴이)라는 별명을 가진 재니스 투티베나와 그 패거리가 경멸하는 시선으로 나를 들창코라고 놀릴지언정, 나는 무릎의 십자 줄무늬가 바래지고 나팔바지가 발목 위에서 펄럭거릴 때까지 입고 다녔다.

엄마가 신령들에게 부르는 노래는 음악이 아니라 울음소리 같왔다. 나는 엄마의 노래가 불평을 하며 무엇인가를 요구하는 긴 울부짖음이자 죽은 자들을 위한 기도라고 여겼다. 그럼에도 나는 엄마 말을 믿었다.

내가 엄마를 믿은 또 다른 이유는 내 목소리가 나를 새로운 세계로 데려가 구해줄 것이라 믿고 싶었기 때문이다. 내가 엄마의 재능을 물려받았으며 언젠가는 그 재능을 인정받아 크리스마스 축제 때에 「루돌프 사슴코」를 부를 거라는 비밀스러운 희망을 품고 있었다. 우리 반이 강당에 자리를 잡고 캐럴을 부르기 시작하면 다른 아이들의 목소리 위로 내 목소리가 돋보일 것이다. 그러면 천천히 하나둘씩 아이들이 노래를 멈출 것이다. 청중 속 부모님들과 선생님들이 차례로 일어나 종처럼 맑은 내 목소리에 이끌려 무대로 다가올 것이다. 노래가 끝나갈 즈음 청중은 환호와 박수갈채를 터뜨릴 테지. 그리고 이왕이면 한 사람, 비록 현실에서는 시어스(미국의 대형 잡화 매장—옮긴이)에서 근무하는 진공청소기 판매업자이지만 내 완벽한 상상 속에서는 영화 중개인인 투츠의 아버지가 나를 가리키며 이렇게 외칠 것이다. "완벽한 목소리야! 완벽한 자세에 멋진 미소까지! 새로운 마리 오스먼드(1970년대를 풍미한 미국의 유명 가수이자 뮤지컬 배우—옮긴이)야!"

혼자 있을 때마다 나는 다른 사람 눈에 띌 어느 날을 위해 카펜터스(1970년대 미국인 남매로 구성된 팝 음악 듀오—옮긴이)나 엘비스의 노래를 불렀다. 너무 열심히 불러서 눈물이 맺힐 때까지 노래를 불렀다. 내 노래에 감동을 받은 것이다.

어느 날 오후 나는 욕조에 들어가 커튼으로 나만의 동굴을 만들고는「렛 잇 비」를 계속 불렀다. 세 번째와 일곱 번째 사이 어디쯤에선가 엄마가 화장실에 들어왔다.

"무슨 일이니?" 엄마가 소리쳤다.

"아무것도 아니에요. 그냥 노래 부르는 거예요." 나는 투덜거렸다.

엄마가 샤워 커튼을 너무 세게 잡아당기는 바람에 샤워 봉이 바닥에 떨어졌다.

"아, 엄마!" 나는 일어나면서 비명을 질렀다. 엄마가 커튼을 손에 움켜쥐고 욕조 속으로 뛰어들어 내 위로 불쑥 나타났다. 커튼 고리에 매달린 샤워 봉이 엄마의 허벅지를 툭툭 쳤다. '미쳤어요?'라는 말이 튀어나올 뻔했지만 그 말이 단단하고 묵직한 현실이 되기 전에 참았다.

"신령들이 너도 쫓아온 거니? 너도 그들 소리가 들리니?" 엄마가 헐떡이며 말했다.

"아니에요!" 나는 엄마에게 고함쳤다.

"가끔 그들은 고양이가 울듯이 너무 크게 울부짖어. 원하는 게 너무 많아. 너도 듣기 시작할까 봐 걱정돼. 우아아아오오오, 우아아아아오오오오, 이렇게 말이야." 엄마는 눈을 감고 몸을 흔들며 울부짖기 시작했다. 그러다가 멈추고는 나를 노려보았다. "너는 그것과 싸워야 해."

나는 손으로 귀를 틀어막았다. "안 들려요, 안 들려요," 나는 몇 번이고 계속 중얼거렸다. "안 들려요, 안 들려요," 엄마가 입을 열어 뭔가 더 말하려고 할 때마다 내가 외쳐댔다.

마침내 엄마는 입을 다물었다. 손으로 귀를 틀어막고 욕조에 누워 "안 들려요, 안 들려요"라고 단조롭게 웅얼거리는 나를 쳐다보며 고개를 저었다. 엄마가 커튼을 걷어차며 돌아섰을 때에도 나는 아무 의미도 없는 그 구절을 여전히 읊조리고 있었다. "안 들려요."

∾ℓℓᕫ

알라와이 초등학교에서 열리는 화려한 크리스마스 축제 기간 동안 나는 누구의 눈에도 띄지 않았다. 하지만 메이데이 미인 선발 대회(5월 1일에 열리는 봄 축제로, 봄을 상징하는 소녀를 여왕으로 뽑는다—옮긴이)에서 이목을 끌었다. 하필이면 투츠의 아버지가 아니라 투츠에게 말이다.

나는 메이데이 여왕 역이나 여왕의 궁정인 역에 도전할 만큼 순진하지 않았다. 하와이인의 피가 섞인 것도 아니고 머리도 길지 않았기 때문에 기회가 오지 않을 것을 알고 있었다. 하지만 여왕과 궁정인이 왕좌로 올라갈 때 무대 옆에 서서 「하와이 포노이」(옛 하노이 왕국의 국가—옮긴이)를 부르는 합창단에는 정말로 끼고 싶었다.

수업 후 예선이 진행되었다. 피아노를 치는 교감 선생님 옆에서 순서를 기다렸다. 내 앞의 아이들이 수줍어하며 잠잠해지는 모습을 지켜보았다. 반주의 중압감을 이기지 못한 그들의 입에서는 꽥꽥거리는 목소리가 갈라져 나왔다. 나는 내 목소리가 강당 전체를 가득 메울 만큼 힘차고 디저트처럼 달콤할 거라고 확신했다.

내 이름이 호명되자 나는 당당하게 걸어갔다. 투츠의 패거리가 씹고 있던 해바라기 씨를 내 발밑에 뱉었다. 슬리퍼로 버려진 껍질들을 걷어차자 그것들은 얼룩처럼 내 종아리 뒤에 달라붙었다. 내 눈은 무대 위 피아노와 피아노 반주를 연주하던 필리 교감 선생님을 향해 있었다. 교감 선생님은 노래를 부르는 아이들에게는 응원의 미소를, 휘파람을 불고 야유하며 징(탈락을 알리는 징소리—옮긴이)을 치라고 안달 난 청중에게는 그들을 잠재우려는 매서운 눈빛을 보냈다. 그럼에도 내가 투츠와 티피 수기모토 곁을 지나갈 때에 그들의 야유 소리가 들렸다. "저 촌스러운 바지 좀 봐! 하도 반짝여서 눈이 멀겠어!"

나는 머리카락을 찰랑이며 무대로 올라갔다. 목청을 가다듬고 선생님께 고개를 끄덕였다. 그리고 청중들과 투츠에게 미소를 지으며 손을 흔든 후 발로 박자를 맞췄다. 하나, 둘, 셋!

지금까지도 나는 무슨 일이 일어났는지, 아니 어떻게 그런 일이 벌어졌는지 잘 모르겠다. 나는 내가 잘하고 있다고 깨달을 때까지, 그래서 스스로 감동해서 눈물을 흘릴 때까지 욕조에서, 학교 가는 길에서 노래 연습을 했다. 그러나 그날은 크고 늙은 개구리 같은 어떤 악령이 내 목소리를 차지해버렸고 「하와이 포노이」

는 믿을 수 없을 만큼 비틀거렸다. "하와이 포노이이이이이이이, 나나 이 코우 모이 ⋯ 음 ⋯ 라 라 라 라니 에 카메하메하 에 ⋯ 음음음 흠흠 ⋯ 하와이이이이이 포-오-노이이이이이! 아아아아하-메헤-네히히히히!"

그래도 목소리만큼은 컸다.

무대에서 도망쳐 내려올 때 투츠와 그 패거리가 개처럼 고함치며 웃는 소리를 들었다. "거-거-거-컹!"

그들은 짖어대면서 건물 밖까지 따라 나와 나를 벽에 몰아세웠다. "꼴좋네." 투츠가 말했다.

"맞아, 꼴좋다." 투츠의 추종자인 티피가 말했다.

"네가 학교에서 노래 제일 못할걸. 우리 합창단에 넌 필요 없어." 투츠가 말했다.

"이 학교에서도 네가 없으면 좋겠다, 이 괴짜야." 또 다른 투츠의 추종자가 말했다.

"네가 더 괴짜야. 난 우리 엄마의 재능을 가졌을 뿐이야. 우리 엄마는 한국에서 유명한 가수였다고!" 내가 되받아쳤다. 하지만 하지 않아도 되는 말을 했단 걸 깨달았다.

"예예, 그러시겠지." 투츠가 말했다.

"그래, 맞아. 거기서는 노래가 다르거든." 대답을 하고서 나를 방어하려고 말을 덧붙였다.

"하안녀엉 안녕 하세이-파세이-오오오오. 요보(일제강점기 때 일본인이 조선인을 멸시하여 부르는 말—옮긴이)들은 귀가 안 좋을 거야!" 투츠가 찢어질 듯이 소리를 질렀다.

여자애들은 웃으면서 내 주위로 반원을 그리며 다가왔다. "너는 그저 고약하고 냄새나는 요보일 뿐이야. 크고 뚱뚱한 거짓말쟁이일 뿐이지. '오, 우리 엄마는 유명한 가수였어', '오, 우리 아빠는 메인랜드에 집이 있는 부자였어, 그리고 나에게는 강아지도 있지', '오, 내년에는 아빠가 우리를 데려갈 거야.' 네, 그러시겠죠."

투츠가 말하며 내 어깨를 밀쳤다. "진실을 말해줄까? 너는 가난해서 유행이 지난 거지 같은 옷을 매일 입잖아. 냄새나는 신발도 구멍이 날 때까지 신고. 점심도 남겼다가 학교 끝나고 먹잖아. 거짓말하지 마. 네가 냅킨에 싸는 걸 봤어."

이때쯤엔 투츠가 너무 가까이 있어서, 그녀가 수업마다 먹던 씨앗과 카키모치(하와이에서 유명한 일본식 쌀과자—옮긴이)의 냄새가 뒤섞인 입 냄새가 코에 닿을 지경이었다. 내가 투츠를 째려보았지만 그녀는 계속 나를 밀었다.

"넌 네가 누구보다 잘난 것처럼 말하는데, 전혀 아니야. 네가 색스Shacks(판잣집이 모여 있는 동네—옮긴이)에 사는 거 우리 다 안다고. 너도 늙고 미친 너희 엄마처럼, 발도 안 씻은 채 한 침대에서 같이 자겠지."

"아니거든!" 내가 발을 씻지 않고 잠자리에 든다는 투츠의 말은 내가 거짓말이라고 꼽을 수 있는 유일한 발언이었기에, 나는 이 사실 하나를 빌미로 투츠를 거짓말쟁이라고 몰아세우고 그 애의 이제 막 봉긋하게 자라나는 말캉한 가슴에 주먹을 날렸다. 그녀가 친구들 사이로 넘어지자 나는 뒤도 돌아보지 않고 도망갔다. 그 애들이 나를 쫓아오는지 뒤돌아보지 않고 그렇게 달렸다.

✎∿

나는 곧장 집으로 달려가 엄마에게 내게 들려준 가수 이야기가 진짜냐고 묻지 않았던 것으로 기억한다. 대신 나만의 비밀 공간으로, 도시에서 흘러나온 빗물이 운하로 흘러들어가는 알라와이 다리 아래에 있는 그곳으로 달려갔던 것 같다. 다리 아래에는 둑을 따라 키 큰 풀들이 자라고 있었는데 나는 그 가운데를 평평하게 다져 나만의 보금자리를 만들어 놓았다. 나는 작은 보행자 전용 다리 아래 잘 보이지 않는 그곳에 몸을 숨기고 노래 연습을 하곤 했다. 나는 내 목소리가 나를 에워싼 콘크리트 벽에 부딪혀 울려 퍼지는 것을 듣는 것이 좋았다.

투츠와 그 패거리가 나보고 형편없다고 말한 직후, 나는 곧장 그곳으로 간 것 같다. 나 스스로 진실을 알고 싶었다.

그날 밤은 아니었지만 결국엔 엄마에게 어떻게 아버지를 만났는지 다시 들려달라고 졸랐던 건 분명하다. 왜냐하면 또 다른 이야기를 똑똑히 기억하기 때문이다.

우리는 부엌 식탁에 앉아 위싱볼 안의 동전을 분류하여 종이봉투에 싸고 있었다. 나는 최대한 태연하게 엄마와 아버지가 어떻게 처음 만났는지를 물었다. "엄마," 내가 말했다. "그 얘기 다시 해주세요. 그거 있잖아요. 두 분이 만났을 때요."

10센트 동전 더미를 세느라 정신이 없던 엄마는 나를 쳐다보지도 않고 한숨을 내쉬었다. "아주 힘든 때였어. 하지만 행복했었지. 나는 전쟁고아들을 돌보는 일을 했어. 알잖니, 그때 너무 많은 아이들이 부모를 잃어버렸어. 네 아버지는 우리에게 음식과 옷을 주는 선교사 중 한 분이었어. 네 아버지는 내가 아이들과 잘 지내는 모습을 보고 나와 사랑에 빠졌단다. 내가 좋은 엄마가 될 걸 알았던 거지."

엄마는 10센트 동전들을 둘둘 말고선 25센트 동전들을 세기 시작했다. "전쟁이 우리 동네에까지 들이닥쳤을 때 네 아버지는 우리 모두를 도와줬단다. 누구든 말이야. 심지어 늙은 마마상(술집을 운영하는 마담 혹은 여성 포주를 일컫는다—옮긴이)까지 말이야. 우리는 공산주의자들을 피해 걷고 또 걸었지. 우리가 자유롭게 새로운 가정을 꾸릴 때까지, 무덤가에 숨기도 하고 조선의 많은 산을 넘어 다녔어. 마침내 여기 미국에 가정을 꾸릴 때까지 말이야."

엄마는 한 무더기의 25센트 동전 세기를 끝내고 나서 나를 올려다보았다. 그리고 내 뺨을 쓰다듬었다. "네 아버지에 대해 기억나는 게 있니?" 내가 머리를 가로젓자 엄마는 말했다. "모든 게 좋았고 행복했었지."

내가 엄마의 말에 반박했었는지 기억나지 않는다. 가끔 "잠깐만! 그건 전에 나에게 해준 얘기가 아니잖아요! 진실이 뭐죠?"라고 물었던 것 같기도 하다. 왜냐하면 그때도 엄마의 이야기가 영화「사운드 오브 뮤직」을 각색한 것임을 알아차렸기 때문이다. 해마다 우린 삶은 땅콩과 마른 오징어 한 접시를 준비해서 그 영화를 봤다. 엄마는 영화에 나오는 노래들을 좋아했고 언제나 마지막 장면에서는 눈물을 흘렸다.

어떤 때는 엄마의 말을 믿지 않더라도, 엄마가 지어낸 새로운 이야기에 의문을 던지거나 맞서지 않고 그대로 받아들였다. 나는 그 이야기를 속으로 집어삼키며 아무 말도 하지 않았다. 엄마가 내 이름을 부르며 나에게 말할 때, 그 순간을 망치는 일은 그 무엇도 하고 싶지 않았으니까. 행여나 내 말이 일상의 마법을 깨뜨릴까 두려웠다.

∼ees

나는 엄마가 들려주는 이야기들에 점차 신중해졌지만, 그래도 무엇을 믿고 믿지 말아야 할지 도통 구분이 가질 않았다. 이야기들은 그럴듯하게 들렸다. 엄마가 내게 들려준 대부분의 이야기엔 "힘들었지만 행복한 시절이었지"라는 구절이 포함되어 있었기 때문이다. 사실 나는 엄마의 몇몇 이야기에 내가 좋아하는 영화들을 곁들여 선생님들과 다른 학생들에게 몇 번 들려주곤 했다.「웨스트사이드 스토리」에서 마리아는 자신이 사랑하는 남자의 아이를 임신한 채 버려지는데, 마리아는 엄마였고 그녀의 아이는 당연히 나로 각색되었다.「리틀 프린세스」나「푸어 리틀 리치 걸」에서 나는 고난을 마주한 용감한 고아로 등장하는데, 마지막에는 나를 사랑하며 이 세상에 아직 살아 있는 부자 아빠의 품으로 돌아가게 된다는 그런 것 말이다.

하지만 나는 그것들이 나와 상관없는 사람들한테나 할 수 있는 이야기라는 것을 알고 있었다. 그들은 섹스라고 놀림 받는 동네에 있는 다 쓰러져가는 3층짜리 아파트를, 굿윌(미국의 구호 단체―옮긴이)의 기증물품으로 가득한 우리의 싸구려 아파트를 모른다. 그들은 아버지가 살아 있을 적 술에 취해 하나님에 대해 불만을 쏟아내던 과거도 볼 수 없다. 물에 잠겨 보이지 않는 손이 내 다리를 잡아당겨서 숨 쉬려고 버둥거린 내 꿈도 알지 못했다.

ﮩﮩ٨ـﮩﮩ٨ـ

『호놀룰루 스타불러틴』에서 일한 지 얼마 지나지 않았을 때 티피 스기모토를 보았다. 그녀는 보도국 빌딩을 거닐며 마케팅 부서를 찾고 있었다. 꽤 오랜 시간이 지났어도 그녀를 바로 알아볼 수 있었다. 가는 목과 앙상한 몸에 비해 지나치게 큰 머리와 가냘픈 팔을 갖고 있던 그녀는 열 살 때보다 어른인 지금이 더 어려 보였다. 그 시절 그녀는 무척 크고 힘이 세 보였는데 어쩌면 투츠의 '오른팔'이었기 때문에 그랬는지도 모르겠다.

티피가 내게 가까이 걸어왔을 때 나는 다른 곳을 보려고 했었다. 그러나 눈이 마주치고 말았다. 그녀는 내게 미소 지으며 칸막이로 가려진 내 자리로 걸어왔다. "레베카!" 티피는 나를 껴안으려고 몸을 숙이면서 귀에 대고 큰소리로 외쳤다. "너 옛날이랑 똑같다!"

내가 알아보지 못하는 눈치이자 뒤로 물러나며 말했다. "나 기억 안 나? 티파니 스기모토. 기억나? 나랑 재니스가 너랑 친구가 되려고 맨날 따라다녔잖아?"

"아, 맞아, 티피," 내가 중얼거렸다.

티피가 높은 목소리로 소녀처럼 낄낄거렸다. 언제나 주위에서 격려와 충고를 하려고 대기 중이던 샌퍼드를 포함하여 보도실의 모든 남자들이 우리를 쳐다보았다. 그녀는 자신의 속눈썹을 깜박거리며 속삭였다. "일하기 좋은 곳이겠다. 얼마나 자극적이니! 뉴스를 처음 알 수 있다니. 정말 신나는 일이야!"

"내 일은 멋지지 않아," 내가 투덜거리며 말했다. 그리고 샌퍼드를 향해 도전적인 시선을 던지며 덧붙였다. "적어도 아직은 아니야."

"거짓말 마, 레베카," 진심이라는 듯 눈을 찡그리며 티피가 말했다. "내가 재니스와 다른 애들에게 네 이야기를 할 때까지 기다려줘. 재니스는 캘리포니아에서 이제 막 돌아와서 EST 강사가 되려고 준비 중이야. 널 무척 보고 싶어 할 거야! 네가 이사 가고 나서 우리는 늘 네가 어떻게 됐는지 궁금했어. 아버지와 함께 살려고 메인랜드에 간 거 맞지?"

그녀가 내 머리를 쓰다듬었다. "우리는 정말 너를 그리워했어.

너는 존재감이 대단했지, 패션에도 개성이 넘쳤고. 재치하며! 필리 교감 선생님이 「하와이 포노이」를 부르라고 했을 때 네가 가사도 썼던 거 기억나? 나는 교감 선생님이 뭐랄까, 뒤집어질 거라고 생각했는데!"

티피는 웃으면서 나를 만나 얼마나 기쁜지 모른다며, 우리가 계속 연락하며 지내야 한다고, 그리고 '옛날의 알라와이 갱'이 작은 친목회를 가져야 하니 네가 소식지 같은 걸 만들면 어떨까라고 덧붙였다.

나는 미소 지으며 그녀가 숨을 쉴 때마다 고개를 끄덕였다. 그러면서 티피가 정말 이렇게 옛날을 기억하는 걸까 의심했다. 너무 진지하게 말해서 내 기억이 맞는 건지 헷갈릴 지경이었다. 내가 진짜라고 생각했던 건 어쩌면 열 살짜리 소녀의 불안이 덧칠해진 상상일지도 몰랐다. 아무튼 그 순간 우리가 가장 친한 친구인 것처럼 말하는 티피를 보며 나는 엄마의 이야기뿐 아니라 내 이야기도 믿을 수 없다는 것을 깨달았다.

아
키
코

딸아이가 태어날 때 나는 또 묶여 있었다. 침대에 정면으로 누워 손이 묶인 채 무릎이 들어 올려 있었다. 나는 무감각한 어둠 속에서 상처 입은 동물이 슬픔에 잠겨 낮게 울부짖는 소리를 들었다. 의사들에 둘러싸여 움직일 수조차 없었다. 마치 내 정신이 위안소로 되돌아간 것 같은 느낌을 받았다. 당신은 의사잖아요, 나는 악을 썼다. 저를 도와주세요, 저를 집으로 데려가주세요. 그러나 의사가 빙긋 웃더니 내 위에 올라타, 다른 군인들이 그랬던 것처럼 내 몸을 이용했다. 볼일을 마친 후 그는 내가 입은 통 넓은 치마로 자기 몸을 닦았다. 이어 칸막이를 열고 자신이 나를 진찰하는 모습을 다른 사람들이 보도록 했다. 이쪽은 아직 괜찮은데요, 그가 어깨 너머 외쳤다. 이어 손가락으로 내 질을 벌리며 말했다. 보이죠? 아직 야무지고 촉촉해요.

~~*ee*o~~

내 딸을 저 의사들로부터, 그리고 그들의 추악한 손과 눈으로부터 지켜내려 했다. 나는 아이가 내 품 안에 자리 잡기를 바라면서 다리를 굳게 오므렸다. 하지만 그들은 내 다리를 묶고 벌렸다. 그러자 내 다리는 한자로 사람 인人 자 모양이 되었다. 한 의사가 내 배를 눌렀고 다른 의사가 끝이 갈라진 막대로 내 아래를 벌렸다. 이번에 세상에 나온 아기는 완전한 형태를 갖추고 있었고 살아 있었다.

여자아이를 받았어, 누군가가 말했다. 남자들로 가득 찬 이 방에서 여자 목소리가 내 귀에 닿자, 나는 인덕이 함께한다는 것을 알아차렸다. 의사의 몸에 들어간 그녀가 내 옆에 서 있었다. 마스크와 가운과 빛의 후광에 가려져 있었지만 분명 내 곁에 있었다. 비록 인덕의 얼굴이 보이지 않고, 내게 마지막으로 모습을 비친 지 꽤 오랜 시간이 흘렀지만, 늘 그랬듯 나는 인덕을 알아보았다. 맨 처음에도 그랬었다.

~~*ee*o~~

인덕은 충만한 목소리로 노래 부르며 내 안으로 들어와 나를 가득 채웠다. 그러니 내 안에는 인덕, 그녀를 제외하면 아무것도 없다.

인덕이 나를 처음 발견한 날, 나는 압록강 상류의 어느 이름 없는 개울가에 널브러져 누워 있었다. 거기서 나는 내 텅 빈 몸을 버렸고, 인덕이 내 안으로 들어왔다.

그녀가 인덕이라는 것을 내가 어떻게 알았는지는 모르겠다. 하지만 눈을 감고 인덕을 바라보았다. 그녀는 내 어머니를 닮았다. 인덕이 강 옆에서 두 팔을 벌린 채 서 있었고, 부녀자의 쪽진 머리는 목뒤로 풀어 헤쳐져 긴 머리칼이 바람에 흩날렸다. 마치 속세의 몸은 떠나고, 어머니와 인덕의 영혼과 특징이 뒤섞여 합쳐진 것 같았다. 그들 사이의 경계가 녹아내린 것처럼 느껴졌다. 이제 나는 어머니나 인덕이 살아생전 다른 사람이었을 때 어떤 모습이었는지조차 기억나지 않는다.

여기다. 아가, 여기. 인덕이 말했다. 인덕의 목소리는 개구리 수십만 마리의 울음소리와 같았다. 인덕이 손으로 가슴을 가리고 발을 끌며 내게 다가왔다. 그러자 인덕의 가슴이 갓 캐낸 인삼 공물로 변했다.

이건 미역국이 아니야. 내가 삼의 뿌리를 깨물자 인덕이 말했다. 그녀가 내 머리를 쓰다듬었다. 살아 있던 인덕에게 내가 그랬던 것처럼, 그녀는 자신의 손가락으로 헝클어진 내 머리를 빗기며 말했다. 미역국은 대개 젖을 돌게 하는 데 좋아. 그런데 지금 네게는 필요 없단다.

위가 경련을 일으켰고 나는 먹은 것을 게워냈다. 개울물로 입을 헹궜지만 위는 그 물맛조차 받아들이지 않았다. 하지만 나는 인삼 뿌리 빼는 것을 멈출 수 없었다.

～ees～

일본군 위안소를 떠난 이후, 오랫동안 아이를 갖지 못한 이유가 바로 이 때문이 아닐까 남몰래 짐작해본다. 위안소 담당의는 내 장기가 너무 많은 남자를 너무 많이 받아내느라 망가졌다고 말했지만, 내가 거의 20년 동안 임신할 수 없었던 진짜 이유는 인삼을 너무 많이 먹었기 때문일 것이다. 그 남성 에너지 탓에 나는 균형을 잃고 말았다. 시간이 흘러 그 기운이 소진되고 나서야 비로소 나는 여자아이를 가질 수 있었던 것이다.

～ees～

딸에게 먹일 젖을 돌게 하려고 내가 먹을 미역국을 직접 끓인다. 인덕은 내 몸이 출산 이후 아주 약해졌다고 말한다. 그렇지만 지금 내 몸은 가장 유연한 상태다. 우리 뼈는 아홉 달 동안 품은 태아의 뼈처럼 부드럽고 모양을 잘 바꾼다. 이때야말로 우리가 가장 여자다울 때지, 인덕이 말했다. 미역국은 여자를 위한 거야. 생명을 위한 거지.

딸이 울면 가슴이 아리다. 아이가 완전히 깨기 전에 내 품으로 안아 올린다. 그러면 아이는 채 정신을 차리기도 전에, 엄마가 자신을 위해 그곳에 있다는 것을 확신한다.

아이의 아버지는 이렇게 말한다. 잠시 울게 내버려둬. 당신이 애를 망치고 있는 거야. 그 애는 독립심을 배워야 해.

그는 의사 흉내를 내는 양 말한다. 아이에게 젖병을 줘. 그편이 가슴보다 훨씬 나아.

하지만 나는 그럴 수 없다. 나 역시 의사가 하는 말을 들었다. 동시에 내 어머니에 관한 기억도 함께 난다. 어머니와 함께한 웃음꽃 핀 목욕 시간에 어머니는 작고 축 늘어진 가슴을 딸들에게 흔들어댔다. 딸들아, 이걸 보렴. 너희가 내게 어떤 짓을 했는지 보이지? 어머니가 우리를 놀리듯 말하곤 했다. 너희에게도 어떤 일이 일어날지 보자꾸나. 언젠가 너희도 네 자식들에게 너희의 모든 것을 주겠지?

내가 아는 것이라곤 아이가 불안하거나 부족한 순간을 경험하지 않았으면 하는 것이다. 배고파 우는 딸에게 젖병 데우는 시간을 기다리게 할 수는 없다. 더욱이 아이가 젖병을 뺀다면, 어떻게 엄마 가슴을 느끼겠는가?

베카 찬은 내게 달라붙어 입과 혀로 내 젖꼭지를 빨고, 한 손으로는 젖이 더 빨리 나오게 하려는 듯 가슴을 주무른다. 막상 젖이 너무 빨리 나오자 숨차한다. 그러곤 악을 쓰며 내게서 떨어진다. 아이의 팔이 뻣뻣해지고 그 작은 주먹이 나를 때린다. 그 애는 자기 아비처럼 시끄럽다. 소리치는 데 거리낌이 없다. 분명 지금까지 남아 있는 인삼의 효능 덕분이리라. 다만 이게 좋은 일인지는 잘 모르겠다.

~~~

나는 일어날 필요가 없었다. 흐르는 강물이 나를 씻기고 내 피부 결을 망가뜨리고 있다는 것을 느끼면서도 그저 강 옆에 누워 있었다. 하지만 인덕이 내 배를 채우고, 내게 손발을 움직이라고 명령했다. 인덕은 나를 숫처녀들이 하늘로 가는 쌍무지개로 데려가더니, 나더러 하늘로 올라가라고 했다. 발밑을 내려다보니 사람의 얼굴을 한 꽃들이 강을 가득 채우고 있었다. 강이 아주 넓고 눈부시게 펼쳐져 있어 나는 눈을 뜰 수가 없었다.

인덕이 나를 대신해 말했다. 누구도 죽은 자에게 적합한 의식을 거행해주지 않았어. 나를 위해, 그리고 너를 위해 말이야. 우리 죽음을 알리는 곡을 하고 울어준 사람이 누가 있었니? 우리에게 염의식을 해준 사람이 있었어? 우리 몸을 씻겨 수의를 입히고, 머리를 빗어주고 손톱을 깎아주고, 관에 눕히는 염 말이야. 우리 이름을 적어준 이, 하물며 우리 이름을 알고 기억해주는 이가 과연 있었느냔 말이야.

지금, 인덕이 말했다. 우리를 인도할 자는 오직 죽은 자들뿐이야. 여길 봐, 그녀는 내게 한 여인의 모습을 보여주며 덧붙였다. 나는 여우 귀신, 버려진 마을 공동묘지를 떠돌아다니면서 다른 세계를 맛보기 위해 방금 죽은 자들의 입을 빠는 그 존재를 보았다.

이건 만신 아지매야. 만 명의 귀신을 다스리는 노파지. 만신 아지매에게 가. 그럼 그녀가 널 준비시켜줄 거야.

인덕에게 만신 아지매가 어디 사는지 모르겠다고 말하려 했다. 그때 불현듯 만신 아지매가 어디에 사는지, 그리고 그곳에 어떻게 갈 수 있는지 깨달았다. 나는 이제 압록강을 건너 일곱 개의 산봉우리를 오르고 신의주 주변으로 가는 길을 따라간다. 여기저기 똑같이 지어진 회색 진흙집을 여러 채 지나, 정면에 뽕나무가 있는 집으로 들어선다. 그곳에서 나는 그 노파와 노파가 거느리는 만 명의 귀신을 보리라.

⁓ꜱꜱꜱ⁓

강가에 누워 나 자신을 얼마나 오래 내버려뒀는지 모르겠다. 주기적으로 위경련이 오면 속을 게워낼 요량으로 몸을 배꼰다. 내 안에서 나온 오물 위에 누워 인삼과 물을 입안에 채워 넣을 때만 움직인다. 이건 피와 뼈에 각인된 생존 본능이다.

겨우 눈을 떴을 때, 눈에 담긴 것은 하늘이 아니었다. 그것은 내가 고개만 돌려 얼굴 바로 옆에 게워낸 오물 속에 있던 씹다 뱉은 인삼 뿌리 몇 조각이었다. 내가 투명하고 비어 있는 것처럼, 마치 내 옆에 있는 강만큼이나 반투명하게 느껴진다. 나는 허벅지 사이의 피가 멈춘 걸 느끼고, 상처 딱지마냥 딱딱해진 헤진 천을 몸 안에서 빼냈다. 빼낸 천을 조심스레 접어, 흐르는 물에서 멀리 떨어진 돌 위에 올려놓았다. 옷을 마저 벗고 물살을 헤치며 강물 속으로 걸어 들어갔다. 사타구니부터 종아리까지 굳어 있던 피를 문지르며 몸을 씻었다. 그러자 말라붙어 진흙 빛을 띠는 피딱지가 내 손 안에서 금세 붉은 액체로 변했다. 그렇게 강의 혀가 내 몸을 휘감고 핥아대니 내 피는 물속에 녹아 자취를 감췄다.

작은 조약돌로 머리와 몸을 문질렀다. 피부가 까져 쓰라릴 때까지, 그렇게 나를 닦아냈다. 그리고 선선한 바람에 몸을 말렸다. 낮의 길이로 추정컨대 모심기 계절이었다. 부모님 두 분이 모두 살아 있고 나도 아직 어린아이였을 때, 우리 가족은 벼농사를 지었다. 우리가 살던 곳에서는 1년에 딱 한 번 파종하고 수확했기 때문에 모든 일이 재빨리, 그리고 적절히 이루어져야 했다. 일꾼들의 새참을 챙기는 것은 집안 막내인 내 일이었다. 나는 밥과 국을 담은 쟁반을 균형 맞춰 머리에 이고, 식사를 날랐다. 음식을 떨어뜨리지 않고 잘 나르면 밖에 나가 놀 수 있었는데, 이 놀이 역시 아주 실용적이었다. 나는 공중에 막대기를 휘적거리며 줄 맞춰 심어진 벼 사이사이를 뛰어다녔다. 그렇게 나는 여린 작물을 노리는 새들이 우리 식량을 까먹지 못하게 내쫓으며 놀았다.

내가 좀 더 자라고 둘째 언니와 셋째 언니가 이웃 농가에서 품삯을 받으며 일을 시작하자, 나는 더 많은 일을 해야 했다. 나는 어머니와 큰언니와 함께 무릎까지 오는 질편한 진흙 논에서 몇 시간이고 허리를 숙인 채 모를 심었다.

어느 파종기에 어머니는 죽은 아이를 낳았다. 어머니의 쭉 뻗은 손보다 더 작았던 아이. 어머니 몸에서 시큼한 냄새가 나는 분비물과 피가 쏟아져 나올 때, 그 아이는 어머니 손가락 사이로 미끄러져 빠져나갔다. 내가 보기 전에 어머니가 천으로 아이를 덮어 묶었다. 겉보기에 새참처럼 묶어 놓았다. 하지만 큰언니는 그 아이를 보았다. 기형아였어, 순자 언니가 속삭였다. 올챙이 같은 꼬리가 있었거든. 어쩌면, 한참 뒤에 큰언니가 덧붙였다. 사내아이였는지도 모르지.

우리는 어머니와 빨랫감을 들고 강에 갔다. 어머니는 큰언니와 내게 빨랫감을 나눠주고선 작게 웅얼거리며 하구로 걸어 내려갔다. 우리는 어머니의 목소리를 들었다. 점점 커지며 거센 물살 소리를 덮어버린 목소리, 어머니는 강의 노래를 부르고 있었다.

푸르른 물, 수많은 사람들이 죽어갔나? 뭇사람의 슬픔도 흘러 흘러서 가노라.

큰언니와 나는 옷감을 두들기면서, 곁눈질로 어머니를 쳐다보았다. 어머니는 죽은 아이를 감싼 수의를 꼭 동여맨 뒤, 강물에 흘려보냈다. 사자의 입으로 들어가는 거야, 나중에 큰언니가 나를 골릴 요량으로 말했다. 지옥 문지기에게 바치는 제물인 셈이지.

＊

　나는 목욕 후 몸을 말리면서, 내 피를 막고 있던 천과 내 첫아기가 남긴 모든 것을 챙겼다. 그것들을 물속에 던져버리지 않고 개울 옆 평평한 곳에 묻었다.

　　＊

　내 첫아이가 만약 태아에서 유아로 성장했다면, 어떤 모습일지 상상하곤 한다. 그랬다면 그 녀석 또한 살아 있는 내 딸처럼 온전한 형태를 갖췄으리라 마음속에 그려본다. 그저 조그맣다는 것을 빼면 그 아이의 머리와 손과 발가락, 그 모든 것은 완전하며 사람의 형태를 갖췄을 것이다. 내 주먹보다도 작은 그 여린 아이는 팔다리를 자기 배와 가슴 위에 올린 채 몸을 포개고 있으리라. 감긴 눈꺼풀 속 아이의 눈이 부드럽게 떨리고, 젖 빠는 꿈을 꿀 때마다 아이가 입을 벌렸다 다물었다를 반복한다. 이렇게나마 강의 품 안에 안겨 강의 젖을 빨고 있는 내 첫아이를 상상해본다.

5

베
카

죽음의 전령이자 지옥의 수호신인 사자는 색스에 들끓던 쥐와 바퀴벌레처럼 우리 집 벽 틈에 살고 있었다. 아침마다 옷을 갈아 입기 전에 나는 옷장 안에서 회색 털 뭉치, 발자국, 양귀비 씨앗 똥, 바퀴벌레가 떨구어 놓은 바스락거리는 얇은 막 등을 살폈다. 같은 식으로 죽음의 전령이 남긴 흔적도 찾았다. 옷을 솔질하고 털 때나 속옷 서랍을 뒤질 때면, 내 옷 안에 엄마가 꽂아둔 낡은 부적, 그리고 팬티에 꿰매둔 소금이나 재를 담아놓은 꾸러미를 찾아냈다.

나는 썩은 피부에 뿔이 달린 추한 노인의 모습으로 죽음의 전령을 상상했다. 그는 이빨 없는 입을 벌린 채 아파트 앞에 줄 서 있는 영혼들을 게걸스럽게 먹어치우려고 누런 눈을 이글거리며 기다렸다. 활짝 열린 우리 집 현관문은 쩍 벌린 사자의 입처럼 보였고, 엄마는 사람들의 영혼을 시식하고 죽음을 맛보려는 사자의 혀 같았다. 빨간 주머니에 든 부적을 갖고 다니지 않았다면 악령이 호시탐탐 나까지 낚아채려고 노릴지 모르는 일이었다. 사자는 아버지의 설교에 나오던 악령이었다. 하지만 엄마가 사자에게 노래를 부르고 제물을 바치다 보니, 어느 순간부터 사자는 아버지보다 더 가깝게 느껴졌다.

때때로 잠을 이룰 수 없던 밤이면 나는 건물을 나눠 쓰는 이웃들이 중얼거리는 소리나 길거리 차들이 내는 소음을 들었다. 나는 알 수 있었다. 아니, 안다고 생각했다. 그것은 사자가 죽은 자들을 잡아먹을 때 내는 소리였다. 그럴 때마다 나는 잠에 빠져 있던 엄마에게 바짝 붙어 진짜 밤의 소리를 들으려고 귀를 기울였다.

옆집 스위트 메리가 롤리팝 라운지에서 돌아와 현관문을 여는 소리가 들렸다. 곧이어 욕조에서 콸콸콸 쏟아지는 물소리가 났다. 마치 턱을 딱딱거리면서 먹이를 씹어대고 핏물을 후루룩 마시는 사자의 소리 같았다. 위층 노인이 걸어다니는 소리는 사자가 사냥을 하러 벽에서 걸어 나오는 소리처럼 들렸다. 그 노인에 관해 기억할 수 있는 건 오줌과 매니큐어 냄새가 났다는 것이다. 그는 흘러내린 바지를 입고 발을 끌며 거실을 오갔는데 시간에 상관없이 "세 시!"라고 외쳤다.

잠이 오지 않던 어느 밤 나는 엄마를 깨웠다. 이른 아침에 알람 시계를 끈 다음 여전히 잠에 취해 침대에 있었을 때 같기도 하다. 우리는 담요를 뒤집어쓰고 있었다. 나는 엄마의 겨드랑이 사이에 머리를 껴 넣고 노인이 바닥을 삐걱거리며 "세 시!"라고 외치기를 기다리고 있었다.

그가 "세 시!" 하고 외쳤을 때, 엄마는 킥킥 웃었다. 하지만 나는 엄마의 팔에 매달려 엉엉 울며 말했다. "저건 죽음의 전령인 사자예요. 우리 집에 들어오는 소리를 들었어요. 부엌을 훑어보고는 냉장고를 열고 물도 한잔 마셨어요. 이제 우리를 잡으러 올 거라고요."

"너 무슨 꿈꾸니?" 엄마가 물었다.

"사자예요, 엄마," 내가 속삭였다. "그의 냄새를 맡을 수 있어요."

"일어나, 베카!" 엄마가 내 어깨를 붙잡고 흔들었다. "꿈에서 깨어나란 말이다!"

"그에게서 냄새가 나요, 엄마. 부글부글 고름이 끓는 그의 검푸른 피부가 썩고 있어요!" 나도 엄마처럼 그를 똑똑히 볼 수 있고, 그가 진짜라는 것을 안다고, 엄마에게 알리고 싶었다.

엄마는 시트에서 일어나 부엌으로 달려갔다. 냉장고 문이 열리는 소리가 들렸고, 이내 곧 엄마는 다시 방으로 돌아왔다. 엄마는 생닭 한 마리를 가져와 높이 쳐들고 흔들어댔다.

"똑바로 앉아," 엄마는 나를 향해 닭을 흔들어댔다. "빨리," 그러자 생닭의 간과 내장이 침대 시트 위에 떨어졌다.

"아이쿠!" 엄마는 내장을 다시 닭 속에 집어넣으며 욕을 했다. 이어서 나를 쳐다보지도 않고 내게 말했다. "잠옷 벗어."

"왜요?" 내가 물었다. 그러자 엄마는 피 묻은 손으로 내 잠옷을 벗기기 시작했다. 나는 몸부림을 치면서 옷을 벗었다. 엄마는 내 잠옷을 움켜잡더니 그것으로 닭을 둘둘 말은 다음 내 머리 위에서 흔들었다. 그러고는 노래를 부르며 다시 밖으로 달려 나갔다.

"엄마?" 나는 내 팔로 앙상한 가슴을 감싼 채 엄마가 신들리지 않기를 바라며 거실로 따라 나갔다.

팔 아래에 닭을 쑤셔 넣은 엄마는 현관문의 자물쇠를 만지작거렸다. 문을 힘들게 연 후 난간으로 달려가 닭을 거리로 내던졌다. 잠옷의 소매는 아래로 떨어지는 몸통으로부터 달아나려는 듯 펄럭였다. "베카의 유령아, 안녕!" 뒤에서 엄마가 외쳤다.

엄마는 강의 노래를 흥얼거리며 천천히 아파트로 돌아왔다. 그것은 엄마가 내게 가르쳐준 유일한 노래였다. 엄마는 문을 다시 잠그려고 했지만 엄마의 기름진 손은 놋쇠 재질의 잠금장치에서 자꾸 미끄러졌다. 나는 그 모습을 바라보며 기다렸다. 엄마는 잠옷에 손을 닦으며 말했다. "자, 됐어." 나는 엄마가 아직 나와 함께 이 세계에 있다는 것에 안도했다.

"만약 사자가 너를 괴롭히는 거였다면, 나는 그렇게 생각하진 않지만, 방금 내가 바친 게 너라고 착각할 거야." 이렇게 말하면서 엄마는 부엌으로 걸어가 냉장고 문을 닫고 수도꼭지를 틀었다. 손을 씻으며 말을 이어갔다. "사자는 잘생겼을지 몰라. 하지만 똑똑하지는 않지."

사자에 대한 내 추측은 그가 대식가라는 점에서만 맞았다. 물론 그가 다른 음식보다 인간의 영혼을 가장 탐하지만 닭이나 돼지, 수북이 담긴 보리나 쌀, 오렌지와 위스키 같은 제물에 속아 넘어가거나 마음이 누그러진다는 것도 알게 되었다.

엄마 말에 의하면, 사자는 늙거나 추하지 않고 젊고 잘생겼으며 매력적이고 박력 있는 어둠의 군인이었다. 이 말을 들었을 때, 난 내가 상상할 수 있는 가장 잘생긴 남자인 아버지를 닮았다고 생각했다.

사진 속 아버지의 모습은 늘씬한 몸에, 납작한 이마 선을 따라 회갈색 머리카락이 위로 뻗어 있었다. 하지만 나는 아버지가 하울리haole(하와이 토박이가 아닌 백인—옮긴이)라서 로버트 레드퍼드를 닮았다고 생각했다. 때때로 아버지 사진과 내 모습을 거울에 비쳐보며 닮은 점을 찾아보았다. 내 곧고 높은 코, 튀어나온 입에서 아버지의 모습을 발견했다. 기울어진 눈매나 완전히 까만 머리카락은 엄마를 닮았지만 말이다.

사자가 아버지를 닮았다고 상상하면 왜 엄마가 죽음과 장난을 치는지 이해할 수 있었다. 적어도 갓 결혼했을 때엔 엄마도 아버지가 다른 어떤 남자들보다 잘생겼다고 생각했을 것이다. 나는 부모님이 처음 만났을 때, 서로의 눈을 바라보며 사랑에 빠져 「어떤 황홀한 밤Some Enchanted Evening」이라는 노래를 흥얼거리는 모습을 상상할 수 있었다. 마치 영화 「남태평양」에서 라이어트와 조 케이블 중위의 모습처럼 말이다. 이 모습은, 나중에 내가 처음 사랑에 빠졌을 때 떠올리려고 애쓴 모습이기도 했다. 하지만 내가 뚜렷이 기억할 수 있는 캐릭터는 라이어트의 엄마인 블러디 메리의 모습뿐이었다. 메리의 몸은 둘 사이에서 위엄 있게 빛났고, 메리의 존재감은 너무 강렬해서 애처롭게 사랑을 고백하고 입을 맞추려는 두 연인의 모습을 더욱 초라하게 만들었다.

엄마는 신이 들려 춤추기 시작하면, 죽음의 군인을 어르고 달래며 자신을 데려가 달라고 빌었다. 닭이나 돼지 발, 돼지머리와 같은 날고기를 손에 쥔 채 "사자 님이시여, 사자 님이시여" 하고 노래하며 춤췄다. 가장 좋아하는 애완동물이나 애인을 부르듯 사자의 이름을 부를 때마다 나는 "엄마, 나는요?"라고 울부짖으며 엄마가 떠나지 못하도록 몸을 날렸다. 그러나 엄마는 나에게 걸려 넘어지면서도 돼지머리를 들고 사자를 불러들이며 계속 춤을 추었다.

기다리다 지친 엄마는 두 번이나 직접 죽음의 전령을 만나려
했다. 첫 번째 시도에서 엄마는 욕조에서 익사할 뻔했다. 보아 하
니 사자와 함께 크라운 로열(캐나다 위스키—옮긴이) 한 병을 들이
키고서 샤워를 하려다가 기절한 것 같았다. 쉴 새 없이 덜컥거리
는 소리를 내는 수도관 때문에 정오 전에 잠이 깬 스위트 메리는
머리끝까지 화가 나 경찰을 불렀다. 메리는 전에도 몇 번이나 경
찰을 부르겠다고 위협한 적이 있었다. 경찰이 우리 아파트에 들이
닥쳤을 때 그들은 물이 졸졸 흐르는 하수구에 코를 박은 채 꿈꾸
고 있는 엄마를 발견했다.

두 번째에도 첫 번째와 비슷하게 계획적으로 자살을 시도했다
고 볼 수는 없었다. 의사들은 증거 불충분을 이유로 엄마가 실수
로 알라와이 운하에 떨어졌을 가능성이 있다고 말했다. 엄마가 수
영도 못하는데 운하 가장자리를 그렇게 가까이 걸었을 리가 없다
는 것이다.

오직 나만 엄마가 죽음을 쫓아갔다는 것을 알 수 있었다.

엄마는 행복의 꼬리를 너무 잡고 싶은 나머지 꼬리잡기를 절대
멈추지 않는, 그래서 절대 자기 꼬리를 잡을 수 없는 고양이와 같
았다. 엄마가 아무리 빌고 위협하고 소망하더라도, 엄마가 죽기를
원하는 한 엄마는 죽지 못할 터였다.

의사들이 엄마 몸에서 알라와이 운하의 누런 물을 게워낸 후, 나는 다리 아래 나만의 공간에서 흘러가는 강물을 더 오래 지켜보았다. 다리를 꼬고 앉아 몇 시간이고 둑을 바라보았다. 대체 엄마가 저 더러운 물에서 무엇을 본 것일까, 이해해보려 했다. 기둥 턱에 다리를 걸었다면 물에 닿았을 수도 있었을 것이다. 그러나 나는 수면 아래 유령처럼 어른거리는 해파리한테 쏘일까 봐 물 근처에는 갈 생각도 하지 않았다.

강에서 무얼 봤는지, 왜 운하에 빠져 죽으려 했는지 엄마에게 물어봤다. 사실 엄마가 사랑하는 유일한 사람이 나라고 말해 놓고 왜 나를 떠나려 했냐고 물어보고 싶었던 것 같다.

"베카," 엄마가 내 머리를 쓰다듬으며 말했다. "너를 떠나려는 것이 아니라 내가 잃어버린 것을 되찾으려고 했던 거야."

엄마가 너무 슬퍼 보여서, 나는 아무 생각 없이 내뱉은 말을 후회했다. "엄마," 내가 말했다. "엄마가 무얼 잃어버렸는지 말해주면 그걸 찾을 수 있게 도와드릴게요."

돌이켜보면 나는 내가 잃어버린 물건을 잘 찾는다고 생각했던 것 같다. "기억나요?" 내가 말했다. "레노 아줌마가 행운을 빌며 엄마에게 주었던 옥 개구리 잃어버렸던 거 말이에요. 내가 침대 아래 오래된 상자 속에서 발견했잖아요. 우리가 잃어버렸다고 생각했던 위싱볼의 돈 기억나죠? 내가 레노 아줌마 트렁크에서 찾왔고요."

나는 내가 기억할 수 있는 아주 오래전부터 엄마를 위해 찾아준 물건들의 이름을 댔다. 하지만 실상 나는 엄마에게 당신의 딸을 기억해달라고, 내가 얼마나 큰 도움이 될 수 있는지 기억해달라고 졸랐던 거다. 나는 무언가를 찾아주는 사람이었고, 그래서 엄마는 내가 필요했다. 나는 엄마에게 우리가 연결되어 있다는 것을 상기시켜주고 싶었다.

엄마는 자기가 무엇을 찾고 있는지 말해주는 대신 '바리공주' 이야기를 들려주었다. 나를 침대 옆으로 끌어당긴 후 어린아이인 양 나를 토닥거렸다. 질문을 하려고 하자 엄마가 아주 부드럽게 내 입에 손가락을 갖다 댔다. 그 동작이 너무 부드럽고 가벼워서 엄마의 손가락이 내 몸에 닿았는지 잘 모를 정도였다.

"옛날 옛적에, 아주 아주 오래전에 ⋯ ." 엄마는 내가 편안한 자세를 취하자마자 이야기를 시작했다. 나는 무릎을 몸에 바짝 당기고 엄마 가슴에 편안히 등을 기댔다. 엄마가 말할 때마다 내 뒷머리가 간지러웠다. " ⋯ 아들이 없던 왕과 왕비가 일곱 번째 딸을 낳았단다. 절망에 빠져 어떻게 불행을 쫓아내야 할지 막막했던 왕과 왕비는 삼신할머니에게 이 딸을 바치고 말았어."

엄마는 때때로 삼신할머니에 관해 말했다. 삼신할머니는 아이들을 보호하고 키우는 신령이었다. 내 생일마다 엄마는 제단에 달달한 떡을 공물로 바치고, 내가 태어난 것을 축복하며 삼신할머니께 감사 기도를 올렸다. 엄마는 내게 무슨 문제가 일어나거나 무서울 때면, 삼신할머니를 인덕이라는 이름으로 부르며 기도하라고 가르쳤다.

"엄마도 나를 삼신할머니에게 바쳤어요?" 엄마 말을 끊고 물어 봤다.

엄마가 내 머리를 두드렸다. "들어봐." 엄마는 계속 말했다.

"바리공주의 부모가 아들 없이 죽자, 사자는 그들을 지옥으로 데려갔단다. 바리공주는 부모를 가엾게 여겨 하늘을 거쳐 땅으로, 그리고 지옥 입구인 가시문 옆을 흐르는 깊고 어두운 강까지 갔지. 문 앞에서 공주는 몇 줌의 보리와 쌀을 던지고 감귤을 굴린 다음 빗장 사이로 술을 부었어. 그러자 제물에 탐이 난 사자가 문을 열었단다."

"사자가 제물에 정신이 팔려 있는 틈을 타 공주는 지옥에 살짝 들어가 부모를 찾았어. 인간 영혼들은 물고기의 몸에 갇혀 무리 지어 있었지. 공주는 무리 사이로 헤엄치며 나아갔어. 그때 공주는 자궁에 있었을 때 어머니가 불러줬던 노래를 듣게 되었어. '엄마!' 하고 외친 후 공주는 자기 허리에 묶어두었던 긴 천으로 부모님을 붙잡았단다. 사자가 트림을 하고 문을 닫기 전에 그녀는 재빨리 부모님을 지옥문에서 끌어냈어. 그러고는 땅과 하늘을 지나 함께 연꽃 낙원(불교의 극락정토—옮긴이)으로 갔단다. 거기에서 그들은 천사로 다시 태어났지."

이야기가 끝나자 나는 무릎을 벗어나 엄마를 돌아보았다. "그 노래가 뭐였어요?" 내가 물었다. "바리공주가 알아들었던 노래

말이에요."

"너도 아는 거야." 엄마가 웃으며 노래를 불렀다. "푸르른 물, 강물도 못 믿으리로다 ··· ."

나는 노래의 마지막 부분을 엄마와 같이 불렀다. "강의 노래잖아요. 절대 잊지 않을게요, 알겠죠, 엄마? 엄마가 그 노래를 부르면 무슨 일이 있어도 제가 엄마를 찾을게요, 알겠죠? 내가 바리공주처럼 엄마를 구할 거예요."

~~~

엄마가 죽은 후 처음 맞은 토요일에 나는 운하에 갔다. 알라와이 초등학교에 주차를 하고 운동장에서 공원으로 이어지는 길을 거슬러 운하로 향했다. 초등학생들은 내가 다닐 때부터 있던 붉은 흙길을 아직도 이용하는 것 같았다. 그곳에 작은 발자국들이 나 있었다. 그 길은 내가 기억하는 것보다 폭이 좁다. 공원의 대추야자수 사이로 길이 구불구불 이어졌고, 길은 다리 아래 내가 예전에 숨곤 했던 장소 앞에서 끝났다. 나는 다리 아래에서 몸을 숙이고 기어들어가 오래전에 앉아 있던 자리에 앉았다. 물이 바위를 핥고 있는 아래쪽을 바라보니 한 줌의 대추야자 씨앗이 보였다. 나는 대추야자수 아래에서 작고 단단한 열매를 찾곤 했다. 그때는 동전을 주웠을 때처럼 기뻐했고 심지어 자연의 선물이기에 더 좋은 행운을 가져다줄 거라고 믿었다. 얇은 과육을 씹으며 나는 삼신할머니가 나를 돌보고 있음에 감사했다.

　어른이 되고 나서 언젠가 푸드랜드(하와이에 본사를 둔 미국 슈퍼마켓 체인점—옮긴이)에서 큰 플라스틱 통에 씨 없는 대추를 팔고 있는 것을 보고는 바로 한 통을 산 적이 있다. 어린 시절의 맛을 다시 맛보고 싶어 참을 수 없었다. 하지만 차 안에서 봉지를 뜯어 한 알을 입안에 넣자마자 나는 실망하고 말았다. 그 열매는 너무 달고 굵어 한입에 넣을 수도 없었다. 나는 대추야자 씨를 빨아 먹던 것이 그리워졌다.

　대추야자 씨가 쌓여 있던 곳 옆에는 소녀들이 결혼식이나 고등학교 무도회에 갈 때에 신을 법한 새틴 신발 한 짝이 있었다. 그 신발도 한때는 하얀색이었겠지만 지금은 진흙에 반쯤 묻혀 있었다. 신발 옆에는 잔 나뭇가지와 버섯 사이에 흐물흐물하게 늘어진 콘돔이 있었다. 나는 이 모든 것을 운하에서 본 적 있었다. 바비 인형의 팔과 머리, 맥주병과 소다 캔, 똥, 신문으로 접은 배와 모자, 그리고 개헤엄을 치던 쥐 등등. 나는 종종 해파리나 잡어인 틸라피아(열대 지역의 민물고기—옮긴이)를 몰래 지켜보기도 했다. 어쩌면 그것들이 내게 강의 노래를 부르면서 변장 속에 가려진 진짜 영혼을 드러내지 않을까 기다릴 때면, 내 심장은 더 빠르게 요동쳤다. 파닥거리며 도망가기 전까지 그렇게 몰래 지켜보았다.

엄마가 죽은 후 맞은 첫 번째 토요일, 나는 운하의 물이 쓰레기를 휘감는 모습을 지켜보면서 무엇인가를, 엄마가 보내는 어떤 신호를 기다렸다. 그때 무슨 생각으로 그랬는지는 모르겠다. 하지만 엄마의 영혼이 깃든 물고기 그림자 하나 보지 못했다.

때가 되었을 때, 엄마가 나를 필요로 할 때 나는 엄마를 구하지 못했다. 나는 바리공주가 아니었다. 죽음의 먼 해안까지 헤엄쳐 엄마를 다시 이승으로 끌어올릴 수 없었다. 나는 물에 발조차 담그지 못했다.

<u>6</u>

아
키
코

인덕이 내게 강에서 빠져나오라고 외친 다음 날, 나는 신령을 찾아 나섰다. 찾지 못하리라 짐작하면서도 길을 나섰다. 만신 아지매에게 가봐, 인덕이 말했다. 이어 인덕의 손이 내 가슴 안쪽으로 깊게 파고들어가 마음을 꺼낸 후, 은색 실로 묶어 나를 이끌었다.

내 앞에서 내게 손짓하는 인덕만을 바라보며, 나는 여정 내내 걷다가 자다가를 반복했다. 때때로 인덕의 모습은 흐려져 두 개가 되었다가, 또 네 개가 되었다. 그녀는 인덕이었다가 어느 순간 내 어머니로 변했다. 그녀는 또다시 내 어머니의 어머니가 되었고, 격식을 갖춘 도포 차림의 노파로 모습을 바꿨다. 그러다 문득 내가 조상들과 함께 걷고 있다는 사실을 깨달았다.

나는 어머니에게 달려가려고 했지만, 어머니는 고개를 좌우로 흔들더니 나와의 거리를 유지했다. 그때 어머니의 손에는 내 손바닥보다도 더 작은 책이 들려 있었다. 서당에 들어가면 제일 먼저 배우는 천자문이었다. 어머니가 책장을 넘기기 시작하자, 나는 거기에 씌어 있는 것을 읽으려고 안간힘을 썼다. 하지만 전혀 이해할 수 없었다. 빠르게 움직이는 그림에 집중하다 보니 오히려 온몸에서 진이 빠졌다.

어머니가 책을 획획 넘겼고, 나는 책 속에서 유년 시절의 나와 큰언니 모습을 발견했다. 우리는 보리밭을 지나 집 뜰로 가는 어머니에게 매달려 있었다. 죽은 어머니의 몸에 찰싹 붙어 죽은 혼을 기리며 울고 있는 모습도 보았다. 헐떡이는 일본군 아래에 누워 있는 내 모습도 보았고, 마지막 장에서는 큰언니가 같은 군인 아래 누워 있는 것을 보았다. 그리고 강가에 앉아 있는 나를 보았고, 걷다가 잠들기를 죽을 때까지 반복하는 내 모습을 보았다.

이 대목에서 어머니는 책을 덮었다. 어머니께 어째서 나머지 부분을 마저 볼 수 없냐고 묻자, 증조할머니인 최고最古 신령이 답해주었다. 마지막 장을 읽으면 우주를 알게 되는 거란다. 그러면 죽게 되는 게지.

～ⅇ℮℮

고개를 들어보니 나는 혼자였다. 바다 냄새가 나는 것으로 미루어보아 서쪽 강을 따라온 것 같았다. 인덕이 말해주었던 작은 흙벽돌집들이 눈앞에 보였다. 산비탈에 자리 잡은 집들이었다. 마당에서 잠을 청할 수 있는지 물어보려고 첫 번째 집 대문을 두드렸다. 아무런 대답도 들리지 않았고 두 번째로 들어간 집도 마찬가지였다. 마지막으로, 세 번째 집에서도 응답해주는 이가 없었다. 하는 수 없이 무작정 마당으로 들어가 우물가에서 옷을 벗었다. 나는 우물을 둘러싼 잘 뭉그러지는 진흙 위에 옷을 얹어두고, 정화되기를 바라며 얼음장같이 찬물로 몸을 닦았다. 그럴 수 없다는 것을 알면서도 그런 마음으로 목욕을 했다.

군인들이 인덕을 죽인 다음 날, 그러니까 인덕이 제 이름을 되찾고 내가 새로운 아키코가 된 다음 날, 내 피부는 마치 인덕의 몸인 양 밀랍처럼 느껴졌다. 위안소의 다른 여자들과 같이 목욕하러 강가에 갔을 때, 우리는 꼬챙이에 꿰어져 길가에 버려진 인덕의 몸을 발견했다. 우리는 인덕을 강으로 데려가, 혼이 몸을 떠나는 준비를 돕고 싶었다. 인덕을 아꼈던 누군가가 그녀가 좋아했던 향 나는 기름으로 그녀의 몸을 닦았어야 했다. 인덕을 아꼈던 누군가가 그녀의 머리가 남쪽을 향하도록 눕히고, 그녀의 혼이 길고도 긴 다음 여정을 떠날 수 있도록 배불리 먹이는 잔치를 마련했어야 했다.

위안소 여자들은 인덕을 위해 이 일들을 해주고 싶었다. 하지만 결국 우리는 일본군이 버려둔 대로 인덕을 남긴 채 떠났다. 막대에 끼워진 인덕의 발가벗은 몸은 숲속 덤불에 고작해야 반쯤 가려져 있었고, 인덕의 공허한 눈은 감지 못한 채 강가를 응시하고 있었다.

남편이 갓 태어난 우리 딸에게 줄 장난감 인형을 집으로 가져
오면, 나는 그중에서 고집 세 보이는 푸른 눈을 가진 플라스틱 인
형을 골라내 붙박이장에 집어넣는다. 인형의 피부는 야들야들하
게 보드랍지만 죽은 다음 날의 사람 피부마냥 어딘지 차갑고 딱
딱하게 느껴진다. 내 아이가 저 죽어 있는 인공물 옆에 누워 포근
함을 느낀다고 생각하면 진저리가 난다. 인형을 장 속 수건과 침
대보 아래에 숨긴 뒤, 아이를 들어 올려 품에 안는다. 잠에 취해
상기된 아이에겐 내 몸이 다소 차가울 텐데도 아이는 내 품을 파
고든다. 젖 먹일 때 아이의 열은 내 안으로 들어와 내 것이 되고,
내 심장에 찰싹 붙은 아이의 심장은 내 것이 되고 내가 된다. 이
모든 것이 내게 생명을 준다.

붙박이장에 겹겹이 쌓인 인형들, 깜빡이지도 않고 앞도 보이지
않는 눈으로 옷장 문과 벽을 통과해 우리를 응시하고 있는 저 인
형들을 생각하지 않으려 한다.

∽ꞓꞔ

새벽에 눈을 떴을 때, 내 손가락은 강가에 던져진 미끼처럼 매
달려 있었고 목에는 밧줄이 감겨 있었다. 수년 동안의 출산으로
늘어지고 납작한 노파의 가슴에 내 옆머리가 부딪혔다. 내가 바로

앉으려고 하니 노파가 화들짝 놀라 소리쳤고 가슴이 흔들렸다. 아이고! 죽은 이가 자리에 앉네!

올가미를 썬 목을 내밀어 고개를 들자, 저 가슴이 내 옷 위에 양반다리로 앉아 있는 백발 여자의 가슴이라는 것을 알았다. 노파의 몸에는 검버섯과 주름이 가득했는데 희한하리만큼 얼굴만은 매끈하고 젊어 보였다. 나는 이 노파가 인덕이 내게 찾으라고 한 만신 아지매임을 알아보았다.

노파가 밧줄 끝을 잡아당겼다.

만신 아지매, 내가 물었다. 제가 왜 묶여 있는 거죠?

으-아! 노파가 소리쳤다. 죽은 자가 날 알아보다니! 노파가 벌떡 일어나는 바람에 밧줄은 더 팽팽해졌다.

나는 손을 들어 밧줄을 잡고 조심스럽게 잡아당겼다. 노파가 꽉 쥐었던 밧줄이 슬슬 미끄러지더니 땅에 떨어졌다. 제발요, 내가 물었다. 왜요?

노파의 손은 마치 밧줄을 계속 잡고 있는 것처럼 홱 움직였다. 너는 길을 잃은 게야, 노파가 말했다. 이승과 내세 사이에서 말이지, 그리고 난 너를 제자리에 돌려놓으려는 게다. 노파는 가슴을 들어 올려 상처 난 배를 벅벅 긁었다. 심지어 너는 날 놀라게 하지 않았느냐, 잠깐 짐승처럼 으르렁거리고, 다음에는 애기처럼 울어서 말이다.

노파가 발을 끌며 가까이 온 후 내 얼굴을 자세히 들여다보려고 무릎을 꿇었다. 호랑이 혼은 아니지, 그치? 노파가 내민 손바닥이 바닥을 향했다. 네가 호랑이 혼이라면, 나는 가버릴 테야. 나는 무덤을 보살피고, 가족을 잃어버렸거나 그들에게 버림받은 혼을 위해 향을 피우지. 일본인에게 아들을 뺏긴 자, 도적에게 아들을 살해당한 자, 독립군으로 상해로 떠난 자들을 봤고 그들을 기억한 단다. 그러니 나는 … .

노파는 잠시 말을 멈추고 눈을 깜빡이더니 이윽고 내 머리를 만졌다. 호랑이 혼이 무덤 주위를 배회하는 것을 본 적이 있다. 딱 한 번 밤에 보았지. 그런데 너는 그저 어린 소녀구나.

노파가 내게 어린 소녀라고 했을 때, 울고 싶었던 기억이 난다. 몸을 말아 숙이고 머리를 감싼 채 '엄마! 엄마!' 하고 울부짖고 싶었다. 아주 어린 시절 외로움을 느낄 때 그랬던 것처럼. 어머니가 눈을 감은 밤 우리 집 지붕 위에서 날아가는 어머니의 혼을 잡으려 그랬던 것처럼. 그러나 이제 나를 따뜻하게 안아줄 사람이 없다는 것을 알았기에 나는 울지 않았다. 대신 자리에서 일어나 주변을 둘러봤다.

그러자 우리가 마을이 아니라 무덤에 있다는 사실을 알게 되었다. 전날 밤 내가 두드린 집이 죽은 자들의 집이었다는 것을 깨달았을 때, 온몸이 떨리기 시작했다. 그때부터 울음을 터뜨린 것 같다.

받거라, 만신 아지매가 내게 옷을 건네며 말했다. 호랑이 혼이라면 추위를 피하려 이런 누더기 천으로 몸을 감싸고 있진 않았겠지. 네가 호랑이 혼이라면 머리도 이리 산발이진 않을 테고. 알

다시피 호랑이 혼은 좀 점잖거든.

만신 아지매가 두 팔을 머리 위로 뻗더니 듬성듬성 난 머리를 땋기 시작했다. 내가 한때 미인이었다는 걸 믿기 어렵겠어, 그치? 노파가 말했다. 하지만 사실이란다. 남편이 내게 먹을 걸 충분히 가져다주지 못했어. 개처럼 말이야. 내겐 아이가 참 많았단다. 너무 많아서 셀 수 없을 정도였지.

바삐 움직이던 노파의 입술이 잠시 멈췄다. 노파는 내가 뭔가 말하기를, 혹은 미소를 짓거나 고개를 끄덕여 자기 말에 반응하기를 기다리고 있었다. 하지만 내가 할 수 있는 것이라곤 노파의 입을 쳐다보는 것뿐이었다. 노파의 두 입술이 특정한 방식으로 서로 떨어질 때면, 나는 노파의 이가 빠진 자리에 생긴 검게 빈 틈새를 볼 수 있었다.

얼빠진 사람, 노파의 입이 갑자기 말을 내뱉었다. 그리고 다시 한 번, 마치 주문을 깨거나 주문을 거는 것처럼 더 크게 말했다. 얼빠진 사람. 너는 네 영혼을 잃었어. 그래서 네가 무덤에 온 게야. 다른 이의 영혼을 훔치려 한 게지. 방황하는 영혼, 자기가 어디에 속한지 모르고 헤매는 영혼 말이야.

노파는 내 머리에서 밧줄을 빼내 땅에 던지며 말했다. 이건 부질없어. 네게는 병굿(병을 치료하거나 불운 혹은 우환을 해소하는 굿―옮긴이)이 필요해. 치유 의식이 필요한 게다.

노파에게 나를 도와줄 수 있는지 물었다.

노파가 머리를 흔들며 거절하자 나는 더없이 간절해졌다. 나는 노파에게 도와준다면 보답하겠다고 말하며 애원했다.

만신 아지매는 땋은 머리를 찬찬히 머리에 두르며, 가능한 일인지 고민하는 것 같았다. 만신 아지매는 나를 한 번 내려다보고, 우물가에 초라하게 놓인 내 옷 더미를 쳐다보았다. 순간 나는 난처해졌다. 벌거벗은 내 몸이나 만신 아지매의 몸 때문이 아니었다. 나도 그리고 만신 아지매도 내가 보답할 길이 없다는 것을 너무도 잘 알았기 때문이다.

노파는 죽음처럼 새하얀 옷을 자신의 축 늘어진 기미투성이 몸에 걸치고, 가슴 주위를 띠로 단단히 여몄다. 네게 굿을 해줄 수는 없어, 노파가 말했다. 내가 더 이상 악귀의 일은 하지 않기 때문이란다. 하지만 이게 기독교의 방식이니, 내가 널 도와주마.

만신 아지매는 허리를 숙여 얇은 도금 목걸이를 집어 올리고 목에 걸었다. 노파는 목걸이를 옷 안으로 집어넣기 전에 줄을 앞으로 쭉 빼내어, 내게 줄에 걸린 작은 십자가를 보여주었다. 내 엄지손톱보다 작은 십자가였다. 보이지? 노파가 말했다. 나는 구원받았어.

노파는 내가 자신이 처음 신병에 걸렸던 때의 모습을 상기시키기 때문에 도와준다고 말했다. 또 수년 전 신령이 처음 노파를 찾아왔을 때, 할머니와 함께 살라고 떠나보낸 딸아이가 생각나기 때문이라고 했다. 신령들은 참 질투가 심하단다, 만신 아지매가 설명했다. 네가 그들보다 다른 존재를 더 섬기는 걸, 참을 수 없어 하지.

만신 아지매가 내 머리를 만지며 말했다. 이리 오렴, 머리를 땋아줄게. 그리고 평양 선교사들에게 데려가줄게. 그들이 음식과 옷을 줄 거야.

선교사들은 만신 아지매가 저주와 굶주림에서 벗어나도록 구원해주었고, 그녀는 그에 대한 보답으로 자신을 마리아라고 부르도록 놔두었다.

준비하거라, 만신 아지매가 말했다. 그들은 모든 여자애에게 마리아라고 부르는 것 같으니까.

ℓℓↄ

우리는 기찻길을 따라 평양으로 향했다. 주로 선로와 인접한 숲길을 이용했는데, 노쇠한 소가 이끄는 마차가 좀 더 쉽게 굴러갈 수 있도록 샛길로 가기로 했다. 우리에게 이 늙은 소는 두 다리가 되어주었을 뿐 아니라 일용할 식량을 제공하기도 했다. 먹을 것을 구하지 못한 날 밤이면, 만신 아지매는 소의 어깨 아래를 칼로 베어 소 피를 빼냈다. 그때 나는 피맛을 음미하는 법을 배웠다.

하루하루 시간을 보내는 동안 만신 아지매는 자신에게 계속 말을 거는 신령에 대해 말해주곤 했다. 장군 신장님은 가장 힘이 센 신령으로 거대한 전사란다, 그녀가 말했다. 아주 매혹적이기도 하지. 지금도 내게 다가와 칼을 휘두르며, 자신을 인정하라고 요구하거든. 그럴 때면 난 혼신을 다해 예수 그리스도를 불러, 만신 아지매가 말했다. 그런데 아무리 애써도, 장군님이 속삭이고 또 속삭이고, 작전을 세우는 소리가 내게 들려온다고.

만신 아지매가 모신 신령에 대한 이야기도, 우리가 간절히 먹고 싶은 음식 외에는 아무런 이야기도 나누지 않은 어느 날 만신 아지매는 갑자기 괴성을 지르기 시작했다. 그녀는 마차에서 뛰어내려 길가로 달려가더니, 돌을 퍼 담아 허공에 던졌다. 나는 그녀에게 그만하라고, 어디가 잘못되었는지 제발 알려달라고 소리쳤다. 그러나 더 큰 외침만이 되돌아왔다. 그녀의 목소리가 내 목소리를 덮었고, 그렇게 우리는 목이 쉴 때까지 소리를 내질렀다.

꽤나 오랫동안 이어진 것처럼 느꼈지만 실제로는 그리 길지 않게 외쳐댔던 만신 아지매가 갑자기 행동을 멈췄다. 그녀는 손에 들었던 돌을 바닥에 떨구고, 비명을 멈추더니 다시 마차에 탔다. 땋은 머리에서 삐져나온 머리카락을 돌에 긁혀 피가 나는 손으로 매만지고 나서, 내게 미안하다는 듯 사과의 표시로 미소를 지었다.

제기랄. 질투하는 거야. 그들 말이야. 이 사탄 장군과 예수님이 날 두고 싸우는 거야. 만신 아지매가 가슴을 앞으로 내밀며 말했다. 그들이 힘 겨루는 경기장이 나인 셈이지. 날 소유하려고 싸우지만 그들 중 누구도 날 동정하지 않아. 난 이 상황을 종종 견딜 수가 없고.

그날은 만신 아지매가 내게 잃어버린 것을 찾는 법을 가르쳐준 날이었다. 만신 아지매는 자신의 모든 딸들에게 가르쳐주었다고 했다. 여자는 언제나 자신의 길을 찾아야 하니까.

네 안의 어둠의 공간을 찾거라, 만신 아지매가 설명했다, 그리고 네가 잃어버린 것을 상상해보렴. 그것을 마지막으로 본 장소에 있는 널 마음속에 그리고, 마치 그곳을 날아다니는 것처럼 빙빙 돌아봐. 네 영혼이 그걸 찾아내는 거야. 그러니 네가 마음과 정신 세계에서 잃어버린 것을 잘 되살려내면 살려낼수록, 진짜로 다시 찾을 가능성이 높아지는 거란다.

만신 아지매가 잃어버린 것을 찾아보라고 재촉하자, 내가 떠올릴 수 있었던 건 오직 어머니뿐이었다. 하지만 어머니의 얼굴을 선명하게 기억할 수 없었다. 언니들과 김장 김치를 묻은 곳 옆에 어머니를 묻고 난 지 얼마 지나지 않았는데도, 얼굴이 잘 떠오르지 않았다. 그럼에도 어머니는 내가 생각할 수 있는 전부였다. 내 마음이 어둠 속으로 침잠할 때, 내가 본 것은 얕은 숲 무덤에 묻힌 어느 여자였다. 그녀의 얼굴은 땅에 짓눌려 있었고 입에는 뱀이 넘쳐났다.

그때 만신 아지매의 입에서 인덕의 목소리가 터져 나왔다. 이건 불길한 징조다.

내가 본 환영을 만신 아지매에게 묘사한 다음부터 우리는 평양에서 온 사람들을 더 이상 피하지 않았다. 대신 만신 아지매는 조선인처럼 보이고 조선인처럼 옷을 입은 사람은 누구나에게나 인사를 했다. 만신 아지매는 조선의 독립에 대해 이야기해댔다. 사람들이 돈을 주면, 그녀는 내 꿈을 언급하며 조선 몸체에 있는 뱀이 혁명가들의 머리를 풀기 위해 북쪽으로 기어가고 있다고 풀이해주었다. 그들에게 조심하라는 경고를 전해. 그녀가 덧붙여 말했다.

조선 시대 양반 차림새를 한 남성이 특히 이 소식에 흥분하는 것 같았다. 그대의 전망이 사실로 드러난다면, 그가 말했다, 나는 아주 큰 부자가 될 것이외다. 선생님 말이 사실이라면 내 올 연말에 보답하겠네.

만신 아지매는 내게 비밀스러운 표정을 지어 보이더니 자신의 묘지명을 적어 건넸다. 몇 달 뒤 전쟁이 끝날 무렵 나는 일본인들이 그 묘지에서 불탈 수 있는 것은 모조리 태워버리고, 무덤을 파헤쳐 시체를 훼손했으며, 만신 아지매일지도 아닐지도 모르는 묘지 관리인을 죽였다는 소문을 들었다.

그 양반은 우리에게 동전 한 줌을 건네더니, 허둥지둥 내빼면서 나중에 더 많은 돈을 주겠다고 약속했다. 그날 내내 우리는 말하지 않았다. 그저 옷 아래 감춘 동전들이 아주 작게 짤랑거리는 소리만이 들렸다.

만신 아지매는 평양 사람들이 내가 살던 마을, 그리고 그녀가 살던 마을 사람들보다 대범하고, 몸집이 크고, 잘 먹는다고 말했다. 그들 피부는 그들이 마시는 우유처럼 희고, 밭에서 땀 흘려 일할 필요가 없는 사람 냄새가 난다고 했다. 나는 만신 아지매가 말하는 평양 사람들이란 평양 사람이 아니라, 실제로는 미국인 선교사들을 가리킨다는 것을 눈치챘다.

우리는 똥굴촌이라 불리는 곳을 지나 평양에 진입했다. 똥굴촌은 맨땅 여기저기 구더기가 끓는 배설물이 가득하고, 썩은 호박과 씻지 않은 몸들이 서로를 밀치며 악취를 풍겨서 붙여진 이름이었다.

짐승들, 손으로 입을 가린 만신 아지매가 방금 싼 것으로 보이는 사람 똥 더미를 건너뛰며 말했다.

우리는 쓰레기통을 뒤지고 있던 나이 든 여자들 옆을 지나갔다. 여자들은 지금 내 나이보다도 어렸던 것 같다. 그들은 먹음직한 음식 찌꺼기를 발견하거나, 하꼬방을 지을 수 있을 만한 자재를 찾아내면 기뻐서 소리를 질러댔다. 일본인들이 판잣집이라 일컫는 하꼬방에 사는 것조차 운 좋은 소수에게만 허락되었기 때문이다.

이어서 길가에 누워 있는 한 여자를 지나갔다. 깡마른 가슴 위에는 밥그릇이 얹혀 있었고 부풀어 오른 다리와 팔에는 어린아이 두 명이 매달려 있었다. 죽은 엄마를 꽉 붙잡고 있던 그 아이들은 엄마 곁을 떠나는 것도, 곁에 머무는 것도, 지나가는 주위 사람들에게 구걸하는 것도 모두 두려워하며 그저 울고 있었다. 아이들을 보면서 내가 꾼 꿈이 떠올랐다. 언니들 생각도 났다. 어머니가 돌아가신 후 내게 일어난 일에 대해서도 생각했다. 나는 그 양반이 준 동전을 밥그릇에 떨궜다.

만신 아지매가 재빨리 허리를 숙여 동전의 반을 끄집어냈다. 너 미쳤니? 얘네한테 이렇게 동전을 많이 주면, 이걸 빼앗으려고 누군가 얘네를 죽일 거야.

나는 단지 아이들이 먹을 걸 사 먹었으면 한다고 말했다. 만신 아지매는 아이들은 곧 먹을 거라고, 선교사들이 음식을 충분히 가져다줄 거라고 말했다.

그들이 곧 내게 해줄 것처럼.

일본인들을 피해 선교사들이 숨어 있던 '천국과 지상 멘소래담과 성냥 회사' 건물에 들어갔을 때, 만신 아지매가 고함을 질렀다.

이 애는 반쯤 죽어 있었어요, 만신 아지매가 쩌렁쩌렁하게 말했다. 미쳐 있어서 아주 위험했죠. 하지만 주님 덕분에 이 애를 돌보아 이곳으로 데려올 수 있었습니다.

만신 아지매는 웃옷 밑에서 십자가를 꺼냈다. 물론 이 애를 먹이느라 제가 가진 돈을 다 썼어요. 아시겠지만 제 배도 무척 굶주렸지요.

마리아 아지매, 당신은 참 선한 마음을 지녔군요, 여자 선교사들이 만신 아지매에게 속삭였다. 당신은 틀림없이 축복받을 거예요.

감사합니다, 만신 아지매가 대답했다. 주님께서 축복해주시리라 믿어요.

그럼요, 여자 선교사가 만신 아지매 손에 돈을 쥐어주며 호응했다. 그분은 늘 그러시니까요.

만신 아지매는 천으로 돈을 감싸 허리춤에 집어넣었다. 정확히는 천을 허벅지에 단단히 묶은 후 옷매무새를 정돈했다. 그러곤 돌아섰다. 그녀의 눈이 나를 스쳤지만 나를 보려고 하지는 않았다. 내가 할 수 있는 걸 하는 게다. 할 수 있는 걸 하는 거라고. 그런데 내 신은 너무 질투가 많아서 난 늘 전쟁 중이야.

잠깐만요, 나는 흐느끼며 말했지만 내 목소리가 잘 들리지 않았다. 날 떠나지 말아요, 나는 만신 아지매 뒤에 대고 전혀 말로 들리지 않는 말을 쏟아냈다.

선교사들이 내 팔을 잡았다. 그들 중 한 명이 '쿠쿠'라고 말했다. 그것이 무슨 뜻인지 몰랐기에 나를 보고 하는 말인지 아니면 만신 아지매를 보고 하는 말인지 분간할 수 없었다. 나는 만신 아지매를 불렀고 또 내 어머니를 불렀다.

선교사들이 내 옷을 벗겨서 태우고, 나를 목욕하도록 놔뒀다. 사실 그들에게 다 소용없다고 말하고 싶었다. 나는 결코 깨끗해질 수 없다고 말이다.

ⅇⅇ౦

딸은 눈을 깜빡이지 않는다. 그 애는 빛에 따라 갈색에서 초록색으로, 또 푸른색에서 회색으로 색이 바뀌는 두 눈으로, 그리하여 진짜 색을 찾지 못하는 두 눈으로 나를 쳐다본다. 아이 코앞에 손가락을 갖다 대어도 눈을 깜빡이지 않는다. 속눈썹 끝에 내 손가락이 닿을 때까지 가까이 가져가도, 나를 온전히 신뢰하는 아이는 미동 없이 눈 뜨고 있다. 이 아이가 이 신뢰를 잃기까지, 감은 눈을 다시 뜨고 싶어 하지 않을 때까지, 얼마나 많은 배신을 견뎌내야 할까. 문득 이런 생각이 스친다.

7
아키코

허벅지를 주무르던 만신 아지매가 선교사의 집에서 절뚝거리
며 빠져나갔을 때, 그녀는 내 청력도 함께 가져갔다. 허벅지에는
날 이곳에 맡긴 대가로 받은 돈이 단단히 묶여 있었다. 이곳, '천
국과 지상 멘소래담과 성냥 회사' 건물의 목재 계단을 내려가는
만신 아지매의 발걸음 소리가 희미해져갈 즈음, 나는 내 목소리조
차 들을 수 없었다.

선교사들이 내 팔과 옷과 머리카락을 잡아당길 때, 그들이 재
잘거리는 입을 쳐다보았지만 당최 무슨 말을 하는지 알아들을 수
없었다. 결국 나는 그들에게 두었던 시선을 거두고 내 몸을 맡겼
다. 여자 선교사들이 나를 씻기고, 옷을 갈아입히고, 먹을 것을 준
후 내 손에 성경을 쥐어주었다. 그리고 여자 숙소에 딸린 작은 방
으로 데려갔다. 일본군 위안소에서 지냈던 칸보다도 더 작은 방이

었다.

아무리 외쳐도 인덕은 오지 않았고, 그래서 나는 인덕이 나처럼 귀먹었다고 확신했다. 어쩌면 내가 청력과 목소리를 같이 잃었기 때문에 인덕을 부르지 못한 것은 아닐까 생각했다.

만신 아지매가 일러준 묘책으로 인덕을 찾아볼까 생각해봤다. 하지만 이승에서 인덕을 마지막으로 본 장소를 떠올릴 엄두가 나지 않았다.

$$\smile\hspace{-0.3em}\mathcal{e}\hspace{-0.3em}e\hspace{-0.3em}\mathfrak{d}$$

그 후 며칠 동안 선교사들은 내게 잡다한 일을 시켰다. 그들이 종종 내 손에 빗자루를 넘겨주면, 나는 그들이 다시 빗자루를 가져갈 때까지 바닥을 쓸었다. 내 앞에 접시 더미로 넘치는 설거지통을 가져다주면, 가득 찬 통이 비고 누군가 통의 물을 빼낼 때까지 설거지를 했다. 한번은 나를 성냥갑과 상표가 쌓인 탁자에 앉혔다. 여자 선교사 한 명이 다소 과장된 몸짓과 입 모양으로 내게 성냥갑에 상표 붙이는 법을 가르쳐주었다. 나는 모든 성냥갑에 상표를 다 붙일 때까지 앉아서 풀칠을 했다. 성냥갑이 동나자, 나는 탁자에 상표를 붙였다. 상표가 떨어질 때까지 그 짓을 반복했다. 붙일 만한 것이 더 없는가 고민하던 차에 누군가가 나를 그 일에서 떼어냈다.

나는 선교사의 집 앞 계단과 마루를 빗질하면서 주변을 관찰하곤 했다. 가끔 손가락으로 컵과 접시의 잘 닦이지 않는 부분과 부드러운 표면을 왔다 갔다 문지르며 설거지할 때면 손 아래 있는 설거지통 속의 물을 느낄 수 있었다. 성냥갑과 탁자와 의자에 상표를 풀로 붙일 때, 코를 자극하는 접착제 냄새를 맡았다. 하지만 이 행동들은 소리 없이 벌어졌기 때문에, 이것을 나 자신과 연결시킬 방법은 없었다. 내게는 시간과 거리와 행동과 반응을 판단할 방법이 없었다.

바닥을 쓸고, 설거지를 하고, 상표를 붙이고, 선교사들의 몸짓과 손짓을 따라 할 때, 내 귀에 들린 것은 빗질 소리나 물소리 혹은 종이가 풀을 빨아들이는 소리가 아니었다. 내 귀는 위안소를 떠올리는 소리로 가득 찼다.

ⁿⁿ

이곳에서 보내는 일상을 침범하여 몸의 움직임과 침묵 사이의 틈을 무너뜨리는 것이 있었다. 바로 쉬지 않고 찾아오는 군인들이 내뱉는 볼멘소리, 그리고 맨살끼리 부딪치는 소리였다. 내가 잠시 숨을 고르려 행동을 멈출 때마다 남자들의 웃음소리가 들려왔다. 위안부 한 명의 구멍은 얼마나 많은 남자를 받아야 찢어지는지를 두고 내기하던 남자들 소리가 들려왔다. 그들은 한바탕 웃더니 '니쿠이치'를 외쳤다. 29 대 1. 29는 그들이 우리를 부르는 이름들 중 하나이기도 했다. 그들이 외치는 숫자는 124까지 올라갔다. 나는 그 뒤에 계속해서 올라가는 숫자를 더 이상 견딜 수 없었다.

청소와 풀 붙이기를 하던 중 쥐가 난 손가락을 펴고 결리는 목을 풀 때면, 내 귀에는 한 위안부가 낡은 셔츠를 생리대로 사용했다는 이유로 발로 걷어차이는 소리가 들렸다. 혹은 한 남자가 조금 전 자신이 사정한 여자 몸에 오줌을 누며 호탕하게 웃는 소리가 들려왔다.

이곳에서 조심스레 한 발 한 발 걸음을 내딛을 때마다, 나는 더 많은 남자와 더 많은 군수물자를 위안소로 실어 나르던 트럭의 덜컹거리는 소리를 들었다. 트럭에는 보급 식량과 탄약과 군화, 그리고 새로운 여자들이 타고 있었다. 새로운 여자들은 온몸에 고름이 터져 죽은 여자들을 대체했다.

꺅꺅

청소와 설거지, 요리와 풀질을 멈출 수 없다고 여긴 기억이 난다. 잠시라도 멈추면, 위안소의 소리가 나를 에워싸서 그곳으로 데려갈 것 같았기 때문이다. 그곳의 소리는 내가 먹고, 울고, 안도하고, 숨 쉬고, 살아가면서 만드는 모든 소리를 침묵시키려 한다. 나는 내가 조용히 있는 한, 사람들 눈에 띄지 않고 어둠 속에서 죽을 수 있으리라는 희망을 품고 있었다.

나는 매일 침묵 속에서 깨어났고 내가 어디에 있는지 가늠할 수 없었다. 자리에서 일어나 앉은 다음 문 뒤에 걸린 십자가에 매달린 예수를 보고서야 내가 선교사들과 함께 멘소래담 건물에 있다는 사실을 깨달았다. 하지만 바로 그 순간, 운송 트럭이 우르릉거리고 변속기어가 삐거덕대는 소리가 들리기 시작했다. 트럭의 덜커덩거리는 소리가 점점 더 크게 들려왔다. 나는 그 굉음에 허우적대면서, 지금 당장 침대 밖으로 뛰쳐나가 서두르지 않으면 다시 그 위안소로 끌려갈 것만 같았다.

선교사의 집에서 부지런히 움직였다. 일에 매달리는 것이 내 안으로 파고들어가는 것을 막는 방법이었다.

~~~

내가 맡은 일에서 한눈파는 위험을 굳이 감수하지 않았다. 그래서 이곳에서 머무는 다른 사람들을 알아보기까지 꽤 오랜 시간이 걸렸다. 똑같은 사람들을 매일 만났지만 그때마다 처음 보는 듯했다. 사람들이 아무리 여러 번 내 옆을 스쳐 지나가도, 그들 얼굴을 각각의 특징을 가진 개인으로 파악하고 기억하는 것은 불가능에 가까웠다.

~~~

선교사들은 여자애 몇 명을 '천국과 지상 멘소래담과 성냥 회사'에 고용하는 방식으로 구해냈다. 외세를 신뢰하지 않던 일본인이 기독교를 지지한 것은 아니지만, 천황에게 수익이 돌아갈 수 있는 사업은 권장했다. 여자애들에게 방패막이가 되어준 멘소래담과 성냥 회사 건물은 일본 통치가 시작될 때 세워졌는데 지금은 몇 세대를 거친 듯 낡아 보였다.

구출된 여자애들은 대략 내 또래였다. 둥근 얼굴형의 아이들은 그들이 간직한 순수함으로 예뻤다. 한때 내가 그랬듯이 말이다. 여자애들은 밝은 색깔의 리본으로 머리를 묶었는데, 공동 침실에서 나와 부엌으로 걸어갈 때 리본이 검은 머리카락과 유니폼에 대비되어 빛이 났다. 꼼지락거리며 앉아 있던 아이들은 내가 바닥을 빗질하며 옆을 지나가자, 마치 어린애들처럼 키득거리는 웃음과 잡담을 멈췄다.

나중에 그 아이들이 나를 보며 주고받는 귓속말을 들었다. 다른 사람들은 이미 들었던 내용이다. 어째서 목사님은 항상 저 악마 같은 애한테 맛있는 파이를 남겨주시는 거지? 목사님이 쟤 머리를 만지고 머리를 묶으라고 가장 예쁜 리본들을 주시는 걸 봤지?

선교사들조차 험담을 옮겼다. 레드 노즈 자매가 나에 대해 말하는 것을 들은 적 있다. 제멋대로인 저 애는 악령이 씌었어. 거짓 빛으로 신실한 자들을 꾀어내고 있다니까. 밀크 브레스 자매는 만신 아지매가 선교회에서 내 이름이 되리라 예상했던 그 이름을 내게 지어주었다. 하지만 그녀는 정작 내가 옆을 지나갈 때마다 막달라 마리아라고 중얼거리며 모욕했다.

언젠가 목사는 나를 대하는 방식에 대해 질문을 받았다. 그는 미소 지으며 순식간에 답했다. 백 마리의 양을 가진 목동은 자신이 잃어버린 한 마리 양을 찾을 때까지 아흔아홉 마리 양을 남겨두지 않았느냐.

내 머리 위에 손을 얹은 목사는 그의 양들이 눈을 떨굴 때까지 그들을 쳐다보았다. 기뻐하여라, 목사가 그들에게 말했다. 내가 잃어버린 양을 되찾았으니.

나중에 여자애들이 내 주위에서 종알거렸다. 그 잘생긴 목사님이 너를 구원해줄까? 그들이 킥킥거렸다.

그가 **나도** 구원해줬으면 하는데, 여자애들 중 한 명이 말했다.

목사가 내게 리본을 주면 다른 애들이 불만을 털어놓았다. 아키코는 자신의 몫보다 더 많이 받아요. 그렇지 않니, 아키코?

맞아요. 공평하지 않아요. 여자애들이 외쳤다. 아키코는 정신이 나갔단 이유로 모든 걸 항상 더 많이 받고 있어. 내가 보기에 너는 그냥 그렇게 행동하는 것뿐이야. 아키코, 전쟁이 끝날 때까지 기다려봐. 가족들이 우릴 찾으면, 우린 부유한 남자와 혼인해서 모든 걸 누릴 테니까. 미친 아키코, 넌 가족도 없고 제정신도 아닌데 뭘 가질 수 있겠니?

그 아이들은 아직 어렸기에, 전쟁이 끝나고 일본이 패망하리라 굳게 믿고 있었다. 그러면 자신들의 삶은 전쟁 이전의 시나리오로 다시 돌아갈 것이라고 믿었다. 자기네들이 마음속에 그리는 오페라에서 이 전쟁과 그들이 버려진 상황은 그저 찰나의 더듬거림에 지나지 않은 것처럼 말이다.

정말이지 그들은 아직 아기에 불과했다. 그래서 내가 아는 진실을 말하지 않았다. 일본인은 모두 사악해서 어둠 속에서 모습을 바꿔가며 너희를 통째로 집어삼킬 기회를 끈질기게 노리고 있을 거라고. 그러니 전쟁은 끝나지 않을 거라고.

ees

나는 선교사들을 구분하지 못했다. 그들은 분홍 피부와 황갈색의 머리카락을 갖고 있었고, 희고 촉촉한 눈 사이에 큰 코가 있었다. 게다가 여자 선교사들은 키도 손도 컸으며 손가락 마디는 굵직했다. 옷이 아니었다면, 나는 남자 선교사와 여자 선교사도 분간하지 못했을 것이다.

또한 그들이 남자와 여자에 어울리게 행동한 것도 아니었으므로, 그들 행동으로 남녀를 구분하는 것은 어려웠다. 일본군 위안소에 들어가기 전 내가 알았던 세계에서 혼인하지 않은 남녀는 따로 생활했다. 여섯 살 무렵부터 나는 다른 성별을 가진 아기들로부터 분리되어 여자의 방식을 배웠다. 여자애들은 그네를 아주 높게 타서 사내애들이 지내는 안뜰을 바라볼 수 있었지만, 사내애들과 이야기하거나 바라보는 것은 허용되지 않았다. 집에서조차 언니들과 나는 아버지를 좀처럼 보지 못했다. 아버지가 집에 있으면, 우리는 식사를 준비해 먼저 갖다 드렸다. 식사를 끝낸 아버지가 담배를 피거나 잠을 청하러 뒤채로 간 후에야 언니들과 내가 밥을 먹을 수 있었다. 그것이 예의였다.

위안소, 군인들이 칸 안팎에서 우리 여자들 몸에 드나들며 성관계를 해댄 그곳에서조차도 우리는 마음속에 남은 것을 각자 은밀히 지켜냈다.

이곳에서 나는 남자와 여자가 서로 존중하지 않는 방식에 당황했다. 남녀가 함께 식사하고 일했으며 생활 반경이 상당 부분 겹쳤다. 그들은 이야기할 때 서로의 얼굴을 바라보았고 입을 크게 벌리고 웃었다. 예배드릴 때조차, 어떤 가림막도 없이 같은 의자에 나란히 앉았다. 거리가 아주 가까워 허벅지와 어깨가 거의 맞닿을 정도였다.

∽ℓℓᴐ

여자애들이 자신에게 걸맞은 품행은 무시하거나 잊어버린 채 목사 주위에 모여든 까닭에 나는 그를 알아보기 시작했다. 목사의 다리에 강아지마냥 바짝 붙은 여자애들은 긴 리본 한 줄과 사탕 한 꾸러미, 분필 한 통을 갈망했다. 또 메모지와 치약과 친절한 말 한마디를 갈구하고 있었다. 감사합니다, 선생님, 여자애들이 연달아 말했다. 그러자 목사는 애완동물을 다루듯이 자신에게 온 여자애들에게 손을 뻗어 코를 만지고 머리를 쓰다듬었다.

그만, 목사가 말했다. 나는 존경스러운 선생이 아니란다. 하나님의 눈에는 너희 모두처럼 나 또한 그저 어린아이지.

아니에요. 아닌걸요. 그건 진실이 아니에요! 목사님의 훤칠하고 늘씬한 몸을 보세요. 귀족의 몸인걸요! 목사님의 이 우아한 손은 학자의 손이고요! 그리고 목사님의 목소리는 하나님의 목소리와 같아요! 여자애들이 큰소리로 외쳤다.

목사는 웃으면서 그만하라고 했다. 그때 그의 눈은 푸른 유리처럼 빛났다.

~ees

목사를 알아보기 시작했으니 그의 특징과 몸짓을 외우는 게 내가 맡은 잡일 중 하나이기라도 한 것처럼 그를 유심히 살폈다. 종종 선물을 나눠줄 때, 그는 눈을 감고 턱을 치켜들었다. 가슴을 앞으로 내민 채, 빠른 속도로 입을 열고 닫고, 오므리고, 숨을 내쉬기도 했다. 며칠 지나서 그가 노래하고 있었다는 것을 깨달았다.

~ees

그로부터 몇 년이 지난 지금, 전과 똑같은 몸짓으로 우리 아이에게 노래 부르는 목사의 목소리를 듣는다. 딸이 짜증 내며 너무 큰 소리로 울어 제 귀에 자기 고통만이 울려 퍼질 때 오직 그만이 아이를 달랠 수 있다. 그는 담요로 아이 팔을 감싸 고정시키고 가슴팍에 꼭 안은 채 노래 부른다. 머지않아 아이는 발버둥치는 것을 멈추고 아이의 괴음도 이내 딸꾹질로 변한다. 아이는 그의 목소리가 만드는 선율 쪽으로 고개를 돌린다. 그는 요-요-요나의 고래에 관한 노래, 고퍼나무로 만든 노아의 방주(노아의 방주를 만든 나무로는 소나무나 전나무 등으로 추정되고 정확히 어떤 나무인지는 확인되지 않았다—옮긴이), 아이를 사랑하는 예수에 대해 노래한다.

아이를 달래기 위해 남편이 부르는 노래는 우스꽝스러운 것이다. 나는 노래를 증오하고 그를 증오한다.

그가 평양 선교원에서 여자애들을 달래고 꾀어낸 바로 그 목소리로 내 아이를 달랠 수 있다는 사실이 증오스럽다. 실로 신실하고 환희에 찬 것처럼 들려서 진실을 알 때조차 따라 믿고 싶은 목소리. 나를 제외한 모든 이를 속일 수 있는 목소리. 내 딸이 그 목소리를 사랑하므로 나는 그 목소리를 증오한다.

나는 남편처럼 내 딸에게 웃음 넘치는 목소리로 노래를 불러줄 수 없다. 사람을 웃고 또 웃게 만드는 우스운 노래를 배워본 적이 없기 때문이다. 다만 어머니가 일하면서 불렀던 노래 몇 곡과 몇 소절을 기억한다. 하지만 그 노래는 꽉 찬 슬픔을 주는 노래, 목구멍이 부풀고 쓰라릴 때까지 울고 싶게 만드는 그런 노래다.

ↄↄↄ

선교사들이 함께하는 저녁 식사를 마친 후, 내게 젓가락을 가지러 온 사람은 바로 여자애들이 항상 따라다니던 바로 그 목사였다. 목사가 다가오자 주위 사람들이 말하기를 멈추고 내게서 시선을 돌렸다. 나를 에워싼 침묵이 나를 불안하게 만들었다. 그런데 이 남자는 내 손에서 젓가락을 가져가더니, 내 턱을 잡고 내 눈을 들여다보았다. 그는 내가 위안소 여자들의 울음소리에서 빠져나올 때까지, 그리고 뒤돌아볼 때까지 나를 바라보았다. 이윽고 미소 지으며 휴지로 내 입술을 닦아주고, 내가 일어서는 것을 도와주었다. 그가 내 손을 잡고 지하실 계단으로 이끌었다. 그곳에서 세상은 다시 한 번 뒤집혔다.

그는 지하 예배당에서 다른 선교사 두 명 사이에 놓인 긴 의자에 나를 앉혔다. 통로를 지나 설교단으로 걸어가는 그의 모습에 집중하려 했지만, 내 시야는 점점 강렬하게 들려오는 위안소 소리에 파묻혀 좁아지고 무너졌다. 설교 도중 그가 강조할 대목에서 교단을 내리치는 모습을 볼 때마다 나는 새로 도착한 부대 앞에서 줄지어 선 여자들이 맨 궁둥이 맞는 소리를 들었다.

신도들이 서서 손에 쥔 검은 책을 펼치고 넘길 때에는 잠시 따분해진 군인들이 재미 삼아 여자들 발에 쏘아 튕겨 나간 총알 소리가 들렸다.

주위 사람들이 한꺼번에 입을 벌릴 때는 위안소에서 매일 들었던 모든 소리가 한꺼번에 들려왔다. 그 소리가 너무 시끄러워 마치 강의 급류에 휩쓸려 익사할 것 같았다. 귀가 먹먹해졌다.

아무것도 들리지 않던 침묵의 순간이 지난 후, 나는 노랫소리를 들었다. 하지만 들어본 적이 없는 노래였다. 이전에 들어본 노래라고는 한 사람씩 따로 부르거나, 여러 명이 같은 소절을 똑같이 함께 부르는 노래가 전부였다.

먹었던 귀가 다시 열린 후 내가 들은 노래는 음이 아주 풍부하고 다양해서 여러 곡이 하나로 합쳐진 것 같았다.

나는 그 노래 속에서 거의 잊어버렸던 소리를 들었다. 그것은 군인들의 귀를 피해가며 쪽지를 전달한 여자들의 끈질긴 속삭임이었고, 군인에게 맞아 이가 나간 후에도 애국가를 목 놓아 부르며 반항하던 인덕의 목소리였으며, 개구리 만 마리가 만드는 교향곡이자, 내 어머니가 딸들을 재울 때 불러준 자장가였고, 강이 바다에서 자유를 찾을 때 부르는 노래였다.

∼ꝯꝰꝯ∽

딸의 울음소리가 내 꿈으로 스며든다. 내가 깨기 직전에 딸의 울음은 내 어머니의 노래로 변한다. 어머니는 울며 춤추고 유년 시절 어머니가 반복해서 불러주었던 노래를 부르고 있다. 하지만 꿈속에서 나는 그 가사를 전혀 이해할 수 없다. 나는 어머니를 껴안으려 애쓰지만 그녀가 계속, 계속 멀어져간다. 마침내 어머니에게 닿은 순간 어머니의 노래는 아이의 비명 소리로 터져나간다.

나는 남편 침대로 눈을 돌려 담요 아래 가만히 웅크리고 있는 남편의 몸을 본다. 나는 잠에 취해 여전히 꿈을 꾸면서 딸에게 간다. 아이를 안아 올리니 아이 몸이 울음으로 경직된 게 느껴진다.

내 입에서 어머니의 목소리가 나온다. 잊은 줄 알았던 그 노래가 흘러나온다.

노들강변 푸르른 물
강물도 못 믿으리로다
수많은 사람들이 죽어갔나

눈물로 가득 찬 노래다. 그러나 어머니가 자신을 위해, 그리고 조국을 위해 불렀던 노래다. 어머니가 내게 들려준 노래이고, 내가 딸에게 불러줄 노래다. 나는 아이를 흔들어 깨우고 노래를 들으라고 강요하고 싶다. 이 노래를 점점 더 큰소리로 불러본다.

에헤야! 푸르른 물, 강물도
나를 믿고 나도 강물을 믿으리로다

딸이 울어대도 아이가 조용해질 때까지 노래를 부르고, 부른다. 딸의 몸이 내 품을 파고들고 방 안의 공기는 포근해지며 아이의 숨결에는 잠이 가득하다. 나는 계속 노래를 부른다. 노래의 마지막까지, 더 기억할 수 없을 때까지 부른다.

뭇사람의 슬픔도 지워나 볼까.
뭇사람의 슬픔도 흘러 흘러서 가노라.

8

베카

내가 엉덩이를 드밀며 세상에 나왔을 때, 화살이 날아와 몸에 세차게 박혔다. 어찌나 세게 박혔는지 화살이 다시 피부 밖으로 나오기까지 12년이나 걸렸다. 엄마는 남자 의사들이 나를 받을 때 그들의 시선과 숨결이 내뱉는 가시로부터 날 보호하려 했지만, 의사들이 엄마 손을 묶고 잠들게 하는 바람에 막을 수 없었다고 했다.

이틀 후, 황달이 도진 내가 노란 눈을 엄마 가슴에서 돌리는 모습을 보고 엄마는 살이 내 몸 깊숙이 박혔다는 것을 알았다. 엄마는 병원에서 2주일을 보내며 어떻게 화살이 나를 해치는지 지켜보았다. 엄마는 화살이 너무 재빠르고 치명적이라, 맞서 싸울 시간조차 없었다고 말했다. 내가 그 독에 면역이 생기거나 중독될 때까지 천천히 곪아 터지게 조치할 수도 없었다고 했다.

몇 년이 지나자 악한 기운을 풍기던 화살이 내 몸에서 **빠져나**
가기 시작했다. 하지만 나는 종종 살이 날 완전히 죽여주길 원했
다. 그러면 더 이상 엄마의 보호를 견디지 않아도 될 테니까.

꿈ᄋᄋᄀ

해마다 음력설이 되면 엄마는 나의 신년 운수를 보려고 쌀알
몇 줌과 엽전을 쟁반에 던졌다. 하지만 내가 열두 살이 되던 붉은
뱀띠 해에 엄마는 아무런 점괘도 읽을 수 없었다.

"실수야! 실수!"엄마가 무릎으로 기어가 카펫에서 엽전과 쌀
을 줍고는 천장에 대고 외쳤다. 양 주먹을 채울 만큼 줍자마자, 엄
마는 쟁반 위에 손을 올리고 눈을 감았다. 삼신할머니를 부르면서
내 운세를 보여달라고 노래 불렀다. 엄마는 두 번째 주문呪文을 외
울 때, 손에 쥔 제물을 던지는 대신 제물이 손에서 쟁반을 향해 흘
러내리게 만들었다. 쟁반 위에 더 좋은 점괘가 펼쳐지길 바라는
마음으로.

그러나 눈을 떴을 때 또다시 쟁반이 빈 것을 보자 엄마는 소리
를 질렀다. 팔로 자기 몸을 감싸더니 몸을 앞뒤로 흔들기 시작했
다. "아이고, 아이고"하며 슬퍼했다. 엄마는 신이 들릴 때까지 노
래 부르고 몸을 흔들었다. 그러더니 눈을 감은 채 벌떡 일어나 침
대 겸용 소파 위, 검은색 커피 테이블 주변, 식탁 의자 위, 내 주위
를 포함해 아파트 곳곳을 돌아다니며 춤을 췄다. 나중에 설명해주

기로, 엄마는 물건을 만지면서 붉은 기운을 찾는 거라고 했다. 엄마는 피의 색깔 쪽으로 손을 뻗은 채 무당 방울처럼 흔들어댔고, 벽과 가구에 가격표처럼 붙여져 펄럭거리는 빨간 테두리의 부적들을 떼어냈다. 제단을 뒤엎고 탑처럼 쌓아올린 과일과 떡을 바닥에 내동댕이치면서 사과와 자두를 뒤지기 시작했다. 그리고 침실의 옷장과 서랍을 헤집어서는 빨간색 셔츠와 러닝용 반바지, 도서관의 복사본『호밀밭의 파수꾼』, 그리고 내 돈으로 직접 사 양말 서랍 속에 숨겨놓은 레드 핫츠Red Hots(계피 맛이 나는 미국 사탕—옮긴이) 봉지에 이르기까지 붉은 것은 모조리 모았다.

거실에 온갖 붉은 물건들을 쌓아올린 후 엄마가 말했다. "네 인생에서 붉은 것들은 모두 태워야 해. 모조리 말이야."

처음에 나는 엄마가 무엇을 하려는 건지 이해하지 못했다. 엄마는 고객들에게도 그런 말을 하면서 불 붙은 스틱 향이나 뜸쑥 환을 그들 머리 위에서 흔들었다. 엄마가 옷을 부엌 싱크대로 한 아름 가져가서 성냥불을 켤 때에서야 진짜로 태우려 한다는 것을 알았다. 나는 바닥으로 기어가 물건 몇 개를 빼냈다.

불이 붙자 엄마는 내가 몰래 빼낸 옷을 도로 가져갔다. 1년 전 공예 시간에 고무줄과 녹인 크레용을 가지고 내가 홀치기 염색법으로 만든 티셔츠였다. "베카," 엄마가 말했다. "붉은 재앙의 구름인 홍역이 네 주변에 있어. 그걸 약하게 해서 살이 너를 아프게 하지 않게 하려는 거야."

엄마가 말한 붉은 재앙이란 체육 시간에 배운 박테리아 같았다. 보이지 않지만 주변 어디에나 있는 홍역은 전염성이 강하고 때때로 치명적이었다. 붉은 물건을 태운다는 건 엄마에게 손을 씻는 것과 같은 의미였다.

싱크대 안에 피운 불은 내염성 옷 때문에 탁탁거리기만 할 뿐 잘 타지 않았다. 결국 엄마는 부적과 돈 봉투, 그리고 라이터 액을 약간 넣었다. 성냥을 갖다 대자 불길이 저항하는 듯 물건을 쓱 핥더니 곧 그것들을 집어삼켰다. 소용돌이치며 올라가는 짙은 연기와 함께 불길이 치솟았고 부엌 벽과 천장을 검게 그을렸다. 첫 번째 무더기가 거의 다 타갈 즈음에서야 화재경보기가 덜컥거리며 작동했다. 이어 화재경보기는 끼익 소리를 더 크게 내기 시작했고, 엄마가 빗자루로 그것을 부쉈을 때는 최대 성량으로 경고음을 내보낸 직후였다. 이후에도 엄마는 요란스럽게 창문을 열고서는 계속 물건을 태웠다. 결국 레드 핫츠까지 전부 태워버렸고 사탕이 핏빛 왁스처럼 녹아내리는 바람에 집 안은 계피 타는 냄새로 가득했다.

⁓⁓ℯↄ

그해 나는 붉은 재앙에 아주 민감했기 때문에, 엄마는 내가 잘 모르는 장소를 돌아다니다가 낯선 홍역 균에 걸리지 않기를 바랐다. 엄마 없이는 버스도 타지 못했고 수영도 할 수 없었다. 당연히 수학여행도 갈 수 없었다. 친구들이 포스터 보터니컬 가든

(하와이 호놀룰루에 있는 공공 식물원—옮긴이)이나 비숍 박물관을 방문하고, 돌Dole 파인애플 통조림 공장에서 신선한 주스와 과일 조각을 맛볼 때에도, 나는 학교 도서관에 남아 책을 읽거나 오키모토 선생님이 듀이 십진분류법(멜빌 듀이가 고안한 것으로, 책을 10개 분야로 구분하여 정리하는 분류법—옮긴이)에 따라 책 정리하는 것을 도왔다.

하지만 6학년 사회과학 선생님이 하나우마만에서 스노클링을 준비했을 때는 달랐다. 나는 오랫동안 엄마의 사인을 연습한 뒤 야외 학습 동의서에 직접 사인을 했다. 얼마나 열심히 연습했던지 지금도 작은 글씨로 엄마의 사인을 똑같이 쓸 수 있다. 야외 학습 날, 나는 떨리는 손으로 가짜 동의서를 제출했다. 위싱볼에서 훔친 돈과 가짜 서류를 받은 칭 선생님은 의심 없이 이를 서류 봉투에 넣었다. 나머지 반 친구들과 함께 줄을 세우더니, 선생님은 머릿수를 센 다음 오리 새끼처럼 차례대로 한 명씩 버스에 태웠다.

엄마가 빨간 하트가 그려진 수영복을 태워버렸기 때문에 나는 올리브그린색 리어타드(무용수나 여자 체조 선수가 입는 몸에 붙는 타이츠—옮긴이)를 입었다. 그것은 가느다란 어깨끈이 달린, 유행 지난 반짝이는 단스킨Danskin(미국의 오래된 무용복 브랜드—옮긴이) 같은 것도 아니었고, 짧은 소매에 엉덩이 부분이 닳아버린 낡은 것이었다. 투츠 패거리가 날 보고 비웃을 거란 건 충분히 예상했다. 그래도 내게 이 외출은 충분히 그럴 가치가 있었다. 그날 투츠 패거리를 이끈 건 투츠가 아니라 티피 스기모토였다. 투츠는 쥐

파먹은 것 같은 곱슬곱슬한 머리카락 속에 담뱃갑을 숨겨 학교로 몰래 가지고 들어오려다 걸리는 바람에, 그날 내내 격리실에 있어야 했기 때문이다.

어쨌든 나는 즐거웠다. 비록 주차장에서 해안가까지 이어지는 구불구불한 오솔길을 칭 선생님과 짝지어 나란히 걸어 내려가고, 스노클로 숨을 들이마실 때마다 물을 먹어야 했지만 말이다. 안경을 몇 번이나 침으로 닦아도 뿌옇게 김이 서렸지만, 이 여행은 그런 괴로움과 거짓말을 감내해서라도 올 가치가 있었다. 빼곡한 산호초를 터벅터벅 건너가 신의 푸른 눈처럼 깊고 반짝이는 바다에 뛰어들어 온몸이 젖었을 때, 나는 물과 완벽히 하나가 되는 것 같았다.

나중에 주차장으로 되돌아갈 때에야 나는 붉은 재앙의 독침을 느낄 수 있었다. 걸을 때마다 발뒤꿈치가 욱신거렸다. 가벼운 염증으로 시작했던 고통은 마구 쏘아대는 총에 맞은 것처럼 점점 심해졌다.

그날 밤 소파에서 자고 있던 엄마는 숨이 턱턱 막히는 더위에 깼다고 했다. 시트가 축축하게 젖어 몸에 달라붙어 있었다. 엄마는 숨을 쉬려고 애썼지만 목구멍과 폐가 불타는 것 같았다. 열이 뿜어져 나오는 침대 쪽으로 엄마가 힘겹게 걸어갔다.

"나는 네가 불에 타 죽어가고 있다고 생각했어." 다음 날 아침에 깨어났을 때, 엄마가 내게 말했다. 내 두 발은 침대 시트를 찢어 만든 긴 천으로 칭칭 감겨 있었다.

"열기 때문에 현기증이 나서 방이 뒤집어지는 줄 알았잖니. 열기를 헤치고 침실 문을 만졌을 때 '아이고, 뜨거워!'라고 외쳤지." 엄마는 손을 공중에 흔들면서 손바닥에 난 자국을 보여주었다. "난 잠옷을 가져와 이렇게 문고리를 쥐고 문을 열었어."

끔찍한 열기를 느꼈던 그날 밤 엄마는 내가 불의 고리에 휩싸여 있다고 확신했다. 그래서 나를 구하기 위해 잠옷 바지로 문고리를 감싸 몸 아랫부분을 드러낸 채 침실로 뛰어들었다. 엄마는 열기 때문에 바로 쓰러졌고 검은 연기가 아닌 붉은 연기에 둘러싸였다. 나쁜 열기와 붉은 연기를 마시지 않으려고 잠옷으로 코와 입을 막아야 했다. "모래 폭풍 같았어," 엄마가 말했다. "아니면 아이들 전부를 죽게 만든 「십계」에 나오는 역병의 저주 같았지. 검다기보다는 온통 붉은색이었어."

"붉은 죽음이 방을 가득 메워서 앞을 흐리게 하고 숨을 가쁘게 만들었어. 그래서 침대에 미동도 없이 웅크리고 있는 널 볼 수가 없었단다. 나는 삼신할머니에게 홍역을 통과해 창문으로 나아갈 수 있게 해달라고 빌었어. 독을 내보내려고 창문을 열었는데 바람이 들이쳐 더 많은 홍역을 불러들이고 말았지."

이 대목을 이야기할 때마다 엄마는 수영도 할 줄 모르면서 평형을 흉내 냈다. "나는 피처럼 붉고 짙은 곳으로 뛰어들어서 날 쓰러뜨리려는 홍역의 촉수와 싸웠단다. 그때 담요 아래에서 땀 흘리며 떨고 있는 너를 발견한 거야. 이마를 만지려고 했지만 너무 뜨거워 맨손으로 만질 수가 없었어. 네 몸 아래에 담요를 밀어 넣고 아기처럼 안았지. 그런데 들 수가 없더구나. 붉은 죽음이 내 힘을 빼앗고 두렵게 만들었으니까. 그래서 난 기운을 잃고 불안해졌지. 우리를 빙빙 돌며 치솟는 안개 같은 홍역이 내 발을 붙잡는 바람에 한 발자국도 앞으로 내딛을 수가 없었어. 하마터면 발을 헛디뎌 집 없는 귀신들의 땅인 용선으로 갈 뻔했지. 아무도 우리가 사라졌다는 것을 모른 채 만 년을 떠돌게 될지도 모르는 일이었어."

"난 눈을 감고 삼신할머니에게 날 인도해달라고 빌었어. 그리고 눈을 떠보니 삼신할머니가 우리를 욕실로 이끌었더구나. 욕조 안에 너를 집어넣고 물을 틀었지. 처음에는 물이 수도꼭지에서 나오자마자 증발하더니 나중에는 네 몸에 닿자마자 붉은 증기로 변하더구나. 찬물을 세게 트니 그제야 담요가 다 젖을 만큼 네 몸이 차갑게 식은 거야."

조금만 더 있으면 내 몸이 '재로 타버릴' 지경이었다. 엄마는 나를 구하고 잠시 혼자 내버려두고서 무기를 준비했다. 엄마는 복도 옷장에서 여분의 침대 시트를 꺼내 대충 살핀 뒤, 일곱 가닥으로 찢었다. 그리고 그 위에 펠트 마커(의류 등에 표시할 때 쓰는 펜—옮긴이)로 내 이름과 생일, 그리고 내 '영혼의 주소'라는 족보를 써 내려갔다. 아침에 눈을 떠서 내 발을 봤을 때, 나는 처음에 내 두 발이 흑백 줄무늬 천에 묶여 있다고 생각했다. 엄마가 천에 써놓은 글자들이 너무 빽빽해서 그렇게 보였다.

"네 영혼을 몸에 묶어야 했어." 내가 발에 묶인 리넨 천에 대해 묻자 엄마가 대답했다. "네가 미끄러지면 이 글자들이 너를 제자리로 돌려놓아줄 테니까." 엄마가 리넨 천 한 줄을 가리켰다. "여길 봐. 이 글자는 너를 의미해. 이건 나고, 이건 삼신할머니, 이건 삼신할머니의 자매들이야. 내가 우리 모두를 한데 묶어놓았어. 우리를 사슬로 만들어 붉은 죽음과 싸우기 위해서지."

엄마는 나를 위해 삼신할머니를 졸라 삼신할머니의 자매인 칠성(인간의 수명을 관장하는 신—옮긴이)을 불렀다. 그들은 '순수'하다는 뜻의 '순-' 무엇이라고 했다. "나는 무례하긴 싫었어. 하지만 너의 수호신이 너를 보호하지 못하면 다른 도움을 구해야 하는 거잖아. 그렇지 않니? 내 말은, 난 네 엄마니까, 널 지켜달라고 부탁한 거지." 엄마는 자기가 모시는 신령이 부족한 상식을 뽐내는 것에 혐오와 모욕을 느낀 듯 불끈 화를 냈다. "결국 그녀와 한바탕 했지."

"'인덕,' 내가 얼마나 화났는지 보여주려고 이름을 직접 부르면서 말했지. '당신처럼 늙은 영혼에게 이 붉은 죽음은 너무 벅찬 상대예요!'"

"삼신할머니가 대답하지 않으니, 그제야 내가 너무 무례했다는 걸 깨달은 거야. 하지만 그 까다로운 영혼의 자존심까지 달래면서 시간을 낭비할 순 없더구나. '칠성을 부르세요, 그렇지 않으면 난 다른 삼신할머니를 찾아 나서겠어요. 그럼 당신은 길 잃은 귀신이 되어버리겠죠.' 이렇게 말했어. '내 딸이 죽어가고 있다고요.'"

내가 캑캑거리자, 엄마는 나를 꾸짖으려고 이야기를 중단하고 인상을 썼다. "집중해," 엄마가 말했다. "이번엔 심각했다고 했지."

위협인지 간청인지 모를 엄마의 요구에 삼신할머니가 귀를 기울였던 것 같다. 갑자기 붉은 구름 사이로 하얀 한 줄기 빛이 나타났으니까. 엄마는 "발이 둥둥 떠올라서, 발을 놀릴 필요도 없이" 구름 사이를 지나 어느새 욕조 안의 내 옆으로 몸이 움직여졌다고 말했다.

엄마는 담요를 벗겨서 나를 발가벗겼다. 내가 부르르 몸을 떨자 일곱 자매를 의미하는 일곱 가닥의 천을 몸에 올려놓았다. 이어 내 머리부터 몸을 따라 아래로 천을 쓸어내렸고 날 지켜주는 신령에게 축복을 빌었다. 그러고는 손으로 내 얼굴과 목, 팔, 몸통, 다리를 쓸어내렸다. 마지막으로 내 발을 만졌을 때 엄마의 손이 파르르 떨렸다.

"삼신할머니의 자매들이 어디를 통해 홍역이 네 몸속으로 들어갔는지 알려주었어. 그게 여기야," 엄마는 천에 묶여 아무 느낌이 나지 않던 내 발을 두드리며 말했다. "너의 약한 부분. 네 아버지에게 물려받았다고 항상 말하지 않았니?"

"풍선 같았어. 아주 붉고, 여리고 부풀어 올랐으니까," 엄마가 말했다. "내가 만지니까 고름이 생기더구나. 약품 캐비닛에서 면도날을 가져와서 네 발을 가르고 병을 끄집어냈어. 자아! 자아! 하며 생선 내장 바르듯이 말이야." 엄마는 싸움을 회상하면서 칼날을 휘두르며 재빠르게 공기를 가르는 흉내를 냈다. "그러자 붉은 죽음이 네 발에서 튀어나왔어. 썩어가는 고기와 쥐똥 악취로 공기를 더럽히면서 말이지. 나는 네 발을 더 깊게 찢은 다음 신령들이 축복해준 천으로 독을 잡아 죽였어. 처음에는 발에 그 천을 대자마자 모든 게 빨갛게 물들더구나. 천이 붉은 죽음으로 흠뻑 젖어 번드르르해졌어. 나는 뭔가에 홀린 악령처럼, 한 손으로는 네 발을 깨끗한 천으로 누르고 다른 한 손으로는 붉은 죽음으로 흠뻑 젖은 천을 정신없이 빼냈지. 그걸 보니 일곱 자매와 홍역이 천을 두고 내내 다투고 있다는 걸 알게 됐어. 선한 영혼들이 천을 다시 하얗게 되돌리려고 싸우고 있었거든."

"마침내 아침 무렵에야 모든 붉은 죽음이 방에서 빠져나갔어. 네 엄지발가락 아래 둥근 부분을 통해서 말이야. 그때서야 모든 천이 다시 하얘지더라. 심지어 네 발에 대고 있던 천까지도 깨끗한 물로만 적신 것처럼 하얘졌어. 드디어 화살촉이, 홍역을 불러낸 살이 튀어나온 거야. 기다려, 보여줄게." 엄마는 재빨리 침대를 벗어나 부엌으로 달려갔다. 유리 찬장을 뒤지는 소리가 났다. 다시 돌아왔을 때 엄마는 머리 위로 작은 트로피처럼 스머커즈(미국의 유명한 식품 제조업체—옮긴이) 젤리 병을 들고 있었다.

엄마는 내 얼굴 앞에 병을 흔들었다. 그러자 뼛조각 같은 것이 병 바닥에서 소리를 내며 튀어 올랐다. "이게 살이야," 엄마가 말했다. "산산이 부서진 화살촉인데 세상 밖으로 나와 모든 문제를 일으켜. 우린 이런 것들을 잘 지켜봐야 해."

나는 영혼의 세계로부터, 그러니까 엄마가 그녀 인생의 절반을 살고 있는 장소에서 온 것을 실제로 만질 수 있어서 흥미로웠다.

엄마에게 병을 건네받아 들여다본 후 손바닥에 내용물을 꺼내 보았다.

"그런 표정 짓지 마라," 내가 살을 뚫어져라 쳐다보자 엄마가 말했다. "그대로 이마에 주름진다." 내가 아무 말도 하지 않자, 엄마는 내 옆에서 무릎을 꿇고 울부짖었다. "이건 내 잘못이 아니야! 한국에서는 엄마와 아이 모두 안전하다고. 아이가 태어나면 2주 동안은 침대를 벗어나지도 않는다고! 그런데 여기서는 아무 남자나 분만실에 들어와 너를 떼어내는데, 네가 이 세상에 처음 찾아왔을 때 내가 어떻게 널 보호할 수 있었겠니? 처음에 난 네가 반은 미국인이라 면역이 있을 줄 알았어. 하지만 2차 성징기가 되자 화살들이 다 돌아오고 있잖니."

나는 엄마의 턱을 잡고 날 바라보게 만들었다. 엄마가 현재를 망각하고 날 두고 떠날까 봐 두려운 마음에서였다. "엄마? 무슨 말을 하는 거예요? 대체 어디에 있는 거냐고요?"

엄마는 내 손을 찰싹 때렸다. "넌 가끔 말도 안 되는 질문을 하는구나," 엄마가 말했다. "난 지금 어떻게 살이 네 몸에 들어갔고 우리가 어떻게 해야 하는지를 설명하고 있는 거야. 올해는 중요한 해야. 네가 여자가 되고 약해지는 해이지. 마치 뱀이 처음 허물을 벗을 때처럼 말이야. 그래서 집에서 붉은 재앙의 구름을 몰아내야 했던 거라고. 방에서는 몰아냈지만 이제 이 건물과 학교에서도 몰아내야 해. 그런 다음 네 마음을 정화시켜야 해. 너는 … ."

"그만하세요, 엄마, 그만!" 나는 손바닥 위 하얀 조각을 엄마에게 들이밀었다. "이건 살도 화살도 뭣도 아니에요. 산호초라고요."

"산호초라고?" 엄마가 작은 조각을 집어 들고선 손가락으로 굴려보았다.

"네," 나는 엄마를 쳐다보지 않으려고, 바위에서 나온 조각을 다시 병에다 조심스럽게 떨구며 말했다. "알잖아요, 바다에서 나온 돌 같은 거 말이에요."

"그래," 엄마는 두뇌 회전이 느린 사람에게 말하듯 자기 말을 고르며 말했다. "살은 바다에서 나온 돌과 같지."

"그게 아니라 제 말은, 산호초는 바다에서 나온 돌이라고요." 난 깊게 숨을 들이마셨다가 재빨리 내뱉었다. "저 사실 야외 체험으로 버스 타고 가서 수영하다 왔어요. 엄마에게 거짓말했어요. 죄송해요. 더 이상 절 감시하지 않아도 된다고요."

엄마는 내 손에서 병을 들어 올리더니 빙글빙글 흔들었다. 산호가 병 바닥에 미끄러지며 규칙적인 소리를 냈다. "네가 수영하러 갔다 온 거 알아," 엄마가 말했다. "학교에서 버스가 늦게 돌아올 거라고 전화가 왔거든."

"그럼, 엄마도 거짓말한 거잖아요!" 내가 소리쳤다. "이게 살이 아니라는 거 엄마도 알잖아요."

엄마는 병을 침실용 탁자에 내리쳤다. 산호초 조각들이 침대와 엄마의 발아래로 흩어졌다. "이건 살이야," 엄마가 내게 소리를 질렀다. "애초에 이것 때문에 네가 거짓말을 하고, 이것 때문에 네 발이 부어오르고 악취가 난 거야. 그리고 난 네 입에서도 살이 보여, 너를 버릇없고 멍청하게 만들잖니. 이제 … ." 이때 엄마는 갑자기 조용해지더니 내 이마에 입을 맞추려고 몸을 숙였다. "너는 지금 좋지 않아. 좀 쉬어라. 내가 너를 안전하게 지켜줄게. 살을 지켜보다가 증상이 보이면 그걸 빼주마."

~~ees~~

엄마는 내 몸 구석구석을 빠르게 살피며 살을 발견했다. 내가 쇠약해진 증거였다. 내가 엄마에게 소리를 지르거나 늦잠 잘 때, 아니면 칠월 칠석에 칠성에게 제물 바치기 같은 간단한 일을 까먹을 때마다 엄마는 내 머리 위로 스틱 향을 흔들며 외쳤다. "살이다!"

전에는 엄마가 나에게 관심을 주던 순간들이 소중하게 느껴졌다. 피와 살을 나눈 딸로서 나를 받아주는 것만 같았다. 그러나 이제는 엄마가 내 몸 여기저기를 오랫동안 살필 때마다 몸이 움츠러들었다. 내가 엄마의 시선을 벗어나면 엄마는 사납게 말했다. 한번은 내가 학교를 가기 전 엄마에게 입맞춤 인사를 하려고 할 때였다. 엄마는 내 얼굴을 잡고 볼을 입술 방향으로 꾹 눌러서 얼굴을 붕어로 만들더니, 나를 뚫어져라 바라보다가 눈을 깜박이며 말했다. "입 냄새가 나는구나. 네 애비에게서 온 살이야."

살은 내 피부의 구멍들에서 새어 나왔다. 발에서 눅눅한 팝콘 냄새를 풍기거나 겨드랑이에서 푹푹 썩은 감자 냄새를 풍기는 방식으로 존재감을 드러냈다. 살은 내 몸을 알 수 없는 형태로 밀쳐 냈다. 무릎과 팔꿈치가 날카롭고 위태로운 각도로 튀어나왔고, 이 마와 턱에는 여드름이 돋았다. 아직 탐험해보지 않은 몸의 축축한 틈에서는 털이 자라기 시작했다. 젖꼭지 뒤에서는 뭉툭한 살덩이 가 몸을 툭툭 치면서 작은 언덕이 솟아나게 만들었다.

내 몸에 성장 징후가 발견될 때마다, 엄마의 두 팔과 두 눈은 빠르게 움직이며 나를 꼬집고 당기고 찔러대며 걱정했다.

나는 엄마가 발견하기 전에 살의 징후를 찾아 없애고 싶어서 내 몸을 신중히 살피는 법을 배웠다. 나는 민트 캔디를 빨아 먹고 겨드랑이와 발에 데오도란트를 문질렀다. 손에 땀이 차기 시작하면 거기에도 시크릿(미국의 화장품 회사—옮긴이) 제품을 펴 발랐다. 나는 매일 밤 욕조에 등을 대고 누워 갓 자라기 시작한 털 가닥들이 물에 떠오르기를 기다렸다가 그것을 눈썹 집게로 뽑았다. 한 가닥씩 털을 뽑는 건 작은 화살이 찌르는 것처럼 따끔해 눈물이 핑 돌았다.

나는 오버 사이즈의 티셔츠를 입고 다녔는데, 가슴이 납작해 보이길 바라며 옷을 무릎 쪽으로 잡아당겼다. 친구들은 그런 나를 '미니 당나귀'라고 불렀다. 내가 셔츠 앞부분을 손으로 감고 운동장을 살금살금 걸어 다녔기 때문이다. 수업 시작 전에는, 버스 정류장에서 마약을 피우던 크고 무서운 아이들처럼 책상 위에 웅크리고 앉아 있었다.

그해 내가 입은 모든 셔츠들은 보기 흉하게 늘어나 있었다. 칭 선생님마저 체육 시간에 "이름을 밝힐 순 없지만 몇몇 여학생들이 옷을 망가뜨리고 있는데 품위를 유지하고 싶다면 가게에 가서 브라를 사라"고 말했지만 나는 여전히 그러고 다녔다. 칭 선생님은 나를 똑바로 쳐다보고 있었다. 나는 얼굴이 빨개졌지만 살로 칭 선생님의 눈을 찌르려고 칭 선생님을 똑바로 쳐다봤다. 칭 선생님의 입도 찌르고 싶었다.

✎✎✎

엄마는 나를 위해 기도했다. 통제를 벗어난 내 몸에 대고 울부짖거나 나에게 살을 물려준 아버지를 저주하는 대신, 엄마는 신령들에게 욕을 퍼붓거나 어떻게 나를 구할 수 있을지 도움을 구했다. "베카," 엄마는 삼신할머니인 인덕과 오랜 시간 동안 이야기를 나눈 후 내게 말했다. "너에게서 아무리 붉은 재앙을 없애려 해도 그것이 다시 돌아오는구나. 살이 점점 강해지기 때문이야." 엄마는 내 살갗을 킁킁거리며 냄새를 맡더니 민트 캔디와 시크릿 제품의 '레인 프레시' 향에 가려져 있던 더 확실한 불순함의 증거를 찾아냈다. 하울리 아버지가 유전적으로 남긴 또 다른 화살이었다. 나에게서 치즈와 우유, 동물의 부속 고기 냄새가 났다. "네 몸속에 있는 병을 더 키우면 안 돼, 살을 굶겨 죽여야 해."

체내 불순물을 제거하기 위해 나는 신령들이 축복한 음식을 먹었다. 아침과 저녁마다 엄마는 흰 쌀떡과 물 한 그릇, 오렌지, 그리고 갖가지 나물을 제단에 쌓아서 먼저 삼신할머니와 그녀의 자매들에게 음식을 올렸다. 손을 비비며 간절하게 기도를 드린 후에는 허리가 뻣뻣해질 때까지 절을 올렸다. "부디 우리 음식을 드시고 축복을 내려주소서," 엄마가 말했다. "이 집을 평안하게 해주시고 우리 아이를 건강하게 해주십시오." 그러고서 엄마와 나는 신령들이 식사 마치기를 기다리며 무릎을 꿇고 있었다. 떡에서 더 이상 김이 피어오르지 않으면 그들이 식사를 끝냈다는 것을 의미했다. 이제 우리가 먹을 차례였다.

학교에서 자극적인 점심을 먹은 날이면 나는 엄마를 속이려 했다. 피자에 데이터 토츠(미국의 냉동 식품 회사 오레아이다가 상표 등록한 원통형의 감자튀김―옮긴이), 밥 위에 오버이지 계란프라이, 소고기 패티, 그레이비 소스를 뿌린 로코모코(하와이 요리―옮긴이)의 가격은 겨우 25센트였다. 위싱볼에서 봉투 하나만 꺼내도 몇 주 동안은 내가 먹고 싶은 것을 뭐든 먹을 수 있었다.

하지만 내 몸은 언제나 나를 배신했다. 엄마는 내 위장 소리에 귀를 기울이고, 내 눈을 들여다보고, 내 발 냄새를 맡고선 내가 불결한 음식을 먹었다는 걸 알아챘다. "썩은 소의 우유와 돼지 내장, 붉고 자극적인 지방을 먹었구나." 엄마가 이렇게 말하면 나는 그날 밤 끊임없이 축복의 물을 마셔야 했다. 엄마는 스틱 향을 피운 뒤에 남은 재를 냄새나는 부위에 뿌리며 노래를 불렀다. 가끔 이 일은 밤새도록 계속되어 입 주변 베갯잇과 손 주변 침대 시트, 배와 가랑이와 다리 위에 잿더미가 수북이 쌓였다. 그러다 내가 이

른 아침에 화장실에 가려고 몸을 일으키면 잿더미가 무너지기도
했다.

결국 나는 싸우기를 포기하고 수호신들이 좋아하는 것만 먹기
시작했다. 막상 해보니 애초에 내가 왜 저항했었는지 모를 정도로
괜찮았다. 축복받은 음식을 먹으면서 신령들이 내 몸을 가득 채우
는 것을 느낄 수 있었다. 이것들은 나를 더 순수하고 현명하고 강
하게 만들었다. 삼신할머니와 칠성이 맛본 음식은 내 입맛을 돌게
해서 나는 쌀 한 톨과 오렌지 한 조각과 콩나물 한 줄만 먹어도 배
가 불렀다.

충분히 배가 부른 나는 갓 지은 쌀밥에서 피어나는 김이나 오
렌지와 배의 향기를 맡으며 신령들이 좋아하는 것만 먹기 시작했
다. 그러면 음식 형태가 바뀌어 내 몸을 비추는 빛이 된다는 것을
느낄 수 있었다. 그 빛은 피부 아래에서 전등갓같이 반투명해졌다
가 손가락 끝에서 소용돌이칠 때까지 순환했다. 마치 피처럼.

엄마도 내 손의 빛을 볼 수 있었다. "네 손이 창백하구나," 한번
은 엄마가 중얼거리며 말했다. "피부 아래에서 푸른 혈관이 타오
르는 것이 보여."

엄마 등을 안마할 때 나는 엄마의 근육과 뼛속에 숨어 있는 살
을 풀어내려고 했다. "사아아, 사아아, 사아아," 엄마는 기쁨과 고
통이 뒤섞인 앓는 소리를 냈다. "살을 죽여라." 나는 내 체온으로
엄마의 뭉친 근육이 풀릴 때까지 엄마 등을 손가락으로 눌렀다.
나는 빛과 함께 엄마 몸에 들어가 척추나 어깨뼈 사이에 거머리

처럼 들러붙은 고통 덩어리를 엄마의 몸에서 끄집어낼 수 있었다. 가끔 엄마를 주무를 때면 내 팔이 엄마에게로 다시 흡수되어, 팔 꿈치까지 사라지는 것을 느낄 수 있었다. 그런 순간이면 내가 진 정 엄마 딸이 맞구나, 내 빛으로 엄마를 돌보고 있다는 것을 깨달 았다.

나는 고통을 없애보려고 빛을 내게로 향하게 만들고서는, 몸에 박혀 있는 독 묻은 화살촉을 더듬거리며 찾아보았다. 나는 신령의 음식을 먹으며 나 자신보다 빛이 커질 때까지 빛을 키워 나갔다. 내 안의 빛이 커질수록 내 몸은 더 쪼그라졌고, 마침내 신에게 바 쳐 소비된 음식처럼 내 몸은 원소만큼이나 쪼그라들었다.

엉덩이와 가슴 굴곡이 다시 사라지는 것 같았다. 골반 주위 비 스듬하게 자리 잡은 아랫배도 다시 들어갔다. 건조하고 생기 없 는 털이 빠지면서 빗이나 하수구에 털 뭉치가 엉켜 있었다. 내 팔 과 다리에서 자라는, 마치 자궁 속 태아를 감싼 복슬복슬한 솜털 같은 그 털을 제외하면 나는 조만간 갓 태어난 아이처럼 털이 없 어질 거라고 생각했다. 나는 쌀밥이 뿜어내는 김을 계속 집어삼키 며, 엄마가 살았던 세계로 완전히 들어갈 수 있을 만큼 작아지기 를 기다렸다.

⤳

하지만 내가 아무리 깨끗해지고 아무리 작아지더라도 살은 그대로 남아 있었다. 뿌리 뽑기에는 너무 깊이, 내 배 속 깊숙이 박힌 그 씨가 내 안의 빛을 죽이려고 했다.

꿈꿈

중요한 붉은 뱀띠 해를 내가 안전하게 보낼 수 있도록 엄마는 학교를 정화하기로 결심했다. 엄마는 방과 후 나를 만나러 오기로 했다. 아침 버스 길을 따라 엄마는 색스에서 알라와이 초등학교까지 노래를 부르며 걸었다. 내가 매일 오가는 길 위를 방황하는 망자와 해로운 기운을 내쫓기 위해 엄마는 몇 걸음마다 가방에 손을 넣어 보리와 쌀 한 줌을 던졌다. 엄마가 학교에 도착했을 때 아이들 한 무리가 엄마 주위에 모여들었다. "에잇, 가방 아줌마야! 에잇, 미친 여자야," 그들은 엄마를 에워싸고 소리쳤다. "뭐 하는 거야? 새 먹이 주는 거야?"

엄마가 아이들을 무시한 채 계속해서 노래를 부르고 낟알을 던졌다. 아이들은 더 대담해져서는 손을 내밀며 엄마에게 다가갔다. "좋아, 좋아," 몇몇이 집적거렸다. "나도 좀 줘." 몇몇의 부추김에 용기를 얻은 다른 아이들도 엄마의 가방이나 어쩌면 엄마의 손까지 때리려 가까이 다가왔다가 다시 아이들이 몰려 있는 안전지대로 재빨리 돌아갔다.

이 악마 같은 아이들이 쌀 한 줌에 꾀어지지 않자 엄마는 굿을 벌이려 했던 것 같다. 엄마는 액막이를 위해 행운을 불러오는 부적, 공기를 정화시키고 붉은 재앙이 숨어 있는 호주머니를 씻겨 내리는 스틱 향, 그리고 뜸쑥 덩어리와 고춧가루를 준비해왔다. 먼저 엄마는 자신이 준비한 소품을 아이들에게 주고 악한 기운을 쫓아내려 시도했지만, 뜻대로 되지 않자 뜸쑥과 고춧가루를 꺼내 들었다. 엄마는 동그랗게 뭉친 쑥 덩어리에 불을 붙여 아이들에게 하나씩 던졌다.

"부끄러운 줄 알아야지! 네 엄마들이 괴물을 낳은 줄 알면 분명 슬퍼할 거다." 엄마는 점점 많아지는 아이들을 향해 연기 나는 덩어리를 던지며 호통쳤다.

"아줌마, 미쳤어!" 뜸쑥과 고춧가루가 표적을 맞혀 아이들의 옷과 몸에 재로 회색빛 작은 원이 생기자, 아이 한두 명이 소리쳤다. 다른 아이들은 더 가까이 다가가 엄마가 하는 모든 말을 비웃고 소리를 질렀다.

"부끄럽대요, 부끄럽대요!" 아이들은 노래 부르며 엄마를 흉내냈다. "우리 엄마가 슬퍼할 거래요!"

헝클어진 머리와 파자마 바람으로 아이들에게 자갈을 던지는 비쩍 마른 여자가 처음에는 엄마인지 몰랐다. 여자가 팔을 공중으로 들어 올리고 잠시 나를 향해 돌아섰을 때, 그리고 '인덕'이라는 희미한 외침을 들었을 때 비로소 나는 엄마를 알아보았다. 나는 아이들에게 입 닥치고 지옥에나 가라고 소리치고 싶었다. 웃고 있는 아이들의 머리를 목까지 납작하게 눌러버리고 싶었다. 그러나 할 수 없었다. 내 몸에서 유일하게 힘이 실려 있다고 생각한 손을 바라보았다. 그러기에는 내 손이 너무 연약하고 뼈만 앙상하다는 것을 주변 사람들도 이미 보았을 터였다. 그때 내 손의 진짜 모습을 본 것이다. 사실 내 손은 뼈만 앙상한 죽음의 손이고, 빛의 실체는 내 피부 밑에서 비웃고 있는 사자였다는 것을.

엄마를 돕고 싶었다. 가시 돋힌 아이들의 독설에서 엄마를 보호하고 데려오고 싶었다. 하지만 한편으로 그러고 싶지 않았다. 왜냐하면 처음으로 아이들이 엄마를 조롱하고 악담을 퍼붓는 것을 목격했으니까. 나는 애들이 세 치 혀로 엄마 말을 자기들 마음대로 난도질하는 것을 지켜보았다. 그리고 나는 부끄러웠다.

"부끄럽대요, 부끄럽대요, 슬프대요, 슬프대요." 아이들은 노래를 부를 뿐, 뜸쑥환이나 인덕에게 복수를 부탁하는 엄마를 두려워하지 않았다. 그러다 교감 선생님과 덩치가 좋은 선생님 몇이 아이들을 제지했다.

"도대체 무슨 일이야?" 아이들이 조용해지자 필리 교감 선생님이 물었다. 아무도 대답하지 않자 교감 선생님은 격리실에서 자주 봤던 익숙한 얼굴들을 찾기 시작했다. "너희, 안젤로 빌라누에바, 프리모 비턴, 투츠 투티베나. 너희가 또 말썽을 부렸구나?"

"아니에요, 교감 선생님! 저희가 아니에요. 저 미친 여자가 그랬어요." 안젤로가 말했다.

"맞아요, 저 여자가 우리에게 불을 던졌어요." 이마에 묻은 검은 자국을 문지르고 있던 프리모가 동조했다.

그리고 당시 내가 영원한 적수라 여기던 투츠 투티베나가 말했다. "저 미친 여자는, 제가 알기로는 그러니까, 베카 브래들리의 엄마예요."

필리 교감 선생님이 아이들을 향해 얼굴을 찌푸렸다. "좋아, 너희들 모두 이만 가거라. 방과 후에 몰려다니는 너희들 얼굴을 보는 건 격리실에서만으로도 충분하니까." 그가 지목한 아이 세 명은 주변에 남아 있는 아이들 무리를 빠져나가려는 듯했다. 하지만 그들은 상황이 종료되고 가방 아줌마가 집에 돌아갈 때까지 자리를 떠나고 싶어 하지 않았다.

교감 선생님이 고개를 돌려 엄마를 바라보았다. "도와드릴까요?" 눈살을 찌푸린 채 건넨 필리 교감 선생님의 질문은 거의 조롱에 가까웠다.

교감 선생님이 아이들을 바로 통제하는 것을 지켜본 엄마는 가방끈을 정돈하고, 검게 그을린 손가락으로 잠옷을 매만졌다. 그러자 옷 위에 검은 줄무늬가 생겼다. "네, 선생님," 엄마가 말했다. "저는 제 딸을 찾고 있어요. 이름은 로-베카 브래-들-리예요."

"레베카 브래들리요?" 교감 선생님이 말했다. "맞나요?"

엄마가 고개를 끄덕이자 교감 선생님이 소리를 질렀다. "레베카 브래들리! 레베카 브래들리, 여기 있니? 레베카 브래들리 아는 사람 있나?"

무슨 일이 벌어졌는지 단순히 궁금한 마음에 그 아이들 무리에 끼어들었던 나를, 투츠 투티베나가 지목하기 전에 그곳을 빠져나왔다. 그때 아이들이 "부끄럽대요, 부끄럽대요, 슬프대요, 슬프대요"라고 다시 흥얼거리기 시작했다. 나는 그 순간 엄마를 모셔가라는 소리를 들었으나 그럴 수 없었다. 대신 도망쳤다. 엄마로부터 더 멀어질수록 내가 더 쪼그라드는 것 같았다. 마침내 엄마가 사악한 살을 물리치기 위해 태운 싸구려 뜸쑥환보다 더 작고 희미해졌다.

아
키
코

딸의 머리 위로 옷을 벗길 때 아이 팔이 꺾이지 않도록 천천히 움직인다. 기저귀를 풀 때면 아이 몸과 기저귀 핀 사이에 내 손가락을 끼워 넣는다. 손가락으로 딸의 배꼽을 살짝 눌러보니, 놀란 아이가 몸을 꿈틀댄다. 몇 주 전 아이의 옷을 한 겹씩 벗겨내자, 아이가 두려움과 화로 가득 찬 비명을 질렀던 기억이 난다. 옷 아래 숨겨진 배꼽 주위의 아이 피부는 붉고 주름졌으며 여렸다.

아이의 토실토실한 허벅지를 간지럽히자 아이는 다리를 쭉 뻗으며 방그레 웃는다. 내게 이보다 더 사랑스러운 것이 있을까. 나는 손가락 끝에서 느껴지는 아이의 보드라운 몸을, 파우더와 우유 냄새를, 아이의 웃음과 완전히 발가벗은 몸을 사랑한다.

선교사들은 기도로 하루를 보냈다. 우리는 하루 종일 주님을 찬양하고 감사드렸으며, 주님과 교감하며 하루를 시작하고 마치라고 배웠다. 매일 아침 기상 후에는 지하실로 모였다. 아침 설교가 있기 전, 자리에 앉아 침묵의 기도를 드렸다. 하루를 마칠 때에도 지하 예배당에 모여 노래하고 공동 기도를 드렸다. 우리는 기아 종식과 세계평화와 구원을 기도했다. 목사는 우리가 믿음을 갖고 기도하면 무엇을 요구하든 얻게 될 것이라고 가르쳤다. 천상에 계신 유일한 하나님께 간절히, 정말이지 신실하게 기도드리면, 그분이 응답하실 거라고 했다. 온순한 자, 박해받은 자, 매도된 자에게 축복이 내려 천상의 왕국에서 우리는 고귀한 자가 될 것이라고 말했다.

목사는 종종 천국을 영혼이 자유로워지는 장소로, 하나님을 조선이 당한 수모를 앙갚음하는 천사로 묘사하곤 했다. 합창할 때, 우리는 이런 가사를 외웠다. 오, 주님이시여. 나와 대적하는 자들과 대적하소서, 내게 전쟁을 일으키는 자들과 전쟁하소서. 설교 때마다 가장 기억에 남은 건 정의를 강조한 구절이었다. 하나님이 모습을 드러내시면 그의 적들은 황급히 흩어지리라, 연기가 걷히듯 그들도 내몰리리라, 불 앞에서 밀랍이 녹아내리듯 하나님 앞에서 사악한 자들은 소멸하리라. 이런 내용이었다.

나는 천국을 일본에서 해방된 조선으로 상상했다. 그곳에서 천사는 불에 탄 일본인들의 시체가 뿔뿔이 떠내려가는 강 위에 발을 딛고 있었다.

하나님을 마음속에 그리지는 않았다. 다만 칠흑같이 깜깜한 밤, 내 기도의 속내가 까발려 헐벗겨지는 가장 어두운 시간에 내가 울면서 소리쳐 외친 얼굴은 언제나 인덕의 얼굴이었다.

⁓

하나님과 개인적으로 교감하기 위해 우리가 침묵 속에서 각자 기도를 올리는 동안, 나는 인덕에게 내게 돌아오라고 기도했다. 정신이 몸을 빙빙 돌아 빠져나오게 했다. 그녀를 찾으려고, 그녀를 아주 잠시라도 보고 싶은 마음에서였다. 밤과 낮 사이에 놓인 텅 빈 공간에서, 숨결과 심장박동, 그리고 말과 음악의 운율 사이에서 인덕의 소리가 들릴까 귀 기울였다. 혹여나 인덕이 나를 버린 것은 아닌지 생각하며 그녀를 기다렸다. 나는 외쳤다. 당신은 어디에 있나요, 어디에 있는 거죠? 이 외침이 부질없어질 때까지 계속해서 소리쳤다. 나는 텅 빈 몸뚱이에 불과했다.

⁓

그로부터 수년 수개월이 흐른 후, 목사가 침묵의 시간과 홀로 가장 어두운 밤을 보내는 동안 무엇을 기도했는지 알게 되었다.

그는 죄로부터 구원받기를, 또한 그 죄가 충족되기를 기도했다.

우리 모두 비밀을 품고 있다고 생각해, 내게 어디서 왔느냐고 묻는 그의 질문에 답하지 않자 그가 말했다. 그렇지만 하나님으로부터 숨을 순 없어. 오직 우리네 짐을 그분과 나눌 때에서야, 그리고 그분에게 우리를 내어드릴 때에서야, 비로소 우리는 천상에 올라가 안도할 수 있어.

그가 내 머리를 토닥인 후 내 귀를 손가락으로 쓸어내렸고, 나는 그 손길을 뿌리쳤다.

가여운 아이, 그가 중얼거렸다. 너는 고통 받고 있어.

선생님, 저는 더 이상 애가 아니에요. 내가 그에게 말했다.

그가 웃음을 터뜨리며 말했다. 설마! 난 너보다 그리 나이가 많지 않단다.

나는 목사의 관자놀이에 걸린 은빛 안경테를 응시했다.

그래, 좋아, 유리같이 매끄러운 목소리로 목사가 농담했다. 내 말은 하나님의 눈에 우리 모두 평등하다는 거야. 그러고는 뱀처럼 재빠르게 내 코끝을 만졌다. 그러니 나를 리처드라고 불러 봐, 그가 말했다. 아니면 릭도 좋아. 널 아키코라고 불러도 될까? 릭과 아키코, 우리 이름은 잘 어울리는 것 같아.

나는 일본군이 내게 붙인 바로 그 이름으로 목사가 나를 때리는 것처럼 느껴졌다. 아니야! 그건 내 이름이 아니야! 소리치고 싶었지만 아무 말도 할 수 없었다. 내게 벌어진 그 일들 이후, 나는 내가 태어날 때부터 가진 이름을 쓸 자격이 없다고 생각했으니까. 그 소녀는 죽었다.

아키코, 목사가 말했다. 너는 다른 소녀들과 정말이지 달라. 다른 소녀들보다 더 어려 보이는데, 성숙하단 말이지. 처신하는 태도나 말하는 방식을 보면 너는 마치 무언가를 항상 생각하고 있는 것 같아. 너무 많은 것을 보고 알아버린 것처럼. 네가 몇 살이지?

나는 그에게 내가 한참 늙어 이미 무덤 속에서 썩어간다고 대답하고 싶었다. 하지만 단지 어깨를 으쓱하며 아무 말도 하지 않았다.

몇 살인 거야? 그가 내 손가락 마디마디를 자신의 손가락으로 쓸어내리며 다시 물었다.

열여덟 살이에요. 거짓말을 했다. 나는 고아원에 보내지고 싶지 않은 마음에 그렇게 말했다. 고아원에서는 적당히 나이가 찬 아이들을 추가 일꾼을 찾는 일본 가정으로 입양보냈기 때문이다.

선교사는 눈꺼풀을 내리깔고 있다가 째진 눈 사이로 나를 쳐다보았다. 네가 그렇다면 그런 거겠지, 그는 나를 의심스러워했지만 고개를 끄덕였다. 때때로 전쟁은 사람들이 실제보다 더 나이 들어 보이게끔 만들어. 나는 한평생 귀한 대우와 보살핌을 받았으니 참 운이 좋았어. 그의 말에는 쓰라린 멸시가 담겨 있었다. 이윽고 그가 덧붙였다. 하나님이 나를 시험하는 건 적합하지 않다고 보시기라도 한 듯이 말이지.

그렇지만 너는! 선교사가 내 어깨를 강하게 움켜쥐고 말했다.

고작 어린아이인 너는, 욥의 고난과 동등한 고난을 겪었어. 그래서 네가 하나님의 영광을 충만히 느낄 수 있는 거야! 내가 널 도울 수 있도록 어떤 일을 겪었는지 말해주겠니? 내게 와 고백하렴. 그럼 널 예수 그리스도의 몸으로 인도해줄게.

내가 몸을 움츠리자 그가 내 어깨를 잡은 손을 놓았다. 부탁이다, 아키코. 나를, 그리고 오직 유일하신 하나님을 저버리지 말거라. 그리고 나에게 말해다오! 그의 목소리가 귓가에 속삭이는 것처럼 느껴졌다. 이윽고 그가 내게 몸을 기댔다. 소문을 들은 적이 있어. 여자들이 압록강 북쪽으로 보내진다는 끔찍한 소문을. 네가 거기서 온 거지? 그러니까 난, 네가 입고 있던 옷을 알아봤단 말이야. 만약 그런 거라면, 하나님은 더 큰 빚을 진 자를 사랑하신다는 걸 명심해. 그분이 타락한 여자에 대해 말씀하신 적이 있어. 그 여자의 죄는 그 여자가 그분께 보인 사랑 덕분에 많이 용서되었어. 아키코, 목사가 외쳤다. 몸의 죄는 양의 피로 씻겨 내려가리다. 그분의 몸은 네 몸이 될 거야. 네 살은 그분의 살이 될 테고. 그저 그분께 너 자신을 맡기라고!

나는 그가 내 침묵을 깨뜨릴 말을 찾고 있는 것을 보았다. 또한 그가 자신을 덮고 있던 신앙과 겸손을 벗어던지는 것을 보았다. 계속 지켜보다 보니, 나는 마침내 그의 마음속을 들여다볼 수 있었다.

원치 않는데 내가 널 강압하는 것이라면, 날 용서해줘. 그가 더 듬거리며 말을 이어갔다. 단지 네가 이것을 알아줬으면 해. 하나님은 심판하지 않으며 나도 그럴 거라는 걸. 나는 그분이 네가 받아들일 수 있는 것보다 더 많이 주시지 않을 거라는 걸 알고 있어서, 난 단지 널 위로하려는 것뿐이야. 그분을 믿어. 그리고 날 믿어. 아키코, 제발 부탁이야. 주님을, 그리고 나를, 받아들여. 팔 벌리고 너를 기다리는 우리를 받아들이란 말이야.

목사는 입에서 계속 말을 쏟아내면서 동시에 뒤로 물러섰다. 하지만 나는 이내 그의 비밀을 알아챘다. 그가 스스로에게도 감췄던 비밀이자, 우리가 결혼한 지 20여 년이 지난 지금도 인정하지 않는 비밀. 그건 바로 내가 위안소에서 배웠던 비밀이었다. 나는 그의 반쯤 감은 눈과 가쁜 숨소리, 그리고 허리 양옆에서 허둥거리는 손을 보고 그 비밀을 간파했다. 그의 두 손은 반쯤 굶주린 내 몸, 그러니까 작은 엉덩이와 이제 막 커지기 시작한 가슴을 가진 소녀의 몸을 만지고 싶은 듯 떨고 있었다.

이것이 그의 죄다. 그가 맞섰던 죄이자 여전히 부인하는 죄. 그는 그가 섬기는 하나님을 위해서가 아니라 자기 자신을 위해 나를 탐했다. 어린 소녀인 나를.

$\backsim$

나는 내 몫의 식사를 포기하고, 나중에 인덕에게 줄 생각으로 음식을 조금 휴지에 쌌다. 물도 아주 조금만 홀짝였고, 인덕을 위해 몇 잔 남겨두었다. 양초나 난로에 불을 붙일 때면, 그 불꽃이 인덕을 위해 피우는 스틱 향에 불을 붙인다고 상상하곤 했다. 그러고선 항상 인덕에게 돌아오라고 기도했다. 늘 그랬다. 나는 인덕의 보호가 필요했다.

어느 밤 나는 그날 드리는 마지막 기도를 하려고 무릎을 꿇고 있었다. 머릿속으로, 그리고 마음속으로 인덕의 이름을 끊임없이 반복해서 외웠다. 인덕의 이름이 합쳐질 때까지 외우다가 쓰러졌다. 그리고 내 몸은 납으로 변했다. 너무 무거워서 팔이나 다리, 심지어 손가락이나 발가락 하나도 들어 올릴 수 없었다. 그때 나는 액체가 되는 것 같았다. 내 몸이 형태를 잃어버렸고 마루에 스며들기 시작했다. 팔과 다리 사이로 물결이 솟아올랐고, 이내 몸의 중심부를 향해 돌진했다. 물결은 내 머리 꼭대기에서 충돌해 폭발해버릴 것 같았다. 나는 내 몸이 사라지면 내가 벌거벗은 취약한 존재가 된다는 사실을 알고 있었고, 그 때문에 두려워졌다.

두려움이 점점 커져 내 가슴을 압박했다. 그 무게에 눌려 익사할 것만 같은 기분이었다. 두려움이 점차 형태를 갖추기 시작했고, 나는 그것이 인덕이라는 것을 깨달았다. 인덕은 내 위에 올라타 앉아, 나를 땅으로 끌어내리려고 하고 있었다.

나는 제대로 숨 쉴 수 없어서 두려웠고 화가 났다. 그럼에도 인덕에게 왜 나를 버렸느냐고 물어볼 수 없었다. 다만 그녀를 다시 보게 되어 더없이 행복했을 뿐이다. 나는 인덕에게 이런 내 감정을 말하려 했지만 인덕이 내 목을 조여왔다.

왜 나를 내버려뒀지? 인덕이 내가 하려고 한 질문을 내게 던졌다.

너는 왜 내가 노천에서 썩어가도록 내버려둔 거지? 내가 짐승이기라도 한 것마냥 야생동물의 먹이가 되도록 나를 왜 내버려두었냐고?

인덕, 나는 숨을 헐떡였다. 나는 군인들이 시키는 대로 해야 했어요.

거짓말쟁이, 인덕이 비웃었다. 너는 왜 나를 내버려뒀지?

제발요. 인덕, 제발, 내가 외쳤다. 나는 그렇게 될까 봐 두려웠어요.

인덕이 내게서 굴러떨어졌다. 한참 동안 울부짖고서는 내 폐에 공기를 불어넣었다. 인덕이 일어나면서 말했다. 날 봐. 지금 내 모습을 보라고.

나는 인덕을, 구더기 끓는 콧구멍과 눈구멍 사이로 머리카락이 엉킨 그녀를 보았다. 물어뜯긴 두 팔은 몸에서 찢겨 나가 있었지만 꼬챙이에 박힌 손 때문에 여전히 매달려 있었다. 갈비뼈는 부러졌고 골수는 빨아 먹혀 깨끗했다. 척추에 들러붙어 길게 늘어진 피부는 덜렁덜렁 흔들렸다.

나는 억지로라도 인덕의 몸 구석구석을 더디게 살펴보았다. 내게 다시 돌아와준 인덕이었으므로, 나는 그녀가 아름다워 보였다.

인덕의 손을 꽉 잡으니 내 손가락들이 인덕의 부어오른 살 안쪽으로 파고든다. 나는 그 손에 입 맞추고 또한 내 손과 내 눈과 내 피부를 인덕에게 내어준다.

그렇게 인덕은 나를 구원해주었다.

딸의 탯줄이 떨어지지 않고 계속 붙어 있자, 남편은 딸이 감염될까 봐 걱정했다. 말라붙은 피가 쇠고기 육포 색을 띠던, 두껍고 흉물스러운 탯줄은 떨어질 때가 되었는데도 딱 달라붙어 있었다. 한 달이 지나도 아주 끈질기게 매달려 있었다. 배꼽 가장자리 주변이 분홍색으로 변해도 딸은 아파하지 않는 것 같았다. 그래서 남편과 나는 배꼽 주변을 계속 알코올로 살살 소독하면서, 잇몸에서 흔들리는 치아를 다루듯 배꼽을 이리저리 흔들어댔다.

기저귀를 갈아주려고 아이에게 몸을 숙인 어느 날, 탯줄이 사라졌다는 것을 알아챘다. 대신 아이의 배꼽에는 풀처럼 끈적이는 누런 분비물이 가득 차 있었다. 약솜으로 배꼽을 닦아내자, 별모양처럼 들쭉날쭉하게 생긴 배꼽이 드러났다. 탯줄을 찾기 위해 기저귀를 풀어보았지만 거기에는 없었다. 나는 아이의 잠옷을 만져 살피고, 침대와 바닥을 확인했다. 그러나 여전히 탯줄을 찾을 수 없었다.

이 작은 살점 하나가 나이면서 동시에 딸이라는 생각이 들자, 나는 갑자기 정신이 나가 공황 상태에 빠졌다. 서랍장에서 옷을 꺼내 다 뒤졌고, 정리 안 된 식품 바구니와 기저귀 더미를 파헤쳤다. 그러다 마침내 욕실 러그 위에서 머리카락과 뒤엉켜 있는 탯줄을 발견했다. 묻은 먼지를 털고 손바닥 가운데에 올려놔 보니, 그것은 아주 작고 약해 보였다.

나는 손 위에 올린 딸의 탯줄을 동그랗게 감싼 채 맹세했다. 딸을 이 세상의 불행과 해악으로부터 지켜낸 것처럼, 이 탯줄도 안전하게 지키겠다고. 또한 탯줄을 계속 간직하리라. 그리하여 딸이 훗날 한 개인으로 다 자랐을 때, 그 모습을 아직은 내가 알 수 없을지언정, 탯줄은 우리가 한 몸과 한 살을 나눴다는 것을 기억하게 할 것이다.

10

아
키
코

잠든 딸이 슬픈 꿈에 사로잡혀 울 때면, 나는 궁금해진다. 딸은 저 짧은 삶 속에서 대체 어떤 일을 겪었기에 그토록 서러워하고 두려워하는 걸까. 품 안으로 딸을 끌어안아 달래려고 애써보지만, 깜짝 놀라 깬 아이가 날 바라보며 밀쳐낸다. 하지만 이내 아이의 눈꺼풀이 다시 감기고 잠에 빠져든다. 잠은 내가 따라갈 수 없는 곳으로 아이를 데려간다. 아이는 자기 출생에 대한 꿈을 꾸는 걸까? 첫 번째 고향에서 추방당하는 꿈을? 아니면 다시 그곳에 갇히는 꿈을 꾸며 우는 걸까?

⁓

점심에 먹을 비빔국수를 만들려고 우리에게 배급된 식자재를 한데 모으고 있을 때, 선교사 한 명이 뉴스를 들으려고 라디오를 켰다. 일본이 장악한 방송사 대부분은 일본군의 후퇴를 비밀 군사 목적이라고 설명하면서 일본의 승리를 전망했다. 하지만 우리는 그들이 말하지 않은 것을 들었다. 일본이 전쟁에서 지고 있다는 사실 말이다. 그날이 1945년 8월 15일이었다. 불과 며칠 전, 러시아 연합군과 조선의 독립 투사들이 압록강을 건너 조선으로 진입했을 때, 이미 우리는 종전이 가까워졌음을 직감했다.

하지만 막상 전쟁이 끝나자, 나는 그 소식이 속임수라고 생각했다. 다시 한 번 반역자를 색출해 일본에게 넘기려는 속임수. 라디오 아나운서는 모두 일어서달라고 요청했다. 한 차례 시끄러운 잡음이 들린 후, 천황이 직접 연합군에 대한 일본의 무조건 항복을 선언했다.

노인의 눈물 머금은 그 가냘프고 낙담한 음성이 신의 자손이 내는 음성이라니, 나는 정말 믿을 수 없었다. 나와 같은 이를 수천 명이나 희생시킨 권력자의 목소리라니! 때문에 나는 그 선언이 믿기지 않았다. 그러면서도 주위의 환호성에 이끌렸다. 선교사들과 신도들은 창문 밖으로 만세, 만세 하고 소리쳤다. 조선인들은 창가에 붉고 파란 원이 그려진 태극기를 펼치고, 함성을 지르며 거리로 뛰쳐나왔다. 하지만 마치 아무 일도 없었던 것처럼, 그 뉴스를 못 들은 것처럼 태연하게 거리를 어슬렁거리는 일본군들을 보자 사람들은 모두 침묵했다.

전쟁이 끝났다. 하지만 정치권력을 두고 투쟁하는 다양한 인민위원회가 외세에 동조한 반역자 색출을 강하게 요구하며 압박했다. 색출 작업이 계속되었다. 날마다 일본인들이 철수했고 그 자리를 러시아군이 장악했다. 그들은 공장과 농장을 빼앗았다. 그리고 '천국과 지상 멘소래담과 성냥 회사'를 겨냥한 고발과 비난이 건물 벽 사이사이로 서서히 침투해왔다. 몇몇 이웃은 이곳의 문과 창문에 돌을 던지며 고함쳤다. 그들은 전쟁 중에는 자기 성씨를 야마다라든지, 이치다 혹은 사카마키로 바꿨다가, 다시 김 씨, 이 씨, 박 씨로 바꾸어 민족주의자들이 새로 결성한 이북5도위원회나 독립동맹의 회원이 된 자들이었다. 외국인은 니네 나라로 돌아가라, 그들은 우리를 향해 계속 소리쳤고 그들의 공격은 선교사들이 짐을 쌀 때까지 끊이질 않았다.

저들은 우리보고 고국인 미국으로 돌아가라고 해, 선교사들은 자신들이 보살피던 여자애들에게 이렇게 설명했다. 혹시 너희가 우리와 함께 가기를 원한다면 너희에게 집과 후원자를 찾아줄게.

여자애들 대부분은 이제 전쟁이 끝났으니, 가족을 찾겠다고, 그러니 자신들이 돌아갈 곳은 어딘가에 있다고 말하면서 거절했다. 그들은 자기 인생의 실을 다시 꿰어 미래를 짜 나갈 수 있었다. 그들에게 전쟁은 마치 그 실로 짜낸 직물에 약간의 흠집을 남긴 것이었겠지만, 나에게는 아니었다. 나는 선교사들과 함께 떠나야 한다는 것을 알았다. 압록강을 건너 일본군 위안소에 들어갔던 순간이 떠올랐던 나는 고향 마을 설설함(작가가 설정한 허구의 마을―옮긴이)이 천국만큼이나 내게서 멀어졌다는 것을 알았다.

그래서 목사가 평양을 떠나 그들과 함께 미국에 가고 싶으면 자기와 결혼해야 한다고 말했을 때, 나는 그러겠다고 답했다. 그가 날 쉽게 데려갈 수 있도록.

이 소녀는, 목사가 동료 선교사들에게 설명했다. 갈 곳이 없고 보호자도 없습니다. 저는 이 아이에게 새로운 인생을 줄 수 있습니다. 하나님은 제게 이 아이를 구원할 기회, 아이를 목동의 품으로 데려가 양 떼로 인도할 기회를 주셨습니다.

여자 선교사들 몇 명이 투덜거렸다. 어째서 양녀로 삼지는 않는 거죠?

시간이 없는걸요, 목사가 웃으며 답했다. 게다가 이 아이는 열여덟 살, 성인이니까요.

여자 선교사들 중 한 명이 웅크린 입술 사이로 '허' 하고 코웃음을 치며 영어로 무언가 말했다. 말이 너무 빨라서 나는 알아들을 수 없었다.

그러자 목사는 여자 선교사의 팔을 잡고, 조선말로 대답했다. 이 아이가 스스로 그렇다고 말한 것이고, 이 아이와 내가 부당하게 짝지은 것은 아닙니다. 그리고 결혼식에 앞서 아키코에게 세례를 받게 할 겁니다.

목사가 내 손을 잡고 선교사들 앞으로 데려갔다. 그의 손가락이 내 손바닥에서 미끄러지듯 빠져나갔다. 결코, 제 자신을 희생하는 것이 아닙니다. 그가 말했다. 저는 지금 하나님의 부르심에 답하는 것이니까요.

하나님의 부르심이라고요? 다른 선교사가 말했다. 당신이 들은 것이 정녕 그분의 목소리가 맞나요? 누구든지 여자를 보고 음란한 생각을 품는 사람은 벌써 마음으로 그 여자를 범했다. 그분이 말씀하신 걸 떠올리세요. 형제여, 이 아이를 몰아내세요. 올곧은 눈이 죄를 범했다면 두 눈을 뽑아내세요. 그래야 몸이 살 수 있습니다.

목사가 볼멘소리를 드러내지 않기 위해 목청을 가다듬을 때, 그의 손톱이 내 손가락을 파고들었다. 그 말씀을 믿습니다, 목사가 말했다. 또한 하나님은 말씀하셨지요. 어찌하여 너는 형제의 눈 속에 있는 티는 보면서 제 눈 속에 들어 있는 들보는 깨닫지 못하느냐라고요.

목사가 꽉 쥔 내 손에서 땀이 났다. 나는 선교사들과 아직 거기에 남아 생활하던 조선인 여자애들의 얼굴을 쳐다볼 수 없어서, 고개를 숙인 채 우두커니 서 있었다. 얼굴을 마주하지 않아도 그들의 수군거림과 생각이 내 가슴을 후볐다.

ᴇᴇᴏ

우리는 일주일 동안 황급히 짐을 싸고 혼신을 다해 기도했다.

이후 평양 선교원은 해체되었다. 가져갈 수 있는 것은 지체 없이 짐을 싸서 마차에 실었다. 떠나는 날, 마지막 기도를 드리기 위해 앞쪽 계단에 모였을 때, 선교사 한 명이 우리를 나란히 세워 사진을 찍었다. 그는 '치즈'라고 말했다. 그게 무슨 의미인지 몰랐지만 다른 모든 선교사들이 미소 지었다. 카메라가 두 번 찰칵 댔는데, 그 소리가 신호라도 되는 양 이웃들과 그들의 가족들이 건물 안으로 몰려들어왔다. 우리를 휙 스쳐간 그들은 주위를 둘러보며 남아 있는 것은 무엇이든지 간에 자세히 살펴보았다. 지랄한다, 저 하마, 뚱보들! 그들이 서로 주고받는 말들은 우리 귀에 들릴 만큼이나 시끄러웠다. 저 하마들이 얼마나 쩨쩨한지 봐봐. 좋은 건 다 가져갔어! 누더기랑 빈 성냥갑만 있잖아. 이 접시들은 개밥 그릇으로도 안 쓰겠다!

목사가 나를 미국으로 데려간 지 몇 년 후, 우편으로 그때 찍은 사진 사본 한 장을 받았다. 사진 속 목사와 나는 다른 선교사들에 둘러싸여 계단 중앙에 서 있었고, 목사의 한쪽 팔은 내 목을 살짝 두르고 있었다. 그는 웃고 있었지만 나는 아니었다. 우리 머리에는 잉크로 후광을 그린 것처럼 빨간 동그라미가 처져 있었다. 이것이 우리 결혼사진이었다.

평양을 떠나기 전에 우리는 대동강으로 나들이를 다녀왔다. 강은 초가을 비로 만수였고 물살이 거셌다. 그날 나는 어느 여자 선교사가 건넨 얇은 흰 가운을 입었다. 그녀가 말하길, 내가 기독교인 여성의 인생에서 가장 중대한 두 가지 행사를 앞두고 있으니 그 옷을 입어야 한다고 했다. 곧 성령 안에서 다시 태어나고 결혼을 할 테니까.

나는 사양하려 했지만, 그녀가 말렸다. 내게 고마워할 것 없어. 꿈이 이뤄지는 거니까.

결국 그녀는 내게 옷을 입혔다. 걸음을 내딛을 때마다 어깨에서 옷이 흘러내렸고 땅바닥에 끌렸다. 좀 들어 올려, 여자 선교사가 치맛단을 주시하며 내게 속삭였다. 옷을 더럽히고 있잖니. 아무래도 이 옷은 그녀가 벗어던진 속옷으로 만든 것 같았다.

나는 여자 선교사를 단 한 번도 쳐다보지 않았다. 오솔길에 두 눈을 고정한 채, 순수와 죽음의 색깔인 이 하얀 천이 어떻게 흙을 빨아들이는지만 관찰했다.

강가에 다다르자 신도들은 발걸음을 멈췄다. 하지만 나는 계속 걸어갔다. 강기슭에 쌓인 바위를 밟았고 물길을 헤치며 강 속으로 걸어 들어갔다. 멈춰, 목사가 소리치는 게 들렸다. 너무 멀리 갔잖아.

물에 닿은 가운이 물 위에 뜬 종처럼 부풀어 오르더니 이내 급류에 휩쓸려 내 몸을 옭아맸다. 나는 무릎을 꿇었다.

그녀가 얼마나 진지한지 보세요, 목사가 내 팔꿈치를 홱 잡아당기고선 날 쳐다보고 있는 사람들에게 소리쳤다. 대체 왜 그러는 거야? 그가 내게 귓속말을 했다. 일어서!

나는 그의 말을 듣는 대신 얼굴을 강 속으로 집어넣었다. 너무 차가워 물속에서 숨을 내뱉자, 물방울이 일었다. 몸을 꼿꼿이 세우니 강물이 나를 휘감는 게 느껴졌다. 거센 물살 속에서 내 몸이 바위에 얼마나 잘 붙어 있나 시험해보다가 이내 물살에 몸을 맡겼다. 그러자 내 다리와 내 폐가 물속으로 끌려들어가는 것이 느껴졌고, 강의 품에 녹아들고 싶은 욕구를 느꼈다. 나는 두 눈과 입을 활짝 열고 강을 맛보려 했다. 바로 그때 머리카락이 위로 잡아당겨져 강물 위로 몸이 튀어 올랐다.

입안 한가득 들어온 공기에 숨이 막혀 캑캑거렸다. 콧물이 흐르고, 거센 바람에 무방비 상태로 있던 눈이 타들어가는 것이 느껴졌고, 나는 목사를 쳐다보려고 몸을 돌렸다. 가슴까지 강물에 젖은 목사가 한 손으로 내 머리카락을 움켜쥐고, 나를 주님께 인도했다. 성부와 성자와 성령의 이름으로, 그가 말했다. 네게 세례하노라.

그는 내 손과 머리카락을 잡아당기며 날 물에서 끄집어냈다. 비틀거리며 걸어 나와 강둑에서 기다리고 있던 자들 품에 안겼을 때, 나는 공허함과 적막함과 비통함을 느꼈다.

흠뻑 젖어 물을 뚝뚝 흘리고 있던 내게 누군가 목사를 남편으로 맞이하겠냐고 물었다. 말을 할 수 없어 고개만 끄덕였다. 그러자 그들은 나를 마차로 데려가 내 옷을 주었다.

너는 다시 태어난 거야, 내게 웨딩 가운을 건넨 여자 선교사가 말했다. 기독교인으로서 아내로서, 그리고 미국인으로서 말이야. 축하해.

강을 떠나기 전 나는 흙을 만지려고 몸을 숙였다. 손 아래로 진흙이 느껴졌다. 흙 한 줌을 집어 재빨리 입으로 가져갔다. 혀와 입천장에 흙을 문지르고 치아 사이사이로 흙을 갈아 넣었다. 피 같은 쇠 맛이 나는 흙, 그 흙을 맛보고 몸 안으로 집어넣어서 내 나라가 언제나 나의 일부일 수 있게 하고 싶었다.

∽∼

만주로 추방당한 애국자 수천 명이 적의 후퇴에 환호하며 조선으로 돌아왔을 때, 기독교 선교사들과 그들을 따랐던 사람들은 남쪽으로 내려갔다. 우리는 자유가 된 나라를 지나 경성으로 이동했다. 우리 같은 사람이 수백 명에 달했다. 남쪽에서 북쪽으로 간 사람들도 상당했다. 사방의 길이 열려 있던 몇 달 동안, 사람들은 전쟁 기간 동안 흩어진 가족과 고향을 찾아, 그리고 그들 삶의 조각들과 그들 자신을 찾아, 전국을 헤맸다. 어쩌면 그 기억들을 피해, 새로운 삶과 새로운 고향을 찾기 위해 헤맸는지도 모른다.

~~~

구천을 떠도는 영혼들로부터 내 딸을 지켜야 하므로, 이제 저 죽은 자들에 대한 궁금증이 생긴다. 저들은 자기 아들과 딸을 따라다니며 전국을 누볐을까? 아니면 버려진 채, 돌봐지지 않은 채 집에 머물렀을까? 인덕, 내 수호자가 되기 위해 모국뿐 아니라 세계를 가로질러 어떻게든 나를 쫓아온 그녀가 떠오른다. 내 어머니와 아버지도 생각난다. 조선에 남은 두 분. 어쩌면 나 아닌 다른 딸들과 가족을 따라다니느라 길을 잃으셨겠지. 두 분의 혼이 배불리 먹고 입는지, 만족하는지 궁금하다. 아니면 친척도 고향도 없이 쫓겨나 걸인이 되어버린 것은 아닌지 궁금하다.

~~~

우리는 개성과 판문점 근처 군부대가 세운 검문소를 지나쳤다. 나는 압록강에 있던 군인들이 떠올라 도망치려고 했다. 그러자 이제 나의 남편이 된 목사가 자기 옆쪽으로 나를 끌어당겼다. 군인들 쪽으로 한 발 한 발 내딛을 때, 나를 탐구하는 그들 눈이 느껴졌다. 내 얼굴과 가슴과 엉덩이와 보지를 살피면서, 29명을 받아내는 니쿠이치 보지로서의 가치가 있는지 판단하는 눈. 그들은 곧 나를 길 한쪽에 세우고, 어떻게 도망쳤냐고 심문한 후 다시 저 남쪽 지옥, 일본으로 보내겠지. 하지만 검문소를 지날 때, 그들이 일본인도 아니라는 것을 알았다. 심지어 보초병들은 내게 눈길조차 주지 않았다. 나뿐만 아니라 지나가는 사람들을 쳐다보지도 않았다. 그저 따분한 표정을 지으며, 물밀듯이 떠밀려오는 사람들 너머 북쪽 산만 응시했다.

가슴에 소총을 멘 군인들이 검문소 맞은편에 있던 우리에게 손을 흔들었다. 조선이 남과 북으로 나뉜다는 게 여전히 낯설게 느껴진다. 우리가 보거나 만질 수 없는 선 하나가, 두 걸음이면 건널 수 있는 선 하나가 우리나라를 뎅경 잘라버리다니 여태 실감 나지 않는다. 나는 꿈속에서 항상 산 자와 죽은 자가 뒤섞인 수천 명의 사람을 본다. 그들이 만든 꾸불꾸불한 행렬은 한반도의 머리부터 발까지 길게 이어져 있다. 하지만 그들은 한반도 배꼽에 다다르면 돌아서야 한다는 사실을 모른다. 고향에 결코 돌아갈 수 없다는 사실을 모른 채, 영원히 길 잃었다는 사실을 모른 채.

〰

우리는 경성에 도착해서 세브란스병원 선교원에 방을 얻었다. 평양 선교원에서 챙긴 짐은 모두 마차에 실어 보냈던 터라, 입고 있던 옷과 몸만 갖고 방으로 들어갔다. 목사가 나를 침대로 이끌며 말했다. 너와 함께 있는 법을 알려줘. 우리는 남편과 아내로서 한 몸이 될 거야.

그가 내 얼굴을 감싸안았다. 네 과거를 말할 필요는 없어. 네가 무슨 일을 했었든, 너는 이제 물로 씻어 말씀으로 깨끗하게 될 테니.

그의 손이 내 목을 지나 어깨에 닿았고, 그가 엄지로 내 어깨뼈를 지그시 눌렀다. 나는 네 샘에서 나온 물을 마시고 싶어. 또 네 몸을 내 몸처럼 사랑하고 싶고. 네가 첫날밤을 치른다는 것에 대해 아는지 모르겠지만, 나는 그래. 그가 속삭이듯 말했다. 남자를 받아들인다는 게 어떤 기분인지 아니? 어떻게 다리를 벌려야 하는지, 또 처음에는 얼마나 고통스러운지 말이야. 내가 천천히 해볼게.

그가 나를 끌어안고 자신의 엉덩이를 내 몸에 밀착시켰다. 처음에는 피가 나올 거야, 그가 말했다. 알고 있니?

나는 많은 남자들을 받기 위해 다리를 벌리는 게 어떤 기분인지 알고 있었다. 처음에는, 그리고 백 번째에도 피가 나온다는 것을 알고 있었다. 몸을 마음에서 도려낼 만큼 끔찍한 고통에 대해서도 잘 알고 있었다. 하지만 남편인 목사가 내 머리에 입술을 들이밀자, 나는 제대로 된 말 한마디 하지 못하고 비명을 질렀다. 걱정하지 마, 나의 귀염둥이, 나의 어린 양. 부드럽게 할게. 그가 이렇게 말하고 내 목을 깨물었다.

몸이 타는 것보다는 결혼하는 게 낫지, 그가 속삭였다. 널 위해 내 몸이 불타는 거야. 네게는 뭔가 있어. 순진해 보이지만 능숙한 몸짓 같은 거, 그게 날 미치게 한다고. 너 처녀가 아니지, 그렇지? 그가 물었다.

그가 달콤하게 속삭이면서 나를 애무했다. 그러고선 내가 입은 옷을 벗기고, 자기 옷을 벗더니 날 움켜잡고 욕을 해댔다. 그가 나를 침대로 끌고 가서, 내 위에 올라탄 후 허벅지 사이로 자기 몸을 밀어 넣었을 때, 나는 정신을 놓아버렸다. 내 몸이 일본군 위안소의 칸막이 쳐놓은 곳에 갇혀 셀 수 없이 많은 남자 아래 깔려 있었다는 걸, 그리고 항상 그러리라는 걸 알았으니까.

~ees~

낮 시간을 채웠던 선교와 설교의 시간이 사라지자, 남편은 줏대 없는 사람이 되었다. 우리는 이 교회 저 교회를 옮겨 다니며 남쪽으로 향했고, 끝내 부산 항구에 도착했다. 주님 말씀을 전도한다는 남편의 요구에 따라 우리는 그곳에서 바다를 건넜다. 그의 방랑기는 미국에서도 계속되었다. 뉴욕의 라치몬트 장로교회부터 선교연맹의 플로리다 지부에 이르기까지, 교육이나 공부나 전도를 위해 초청받으면 우리는 어디든 갔다. 남편이 '빛을 전파하기: 외진 동양에서 겪은 나의 경험'에 대해 강연할 때면 나는 한복을 입고 그의 옆에 서 있곤 했다.

남편은 강연장이 아닌 곳에서는 내게 허리선이 꽉 조인 하얀 블라우스와 엉덩이에 딱 달라붙은 짙푸른 치마를 입혔다. 치마는 무릎도 거의 가리지 못할 정도로 짧았다. 그 옷이 몸에 달라붙으면 발가벗고 있는 것처럼 느껴졌다. 하지만 그 옷은 목사 아내가 입어야 하는 정장이었다. 낮 시간에는 머리카락을 틀어 올리고 묶어 내가 기혼 여성임을 드러냈다. 까멓고 땋은 머리를 어깨 위로 늘어뜨리고 있으면, 어린애처럼 보이잖아, 남편은 나를 이렇게 야단쳤다. 하지만 밤이 되면 남편은 그런 모습을 원했다. 그는 허리까지 늘어뜨린 머리카락, 크고 멀뚱한 눈, 금방이라도 울 것처럼 뿌루퉁하게 내민 입술을 원했다. 밤에는 내 위에 올라타, 머리카락 끝부분을 쥐고 입안에 넣어 빨았다. 그는 볼일을 마치면 담요를 가져와 내 턱에 쑤셔놓고선 주기도문을 외워보라고 요구했다. 그러면 나는 인덕을 생각하면서, 그리고 빛의 강에서 씻긴 그녀의 몸을 생각하며 외웠다. 하늘에 계신 우리 아버지, 아버지의 이름으로 거룩히 빛나소서.

우리는 몇 년 동안 동쪽 해안에서 서쪽 해안으로, 북쪽에서 남쪽으로 이동하며 미국의 모든 주를 옮겨 다녔다. 왜건이라는 개인 차를 소유할 정도로 부유해졌다. 그 차를 타고 가로지른 농지는 아주 평평했고 노랗게 익은 곡물이 가득하여, 그 안에 있으면 시간이나 거리를 가늠하지 못할 것 같았다. 푸딩이라 불리는 요리처럼 매끈하게 빛나는 그 땅이 나를 현혹시켰다. 멍한 상태에서 깨어나는 것처럼, 종종 두 눈을 깜빡이고 문질러 보아도 아직까지 그 꿈에 사로잡혀 있다는 걸 깨닫는다. 똑같은 들판과 똑같은 헛간, 똑같은 철조망 울타리를 따라 풀을 뜯어먹는 똑같은 소 떼들이 끝없이 이어지는 꿈 말이다. 끝없이 이어진 원을 돌며 여행하는 것 같았다.

남편은 길가의 소 떼를 지나칠 때마다 이 단조로움을 깨뜨리려는 듯 경적을 울렸다. 시골 농장에 처음 진입했을 때는 드문드문 불규칙적으로 울리는 빵빵 소리에 화들짝 놀라곤 했다. 하지만 차를 계속 몰고 가다 보니, 이내 그 소리는 심장박동처럼 규칙적이고 부드러워졌다. 마치 이 땅처럼 그렇게.

미국이 얼마나 부유한지 이해하게 된 건 자동차 경적 때문이었다. 불과 몇 시간 만에 남편이 울린 경적 수는 조선에서 소를 가진 모든 가구 수만큼이나 많았다. 그런데 남편은 우리가 본 소 떼가 몇 안 되는 소수의 농장주들이 소유한 것이라고 설명했다. 과잉과 사치의 나라. 미국은 아주 부유해서 한 사람이 소 백 마리를 소유하는 게 가능한 곳이었다.

우리는 가방 두 개와 상자 한 개에 담은 짐을 풀고 싸기를 반복하며 떠돌았다. 어느 날은 대학이 제공한 객실에, 어느 날은 모텔에 묵기도 했지만, 대부분은 도로 휴게소에 차를 대고 잠을 잤다. 배변 신호가 오면 나는 휴지 한 뭉치를 들고 건물 뒤쪽으로 달려가 볼일을 보고, 식수대 물을 휴지에 살짝 묻혀 뒤를 닦았다. 남편은 청결이 신앙 다음으로 중요하다고 잔소리하며 툴툴댔다. 그렇지만 나는 화장실과 샤워장을 사용하기 위해 줄을 설 수 없었다. 일본군이 위안소를 공중화장실이라고 언급했던 것을 기억해내느니 샤워를 건너뛰는 편이 더 깨끗하다고 느꼈기 때문이다.

도로 곳곳에 있는 휴게소와 주유소에 들르면, 그곳에는 자동판매기라는 것이 있었다. 누구든지 기계에 동전을 넣고 손잡이를 당기면 사탕이 나왔다. 나는 이건 미국만이 가진 게 아닐까 생각했다. 주유 탱크를 채우고 거스름돈이 생기면 남편은 내게 자동판매기 이용하는 것을 연습하라고 잔돈을 줬다. 나는 돈 넣는 곳에 어떤 동전을 넣어야 하는지 외웠고, 원하는 사탕에 손잡이 맞추는 법을 배웠다. 그러면 벨트가 움직여 내가 선택한 사탕을 선반 아래로 떨궜다. 처음에는 내가 뺀 사탕 뒤에 그 자리를 채울 다른 막대사탕이 있다는 게 만족스러웠다. 하지만 더 많은 사탕을 먹을수록 그 사실이 점차 날 괴롭히기 시작했다. 너무 쉽고 값싸게, 너무 손쉽게 채워지는 것이 아닌가.

그렇게 이동하던 처음 몇 달 동안 나는 막대사탕과 타바스코 소스를 뿌린 샐러드만 먹을 수 있었다. 다른 음식은 그다지 끌리지 않았다. 내게 미국 음식은 아무런 맛도 나지 않았다. 남편이 나를 살찌울 요량으로 주문한 요리도 도무지 먹을 수가 없었다. 감자를 튀기거나 으깬 후 그레이비를 끼얹은 요리라든지, 삼켰는지 기억도 나지 않는 허옇고 폭신한 빵, 당최 뭔 고기인지 알 수도 없던 고기, 뭐 이런 것들. 내가 고기라는 것을 알아봤던 고기가 있긴 했지만, 그걸 주문해본 적은 없었다. 한번은 어느 식당에서 옆자리 여자가 갈비같이 보이는 요리를 주문했다. 그곳은 내가 일본인으로 보였던 덕분에 쫓겨나지 않고 계산대 옆 긴 테이블 자리를 안내받은 식당이었다. 나는 곁눈질로 그녀를 쳐다보았는데 가장 맛있는 부위를 남기는 모습에 깜짝 놀랐다. 뼈에 붙은 쫄깃하고 육즙이 가득한 부분! 그녀가 식사를 끝내고 냅킨으로 입을 닦을 때, 나는 냉큼 갈비뼈 하나를 집어 물어뜯었다.

이봐요! 여자가 자리에서 벌떡 일어나며 외쳤다.

남편이 내 손에 들린 뼈를 뺏어 여자의 접시에 다시 올려놓았다. 안 돼, 아키코! 그가 내게 말한 후 여자에게 변명했다. 죄송합니다. 이 여자는 우리나라 사람이 아니에요. 자기네 나라에선 음식을 나눠 먹는 풍습이 있어 그랬나봅니다.

이 여자, 앙상하게 마르지 않았습니까. 음식을 좀 나눠주시겠어요? 여자는 내 배와 가슴을 빠르게 훑은 후 남편에게 시선을 돌렸다. 이 여자는 어디서 왔죠? 당신 어디 출신이에요?

죄송해요, 내가 말했다. 내 혀는 내게 눈길도 주지 않는 이 여자 앞에서 더듬거리는 영어를 내뱉었다. 계속 당신이 고기 먹으려는 거 나 알지 않아요.

여자는 여전히 남편에게 시선이 향해 있었다. 이 작고 불쌍한 일본인 고아는 참 괴짜네요. 그녀가 말했다.

꼬리꼬리

미국인이 되는 법을 배우는 건 버리는 법을 배우는 것이었다. 음식, 종이, 옷 등 모든 것이 넘쳐났다. 그래서 우리는 지겨워지면 쉽게 버렸다. 도시는 특히나 쓰레기장이었다. 사람들이 여태 버린 모든 것이 도시에 모인 것 같았다. 위를 올려다보면 구름을 잡을 것처럼 높게 치솟은 건물이 보였다. 하지만 골목길로 들어서면 길에는 썩은 음식과 종이, 그리고 손쉽게 입고 버려진 옷을 걸친 부랑자들이 널브러져 있었다. 자동차 행렬은 건물 사이사이로 이어져 똬리를 트는 것 같았고, 차는 사람들이 소 떼라도 되는 양 경적을 울려댔다. 오물로 가득 찬 강물은 금방 불이라도 붙을 만큼 기름이 둥둥 떠다녔다. 도시는 어디든 오물 범벅인 골목처럼 보였다.

어느 도시에서 남편은 나를 세계에서 가장 높은 건물에 데려갔다. 우리는 어떤 상자를 타고 꼭대기로 올라갔는데, 나는 속이 너무 울렁거려 떨어지지 않도록 남편의 팔을 꽉 쥐어야 했다. 남편은 내게 계기판 숫자를 보라고 했다. 내가 세는 속도보다 더 빨리 불이 켜지는 숫자들을 보고 있자니, 그만 힘이 풀려 무릎을 꿇고 말았다. 하늘 꼭대기에서는 모든 것이 반짝였고, 태양은 콘크리트와 금속 건물을 반사시켰다. 멀리서 본 도시는 아름다웠다. 쓰레기와 오물을 밟고 서 있지 않아도 되니 그것들이 생각나지 않았기 때문이었을까. 어쩌면 천국에 있는 사람들과 신령과 하나님에게 이 땅이 이렇게 보이지 않을까.

내게 미국의 모든 것이 그랬다. 처음 볼 때는 마치 꿈처럼 반짝이고 아름답다. 그러나 더 깊숙이 들어갈수록 그 꿈이 허황되고 척박하며 거짓이라는 것을 깨닫게 된다. 이 나라에서는 어떠한 표정도, 어떠한 장소도 갖지 못한다는 것을 깨닫는다.

남편은 그의 가족과 고향에 대해 한 번도 말하지 않았다. 나 역시 묻지 않았다. 사실 그가 태어난 곳에서 보내온 편지 두 통을 일리노이주에 있는 제일친선성경교회에서 받기 전까지는, 그에게도 가족이 있으며 그를 사랑한 부모님이 계실 거란 걸 생각해보지도 못했다. 우리가 뜯은 첫 번째 편지는 카이어호가폴스에 있는 서니사이드 노인주택지구에서 보내온 것으로, 그의 어머니가 돌아가셨다는 소식이었다. 두 번째 편지는 그녀가 아프다는 내용이었다.

우리는 편지의 발신지를 추적하여 남편의 어머니가 마지막으로 살았던 장소를 찾아갔다. 막다른 골목으로 구불구불 이어진 길을 몇 번 잘못 들어선 후, 그을음으로 얼룩진 주차장에 진입했다. 주차장에서 3층 건물로 이어지는 도보에는 변치 않는 꽃인 무궁화 몇 그루가 심어져 있었다. 비록 타이어 타는 냄새로 줄기가 시들시들하고 창문 밖으로 꽃을 내려다보는 사람들의 버거운 눈길에 줄기가 휜 것처럼 보였지만, 나는 그 꽃을 좋은 징조로 받아들였다.

로비에는 퀴퀴한 곰팡이 냄새와 돌봐줄 가족이 없는 노인들의 냄새가 풍겼다. 후손 없는 선조인 셈이다. 그곳에서 적막함과 외로움과 귀신의 냄새가 났다. 또한 고향 냄새가 났다.

엘리베이터를 기다리려고 멈춰 서자, 젊은 사람의 피부를 만지고 숨결을 느끼고 싶은 노인들이 우르르 우리 곁으로 몰려왔다.

브래들리 여사의 친척인가? 여사에게 아들이 있는지는 몰랐는데. 그 아들이 중국인이랑 결혼했는지도 몰랐다고. 중국인들은 정말 모두 그리 작아? 아우 귀여워라! 영어도 할 줄 아니?

노인들은 남편 어머니의 아파트로 우리를 안내하고 싶은 마음에 떼 지어 몰려들었다. 그들은 그녀의 죽음과 장례식에 대해 무척이나 얘기하고 싶어 했다. 그녀 가족 중 아무도 찾아오지 않았지만 그래도 장례식은 아름다웠다고, 정말이지 아름다웠다고 말이다.

꾸욲

남편과 내가 남편 어머니의 아파트로 들어서자, 귀신이 된 남편 어머니가 한달음에 뛰쳐나왔다. 남편 어머니는 아주 찐득찐득하게 우리를 에워싸서 방 안으로 빨아들였다. 남편 어머니는, 그 뚱뚱한 영혼은 생전에 결코 가져보지 못한 공간을 죽음 속에서 요구했다. 그건 마르고 허약한 여자의 것이었다. 남편 어머니는 남편과 내가 서로에게, 그리고 가구에, 또한 선반과 현관과 바닥을 가득 채운 자질구레한 장식품과 기념품에 부딪히게끔 밀어붙였다.

하늘에 계신 예수님, 천국에 계신 주님이여, 남편이 말했다. 그는 달마티안이 그려진 램프와 허벅지 높이까지 쌓아올린 『내셔널 지오그래픽』 잡지 사이를 이리저리 빠져나와 부엌으로 향했다. 이 쓰레기들을 도대체 어쩌지? 그가 말했다.

쌓여 있던 잡지가 거실 중앙의 작은 탁자 쪽으로 무너지면서 탁자 위에 놓인 액자와 작은 조각상들이 바닥으로 떨어졌다. 나무 부엉이, 풍선 한 묶음을 들고 있는 도자기 광대, 찻잔과 사진을 집으려고 허리를 굽혔다. 은빛 테두리가 빛나는 액자를 바로 세우기 위해 뒷면을 펼치자, 한때 남편의 가족이었던 사람들의 사진이 나왔다. 나는 사진 속 얼굴을 유심히 살펴보았다. 짙은 눈썹과 얇은 입술을 가진 백발의 남자는 군복을 입고 있었다. 앙상하게 마른 여자의 날렵한 코에는 끝이 뾰족한 안경이 걸쳐 있었고, 그녀의 품에는 뚱뚱한 사내아이가 안겨 있었다. 옆의 남자에게 손을 뻗으려 한 저 뚱뚱한 아이가 바로 남편이었다. 그의 곱슬머리는 그가 입은 사립학교 교복 옷깃까지 내려와 있었다.

✐

죽은 남편 어머니, 그리고 남편 어머니의 유품과 함께 지내는 건 두고두고 내게 힘든 일이었다. 유품을 만지거나 카펫을 걸어 다니기만 해도 남편 어머니가 날 쥐어짜는 게 느껴졌다.

이것들 전부 상자에 넣어 꼬리표 붙이는 걸 도와줘, 남편이 산처럼 쌓인 잡지와 편지, 그리고 한 더미의 인형과 동물을 분류하며 말했다. 먼지가 떨어져 사방에 눈처럼 쌓여도 내가 움직이지 않자, 그가 꾸짖었다. 주님께서 말씀하시길 아내는 남편에게 순종해야 해. 그리스도가 교회의 수장이듯이, 남편은 아내의 수장이자 몸의 구원자야.

훌륭한 아내는 집을 가정으로 만들지, 그가 말했다. 그게 바로 네가 아내이자 배우자로서 갖는 의무야.

한바탕 청결과 신앙에 대해 잔소리한 후, 그가 사정했다. 그러니 제발, **제발** 내가 정리하는 것만이라도 좀 도와줘.

그렇지만 나는 남편 어머니로 가득 찬 그 공간을 지나갈 수조차 없었다. 남편 어머니가 내 몸에 있는 모든 공기를 빨아들이고 자기 유품으로 날 짓누르는 것만 같았기 때문이다. 나는 하루 중 대부분의 시간을 남편 어머니 몸에 알맞게 움푹 눌린 침대에 누워 라벤더 향이 나는 겨자색 뜨개질 담요를 덮고 숨어 있었다. 그리고 그 시간에 인덕에 대한 꿈을, 그리고 창문으로 몰래 엿보던 날 닮은 사람에 대한 꿈을 꾸었다.

$$\backsim\!\backsim\!\backsim\!\circ$$

마침내 인덕이 남편 어머니의 아파트로 들어왔다. 아마도 내 꿈을 타고 들어온 듯싶다. 인덕은 나를 침대에서 밀어낸 후, 자기 손이 먼지로 뒤덮일 때까지 남편 어머니의 책상과 사진과 나무 인형과 조각상을 손가락으로 훔쳤다. 인덕은 유품에 쌓인 먼지를 긁어모아 손에 쥐더니, 그 귀신을 자신의 손바닥으로 유인했다. 그러곤 그 뚱뚱한 영혼이 티끌만 한 먼지처럼 작아질 때까지 납작하게 짓눌렀다. 인덕이 손가락을 내 입에 갖다 대더니 빨고 맛보라고 했다. 그리고 이 아파트를, 이 도시를, 이 주(州)를, 그리고 미국을 내 집으로 만들라고 말했다.

ᘿᘿᔒ

딸을 임신했을 때, 당시 머무르던 소년 선교원의 정원에서 검은 흙을 가져와 차를 끓였다. 이 흙을 마셔서 자궁 안에 자리 잡은 아이에게 영양분을 공급하고 싶었다. 그러면 아이는 살아가는 동안 집을 잃어버리거나 집이 없다는 느낌을 받지 않을 테니까. 아이를 낳은 후에는 같은 흙을 내 젖꼭지에 문지르고 딸의 입술에 묻혔다. 그래야 아이가 처음 젖을 빨 때, 흙과 소금과 어미인 젖을 처음으로 맛보면서 내가 언제나 자신의 고향임을, 그리고 언제나 그러리라는 것을 알게 될 테니까.

11

아
키
코

꿈을 꿨다.

압록강 검문소 보초병들이 내게 소총을 겨눈 탓에 나는 다리를 빨리 건너가지 못하고 있었다.

저 계집애한테 콩 맛 좀 보여줄까? 병사들 중 한 명이 웃으며 말했다.

다른 보초병이 입으로 팟타타타탓 소리를 내자 난 그들을 올려다보았다. 그 입에서 나오는 말소리는 마치 불을 내뿜는 용의 발이 총구에서 튀어나오는 모양처럼 보였다.

도망치려고 몸을 돌렸지만 그의 말이 총알로 변해 내 등을 관통하는 게 느껴졌다. 피와 뼈와 피부와 근육이 불에 타 화끈거렸다. 그 열기가 너무 뜨거워서 몸이 증발하는 것만 같았다. 두 다리로는 열심히 달렸다. 하지만 몸속 물이 공중으로 휘발되어 다리도 점점 무거워지고 끈적이는 게 느껴졌다. 결국 내 몸속에는 소금과 불만 남고 아무것도 없었다.

뒤에서 병사들이 왁자지껄 더 크게 웃는 소리가 들렸다. 부디 세찬 바람이 불어 내 몸을 날려버리라고 간절히 바랐건만 그러기도 전에 끔찍한 열기를 지닌 용의 이빨이 내 몸을 꿰뚫는 게 느껴졌다. 작살처럼 단단히 박힌 용의 이빨. 주변에 남겨진 것이라곤 열기를 내뿜으며 태양처럼 빙빙 그리고 더 빨리 제 꼬리를 따라 돌고 있는 희푸른 용뿐이었다.

᎐᎐᎐᎙

이 꿈, 바로 이 태몽이 사내아이를 예지한다고 생각했다. 그래서 내가 밴 아이가 사내아이라고 믿었다. 나는 확신에 차서 남편에게 말했다. 이것 봐요. 불, 용, 태양은 모두 양陽을 뜻해요. 게다가 소금은 아주 귀한 것이니 진짜 행운을 뜻하죠. 난 아들을 임신한 거라고요.

남편은 조선을 떠난 이후 그런 얼토당토않은 미신을 들어본 적이 없다고 말했다. 남편이 내게 그런 것은 모두 조선에 남겨두고 오라고, 주님을 위해 모두 포기하라고 가르쳤던가? 하나님과 맘몬 모두를 섬길 수는 없다고?(『마태오의 복음서』 제6장 제24절의 "너희는 하나님과 재물을 아울러 섬길 수 없다"를 차용한 것으로, 맘몬은 부에 대한 탐욕을 의미한다—옮긴이)

남편이 입으로는 내 말을 인정하지 않는 투로 말을 뱉었지만, 그의 눈에는 기쁨과 자부심이 드러났다.

그래서 아이 성기를 처음 봤을 때 남편과 나 모두 깜짝 놀랐다. 내게 그 모든 것이 얼마나 혼란스러웠는지, 그리고 어떻게 의사와 간호사들의 얼굴이 흐려져 마침내 인덕과 어머니와 언니들의 얼굴로 변했는지 생생히 기억난다. 그들이 아이를 들어 올려 내게 보여주자 가장 먼저 떠오른 생각도 기억난다. '아니야. 아기 자지가 뭔가 잘못됐어. 어디 있는 거지?' 그때 비로소 내가 딸을 낳았다는 사실을 깨달았다. 전혀 예상하지 못했기 때문에 두려우면서도 더욱 황홀한 기쁨이었다.

이 아이는 나를 위한 존재이자 내 것이다. 남편의 아들이 아니라 내 딸.

지금도 그 기쁨이 아주 생생하고 뜨겁게 느껴진다. 너무 뜨거워서 희푸른 용의 이빨처럼 강하고 날카롭게 내 마음을 아프게 한다.

 ✑

우리 어머니처럼 내 딸도 개띠 해에 태어났다. 개는 용맹하고 충성스럽고 대범하며 겁이 없다. 내가 조선인과 혼인해서 조선에 머물렀다면, 남편의 아버지는 개띠 자리가 갖는 지배적 특성을 누그러뜨릴 작정으로 유순한 이름을 고집했을 것이다.

나는 남편에게 아주 강한 이름, 딸을 평생 지켜줄 그런 강한 미국 이름을 골라달라고 부탁했다.

내가 로-베쿠라고 발음하지 못하는 건 아무 상관없다.

나는 딸을 백합이라고 부르리라. 가장 순수한 하양이란 뜻이다. 한국과 미국, 그리고 삶과 죽음의 경계에서 꽃핀 곱슬머리 아이가 나를 이 땅에 뿌리내리게 하고, 내가 저 반대편으로 건너가지 않도록 해준다.

＊＊＊

팔과 다리를 쫙 펴고 별 모양으로 잠든 딸을 보고 있자니, 내가 주체할 수 없는 기쁨과 주체할 수 없는 슬픔이 한데 겨루고 있다는 것을 깨닫는다. 딸의 포동포동한 팔에 접힌 주름 하나하나를 어루만지고, 손목과 손가락을 쓰다듬는다. 아이의 두 손을 내 얼굴 쪽으로 갖다 대고, 몸에서 나는 달콤한 땀내를 맡는다. 그 순간 어머니가 날 얼마나 사랑했는지, 이 세상과 천국에 있는 그 무엇보다 날 아꼈는지 느낄 수 있다. 하나님보다도 날 아낀 나의 어머니.

＊＊＊

어머니가 남자아이만 점지하는 양기 가득한 꿈을 한번이라도 꿨는지 모르겠다. 그래서 두 다리 사이로 딸이 또 나왔을 때, 어머니가 기뻐했는지 아니면 실망했는지 문득 궁금해진다. 어머니는 자신이 꾼 태몽과 자신이 느낀 조짐이 자기를 저버렸다고 생각했을까? 모든 어미와 아기를 돌보는 삼신할머니에게 배신당했다고 느꼈을까? 사내아이를 염원했던 어머니와 아버지가 분명 삼신할머니에게 공물을 바쳤을 텐데 말이다.

앞서 줄줄이 딸만 낳다가 넷째도 딸을 얻었을 때 어머니는 실망감에 빠져, 모든 모성 본능이 약해졌을 것이다. 그래서 내가 지금 내 딸에게 느끼는 사랑을 어머니는 느끼지 못했으리라. 어쩌면 내가 태어났을 때 우리 부모님은 신령들의 질투심을 달래려고 일부로 기쁘지 않은 척 연기할 필요도 없었을 것이다. 아이의 무병장수를 바라는 마음으로 개똥이라든가, 가마니라든가, 돌쇠라든가 하는 아명을 애써 지을 필요도 없었을 것이다. 우리 집 대문만 봐도 광산 김 씨네 집이 또 딸을 출산했다는 사실을 바로 알 수 있었기 때문이다. 대문에는 소나무 가지와 숯이 매달린 금줄이 걸려 있었다.

∽୧∾

나는 그해 첫 번째 보름달이 뜨기 전날인 1월 14일에 태어났다. 그러니 내가 딸로 태어난 사실은 두 배로 불행한 일이었다. 조선 여자들은 그해 첫 번째 보름달이 뜨기 전에는 다른 집을 방문하지 않도록 각별히 조심하는데, 이를 어기면 나쁜 운이 몸에 들어와 일 년 내내 괴롭힌다고 믿었기 때문이다. 그런 불길한 날에 성별을 잘못 달고 태어난 나 때문에 우리 가족에게 나쁜 운이 찾아왔던 것이다. 심지어 그 운은 우리 가족의 일부가 되었다.

큰언니는 나 때문에 마을에서 열리는 마지막 보름달 축제에 우리 가족이 참석하지 못했다고 늘 불평을 해댔다. 그해가 채 다 가기 전에 일본군이 마을에 도착했다. 일본군은 조선의 명절을 금지한다는 천황의 포고령을 강제로 시행하려고 했다.

우린 모두 집 안에서 온몸이 쪼글쪼글하고 못생긴 핏덩이인 네 주위에 앉아 널 쳐다봤어야 했어, 큰언니는 종종 그날에 대해 말했다. 집 바깥에서는 액과 야생동물과 해충을 이듬해로 내쫓는 시끌벅적한 소리가 들렸지. 부름 까먹는 소리와 달집 태우는 소리 말이야.

큰언니는 유독 억울해했다. 왜냐하면 그해는 큰언니가 남녀 줄다리기 시합에 쓸 밧줄 꼬는 작업에 처음으로 일손을 도왔던 해였기 때문이다. 큰언니는 시합에서 밧줄의 맨 앞은 아니더라도 앞쪽에 앉아서 맞은편에 있는 모든 사내들이 자기를 쳐다보게 할 계획을 마음속에 이미 세워두었다. 그렇게 미래의 남편감을 찾아 자기 쪽으로 끌어당기려는 속셈이었다. 큰언니는 해마다 이 이야기를 꺼냈다. 우리 부모님이 돌아가시고 나를 팔아넘겨 배신할 때까지 매년.

큰언니는 나이가 제일 많고 나는 막내였기 때문이었을까, 큰언니는 날 괴롭히는 걸 좋아했다. 둘째 언니와 셋째 언니도 날 못살게 굴었지만 두 언니의 장난에는 악의가 없었다. 두 언니는 큰언니가 먹이로 주는 말이면 무슨 말이든지 재잘재잘 따라 하는 작은 새들 같았다. 그들은 큰언니가 첫째로서 진 책임감을 나눠질까 봐 걱정할 필요도 없었고, 쌀통이나 물그릇을 채우라고 부려 먹을 막내도 있었으니 행복해하며 서로 놀았다.

하지만 큰언니는 분노에 차서 내게 달려들었다. 큰언니는 내가 남자애로 태어났어야 한다는 것을 알 만큼 나이를 먹은 터였다. 또한 어머니와 함께 삼십할머니를 모신 신당에 가서 기도를 드릴 만큼 나이를 먹은 터였다. 그때 큰언니는 우리 부모님이 무엇을 염원했는지, 그리고 마을 주민들이 무엇을 기원했는지 눈치챌 수 있는 나이였다.

네가 사내애였으면, 큰언니는 종종 말했다. 우린 널 위해 백일 기도를 올렸을 거야. 새해나 추석이라도 맞은 듯이, 네게 도령모를 씌우고 색동저고리 한복을 입혔을 거야. 우리가 널 얼마나 사랑하는지 보여주려고 잔치를 열고 달달한 수수팥떡을 푸짐하게 만들었을 테지. 네가 사내애였다면 말이야.

내 딸이 부디 내 마음을 알아줬으면 한다. 이 애가 사내아이가 아니고 이곳이 한국이 아닐지언정, 내가 사랑하는 딸을 위해 백일 잔치를 벌이고 아이가 건강하길 신령들에게 기도 올렸다는 사실을 알아주면 좋겠다. 어쩌면 이 애가 딸이라서, 더욱이 미국인 딸이라서 더 기쁜 마음으로 축하하는지도 모르겠다.

ᘰᘰᓂ

딸의 한복과 조바위를 만들기 위해 시어스 매장에서 구입한 가장 좋은 새틴을 바느질한다. 그리고 백설탕을 뿌린 특별한 수수팥떡을 만들어 집의 네 귀퉁이에 놓아둔다. 이리하면 팥떡이 불운을 막고 행운을 불러올 것이다. 그리고 나는 딸의 장수를 보증해줄 백 명분의 떡을 준비한다. 비록 내가 백일잔치에 초대할 그만큼의 사람을 알지는 못 하지만 그래도 준비해본다.

ᘰᘰᓂ

잔치에 온 목사 부인들과 남편은 내가 만든 떡에 관심을 보이지 않는다. 남편이 시큰둥하게 말한다. 스티로폼 맛이 나, 재료 낭비지 뭐야. 그러자 주위에 있던 부인들이 말한다. 아니에요. 그렇

178 컴퍼트 우먼

게까지 나쁘진 않아요. 하지만 부인들은 자신이 한 입 베어 문 떡을 냅킨에 싸서 탁자 위에 올려놓는다. 그러고선 알록달록하고 도톰한 옷 사이로 작은 얼굴만 빼꼼 내민 내 딸 베카 찬의 사진을 찍고, 자리를 떠난다.

남편이 신문을 들고 욕실로 향하자, 나도 아이와 떡이 담긴 쟁반을 들고 현관으로 간다. 딸을 아기 바구니에 눕히고 아이 주위에 떡가루가 쌓여 작은 언덕이 만들어질 때까지, 소금처럼 귀한 팥떡을 한 알 한 알 바스러뜨린다.

아이 입에 떡가루를 조금 물리고 한 움큼 집어 난간에 던진다. 새들이 잔치를 즐기러 날아오자 딸이 두 팔로 퍼덕이며 맞이한다. 새들 중 가장 용감한 한 마리가 딸이 누워 있는 바구니와 떡가루 더미를 향해 빠른 속도로 날아 내려오자, 딸이 까르르 웃는다. 나는 보다 더 많은 새가 우리를 찾아오도록, 못해도 백 마리가 넘는 새들이 흥분한 채로 땅과 자기 꼬리를 쪼아댈 때까지, 떡가루를 한 움큼씩 집어 들고 더 빠른 속도로 흩뿌린다. 새들이 현관 난간에 앉아 날개를 퍼덕거린다. 또한 아이가 웃고 있으며 내가 노래할 때마다 바구니 옆에서 새가 깡충 뛰어다닌다. 그러자 새들의 날갯짓이 만드는 바람과 온기가 느껴진다. 고마워. 와줘서 고마워. 내 잔치에 와줘서 정말 고마워.

12

베
카

엄마가 죽은 후 나는 어릴 적에 꾸던 꿈을 꾼다.

꿈에서 나는 아주 푸르른 물속에서 수영을 한다. 꿈에서조차 이렇게 순수한 건 현실에 있을 수 없다는 생각이 든다. 물은 정말 투명해서 들이마실 수도 있을 것 같다. 나는 붉은 산호초를 따라 헤엄치는 점박이 물고기를 쫓다가 갑자기 뒤쪽에서 비틀어 낚아채진다. 발길질을 해보지만 몸이 움직이지 않는다. 무엇인가 나를 아래로 잡아당기고, 숨을 쉬지 못해 점점 어지러워진다. 물에 빠지는구나 하는 생각이 드는 순간 숨을 헐떡이며 꿈에서 깨어난다.

~ees

엄마가 죽은 지 하룻밤하고 또 하루가 지난 후에야 엄마를 발견했다. 나는 일하러 가기 전이나 일이 끝난 후에 엄마에게 들렀다. 주말에는 엄마가 밥을 먹었는지, 잠도 잘 자고 머리를 빗으며 정신이 온전한지 확인하러 들렀다. 작년에 아파트로 이사를 온 이래로 딱 하루 들르지 못했는데 하필 그날 엄마가 죽기로 결심한 것이다. 엄마가 나를 벌주려고 일부러 그날을 고른 게 아닐까 생각한다. 아니면 엄마는 나를 놓아주려고 그랬는지도 모른다.

그날 아침 나는 도넛을 가져왔다. 엄마와 화해하고 싶을 때면 엄마에게 뇌물로 자주 바치곤 했던 메이플 바(메이플 시럽을 올린 직사각형 모양의 도넛―옮긴이)를 베란다에서 아침 식사로 함께 먹을 생각이었다. 사실 베란다는 이 집을 산 가장 큰 이유였다. 20여 년 전 처음 집을 봤을 때부터 우리는 베란다가 마음에 들었다. 레노 아줌마가 중개인에게 우리 예산에 맞는 집을 소개해달라고 부탁했을 때, 이 집은 목록의 맨 아래에 있었다. 레노 아줌마가 가장 좋은 집은 끝에 있을 거라고 믿었기 때문에 우리는 이 집을 제일 먼저 방문했다.

그 당시 이곳은 마노아에서 지어진 지 10년 된 침실 두 개가 딸린 집이었다. 내부는 하얀색으로 칠해져 있었고 가장자리는 파란색으로 장식되어 있었다. 사실 다른 집에 비해 상대적으로 비싸지는 않았지만, 레노 아줌마가 보기에 용한 점쟁이가 살 만큼 영험한 집도 아니었다. "카할라나 누아누의 오두막 같은 게 필요해. 누아누에 얼마나 많은 귀신이 있는지 아니?" 레노 아줌마가 비웃었다. "마노아는 나쁘지 않아, 하지만 이 집은? 젠장!" 그녀는 중개인이 주춤거릴 정도로 크게 콧방귀를 뀌었다.

"「비버는 해결사」(1957년부터 미국에서 방영된 코미디 시트콤—옮긴이)에 나오는 커다란 차고 문이 달린 집 같아. 생각 좀 해봅시다."

"저는 좋아요, 레노 아줌마."

나는 엄마 팔에 매달려 숨을 들이마셨다. 공기는 상쾌하고 신선했으며 해가 떠 있는데도 비 냄새가 코를 찔렀던 기억이 난다. 이 집에서는 붉은 재앙의 악취를 풍기는 사자로부터 안전할 것 같았다. 푸르른 식물들이 노래를 부르는 깨끗한 이 집에서는 죽음의 전령이 우리를 찾지 못할 것이다. 지금 생각해보니 이 집은 바퀴벌레 냄새를 맡지 않아도 되는 첫 번째 집이었다. "내가 꿈꾸던 집의 냄새예요." 내가 말했다.

레노 아줌마는 내가 도움이 되지 않는 말을 할 때마다 그랬듯이 내 말을 무시했다. "내가 딱 맞는 집을 골라줄게, 알겠지? 90퍼센트는 성공한 거 같아." 그녀가 엄마에게 말했다. "이게 내가 할 일이야. 당신은 미래만 예언하면 돼. 그러면 우리는 해낼 수 있을 거야."

엄마는 타조같이 목이 굵고 긴 중개인 뒤에서 이리저리 돌아다니고 있었다. 중개인은 부엌과 침실 사이를 걸으며 집에서 가장 좋은 곳을 쳐다보았다. 그가 '새로 단장한 캐비닛'과 '경제적인 공간 활용', 그리고 '고풍스러운 화장실'을 한껏 자랑하며 얘기할 때마다 레노 아줌마는 헛기침을 하고 눈을 굴렸다. 엄마는 고개를 끄덕이며 정중하게 미소 지었다. 하지만 완두콩 색깔 커튼이 가리고 있던 안방 침실의 미닫이 유리문 너머를 엿보자, 엄마는 미소를 거두고 고갯짓을 멈췄다.

중개인은 안절부절못했다. "그래요, 저 뒤쪽이 그리 좋은 상태는 아니에요." 그녀가 말했다. 엄마는 빗장을 풀고 문이 삐걱거리며 열릴 때까지 밀었다. 엄마가 튀어나온 못을 피해 낡은 나무 갑판 위로 올라가자, 중개인은 흰개미가 속을 갉아먹은 난간을 가리기 위해 앞으로 뛰쳐나왔다. "그치만, 음, 가능성을 보세요. 여긴, 그러니까, 곧장 정원으로 연결되어 있죠." 우리는 다 같이 뒷마당을 보았다. 노란 꽃이 핀 웨델리아 덩굴이 물결치듯 자라서, 가장자리에 파리 배설물로 얼룩진 히비스커스 덤불을 뒤덮고 있었다. 지붕 위까지 뻗은 얇은 줄기 끝에 웃자란 레드 타이(검붉은 테두리의 넓은 잎이 특징인 하와이와 폴리네시아 문화권의 대표적인 상록 관목―옮긴이)가 대롱대롱 매달려 있었다. 바나나 나무는 앞서 떨어진 과일 위에 썩은 바나나를 떨어뜨렸고, 그것들이 층을 이룬 채 썩고 있었다. 내 무릎 높이만큼 자란 향부자 위로는 하얗고 푸른 하와이 백합이 빳빳한 줄기 위에서 마치 방울 술처럼 흔들거렸다. 중개인이 다시 한 번 우리의 시선을 다른 데로 돌리려고 급히 하늘을 가리켰다. "위를 좀 보세요!" 중개인은 거의 소리 지르고 있었다. "저 산을 봐요. 정말 아름다운 코올라우산 풍경 아니겠어요!"

레노 아줌마는 입술을 꽉 다물었다. "으흠," 아줌마가 얘기했다. "충분히 본 것 같군요." 레노 아줌마는 돌아가려 했다. 하지만 엄마는 계속 그곳에 서서 강렬한 눈빛으로 먼 곳을 바라보았다. 마치 바람에 실려 온 무언가를 들으려는 듯했다.

"베카, 들리니?" 엄마가 뜰로 향하며 속삭였다. 엄마는 풀과 웨델리아, 바나나 나무를 지나, 경계를 나누는 녹슨 철조망까지 다가갔다.

"엄마?" 나는 썩어가면서 달콤해진 바나나들을 빨고 있는 초파리 떼를 헤치며 엄마를 따라갔다. "사자의 말이 들려요? 우리를 따라왔어요?"

"쉿," 엄마가 내게 말했다. 엄마는 머리를 숙이고 철조망에 이마를 기댔다. 팔각형의 철사 고리가 엄마 얼굴에 눌렸다. 이마 선 바로 아래에 생긴 눌림 자국은 사슬로 만든 머리 장식처럼 보였다.

레노 아줌마는 바나나를 밟고 울타리로 올라와 우리 옆에 서서 물었다. 아줌마의 얼굴은 땀과 흥분으로 가득했다. "얘가 하는 말이 맞아? 여기서 영혼이 보여?"

"쉿," 엄마가 레노 아줌마를 바라보지도 않은 채 말했다. "들어봐."

레노 아줌마와 나는 서로 얼굴을 찡그렸지만 엄마가 무얼 듣고 있는지 들어보려고 조용히 입을 다물었다. 바람이 실어온 잠들지 못한 망자들의 울부짖음을 들어보려 했다.

"저기! 들려?" 엄마가 속삭였다. "강의 노래가 들리니?"

나는 깨끗한 냄새가 풍기는 이 집에 있으면 죽음의 군인인 사자가 우리를 찾지 못할 것이라고 생각했다. 하지만 내 기대는 틀렸다. 그나마 축축하고 어두운 색스에서 엄마가 죽은 게 아니라서 다행이다. 엄마가 흰 곰팡이가 핀 카펫과 칠이 벗겨진 플라스틱 벽이 아닌, 매끈한 나무 바닥과 깨끗한 벽이 있는 집에서 사는 기분을 알고 죽어서 다행이다. 여기 마노아 집에서, 엄마는 녹슨 욕조에서 손빨래를 하고 거리 소음과 매연을 빨아들인 창문에 빨래를 널었던 과거를 잊을 수 있었다. 이곳에서 엄마는 세탁기에 빨랫감을 던져 놓았다가 뒤뜰에 널어 말리는 사치를 부릴 수 있다는 점에 놀라워하곤 했다. 게다가 바나나 나무와 헬리코니아(태평양 군도에 자생하는 속씨식물—옮긴이), 하와이 백합과 히비스커스 사이로 태양 냄새를 맡을 수 있다니!

엄마는 넓은 뜰에 풀이 아무렇게 자란 자신의 정원을 좋아했다. 웨델리아나 향부자가 다른 식물을 말라 죽이려고 위협할 때만 가지치기를 하고 잡초를 뽑았다. 엄마는 식물들이 원하는 대로 자라도록 내버려두었다. 도로 교통량이 줄어드는 늦은 아침마다 엄마는 그 정글에 접이의자를 가져다놓고 식물에 귀를 기울였다. 엄마는 조용한 날에는 마노아 강물이 흘러가는 소리를 들을 수 있고, 다시 바다로 달려 나가는 꿈을 꾼다고 말했다.

도넛 봉지를 흔들며 엄마 방으로 들어갔을 때 나는 엄마가 신들린 상태에서 벗어나 잠에 든 줄 알았다. 엄마는 2주 동안 신이 들리고 난 다음에는 며칠씩 잠을 잤다. 짤막한 신들림 후에도 깊은 잠에 빠져서 엄마를 깨우려면 코를 꼬집어야 했다.

"엄마 안녕," 내가 말했다. "메이플 바를 좀 가져왔어요." 엄마는 눈은 감고 입을 벌린 채 엎드려 시트를 몸에 감고 있었다. 나는 엄마가 더 잘 수 있도록 이불만 조금 정리하려고 다가갔다. 하지만 엄마의 얼굴을 바라봤을 때, 엄마가 죽은 것을 알았다. 엄마의 평소 잠자는 얼굴은 찡그린다거나 미소를 짓는다거나 표정이 풍부한 편이었다. 죽은 엄마를 발견했을 때, 엄마의 표정은 텅 비어 있었다.

이 공허함을 떠올릴 때마다 나는 두려움과 위안을 동시에 느낀다. 엄마의 표정 덕분에, 나는 엄마가 사자의 손아귀에서 공포로 헐떡이는 꿈을 꾸다가 죽은 게 아니란 걸 알 수 있었다.

사람들은 엄마가 자는 동안 평안히 눈을 감은 것이 축복이라고 했다. 하지만 그건 꿈을 꾸지 않는 사람들이나 하는 소리다.

엄마는 내가 아기였을 때 내쉬는 숨소리가 노인의 걸음걸이처럼 불안정했다고 했다. 그래서 내가 갑자기 숨을 쉬지 않을까 두려워 나를 밤새 지켜봤다고 말했다. 엄마가 긴긴밤을 지새울지 아닐지는 내 숨소리에 따라 결정되었다.

엄마가 두 번째로 물에 빠져 죽으려 했을 때, 우리 역할이 바뀌었다는 걸 깨달았다. 사실 이미 열 살 때 내가 엄마의 보호자라는 것을 알았다. 엄마는 허약한 잠꾸러기였다. 나는 엄마가 갑작스레 코를 골거나 숨소리가 이상해지면 곧장 잠에서 깰 수 있도록 연습했다. 엄마가 반쯤 신들린 듯 꿈을 꾸며 침대에서 뒤척일 때마다, 내가 보호할 수 없는 세계와 시간 속으로 엄마가 여행할 때도 나는 항상 엄마를 의식하고 있었다. 엄마의 영혼이 터널을 지나 지옥으로 이어진 어둡고 붉은 강을 헤엄칠 때, 내가 할 수 있는 건 최선을 다해 엄마의 푸른 생명 끈을 붙잡고 기다리는 것뿐이었다. 매일 밤 깊은 잠에 빠지지 않기를 기도하며 잠자리에 들었다. 아침에는 엄마를 나에게로 데려오려는 듯 가슴 위에 올린 두 손이 아플 만큼 꽉 쥔 채 일어났다.

잠자는 엄마를 지켜보며 깨어 있던 내 마음 한구석에는 만약 내가 집에서 엄마와 함께 있었다면, 내가 엄마의 생명줄을 맨손으로 붙잡고 있었다면 엄마가 죽지 않았을 거라고 아직도 믿고 있다. 엄마를 구할 수 있었을지도 모른다. 지금까지도 나는 엄마가 죽은 이유를 모른다. 그렇게 오랜 세월 귀를 기울였는데, 나는 어째서 엄마의 숨이 멈춘 걸 듣지 못했을까?

그러고선 깨달았다. 나는 그날 밤 샌퍼드와 함께 있었다.

엄마와 내가 정원에서 마지막으로 함께 있었을 때, 엄마는 죽음을 기다리고 싶지만 그럴 수 있을지 잘 모르겠다고 말했다. 마지막 떠나는 길을 준비하기 위해 축복받은 물에서 목욕을 하고, 잿더미에서 뒹군다는 이야기 비슷한 말을 했다. 자신이 언제 어떻게 죽으려고 누울지, 자기 몸이 어떻게 사자를 알아보고 받아들일지 그런 말들. 그리고 내가 엄마 발을 손으로 잡아당기고 뒤에서 껴안는 느낌이 든다고도 말했다. 이야기를 듣고 있던 나는 옆에 웅크리고 앉아 웨델리아 덩굴을 가지치기하는 엄마를 지켜보았다. 엄마가 줄기에 손을 뻗어 날렵하게 잡아 뜯는 모습을 계속 쳐다보다가, 그만 엄마의 목소리를 놓치고 말았다. 엄마의 죽음에 관해 지금 선명하게 기억하여 말할 수 있는 것은 엄마의 등이 땅을 향해 낫처럼 구부러졌다는 것이다. 맨손으로 웨델리아를 잡아 뜯던 엄마는 검은 흙을 고르고 있었다. 그것을 돌보기라도 하는 듯, 사랑하기라도 하는 듯 그렇게.

엄마는 땅을 쓰다듬고, 자신이 보살핀 식물들의 잎사귀를 어루만지며 "안녕"이라든가, 오늘도 "고마워"라고 말했다. 그러면서 나에게 말했다. "네가 자리 잡는 모습을 보려고 오래 기다렸단다." 엄마는 작은 웨델리아 꽃으로 자기 얼굴 옆쪽을 부드럽게 쓸더니 턱 밑을 노란 꽃가루로 가볍게 문질렀다. "네게 아이를 안겨줄 좋은 남자가 필요해. 너를 돌봐줄 사람 말이야."

엄마는 내가 성숙한 여인이 되고 나서야 날 돌봐줄 생각을 하다니, 이 얼마나 모순적이고 참 간편한가라고 생각했던 기억이 난다. 그조차도 돌봄의 책임을 다른 사람에게 미루기 위해서였다. 하지만 나는 엄마가 간혹 보여주는 맑은 정신 상태를 내 마음속에 붙드는 데 익숙했기 때문에, 어린 시절의 기억이 수면 위로 떠오르자 이내 추억에 잠겼다. 알라와이 다리 아래에서 움츠리고 앉아 물고기를 기다리던 순간이 떠올랐다. 나는 물고기가 나의 진짜 엄마를 만날 수 있는 물속 세계로 나를 데려가주길 기대했다. 내게 저녁밥을 만들어주는 진짜 엄마, 그런 엄마라면 내가 세븐일레븐 편의점에서 호호스(작은 원통형의 초콜릿 케이크—옮긴이)와 치즈 나초로 끼니를 때우도록 내버려두지 않았을 테지. 학교 성적표에 엄마의 사인을 날조했던 기억도 떠올랐다. 엄마는 다른 세계를 보는 데에 정신이 팔려 '우수excellence'를 의미하는 E로 빼곡한 내 성적표를 제대로 본 적이 없었으니까. 엄마가 아버지에게, 죽음의 군인인 사자에게, 킬킬거리며 엄마를 괴롭힌 귀신에게, 그 누구든지 간에 제발 자기를 죽여달라고 애원하며 울부짖을 때, 엄마 몸을 마구 흔들었던 기억도 났다. 그럴 때면 나는 엄마의 머리와 상체를 내 무릎에 올려 감싸 안고 엄마의 두 다리를 침대 밖으로 축 늘어뜨린 채, 엄마를 달랬다.

나는 분노 어린 말들을 삼켰다. '엄마, 왜 이제 와서 나를 걱정해요?'라든지, '내가 엄마를 필요로 할 때는 어디 있었어요?'라고 말하는 대신 이렇게 말했다. "지금은 90년대예요, 엄마. 물고기한

테 자전거가 쓸모없듯, 여자한테 남자가 꼭 필요한 건 아니에요."

엄마는 몸을 쭉 펴더니 등을 뒤로 구부려 태양을 향해 목을 내보였다. 나는 엄마가 두 손을 허리에 가져가는 것을 지켜보았다. 엄마가 허리를 주무르자, 엄마 손에 묻은 검은 흙이 엄마의 빛바랜 꽃무늬 옷에 묻었다. 엄마는 머리를 다시 앞으로 떨구었다. "물고기라고?" 엄마가 얼굴을 찡그리며 말했다. "말도 안 되는 말을 하는구나. 애를 낳으려면 여자에게는 남자가 필요해. 베카, 하나님은 남자의 말에 귀를 기울인단다. 하나님께 용서를 구하고 기적을 소망해서 결국 그분이 널 내려주신 건 네 아버지 때문이었어. 마침내 네가 우리에게 왔을 때 네 아버지는 무릎을 꿇고 핏덩어리인 너를 머리 위로 올려 하늘에 계신 하나님께 감사드렸지."

나는 아버지를 아브라함 역을 맡은 찰턴 헤스턴의 모습으로 상상했다. 상상 속에서 아버지는 검은 머리와 아시아인의 눈을 가진 이삭을 제단 위로 들어 올려, 엄마를 닮은 하나님에게 하늘의 제물로 바쳤다.

내가 아버지나 기독교의 하나님이 아니라 신령들과 함께 자랐다는 생각을 하자 웃음이 나왔다. 나는 엄마가 농담을 하고 있다고 생각했다.

"뭐가 웃기니?" 엄마가 잘라낸 풀을 가방에 넣었다. 그리고 뒤얽힌 뿌리들 사이로 흙덩어리가 매달린 향부자 한 움큼을 나에게 던졌다.

"아니에요," 나는 웃음을 삼킨 후 옷에 묻은 흙을 털어내며 말했다. "아이를 갖는다는 걸 한 번도 생각해본 적 없어요. 나를 그 토록 필요로 하는 누군가를 책임지고 싶지 않아요."

엄마가 잡초를 떨어뜨리더니 나를 쳐다보았다. "뭐라고? 아이 야말로 네가 살아 있다는 걸 느끼는 유일한 방법이란 걸 모르겠 니?" 엄마는 내 손을 움켜잡고서는 흙과 살로 내 손바닥을 눌렀 다. 엄마 손등에 웨델리아에 쓸려 빨갛게 부은 자국이 보였다. "베 카, 아이를 갖지 않는다면 내가 널 얼마나 사랑하는지 네가 어떻 게 알 수 있겠니?"

～ee⌒

엄마가 색스에서 마노아로 우리 집을 옮겼을 때, 나는 알라와이 를 떠나 로버트 루이스 스티븐슨 중학교로 전학을 갔다. 나는 속 상하다기보다 이걸 부활의 기회로 삼았다. 투츠 투티베나와 그 패 거리의 영향력에서 벗어나 더 이상 괴롭힘을 당하지 않을 거라고 기대했다. 어떤 점에서 내 기대는 적중했다. 이제 나는 철저히 무 시당했다. 나는 반에서 반을 떠돌았고 맨 뒷줄에 조용히 웅크리고 앉아 시간을 보냈다. 심지어 선생님들도 내가 거기 있다는 사실을 까먹을 정도였다. 스티븐슨 중학교를 거쳐 프랭클린 D. 루스벨트 고등학교를 다니는 동안 나는 사람들 눈에 띄지 않았다. 날 알아 본 건 오목가슴인 여자애나, 두꺼운 할머니 안경을 쓰고 다니는 여자애 또는 프랑켄슈타인의 신부처럼 부스스한 머리를 한 외톨

이 무리였다. 나는 보이지 않는 존재였다. 그래서 안전했다.

소위 '겉도는 애들'인 우리는 때때로 도서관 계단 바닥에 모여 서로의 존재를 확인했다. 타고난 자기 보존 본능에 이끌리기라도 한 것마냥 우리는 우연히 모인 척했다. 얼룩덜룩한 플루메리아 나무 그늘에 가려진 계단 맨 아랫줄에 쪼그려 앉아 사춘기 때 그러하듯 좋아하는 남자아이에 관해 말했다.

"숀 캐시디, 장난 아니지 않아?" 한 명이 말했다. 아마 크고 붉은 손마디를 가진 코델리아였을 것이다. 그 애는 '잉' 발음을 제대로 하지 못했다. 코델리아와 나는 둘 다 고등학교 10주년 동창회에 나가지 않았는데, 코델리아가 어린이 프로그램 「바니」의 대본작가로 일한다고 건너 들었다.

"완전 멋지지." 우리는 코델리아를, 그리고 우리 스스로를 괴짜로 여기지 않는 척하면서 동조했다.

"걔는 최고지," 이디스가 탄식하듯 말했다. "잘 어울리는지 너희 이름을 맞춰보자." 이디스는 학업 분위기가 그다지 학구적이지는 않던 스티븐슨 중학교와 루스벨트 고등학교에서 수학 천재로 불렸는데, 그녀는 예비 커플이 실제로 잘 어울리는지 확인하는 계산법을 고안해냈다. 모음은 숫자 0으로, 각각의 자음에는 어떤 숫자 값을 매긴 후, 우리 이름과 우리가 좋아하는 남자애의 이름을 더하고 나누고 곱하는 셈법이었다. 이디스는 혼자 중얼거리며 글자들에 선을 그어가며 지웠다. 우리는 이디스의 짝 맞추기 규칙이 어떤 방식으로 어떻게 작동하는지 제대로 이해한 적은 없었지만, 그녀가 답을 만들어내는 동안 기다리는 것만으로도 만족했다. 우리가 어떤 이름을 알려주더라도 이디스가 늘 좋은 결과를 들려주었기 때문이다. 변치 않는 천생연분이라는 결과 말이다.

좋아하는 남자애가 우리의 존재를 모르더라도 완벽한 짝인지 확인받고 싶을 때가 있었다. 그때 이디스가 계단에 없으면 우리는 카드로 운을 점쳐보곤 했다. 하트의 킹은 좋아하는 남자를 의미했다. 그리고 우리가 아이를 몇 명이나 낳을지 알아보려고 주먹 옆면의 주름을 관찰하곤 했다. 주름을 세는 아이가 얼마나 너그러운지에 따라 내 주먹은 다섯 번 움푹 들어가기도 했고, 한 번도 안 들어가기도 했다. 움푹 파인 주름 하나는 아이 한 명을 가리키는 것이었는데, 나는 주름 다섯 개가 보인다는 풀이를 선택했다. 그리고 그 애들 각각이 그들의 아버지를 닮았을 거라고 상상했다. 내가 항상 하트의 킹으로 여겼던 애, 내 이름과 짝 맞추기 계산을 해보았던 유일한 남자애, 그 애는 바로 맥시밀리언 리였다.

중학교 내내, 그리고 고등학교 2학년까지 나는 그 아이를 지켜보았다. 심화 영어 수업을 듣던 8학기 동안 나는 그 애가 교실 밖으로 빨리 나가려고 문에서 가장 가까운 자리에 철퍼덕 앉는 것을 지켜보았다. 그 애는 길고 가는 손가락으로 책상을 두드리며 스타카토 박자를 맞췄고, 짧게 자르지 않은 머리도 흔들었다. 그의 덥수룩한 검은 머리카락은 개의 꼬리처럼 흔들거렸다. 선생님들은 밀턴과 초서에 관해 강의하면서 그 애를 향해 얼굴을 찌푸렸지만 맥스는 라타타타 라타타타 자기 음악을 연주하고 미소 지을 뿐이었다. 그 애가 웃을 때 입술 주변에 생기는 점 세 개는 춤추는 것 같았다. 마치 점 세 개를 연결하라고 나를 유혹하는 것만 같았다.

가끔씩 그 애는 잠자는 듯 눈을 감고 있었다. 그러다 결국 새로 온 선생님 한 분이 분필을 집어던지며 소리를 질렀다. "맥시밀리언 리 군이 우리에게 팰린드롬palindrome('기러기', '별똥별'처럼 읽는 방향과 무관하게 문자열이 동일한 어구—옮긴이)을 설명하겠어요"였던가, 선생님이 고른 주제였던가 그랬다. 그는 눈도 뜨지 않은 채 이런 말을 했다. "팰린드롬은 그러니까, 선생님이 튜브 안에 있는 것 같은 거죠, 예? 그러면 선생님은 왼쪽 아래로 밀려갔다가, 음! 그것이 선생님을 가두죠. 그러면 선생님은 오른쪽으로 조심스럽게 몸을 돌리겠죠, 네. 하지만 음! 다시 갇히는 거죠. 양쪽이 모두 선생님을 향해 와요. 꼬아놓은 셀로판 포장지 안에 들어 있는 사탕처럼요. 제가 뭔 말 하는지 알겠죠, 예? 버터 스카치 아니면 페퍼민트 줄무늬 사탕처럼요. 걔네들은 튜브 안에 포장되어 있을 때만 완전 멋지잖아요. 선생님이 그걸 먹을 거란 걸, 앞쪽으로 먹든 뒤쪽으로 먹든, 먹을 거란 걸 알잖아요. 팰린드롬을 제 방식으로 비유하자면 이래요. 그러니까 같은 장소에서 모래를 먹고 끝나버린다는 거죠. 어느 쪽으로 파도를 읽는다 해도요."

맥스는 시詩를 알았다.

그리고 나는 맥스를 알았다.

나는 그가 눈꺼풀 안쪽에서 음악을 읽는다는 것을, 그의 격자무늬 플라넬 셔츠 안에 노트를 가지고 다닌다는 것을 알고 있었다.

그래야 눈을 떴을 때, 그 가사와 음을 펜텔(일본의 필기류 브랜드—옮긴이)의 얇은 검정 잉크 펜으로 적을 수 있을 테니까. 나는 그가 자기 밴드 '투 톤드Too Toned'를 위해 직접 작곡한 곡도 알았다. 그 곡은 전부 「천국으로의 계단Stairway to Heaven」의 변주처럼 들렸다. 또한 나는 그의 수업 시간표를 알았고, 체육 시간 후 어떤 수도꼭지를 찾아 물을 마시는지 알았다. 또한 새싹과 가지가 들어간 샌드위치를 점심 도시락으로 싸온다는 것을 알았고, 점심시간에 운영하는 푸드 트럭에서 마나푸아(중국의 딤섬 차슈바오를 하와이식으로 변형한 빵—옮긴이)와 팻보이 점포 아이스크림 샌드위치를 사 먹는 것도 알고 있었다. 그가 자신이 타는 포드 머스탱을 '개구리'라고 부르는 이유도 알고 있었는데, 그건 차 색깔이 탁한 회색이었기 때문이 아니라 시동을 껐는데도 차가 튀어 올라오는 모습 때문이었다. 그리고 그 애가 언제부터 날 쳐다보기 시작했는지도 알고 있었다.

우리의 2학년 생활이 끝나가던 시점은 앰 릿 선생님 부인이 이혼 서류를 준비하던 시기와 맞물렸다. 어느 날 가끔 지퍼가 반쯤 내려가 있어서 반 딕Van Dick('Dick'은 속되게 칭하는 남자 성기—옮긴이)이라고 놀렸던 반 다이크 선생님이 자기 딸을 성희롱했다는 소문이 학교에 돌았다. 나중에 그의 부인이 아이들을 데리고 메인랜드로 떠났다고 했다. 그해가 끝나갈 무렵 반 다이크 선생님은 우리에게 '남자 대 무엇'으로 시를 쓰라고 했다. 그는 매주 칠판에 '남자 대 남자', '남자 대 하나님', '남자 대 기계', '남자 대 그 자신', '남자 대 자연'을 쓰고, 그 아래 '그것에 대해 쓰시오'라고 적었다. '남자 대 남자' 주제를 다룬 마지막 숙제는 아버지에 대한 찬시를 쓰는 것이었다. 학생들이 쓴 시는 수업 시간에 발표하고, 그중 제일 잘 쓴 것은 방학 전 '아버지의 날'에 맞춰 특별 호로 발간될 학교 신문에 실릴 예정이었다. 내가 보기에 선생님은 자기 아이들에게도 한 부 보낼 생각이었던 것 같다.

　나는 이 시, 혹은 이 시와 비슷한 것을 큰소리로 읽었다.

　아버지
　그대 죽어 천국에 있습니다
　어머니가 그러길 바랐기 때문이죠
　공허한 그대 이름
　아버지
　검은 구멍
　내 삶을 집어삼키고
　내장을 뒤집는 그것
　내가 먹는 무엇이든 맛보는―
　손가락으로 붙든 접시
　신랄한 시선의 한 입 거리
　혀에서 느껴지는 진미, 그대 이름 부르니 여전히 따스하군요
　아버지

내가 노트에서 고개를 들자, 반 다이크 선생님을 포함한 모든 아이들이 나를 쳐다보고 있었다. 맥스도 그랬다. 나는 4년 가까이 눈 감은 그의 모습을 사랑해왔고 깜박이는 눈꺼풀을 만지고 싶었다. 그 눈 속에 담긴 음악이 어떨지도 상상해왔다. 그런 그가 눈을 뜨고 나를 바라보고 있었다. 그리고 나는 그게 싫었다.

반 다이크 선생님은 오므린 입술로 짤막이 고맙다고 했고, 이어 코델리아에게 시를 읽으라고 시켰다. 나는 자리에 앉았다. 의기소침한 코델리아는 자리에서 일어나지도 않고 고개를 푹 숙인 채 중얼중얼 읽어 나갔다.

아버지들은 최고다
비록 우리를 시험하고
휴식을 허락하지 않지만
그건 우리가 최고이기를 바라는 마음
바로 우리를 위한 것.
감사하다.

반 다이크 선생님은 떨리는 목소리로 코델리아가 시의 구조를 정교하게 잡았고 운율을 영리하게 만들었다고 말했다. 아이들은 반 딕이 편애하는 그 애를 향해 눈을 굴렸다. 하지만 맥스만은 나를 바라보고 있었다. 그다음 주 내내 그랬다. 그다음다음 주에도 매일 자기가 본 것을 이야기했다. 한번은 이렇게 말했다. "넌 민감

해 보이는 코를 가졌어." 또 다른 날에는 내 손가락이 어떻게 내 목소리와 어울리는지 관심을 갖더니, 새의 날개처럼 빠르고 부드럽게 숨을 멈추고 있다고 했다.

그가 나에 대해 뭔가 말할 때마다 그 부분이 내 몸에서 떨어져 나가 더 이상 내 것이 아닌 것 같은 이상한 느낌이 들었다. 가령 그 애가 내 코에 대해 말하자, 한동안 나는 코에 감각이 생겨난 듯 얼굴에서 코가 커졌다가 작아지는 느낌을 받았다. 지금도 그 애가 내 손과 목소리에 대해 이야기한 것을 떠올리면, 목이 메고 손이 무거워져 옆구리 옆으로 툭 떨어진다. 내가 말을 하면 손이 날 두고 날아가버릴까 봐 두렵기라도 한 듯이 말이다. 그래서 맥스가 내게 관심을 가진 지 3주가 지났을 무렵, 내 몸은 조각조각났다. 그리고 나는 부서진 내 몸을 맥스가 다시 하나로 만들어주길 기다리고 있었다.

엄마와 마지막으로 정원에 있었을 때, 하마터면 내 인생에서 딱 한 번 아이를 원한 적이 있었다고 말할 뻔했다. 당시 나는 열여섯 살이었고, 나의 조각난 몸은 맥스 리의 사랑 덕분에 하나로 붙여졌다. 그의 손가락이 음악에 맞춰 내 몸을 두드리면, 나는 그가 가르쳐준 노래를 따라 불렀다. 엄마가 신들린 밤이면 맥스는 길모퉁이에서 나를 차에 태우고, 마노아 강물 따라 구불구불한 길을 지나쳐 아쿠 연못의 막다른 골목까지 갔다.

최근 마노아에서 이사를 가기 전, 차로 아쿠 연못을 찾아가 봤다. 몇 번이나 길을 잘못 들고 한참 생각을 한 후에야 사슬에 묶여 있는 다리 앞 막다른 골목을 찾을 수 있었다. 나는 차를 세워 두고 사슬에 묶인 말뚝과 씨름했다. 맥스랑 갔을 때는 흔들리는 이를 뽑는 것처럼 첫 번째 말뚝에 묶여 있는 사슬이 빠질 때까지 말뚝을 흔들었다.

그러나 이제 성인인 나는 주위 사람들의 시선과 법, 그리고 불법 침입자에게 경고하는 카푸Kapu(하와이에서 전통적으로 지켜야 하는 규율 또는 금기—옮긴이) 표지판이 무척 신경 쓰인다. 시간과 공간을 벗어난 침입자가 바로 지금의 내 모습이라는 사실을 너무나 잘 알고 있기 때문이다.

고등학교 때는 아쿠 연못이 맥스와 나의 것이고, 우리로 인해 신성해졌다고 생각했다. 서로의 몸을 지그시 누를 때마다 우리 몸은 강둑의 축축한 땅속으로 파고들어갔다. 우리가 하나가 되었을 때는 부드럽고 두꺼운 마노아 풀잎과 리리코이 덩굴이 머리카락과 사지에 어지러이 엉켰다. 그 모양새가 우리를 더욱 자극하고 강하게 결합시켰다. 서로의 마음을 맛볼 수 있을 만큼 깊게 입을 벌릴 때, 우리는 연못의 물도 맛볼 수 있었다. 아쿠 연못은 맥스와 내가 우리 몸에 대해 알게 된 장소였다. 이곳은 내가 남성의 저돌적이고 성미 급한 동물적 체취를 맛보고, 내 몸에서 나온 시큼한 맛을 그의 입술을 통해 경험한 장소였다.

우리는 사랑을 나눈 후에 가끔 나체로 물에 들어갔다. 엉덩이 높이까지 오는 물을 지나 유속이 두 배로 빨리 회전하는 '소용돌이 지점'까지 뛰어들었다. 거기는 강물이 아쿠 연못으로 흘러들어가기 전에 물이 얕게 고인 웅덩이가 있던 곳이었다. 맥스는 위에서 세차게 흐르는 물과 바위가 만들어낸 작은 폭포 아래로 나를 데려가 껴안고는 말했다. "여기는 튜브 안에 있는 것 같아. 맑은 소리를 들으며 얼음처럼 푸른 다이아몬드를 보는 거라고 생각하면 돼. 아주 맑아서 망가진다는 걱정조차 날려버리지." 우리는 서로를 껴안고 입술이 파래질 때까지 투명한 물속을 들여다보았다. 물이 쏟아지는 텅 빈 소리와 서로의 숨소리에 집중했다.

맥스가 튜브는 마법 같다고 말했던 적이 있다. 우리 앞에 쏟아지던 물은 영원한 소망을 싣고 노래를 부르며 흐른다고 했다. 우리는 어깨를 나란히 하고 손을 잡은 채 우리의 꿈을 노래했다. "사랑해," 내가 물속에다 대고 소리쳤다. "널 영원히 사랑할 거야!"

그리고 맥스가 외쳤다. "널 영원히 사랑해. 우리는 결혼해서 아이 다섯 명을 낳을 거야!"

그날 밤 맥스는 나를 집에 데려다주었다. 집으로 들어갈 때 머리에서는 여전히 강물이 뚝뚝 떨어지고 있었다. 내 몸에서 맑은 내음이 났고 코올라우산에서 부는 폭풍우처럼 찌릿찌릿했다. 하지만 현관을 지나자마자 엄마는 "더러운 보지 냄새!"라고 외치며 칼을 들고 내게 달려들었다. 나는 다시 물러났다. 엄마가 내 머리 위로 칼을 휘둘러서 나는 손으로 얼굴을 가리고 몸을 움츠렸다.

"엄마!" 내가 소리쳤다. "저예요! 베카라고요, 베카 찬이요!"

엄마는 칼을 공중에 흔들며 내 몸에서 공기를 도려냈다. '저예요, 저예요'라며 엄마가 내 흉내를 냈다. 엄마가 내 말을 들을 수 없다는 것을 알아챘다. "내 딸을 꼭두각시로 이용할 수 없어, 사자! 고름과 남자들의 배설물로 악취가 나는 이 악한 귀신아!" 엄마는 내 머리 위를 찌른 후 칼끝이 내 가랑이에 닿을 때까지 손을 낮췄다.

"너를 내쫓겠어!" 엄마가 소리를 지르고는 방을 가로질러 칼을 던졌다. 칼이 카펫에 꽂혀 순간 수직으로 서 있다가 이내 나를 향해 쓰러졌다. "이-얏!" 엄마가 비명을 지르며 칼을 되찾으려고 달려갔다. "고집 센 귀신 같으니라고." 엄마는 내 청바지 지퍼를 따라 칼을 긁더니 다시 집어던졌다. 이번에는 내게서 먼 곳에 떨어져 꽂혔다. 엄마는 칼을 그대로 두고 침실로 들어갔다.

그날 밤 상어 지느러미가 칼처럼 물을 가르는 동안 내가 핏물속에 빠져 죽는 꿈을 꾸었다. 물속으로 나를 끌어당기는 팔을 이겨낼 수 없었다.

엄마는 다음 날 내내 잤으며 그날 밤 맥스가 나를 데리러 올 때까지 깨지 않았다. 우리는 아쿠 연못으로 갔다. 다리 앞에서 처음으로 '카푸! 침입자는 기소됩니다!'라고 씌어 있는 표지판을 봤다. 나는 차에서 내려 사슬을 풀려고 했지만 말뚝은 꿈쩍도 하지 않았다. "누가 다리를 고쳤나 봐." 내가 맥스에게 속삭이고서, 사슬이 줄넘기 줄처럼 흔들릴 때까지 두드려보았다.

맥스가 차문을 열었다. 차 안 불빛이 그 주위에 후광으로 빛나는 탓에 그가 나에게 다가올수록 그는 다시 어둠 속으로 숨어들었다. 맥스가 내 손을 난간에서 들어 올렸다. "너 괜찮은 거야?" 그가 물었다. 말뚝 꼭대기를 두드렸을 때 말뚝이 삐걱거리며 사슬이 탁 풀어졌다. 맥스는 나를 남겨두고 차로 돌아갔다. 차가 지나간 다음 나는 사슬을 제자리에 놓고 차에 탔다. 나는 뒤늦게 대답했다. "너는 괜찮아?"

내 목소리는 유난히 나에게만 크게 들렸다. 맥스는 대답하지 않았고 내 말을 듣지 못한 것처럼 계속 운전만 했다.

그날 밤 사랑을 나눌 때 나는 계속 "너 정말 괜찮아?"라고 물었다. 대답을 기다리지도 않고 다시 확인했다. 적어도 나는 물어봤다고 생각한다. 어쩌면 속으로 생각만 했는지도 모르겠다. 처음으로 그가 나에게 '괜찮은' 남자인지 의심하기 시작한 것이다. 나는 이 관계가 정신적이라고 생각했다. 하지만 그의 무릎이 내 무릎과 부딪칠 때마다 걸리적거렸고, 어둠 속에서 그의 팔꿈치 안쪽이 뽀얀 여자 몸처럼 보여 매우 거슬렸다. 맥스가 열에 들떠 "사랑해"라고 몇 번이고 내뱉은 말보다 귓가에서 윙윙거리던 모깃소리가 더 크게 들렸다.

나는 내가 더 훨씬 사랑한다고 말하면서 맥스를 세게 끌어안았다. 그러면서도 생각했다. 뭐가 잘못된 거지? 이전에 그와 몸을 섞을 때는 이런 질문을 떠올리지 않았다. 그때는 내 영혼이 육체를 떠나 다채로운 소리를 내는 우주를 떠다니는 것 같았으니까. 여러 번의 잠자리를 경험한 지금 그 순간을 떠올려보면 그가 내 안으로 들어왔을 때, 그 강렬함에 세상 모든 소리와 빛이 어둠 속으로 빨려들어가 우리가 느낄 수 있는 것이라곤 강의 노래처럼 원초적인 몸의 리듬뿐이라고 생각했던 건, 결국 착각이었다. 나는 이 점을 꽤나 확신한다.

ᘓᗉᔅ

엄마가 나에게 칼을 휘두르며 악령들을 떼어낸 후 맥스가 다르게 보이기 시작했다. 나는 그가 미소 짓기 전 앞니를 핥는 습관, 드럼을 연주할 때 중심축을 잃은 척추 때문에 머리가 아래로 처지던 것, 잠잘 때 턱이 느슨해져 입을 쩍 벌리던 것과 같은 사소한 모습이 거슬리기 시작했다. 나는 우리가 사랑을 나눌 때나, 서로를 더듬다가 달려드는 모습을 마치 다른 사람의 눈으로 바라보듯 의식하게 되었다. 엄마의 시선으로 보는 것처럼 말이다.

결국 내가 헤어지자고 말했을 때 나는 그를 바라보는 것조차 싫었다. 내 얼굴에 바짝 달라붙어 흔들리던 그의 얼굴이 기괴하게 느껴졌다. "왜 그래, 베카, 왜 그러는 거야?" 흐르는 콧물도 개의치 않은 채 그가 외쳤다. "내가 뭘 어쨌는데?"

얼룩덜룩 부어 있는 그의 얼굴을 보니 구역질이 올라왔다. 나는 그 애 얼굴을 보고 싶지 않은 마음에, 몸을 껴안았다. "아무것도 아니야," 내가 중얼거렸다. "이제 그냥 헤어질 시간 같아." 나는 그를 붙잡고 울게 내버려두었다. 낯선 사람을 붙잡고 있는 것만 같았다. 나는 한편으로 그 애가 불쌍했지만 나와 상관없는 고통으로 느껴져 불편했다. 심지어 그가 내 시간을 낭비하는 것만 같아 짜증이 났다.

꿍

맥스와 내가 한때 사귄 사실을 아는 친구가 맥스는 지금 카이무키(하와이 호놀룰루의 한 지역—옮긴이)의 해리 음악사에서 전기기타와 드럼 세트를 판매한다고 알려주었다. 팔롤로(하와이 호놀룰루 동쪽의 내륙 지역—옮긴이)에 작은 집을 소유하고 있고, 아내와 아직 다섯 살이 안 된 세 아이가 있다고 했다. 소식을 전해준 친구는 내가 그와 결혼했다는 소문을 들었다고 했다. 내가 웃으면서 장난을 쳤다. "나에게 아이가 셋이나 있다고? 말도 안 되지! 나는 나 하나로도 벅찬걸!" 그러면서 한때 세어보았던 주먹 옆면 주름을 생각하며 손을 꽉 쥐었다.

몇 년 전 맥스에게 이제 새 출발을 하자고 했던 사람은 나였다. 하지만 정작 새 출발을 한 사람은 맥스였다. 그는 우리가 아쿠 연못에서 했던 약속을 다른 사람과 실현하며 꾸준히 자기 삶을 꾸려 나갔다. 그런 평범하고 일상적인 삶을 부러워하며 과거에서 한 발자국도 못 벗어나고 있는 사람은 오히려 나였다.

나를 괜찮은 남자와 짝 지어주기를 진작에 포기한 레노 아줌마는 내가 '자기 마음 따라 사는 애'라는 결론에 이르렀다. 아줌마는 스위트 메리의 딸 프레셔스도 나같이 '자기 마음 따라 사는 애'라고 넌지시 말했다. 프레셔스는 내가 색스에서 살 때 종종 베이비시터로 돌봤던 애였다. 나는 아줌마가 상상의 나래를 펼치도록 내버려두곤, 준비가 되면 직접 남자를 찾아 나서겠다고 말하며 웃었다.

"혼자 살진 않을 게다." 그녀가 성경에 나올 법한 예언하는 말투로 나를 꾸짖었다. "쓸쓸히 죽지도 않을 테고."

～ℓℓℯ♪

내가 가장 최근에 사귄 애인 샌퍼드는 죽을 때 외롭진 않을 것 같다. 사자가 그를 부를 때가 되면, 그는 아들과 두 딸과 부인에게 둘러싸여 있을 것이다. 지방흡입술을 받은 허벅지와 선인Sun-In(미국의 헤어라이트닝 스프레이—옮긴이)으로 밝게 물들인 머리를 한, 테니스를 좋아하는 부인 곁에서 말이다. 하지만 그는 창밖을 바라보며 나를 기다릴 것이다.

그는 나를 사랑하는 방식으로 자신의 아내를 사랑해본 적이 없다고 했다. 그러나 그가 그녀를 떠나지 않을 거란 걸 안다. 그가 내게 사랑을 맹세했어도 그의 결혼 생활이 플라토닉하기만 한 것은 아니란 걸 알기 때문이다. 그가 나를 만지고 쳐다보는 방식에서, 신속하고 사무적인 태도로 내게 이메일을 보내는 모습만 보아도, 나는 그가 언제 아내와 잤는지 알 수 있다. 내가 상처받아야 하는 건가 생각해봤지만 내가 전혀 개의치 않는다는 것을 깨닫는다. 이미 그는 날 짜증 나게 하고 있었다. 벗겨지는 이마 선을 감추기 위해 머리카락을 앞으로 빗어내리고선, 내게 자신이 너무 나이 들어 보이는 건 아닌지 불안하고 나약한 어조로 묻는 그의 모습이 견딜 수 없이 싫다.

나는 이런 나약함에, 젊음을 얻기 위해 발악하는 그의 모습에 화가 난다.

그가 처음 나를 면접 보았을 때 샌퍼드는 당당하면서도 수줍어하는 사람이었다. 중년의 삶과 결혼 생활에 딱 들어맞아 가정에 얽매여 사는 것 같았다. 나는 그의 사무실 문을 소심하게 두드린 뒤 대범하게 안으로 들어가, 책상에 놓인 보고서와 기사 더미, 집에서 싸온 도시락과 가족사진을 가로질러 그를 바라보는 게 좋았다. 나는 그가 눈을 깜빡이며 얼굴을 붉힐 때까지 그를 쳐다보는 것을 즐겼다. 내 성적 매력을 시험해보며 장난을 친 건데 그가 반응을 보여, 놀라면서도 우쭐한 느낌이 들었다.

샌퍼드는 적어도 처음엔 점잖으면서 진지했다. 그는 칵테일파티, 저널리즘 학회, 기금 행사에서 정장 차림을 한 주선자들에게 나를 소개했다. 물론 내가 이런 모임들에 그의 아내를 대신하여 참석할 수 있었던 것은 아니지만, 샌퍼드는 언제나 내가 초대 받았고 또 에스코트 받고 있다는 것을 확신시켜주었다. 그 이후에는, 아마 다음 날 오후의 '비즈니스 미팅'이라 부른 시간 동안 우리는 그 일에 대해 잠시 논의하고선, 천천히 고상한 사랑을 나누곤 했다. 그는 내가 존중이라고 여긴 태도로 나를 대했다. 어른으로서 말이다.

이에 대한 보답으로 그는 젊음을 얻었다. 그는 내 젊음을 취했을 뿐 아니라 그 자신의 젊음도 얻은 것이다. 나는 세로줄 무늬 긴 소매 셔츠에 넥타이를 맨 그의 패션을 폴로와 OP(미국의 서핑 의류 브랜드 오션 퍼시픽Ocean Pacific의 약자—옮긴이)로 바꿔주었다. 그의 자녀들이 듣는 「보이즈 투 맨」과 「빅 마운틴」 음악을 감상하는 법도 그에게 알려주었다. 또 '섬에서 가장 위험하고 예측할 수 없는 해변'이라는 의미로 그에게 '샌디'라는 애칭을 지어준 사람도 나였다. 하지만 이건 내가 아이러니를 좋아해서 만든 애칭이었다. 그의 이전 삶을 떠올려보면 그가 물 근처에 있는 모습은 상상도 할 수 없었기 때문이다.

이제, 샌퍼드는 내 아파트에 올 때 내가 사준 파자마나 OP 옷을 뽐내며 걷는다. 욕실 거울 앞에서 으스대며 자기가 서핑과 보디빌딩을 시작했다고 말한다. "네가 결국 날 버리고 젊은 놈에게 가버릴 텐데, 경쟁이나 되겠어?" 그가 반쯤 농담으로 말한다. 만약 그가 오만하지만 진심을 담아 매력적인 농담을 했다면 그를 용서했을지 모른다. 하지만 그의 얼굴에 나와의 나이 차이를 의식하는 초조함과 진지함이 드러날 때면, 나는 그를 떠날 때가 된 것을 느낀다.

죽은 엄마를 발견한 다음 날 나는 사무실에 출근했지만 그를 피하고 싶었다.

"왜 나왔어요?" 내가 칸막이로 가려진 내 자리에 앉자, 경찰 출입 기자가 관심을 보이며 말했다. 동료들의 눈이 내 칸막이를 훔쳐보더니 이내 시선을 돌린다. 칸막이 맞은편에서 샌퍼드의 기름진 머리가 머뭇거리는 것을 본 것 같다.

"제가 없는 셈 치세요." 말대꾸를 하자 그 기자와 샌퍼드의 이마가 뒤로 물러났다.

"고통을 잊으려면 일이 필요하겠죠." 푸드 에디터인 미라벨 천이 소리쳤다. 그녀는 속삭이는 법도, 언제 말을 아껴야 하는지도 전혀 모르는 여자였다. "사랑하는 누군가가 죽으면 아무 일도 없는 척하진 못할 거란 걸, 주님은 아시지."

나는 못 들은 척했고 사내 포털에서 받은 애도 메시지도 모두 무시했다. '너의 상심에 우리도 슬퍼하고 있어', '너의 슬픔을 위로하며', '집에 가서 마음껏 울어' 등. 마지막으로 샌디의 메시지를 읽었다. '기대어 울 수 있는 어깨라든가, 다른 어떤 거라도 뭐 필요하니?'

나는 '아니'라고 회신을 보냈다. 그를 전보다 세련되고 경쾌하게 만든 사람은 나였지만 그가 이런 식으로 경박하게 성적 추파를 보낼 때면 참아주기 어렵다. 옛날의 샌퍼드, 아버지 같은 모습의 딩먼 씨를 그리워하는 마음이 커질수록 그에 비례해서, 그의 존재가 나를 더 짜증나게 했다.

'네가 보고 싶어,' 샌디가 답을 했다. 어떻게 거절할지 궁리하기도 전에 그가 메시지를 보내왔다. '집에 바래다줄게.'

갑자기 나는 집에 가고 싶어졌다. 이사한 지 1년이 지났지만 옷장 구석에 아직까지 풀지 못한 상자가 쌓여 있는 내 아파트를 말하는 게 아니다. 마노아에 있는 집이나 옛날에 살던 색스도 아니었다. 엄마의 정원에, 엄마가 온전히 나의 엄마였던 그때 그곳으로 돌아가고 싶었다. 엄마가 식물을 돌보듯, 그 품 안에서 위로받고 싶었다. 단지 "강의 노래를 불러주세요"라고 말하고 싶었다. 자라나는 푸른 식물들 사이에서 엄마의 노래를 들으며 잠들고 싶었다.

'좋아요.' 내가 샌퍼드에게 답했다.

∼ℓℓ๑

그가 나를 위해 우리 집 현관문을 여는 동안 나는 그에게 몸을 기댔다. 집 안으로 들어가 습관처럼 자동응답기를 확인했다. 엄마가 혼과 액운의 화살에 관해 마구 고함치는 메시지를 기대하는 마음 반, 저녁 먹으러 언제 올지 묻는 메시지를 기대하는 마음 반이었다. 엄마 대신에 레노 아줌마의 목소리가 방 안으로 흘러들어왔다.

"여보세요, 여보세요? 이건가 뭐지? 신호음인가 뭔가 들었는지를 모르겠네." 긴 침묵 후에 레노 아줌마가 다시 말했다. "베카, 몇 가지 정할 게 있어. 손님 목록과 장례 말이다. 너는 매장을 원하니, 아님 다른 거? 보스윅 영안실에 장례식에 쓸 수 있는 고급 관과 나중에 묘지에 쓸 수 있는 저렴한 관이 있다고 하더라. 상관없지, 그렇지? 나한테 전화하렴."

나는 한 번도 발라본 적 없는 분홍색과 보라색으로 화장을 하고, 멋진 옷차림으로 모르는 사람들 앞에 누워 있는 엄마의 모습을 상상했다. 아마 레노 아줌마가 엄마 옷을 고르고 화장을 하겠다고 할 거다. 수백 명의 사람이 엄마를 만나려고 시간과 돈을 쓴 만큼 엄마는 유명하지만, 정작 아무도 엄마의 진짜 모습을 모른다는 사실이 우스워서 웃음이 나왔다. 엄마에게 처음으로 일자리를 주고 엄마를 점쟁이로 만든 레노 아줌마도 마찬가지였다. 심지어 딸인 나조차도, 엄마를 사랑했던 유일한 사람인 나도 엄마를 잘 알지 못했다.

내 웃음소리가 한껏 커졌다. 한바탕 웃음을 쏟아내자 옆구리가 아파왔다. "용선을 위해 장례식을 하는 거야!" 내가 킥킥거리며 말했다.

어떻게 나를 만져야 할지 허둥대던 샌퍼드가 어색하게 내 어깨를 두드렸다. "그래, 당신 어머니는 근사한 분이셨어."

나를 달래려던 그의 노력이 나를 더 울부짖게 만들었다. "아니야!" 나는 재빨리 반박하고 바닥을 굴렀다. 용선이 고향에서 멀리 떠나 타지에서 이방인으로 죽은 자의 귀신이라는 것을 설명할 수가 없었다.

"그래, 그래." 내가 히스테리를 부린다는 듯 샌디가 낮게 중얼거렸다. 그는 나를 침대로 데려갔고 결국 함께 잤다. 우리 몸은 오후의 열기 속에 끈적거렸다. 나는 침대에서 시원한 부분을 찾으려고 그에게서 벗어났다. 물침대 위에 침대 시트를 까는 것을 깜박하는 바람에 플라스틱 매트리스는 우리가 흘린 땀으로 번들거렸고 몸에 쩍쩍 달라붙었다. 늘 그렇듯 샌디는 침대 중간에서 손발을 쭉 뻗고 누워 있었다. 그가 뿜어내는 열기에 달라붙지 않으려면 몸을 웅크려야 했다.

그의 숨소리를 들으며 나는 습관처럼 주먹을 가슴에 올려놓았다. 불면증을 달래려 손가락을 펼치고 잠에 들려 애썼다.

⤳⤳⤳

나는 지금 물속에 뛰어들어, 나를 찰나에 낚아채 밑으로 끌어당기는 상어에게 발길질을 하며 헤엄치고 있다. 몸을 뒤틀면서 상어 턱을 주먹과 발로 가격하려고 한다. 그런데 내 하체를 감싸며 날 집어삼키려는 것은 상어 턱이 아니라 거대한 해파리의 반투명한 다리였다. 해파리가 쏜 부위에 감각이 무뎌져, 내가 녹아내리는 것이 느껴진다. 그것을 내게서 떼어놓으려 하지만 내 손은 물속에서 춤추는 검은 머리카락의 물결 속으로 사라진다.

내 다리를 움켜쥐고 감싼 것이 엄마라는 것을 깨닫는다. 내가 엄마를 구해줄 것 같은지 엄마가 내 다리에 매달려 있다. 그 대신, 내가 가라앉는 것이 느껴진다. 더 이상 숨을 쉴 수가 없다. 물에 빠지려 입을 벌리려는 순간, 나는 잠에서 깨어나고 샌퍼드에게 다시 빠져드는 내 몸을 발견한다.

13

아
키
코

잠잘 때 덮는 두꺼운 담요처럼 무거운 것이 날 짓누르고 있다는 걸 온몸으로 느끼며, 나는 불편하게 누워 있다. 감각이 마비된 나는 이제 피가 솟구치기만을 기다린다. 이것은 인덕이 내 곁에 다가왔고, 나를 기다리며 나를 원한다는 신호다.

인덕은 생전에 조급한 사람처럼 보이지 않았다. 하지만 내가 인덕을 알았던 곳은 고작 위안소가 전부이지 않았던가. 그곳에서 그녀는 침묵을 지키거나 은밀하게 몸을 움직이며 그 겹겹이 쌓인 틈새에 숨어 살아야 했다. 나는 죽어서 내 몸에 들어올 자가 인덕일 것이라고 이미 알고 있었다. 그 당시에도 인덕은 어딘지 특별했다. 허리를 곧추세우고 아주 거만하게 걷는 모습이랄까, 그런 행동거지나 우리를 보며 짓는 표정이나 미소가 다른 여자들에게 용기를 북돋아준다던지 그랬다.

하지만 애써 거짓말하고 싶지는 않다.

사실 위안소에서 인덕의 삶은 전혀 특별하지 않았다. 딱 하나, 그녀의 죽음만이 특별했다. 군인들 앞에서 우리는 똑같이 걸으려고 애썼다. 머리도 똑같이 묶고 똑같이 멍한 표정을 지으려고 했다. 위안소에서 특별해진다는 건 더 많이 쓰여서 더 빨리 죽는다는 것을 의미했을 뿐이니까.

우리가 죽음을 두려워한 것은 아니었지만 그들 아래서 개처럼 죽는 것만은 두려워했다.

위안소에 같이 있던 한 여자는 양반 출신 같았다. 그녀의 원래 이름이 생각나지는 않는데 그렇다고 일본군이 그녀에게 붙인 이름을 내뱉고 싶지는 않다. 그녀는 자기 어머니가 허리춤에 찬 은장도에 대해 이야기했다. 그녀의 손바닥보다 작은 길이에 보석이 박힌 칼 한 자루, 그 은장도는 그녀가 혼인하게 되면 그녀의 어머니가 물려주기로 한 것이었다. 제 몸을 지키지 못하면 차라리 스스로를 해하는 것. 은장도는 정조를 지키는 여인의 자긍심을 상징했다.

우리들은 그녀가 부러웠다. 그녀가 누렸던 값비싼 물건 때문이 아니었다. 그녀가 양반 계급이어서가 아니었다. 스스로 죽을 권리가 있다는 게 부러웠다. 우리가 당한 일을 떠올리면 우리 모두 죽어야 마땅했지만, 우리에겐 그런 선택권이나 특권은 허락되지 않았다.

결국 이 점이 인덕을 그토록 특별하게 만든 이유다. 인덕은 스스로 죽음을 선택하지 않았던가. 인덕은 일본군이 그들을 향한 모욕이라고 여기는 진실과 언어로 그들을 비웃었다. 그렇게 인덕은 그들을 자신의 은장도로 이용했다. 그들의 분노가 한껏 치솟아 눈먼 색정과 비등해지고, 두 감정이 한데 결탁할 때까지 인덕은 멈추지 않았다. 인덕은 자신의 삶을 끝내기 위해 그들을 이용했다. 해방의 길을 찾기 위해서였다.

~ees

인덕이 나 같은 겁쟁이를 선택해 찾아왔다니 믿을 수 없다. 정말이지 인덕에게 감사하다.

~ees

몸은 점점 무거워지는데 오히려 몸 안은 뜨거운 기름처럼 들끓는 게 느껴진다. 인덕이 내 피부를 벗겨내고 날 감싸안으려 한다. 증기처럼 부드럽고 끈질기게 나를 파고든다.

인덕이 보이지 않지만 나와 함께 있다는 게 느껴진다. 인덕은 내 발가락과 손가락 끝을 핥는다. 인덕의 애무에 내 몸속 피가 성날 때까지, 인덕은 나를 핥아댄다. 내 머리카락 사이로 두피를 만지며 나를 달래는 인덕의 손길이 느껴지고, 내 뺨과 목을 애무하는 인덕의 입이 느껴진다. 온몸이 곤두선다.

인덕이 애무를 이어가며 두 팔로 내 등을 감싸안고 온기를 전한다. 인덕의 혀가 내 턱 아래 움푹 파여 목이 시작되는 곳을 누르더니, 점점 아래로 내려가 젖꼭지를 부드럽게 문다. 젖꼭지가 빨리고 젖이 나오는 게, 그리고 인덕의 혀가 미처 다 빨아 먹지 못한 젖이 옆구리와 배 아래로 뚝뚝 떨어지는 게 느껴진다. 인덕은 젖이 흘러내린 구불구불한 길을 따라 내 몸을 핥는다.

이제 인덕은 내 엉덩이를 두 손으로 잡고 주무르며 양쪽으로 벌린다. 인덕의 손가락이 항문에서 질의 끝까지 이어진 골에 들어가 장난을 치면, 내 그곳은 피가 모여 흥분으로 짜릿해질 때까지 강하게 움찔댄다. 인덕이 긴 손톱으로 내 음부에 난 털을 빗다가, 꼬불거리는 털을 쫙 펴려는 듯 잡아당긴다. 나는 신음을 억누르고 움찔대는 엉덩이를 가만히 있어 보려 애쓴다. 하지만 도저히 그럴 수 없다.

나는 인덕에게 내 몸을 활짝 열고, 내 허벅지 사이에서 움직이는 인덕의 열기를 받아들이고 인덕의 혀와 손가락이 날 잡아당기는 리듬에 맞춰 몸을 움직인다. 손끝에서 시작된 전율이 온몸을 훑고 지나가다가 다리 사이 그곳에 집중되고, 마침내 어떤 예고도 없이 머리 꼭대기에서 폭발한다. 그렇게 나는 눈앞이 캄캄해지는 쾌감을 맛본다.

내 몸은 침묵 속에서 노래하다가 텅 비어진다. 그 끝에는 그녀만이 남는다. 오직 인덕만이.

언젠가, 인덕이 날 찾아왔을 때, 나는 조용히 있지 않았다. 나는 남편의 관심을 끌기 위해 크게 소리 질렀다. 그는 내 침대 옆에 무릎을 꿇고 앉아서 내가 그의 거친 숨소리를 알아챌 때까지 나를 지켜보았다. 그러다 내가 그를 쳐다보면, 그는 이불을 걷어치우고 침대 위로 올라왔다.

남편은 내 이마에 자기 이마를 들이밀었다. 그가 알아채진 못했겠지만 그의 손길은 분명 날 주무르는 인덕의 손길을 대체했다. 투박하고 억센 남편의 손가락이 내 잠옷을 들어 올리고 가슴과 엉덩이를 움켜쥐었다. 그는 이내 속옷의 촉감을 느끼다 한쪽으로 잡아당기고선, 내 다리 사이로 자기 몸을 밀착시켰다.

그의 성난 성기가 질 입구를 찾아 나서는 것이 느껴지자, 나는 긴장했다. 남편은 인덕의 끝없는 애무로 내가 한껏 젖어 준비가 된 걸 알아차리고 내 몸 안으로 거칠게 들어왔다.

제길, 그가 말했다. 이어서 그는 천천히 몸을 빼더니 다시 내 안으로 들어와 내 몸을 긴장시켰다. 내 안으로 거칠게 들어왔다 나가기를 오랫동안 천천히 반복한 남편은 내 엉덩이를 자신의 엉덩이에 딱 붙이고선, 내게 자기 몸짓의 반대 리듬에 맞춰 몸을 움직이라고 강요했다. 나를 받아들여, 그가 숨을 헐떡이며 말했다. 아이를 가지면 네가 신성해지는 거야.

그 순간, 갑자기, 인덕이 여전히 그곳에서, 우리 사이에, 바로 남편과 내 안에 있는 것만 같았다. 그러자 그녀와 느꼈던 전율이 내 안에서 일렁였고, 감당하지 못할 만큼 커져버렸다. 내가 쾌감을 폭발시키며 남편 어깨에 대고 울부짖자 남편도 흥분에 싸인 소리로 응답했다.

일을 다 본 남편이 다시 그의 침대로 돌아갔을 때, 나는 인덕과 남편과 그가 지른 소리를 꿈으로 꾸었다. 남편이 낸 소리는 위안소에 있던 남자들이 사정 후 승리감에 도취해 여자들 몸 위로 쓰러지며 내는 소리와 너무 비슷했다.

다음 날 아침 남편은 설교 투의 목소리로 내게 말했다. 음 … 홀로 성욕을 느끼는 건 죄야.

내가 눈을 깜빡였다.

성요 근 죄 옥—이다, 그가 한국어로 반복해서 말했다. 남편이 자기 나라에서 내 언어로 말했다는 사실은 그가 얼마나 당황했는지를 드러낸 것이었다.

결국, 남편이 말하려던 게 인덕과 나 사이에 벌어진 일을 목격하고선 하는 얘기라는 것을 깨닫자, 나는 웃음이 터져 나왔다. 그는 어떻게 남녀의 몸이 섞이며 벌어진 일을 영적으로 일어난 일과 비교한단 말인가?

난 혼자가 아니었어요, 내가 말했다. 당신 손이 날 만진 곳에서 날 만지던 여자를 보지 못했나요? 당신 입이 내 젖을 빠는 곳에서 날 빨고 있던 여자를요?

누구라고? 남편이 되묻자 나는 더 큰 소리로 웃었다.

그는 입술을 핥더니 웃고 있는 내 입을 쳐다보았다. 타락한 여자 악령이군, 그가 소곤거렸다. 하나님이 그들에게 수치스러운 욕정을 준 바람에 여자들조차 정상적인 관계를 이상한 관계로 대체한 거야. 여자 악령이라고!

나는 큰 소리로 울부짖었다. 여전히 그의 눈에는 내가 위안소에 있던 남자들의 눈에서 본 어둡고도 짙은 동물 같은 욕정이 도사리고 있었다. 그런데 이제 나는 그에게서 두려움도 보았다.

ⅇⅇ

군인들은 우리를 찾아오며 욕정과 두려움을 같이 느꼈다. 그들은 배부된 군표와 자신의 몸을 우리 몸에 쓰기 위해 우리가 있는 칸 앞에 길게 줄을 섰다. 어떤 군인은 우리 다리를 벌리고 질을 꼬집어가며 변색된 부분을 찾았고, 상처와 고름과 병이 있는지 조사했다. 이건 그들에게 죽음이라기보다는 우선순위에서 밀린다는 것을 뜻했다. 새로운 여자들을 한 트럭 실어올 때마다 콘돔을 몇 상자씩 보급하고, 의사들이 606호 주사(정식 명칭은 '살바르산'으로 매독에 일부 효과가 있으나 불임을 유발하는 부작용이 심해 사용이 중단되었다. '위안부' 피해자 할머니들은 실제로 이 주사를 맞았다고 증언한 바 있다—옮긴이)를 놓아가며 매독이 전파되는 것을 통제하려고 아무리 애써도 위안소 내부에서 성병은 계속 퍼져 나갔다. 여자들의 음순과 질이 그 증거였다. 군인들은 성기에 주먹 크기의 종기가 부풀어 오르고 몸의 다른 부위로 퍼져 나가다가, 끝내 입과 눈 주위까지 발진이 올라온 여자들을 위안소 밖으로 끌어냈다. 그들은 '이송'이라고 불렸다. 하지만 나는 여자들이 일회용 물품처럼 숲속에 버려졌다는 것을 알고 있다.

전쟁이 끝나갈 무렵, 군인들은 덜 신중해졌다. 위안소를 떠나기 전, 나는 물자가 한 번 더 보급되는 것을 보았다. 나보다 어려 보이는 여자애 여섯 명이 겁먹고 얼빠진 얼굴로 트럭에서 내렸다. 그러자 부대장이 자동소총을 지팡이처럼 앞뒤로 가볍게 흔들며 아픈 여자들이 모여 있는 막사로 성큼성큼 걸어갔다.

이리 와, 이리 와! 그가 한국말로 그나마 아직 걸을 수 있는 여자들을 밖으로 꾀어내며 소리쳤다. 이리 오라고!

그러자 막사에 있던 여자들 중 두 명이 나왔다. 한 명은 한때는 희망이 가득했던 넓적한 얼굴이 지금은 물집으로 엉망이 된 하루코였고, 다른 한 명은 성병에 걸리지는 않았으나 만삭의 배를 한 어떤 여자였다. 그들은 비틀거리며 문틀에 기대섰다. 부대장은 두 사람이 질문을 꺼내기도 전에 둘을 쏘았다. 그러고선 막사를 향해 무차별적으로 총알을 퍼부었다.

막사의 나무 조각과 피가 눈 깜짝할 새에 곳곳에서 튀었다. 온 몸의 감각을 마비시키는 총소리가 죽어가는 사람들이 짧게 내뱉는 날카로운 비명 소리와 뒤섞였다. 비명 소리와 신음 소리가 잦아들자 부대장은 막사의 잔해를 불태우라고 명령했다. 막사가 불타는 동안 위안소에는 연기와 재와 고기 굽는 냄새가 진동했는데,

부대장은 그 옆에서 자기 나라 국가인 「기미가요君が代」를 휘파람으로 불렀다.

〰️

군인들은 성병을 두려워하면서도 계속해서 우리를 찾아왔다. 오히려 그들은 죽음이라는 더 큰 두려움 앞에 내몰려 있었다. 부대가 철수하기로 계획된 전날, 같은 남자들이 번갈아가며 우리를 몇 번이나 찾아오는 바람에 그날은 하루 종일 한숨도 잘 수 없었다. 너무 많이 그 짓을 해대서 그들의 성기가 발기되지 않을 지경이었다. 만져! 빨아! 그들이 우리에게 소리치며 명령했으나, 성기에 아무런 변화도 없자 몇몇 군인들은 우리 머리와 보지를 때렸다. 어떤 군인들은 그들에게 주어진 30분 동안 우리 가슴에 가만히 파묻혀 어린아이처럼 안겨 있고 싶어 했다. 시간이 다되면 그들은 꼬불거리는 내 음모를 액막이 부적 삼아 몇 가닥 뽑아갔다. 그들은 이걸 자기 몸에 지니고 전선으로 향하려고 했다.

군인들이 요구하면 나는 직접 털을 뽑아서 부적을 만들어주었다. 그들을 안전하게 지키는 부적이 아니라 해를 부르는 부적을 만들고 싶어서였다. 내 털 한 가닥 한 가닥이 정의를 요구하고 죽음을 소망하리라.

인덕이 찾아와 노래로 내 몸을 연 그날 밤 이후, 나는 죽음과 성병을 무서워한 군인들의 두려움을 남편의 눈에서 읽었다. 나를 구원하기는커녕 그 자신에게 천벌을 내릴 죄를 범한 두려움. 자신이 믿는 하나님이, 자신을 위해 만든 시험에 통과하지 못하리라는 두려움. 나는 그때 그가 날 두 번 다시 그렇게 이용하지 않을 거라는 것을 알았다.

그가 그럴 수 없다는 것도 그때 알았다.

14

아
키
코

딸의 머리는 동글다. 물살이 잘 다듬어, 보기 드물게 아주 동그란 모양을 한 강돌river rock만큼이나 동글다.

딸의 완벽한 반원형 머리가 사랑스럽다. 그 모양은 내 머리와 닮았고, 내 어머니가 어린아이였을 때의 머리 모양과도 닮았다.

$$\mathcal{ueo}$$

나의 유년 시절, 어머니는 딸들에게서 보이는 자신의 흔적을 자세히 살펴보고선, 어머니와 우리들의 운명을 한데 묶어 풀이하는 점을 쳤다. 어머니는 큰언니 순자에게는 이렇게 말했다. 나와 네머리카락은 해초처럼 새까맣고 매끈해서 빗을 놓친단다. 그러니 너도 날아가지 않도록 조심하거라. 둘째 언니 순희에게도 말했다.

넌 내 보조개를 지녔구나. 삶이 널 웃게 하려고 네 볼을 아주 세게 꼬집은 게야.

셋째 언니에게는 손가락끼리 꽉 맞대고 손을 내밀어보라고 했다. 여길 봐봐, 어머니가 한숨 쉬며 말했다. 손가락 틈 사이로 빛이 어떻게 지나는지 보이지? 너도 나처럼 가장 원하는 것을 지켜내는 데에 어려움을 겪겠구나.

어머니가 기억을 되짚듯이 나를 바라보았을 때, 어머니 입에서 무슨 말이 나올지 알았다. 바로 동근 돌머리Rockhead(땅이나 물에 있는 돌 중 물에 잠기지 않거나 흙에 묻히지 않은 돌의 윗부분—옮긴이)였다. 나처럼, 어머니가 고개를 흔들며 말했다. 너도 고된 삶을 살 거야. 늘 물살에 부딪히지. 사내애보다 더 고달프고, 바위보다 더 억척스러운 삶을 살겠지.

그렇게 말해도 어머니의 말투에는 자랑스러움이 녹아 있었기 때문에, 어머니가 나를 사랑하는 게 느껴졌다.

어머니가 나를 돌머리라고 부를 때마다, 어머니에게 물었다. 왜요? 어째서요? 어머니가 어찌 알아요? 무얼 뜻하나요? 어머니에 대해 더 많이 알고 싶어서 더 이야기해달라고 졸라댔다. 그러면 자연스레 내 비밀도 더 많이 알게 될 테니까.

밤에 어머니가 머리를 풀고 손으로 빗질을 하면, 나는 어머니 곁에 찰싹 달라붙어 기다리곤 했다. 운이 좋으면 어머니가 내게 관심을 가져주었다. 그러면 어머니는 말했다. 아가, 흰머리 좀 뽑아주렴, 혹은 막내야 관자놀이 좀 주물러 다오라고.

나는 마루에 다리를 포개 앉고 어머니가 내 무릎을 베고 눕기를 기다렸다. 나는 어머니의 이마와 얼굴 옆면, 그리고 밤에 영혼이 빠져나간다는 정수리를 어루만졌다. 그러다 어머니가 이야기를 들려주기 시작하면, 손톱으로 머리를 가른 후 흰머리를 찾아 뽑았다. 이야기가 계속되는 동안 나는 모근까지 뽑힌 흰머리를 우리 마을에까지 들어온 지하신문인 『해조신문海朝新聞』(해외에서 우리말로 발행된 최초의 일간신문—옮긴이)이나 『대동공보大同公報』(『해조신문』 폐간 직후 나온 교민 단체 신문—옮긴이) 중 하나에 붙여놓았다. 이야기가 끝나고 어머니가 잠에 들면, 나는 신문을 구겨 접은 뒤 둘둘 말아 아궁이에 넣어 불을 지폈다. 머리카락 타는 냄새와 연기를 마시며 잠에 빠져들면, 나는 어머니의 머리카락에 싸인 말들이 우리 꿈으로 흘러들어와서 하늘을 향해 빙빙 올라가는 꿈을 꾸었다.

어머니가 말하길, 서울에서 제일 유명한 점쟁이가 복채를 받고 갓 태어난 어머니의 두상을 봐주었는데 점쟁이는 자기가 본 아기 머리 중 어머니의 머리가 가장 동그랗다고 말했다고 한다. 그 말은 머리 모양을 돈과 좋은 사주와 마찬가지로 중시하는 동근 머리 집안에겐 최고의 찬사였다.

점쟁이는 어머니가 동그란 두상 덕분에, 그리고 타고난 사주와 계급 덕분에 응석받이로 자라 아주 행복하게 살 것이라고 했다. 모든 일이 순조롭게 풀릴 거라고.

이 점괘는 어머니가 태어나서 일곱 살이 될 때까지는 사실이었다.

내가 자라면서 가장 좋아했던 이야기는 어머니가 어린아이였던 시절의 이야기였다. 언니들과 흉내 내기 놀이를 할 때면, 우리는 젊은 날의 어머니가 되었다. 그 시절 어머니의 삶은 화려한 서구식 드레스와 서울에서 열린 파티로 가득 차 있었다. 나는 어머니가 일러준 물건들을 한가득 상상해보고, 내가 가진 것 중에서 그에 비견할 것이 있는지 고심해봤다. 같은 물건이라도 천 배는 멋져야 그나마 어머니의 것과 비교해볼 수 있었다. 어머니가 푸른 눈이 달린 프랑스산 자기瓷器 인형을 말해줬을 때, 나는 헝겊 조각을 걸친 인형을 가져와 인형 머리에 컵을 뒤집어씌우고선 그보다 천 배 좋은 인형을 상상해봤다.

어머니가 말했던 것 중에 언니들이나 내가 상상도 이해조차도 할 수 없었던 것이 있었다. 아이스크림이었다. 우리가 살면서 그런 걸 불러본 적이 없었기 때문이었다. 언니들과 내가 더 자세히 설명해달라고 칭얼대자, 어머니가 성화에 못 이겨 더 이야기해주었지만 우리는 오히려 더 혼란스러워져서 미궁에 빠졌다.

아주 딱 알맞게 익은 복숭아를 차게 얼려 빨아 먹는 것 같은 거란다. 한번은 어머니가 우리를 이해시키려 애썼다.

그러면 그냥 복숭아를 먹으면 되지 않나요? 우리가 물었다.

똑같지 않아서 그래, 엄마가 답했다. 입에서 느껴지는 게 그런 걸. 잘 익은 복숭아 같기도 하고, 눈 같기도 하거든. 비를 가득 머금은 구름을 한 입 베어 문다면 느껴질 것 같은 그런 것이거든.

나는 어머니가 추수기에 딸들을 위해 만들어준 꿀 바른 땅콩강정을 깨물어 먹으면서 어머니가 이야기하는 모습을 지켜보았던 기억이 난다. 아이스크림에 대해 이야기할 때, 어머니는 하늘에서 내려온 공주처럼 마술을 부리는 것 같았다.

꩜

미국에 왔을 때, 나는 아이스크림이 얼마나 흔하고 싼지 알고는 깜짝 놀랐다. 그것이 뭔지 한번 알고 나자, 내가 찾을 수 있는 모든 맛이 담긴 아이스크림 한 상자를 샀다. 체리 바닐라, 딸기, 민트, 피스타치오, 나폴리탄(세 가지 맛을 조합한 아이스크림으로 주로 딸기 맛, 바닐라 맛, 초콜릿 맛으로 구성된다—옮긴이), 초콜릿 칩, 버터 브리클 맛이 나는 아이스크림이 들어 있었다. 남편과 나는 저녁 식사를 마친 후 밤마다 아이스크림을 먹었다. 처음에 남편은 내가 미국인이 되어가는 모습에 기뻐하며 더 먹으라고 격려했다. 그러다 그는 내가 아침 식사로도 아이스크림을 먹고 점심 식사로도 먹는다는 것을 알게 되었다. 그런데 유난히 맛있던 아이스크림 한 통을 해치우고 나서, 나는 울음을 터뜨렸다. 어머니가 동근 머리 집안의 꼬마 공주였을 때 하늘에서 내려와 아이스크림을 먹었다던 생각이 났기 때문이다.

이런 내막을 남편이 알게 된 후, 그는 내게 식이요법을 시켰다.

남편은 내게 '멀리건 스튜'(1900년대 초 미국의 이주 노동자들이 주로 캠프에서 만들어 먹던 요리로 호보 스튜hobo stew라고도 한다―옮긴이) 와 4대 기초식품군을 가르쳐주고 이렇게 말했다. 당신 몸이 신전이야.

‿‿ℯℯↄ

나는 딸의 머리가 동그랗게 유지되도록 신경 쓴다. 아이의 모자와 머리띠가 너무 조이지는 않는지 살핀다. 머리를 감길 때에는 뜻하지 않게 두피를 너무 세게 눌러 움푹 들어가는 곳이 없도록 조심한다. 또한 아이의 뒷머리가 잠결에 납작해지지 않도록, 아이가 배를 바닥에 맞대고 잠드는지 확인하고, 뒤집기 할 때 바로 엎어주기 위해 밤새 뜬눈으로 아이를 지켜본다. 고된 일이다. 하지만 남편이 하나님과 유전자에 대해 이야기하는 것을 듣고 싶지 않은 마음에 내가 몰래 하는 일이다. 어머니가 어떤 삶을 살아왔는지 알고 있기 때문에, 나는 머리 모양으로 그 사람의 삶이 결정된다고 믿을 만큼 어리석지 않다.

‿‿ℯℯↄ

어머니의 머리가 변하기 전에 외할아버지는 중학교 교원이었다. 어머니에게 프랑스산 인형과 멋진 드레스를 주고 아이스크림을 맛보게 해준 분이 외할아버지였다. 외할아버지는 어머니에게 수학과 역사를 가르쳐주고 반복해서 익히도록 했다. 외할아버지의 그런 애정이 어머니로 하여금 보통학교에서 가장 우수한 여학생이 되고 싶게 만들었다.

나는 공부하고, 공부하고, 또 공부했어. 어머니는 종종 그 시절을 언급했다. 우등생이 되기 위해서 말이야. 그런데 시험을 칠 때마다 난 늘 2등이었어. 언제나 1등은 나랑 가장 친한 친구였는데, 그 당시에는 그 애가 미웠지.

매년, 어머니가 말했다. 나는 1등이 되길 바랐지. 그러다 어느해에, 내가 소원을 비는 것만으로는 소원이 이뤄지지 않는다는걸 깨달았어. 내 친구도 1등이 되고 싶다고 소원을 빌 테니까 말이야. 그 애의 소원이 내 소원을 가로막고 있던 거야. 그래서 그해 소원을 적은 종이를 태워 하늘로 날려 보낼 때, 나는 친구에게 넌이미 가장 똑똑하니 가장 예쁜 소녀가 되고 싶다고 적으라고 말했어. 친구가 좋다고 말하며 그 소원을 적는 걸 보고서, 나는 몰래빠져나와 내 소원을 종이에 적었어. 학교에서 1등이 되고 싶다고.

어머니는 항상 이 대목에서 침울해졌다. 언니들과 내가 소원을 이뤘냐고 물으면 어머니는 늘 그치, 그래서 미안하지라고 했다.

어머니의 소원이 성취된 해는 일본이 조선을 침입한 해였다. 그해는 외할아버지와 그의 동료들이 잡혀간 해였다. 또한 어머니의 가장 친한 친구도 학교를 그만두어야 했던 해였다. 친구네는 일본 정부가 요구한 수업료를 감당할 수 없었고, 여자애에게 쓸 돈을 마련할 수 있는 형편도 아니었다.

어머니 세대는 조선에서 새로운 철자를 배우고, 일상의 물건을 지칭하는 새로운 단어를 배운 첫 번째 세대였다. 어머니는 새로운 이름에 응답하는 법을 배워야 했고, 자신뿐 아니라 자신의 세계를 새로운 방식으로 생각하는 법을 배워야 했다. 그렇게 해서라도 어머니는 자신의 실제 자아를 감춰야 했다. 어머니가 주체적으로 살았던 본래의 자기 모습에서 떨어져 나와, 새롭게 익힌 것들이 어머니의 머리 모양을 변화시켰으리라.

이것이 어머니가 자기 이야기를 들려주며 내게 일깨워준 교훈이자 도덕이다. 이 점을 내가 일찍 익혔기 때문에 나는 어머니를 끝내 죽음으로 내몬 것으로부터 살아남을 수 있었다. 나의 진짜 자아와 타고난 머리 모양을 숨긴 덕분에 나는 위안소에서도, 새로운 나라에서도 생존할 수 있었다.

～ee～

위안소에 있던 담당의와 여자들은 일본군과 우리 피가 섞여 태어난 괴물에 대해 항상 이야기했다. 그래서 내가 임신했을 때, 애가 어떤 모습일지 걱정만 앞섰다. 사람의 모습을 했을지, 아니면 괴물의 모습을 했을지 불안했다. 조선인을 닮았을지, 다른 나라 사람을 닮았을지 궁금했다. 그리고 나를 닮았는지, 아니면 닮지 않았는지도.

～ee～

지금 나의 딸 백합을 바라보고 있자니, 어째서 이 아이의 완전함을 의심했는지 상상할 수도 없다. 딸의 머리카락은 태어날 때 붉은빛이 도는 갈색이었지만 이제 검은색으로 자라난다. 남편의 눈 모양도 내 눈 모양도 닮지 않은 딸의 갈색 눈은 관상가들이 최상의 크기와 굴곡이라 손꼽는 용의 눈을 빼다 박았다. 무엇보다 딸의 머리는 동글다. 나는 아이의 작은 머리를 두 손으로 감싸안고 속삭인다. 엄마는 네가 정말 자랑스럽단다. 너는 네 엄마와 네 외할머니처럼 돌머리거든. 겨우 천 배만 좋은 거지만.

15

베
카

나는 천사들 밑에서 레노 아줌마를 기다렸다. 카할라에 있는 레노 아줌마 집 처마에는 두툼한 광채를 뽐내는 천사들이 느긋한 자세로 처마를 따라 장식되어 있었다. 천사들은 이탈리아에서 수입한 대리석 기둥 뒤에서, 비와 습도 때문에 초록빛으로 녹이 슨 구리 배수관을 힐끗 쳐다보고 있었다. 안뜰의 중앙에는 레노 아줌마가 막내 손자를 본떠 만들었다는, 하늘에서 내려온 또 다른 악동 하나가 분수대 안에 자리 잡고 있었다. 그 천사 조각상은 그의 발아래에서 헤엄치는 잉어를 향해 물을 뿌리며 장난치고 있었다.

나는 단 한 번도 천사를 걱정 없는 아이의 모습으로, 발가벗은 채 행복을 만끽하는 모습으로 상상해본 적이 없다. 엄마와 내가 계속해서 색스에 살았을 적엔, 나는 늘 천사를 아버지와 비슷한 목소리에 턱수염이 난 근엄한 표정의 남자로 상상했다. 천사들은 가끔 내가 잠들기 전 비몽사몽일 때 찾아와, 침대 위를 맴돌면서 세상이 곧 종말을 맞을 거라고 경고했다.

"이것을 읽어라." 한 천사가 내 얼굴에 석판을 들이밀며 말했다.

눈을 크게 뜨고 집중해보았지만, 읽으려 하면 할수록 석판이 녹아내렸다. "아아악." 나는 하늘의 심판을 미루기 위해 무엇이라도 해보려고 쉰 목소리로 외쳤다. 하지만 나는 언제나 한 발씩 늦었다. 내가 외치기도 전에 석판이 물로 변했고, 첫 글자를 해석하기도 전에 글자들은 작고 검은 개구리처럼 튀어나왔다.

"아빠, 아빠," 침대가 강을 따라 지옥으로 떠내려갈 때 내가 소리 질렀다. "저를 구해주세요." 하지만 천사는 식사를 앞둔 사자처럼 크게 입을 벌리고 비웃기만 했다.

엄마는 나에게 천사들이 아이 모습으로 변장을 해 세상에 온다고 말하곤 했다. 인간의 영혼이 얼마나 가치 있는지를 시험하기 위해, 그들은 개구리와 두꺼비와 부랑자의 모습으로 세상에 온다는 것이었다.

"천사들은," 엄마에게 천사들이 착한지 나쁜지 묻자 엄마가 설명했다. "망자를 모아 천국 아니면 지옥으로 데려간단다. 네 아버지가 말했어, 천사가 착한지는 네가 얼마나 착한지에 달려 있다고." 엄마는 잠시 말을 멈추고 생각하더니 덧붙였다. "나는 그들을 본 적이 있단다, 베카 찬. 그들은 어디에나 있고 무엇이든 될 수 있어. 때로는 세상에서 가장 추한 존재로 변해서 너를 지켜보고 있지. 기회를 잡으면 인간 몸속으로 뛰어들기도 해. 그러니 언제나 조심하고 주위를 살펴렴. 절대 밤에 손톱을 깎지 말거라. 머리에서 떨어지는 머리카락은 모두 태워야 해. 네 일부를 아무 데나 흩어 놓아서 천사가 빨아들이게 내버려두지 마."

"네, 네, 네," 엄마에게 아무거나 물어본 게 미안했던 내가 답했다. "전에 한 말이잖아요."

엄마가 눈썹을 치켜뜨며 말했다. "베카, 천국의 두꺼비를 기억해라."

나는 엄마 말에 반항하거나 엄마의 지혜를 의심할 때마다, 천국의 두꺼비가 생각났다. "선생님들께 북향 창문을 전부 열어두라고 전해." 엄마는 매 학기가 시작될 때마다 말했다. 내가 주저하면 "천국의 두꺼비를 기억해"라고 강조했다. 또는 엄마에게 축복 기도를 올려달라고 요청한 적도 없는 이웃들을 찾아가, 엄마가 매년 축복해준 값을 받아오라며 나를 심부름 보낼 때에도, 엄마는 "천국의 두꺼비를 기억해라"라고 말했다. 엄마가 내게 상기시키는 저 말을 들을 때마다, 나는 자리에서 벌떡 일어나 내키지 않는 그 끔찍한 일을 하기 위해 준비했다. 그러지 않으면 천국의 두꺼비가 두 팔로 내 몸 주위를 빨아들여 엄마로부터 날 떼어놓을 것 같은 두려움이 들었기 때문이다. 그 두려움은 날 움직이게 만드는 데 충분했다.

천국의 두꺼비는 속임수와 헤어짐을 뜻한다. 망자들은 살아 있는 사람들 사이에 남아 그들이 사랑하는 후손과 집을 나누어 쓰는데, 가끔 천국의 두꺼비는 방심하는 자들을 속이고 납치해 가족에게서 떨어뜨린 다음 천국이나 지옥으로 데려간다는 것이었다.

"이걸 알려줄게," 엄마가 말했다. "그럼 내가 죽고 나면, 네가 뭘 해야 하는지 알게 될 거야."

"엄마," 어릴 때 엄마가 죽음을 이야기할 때처럼 나는 엄마에게 달려가 말했다. "날 떠나지 말아요. 죽지 마세요." 나는 두 팔로 엄마의 엉덩이를 감싸안고, 내 몸이 추가 되어 세상에 붙잡아두려고 했다.

엄마가 내 머리에 손을 올렸다. "내가 죽으면, 엄마는 너를 보호하고 이끄는 몸주가 될 거야. 엄마는 너를 떠나지 않을 거야. 만약 …."

나는 더 세게 매달렸다. "만약 뭐요?" 나는 대답이 두려워 숨을 들이마셨다.

"만약 네가 천국의 두꺼비를 까먹지 않으면 말이야," 엄마가 말했다. "내가 죽으면 너는 내 몸을 단장하고 내 영혼을 보호해야 해. 천국의 두꺼비가 나를 낚아채서 천국으로 달아나기 전에 말이야."

내가 앓는 소리를 내자 엄마가 말했다. "이야기에 나오는 부모님이 어떻게 되었는지 기억하지? 그 딸에게 어떤 일이 벌어졌는지 기억하지?"

나는 그 이야기를 여러 번 들었지만, 여전히 그 이야기 주변을 신중하게 빙빙 맴돌았다. 내가 진짜 길이라도 되는 듯 빙빙 맴돌았다. 이야기는 시종일관 변치 않았지만, 그게 무슨 의미인지 답을 내릴 수 없었다.

엄마가 들려준 이야기는 이런 내용이었다. 가난한 어부가 메말라가는 강에서 커다란 두꺼비를 건졌는데, 어부는 두꺼비를 죽이는 대신 집으로 데려왔다. 아이가 없던 어부와 그 아내는 두꺼비를 아들처럼 키웠다. 두꺼비가 남자 어른만큼 자랐을 때, 두꺼비는 마을에서 제일가는 부잣집 딸과 혼인하기로 홀로 결심했다. "그녀 아버지와 이야기 좀 해주세요." 두꺼비 아들이 부모에게 졸랐다.

하지만 그들은 헛기침하며 말을 아꼈다. "우리같이 가난한 사람들이 어떻게 그런 훌륭한 가문에게 혼인하자고 할 수 있겠니?" 부모가 말했다. 그리고 죄책감을 느끼면서 덧붙였다. "그리고 너도 네가 심지어 인간이 아니라는 거, 알고 있잖니."

그래도 아들이 계속 조르자 결국 아버지는 부잣집에 가서 혼인을 제안했다. 부자와 그의 가족들은 당연히 혼인 제안을 거절했고, 화가 나 어부를 마구 때렸다.

피투성이가 되어 집에 돌아온 아버지가 두꺼비 아들에게 말했다. "봤니? 내가 뭐라고 했니?" 두꺼비 아들은 사과하며 모든 것을 책임지겠다고 했다.

그날 밤 두꺼비는 매를 잡아 부잣집으로 향했다. 두꺼비는 안뜰로 몰래 들어가 정원에서 가장 큰 배나무에 올라갔다. 두꺼비는 큰 나뭇가지에 자리를 잡고 잎사귀와 그림자에 숨은 후, 매의 발에 불을 켠 등을 묶어 공중에 풀어주었다.

두꺼비의 팔에 매여 있는 매는 지붕 위를 빙글빙글 돌았다. 이 모습을 본 두꺼비가 외쳤다. "여기 주인은 천국의 왕이 보낸 전갈을 들어라. 오늘 너는 혼인 제안을 거절했다. 그런 너의 오만함 때문에 벌을 받게 될 것이다. 네가 다시 생각할 수 있도록 하루의 말미를 주겠다. 천국의 전령으로서 나는 네가 두꺼비의 제안을 받아들이길 권한다. 만약 그러지 않으면 네 형제들과 아들들이 모두 죽을 것이다. 네 가문도 멸할 것이며, 너와 너의 조상 또한 모두 죽어서 용선의 저주를 받을 것이다."

그 집 사람들은 하늘에서 울려 퍼지는 목소리에 놀라 창문을 열고 머리 위로 비치는 희미한 빛을 바라보았다. 그 빛은 마치 그들을 책망하는 손가락처럼 보였다. 바로 그 순간 두꺼비가 줄을 놓자, 매가 등을 발에 매단 채 하늘로 솟아올랐다.

천국의 전령이 하늘로 날아가는 모습을 두 눈으로 직접 본 부자는 안뜰로 달려 나와 이마를 땅에 박고 영원한 복종을 맹세했다. 그리고 딸들에게 가문을 위해 희생할 수 있는지 물었다. 딸들은 울고, 서로 다투고, 간청하고, 애원했다. 결국 혼인하기에는 아직 어린 막내딸이 자신을 두꺼비에게 바치겠다고 말했다.

다음 날 아침 혼인식이 끝난 후에 두꺼비는 신부에게 자신의 등을 찌르라고 했다. 신부는 주저했지만 두꺼비가 다시 한 번 재촉하자, 신부는 두꺼비를 칼로 찔렀다. 두꺼비의 피부가 쪼개지자 잘생긴 젊은 남자의 모습을 한 진짜 천국의 전령이 튀어나왔다. 두꺼비 천사는 신부와 그의 부모님이 기쁨에 차 반응하기도 전에, 이 세 사람을 자신의 가슴에 단단히 묶고선 하늘로 올라갔다.

어른이 된 지금 이 이야기를 다시 생각해보니, 천국의 두꺼비가 자애로운 존재를 뜻한다는 것을 깨닫게 되었다. 두꺼비는 친절을 베풀었던 양부모와, 희생을 감수하고 그와 혼인했으며 칼로 찌르라는 그의 요청에 응답한 신부에게 보답했으니 말이다. 하지만 어렸을 때는 변신할 수 있는, 그래서 다른 모습으로 숨어 있을 수 있는 두꺼비가 사자보다 더 무섭게 느껴졌다. 적어도 사자는 자신의 모습으로 나타나니까 말이다.

알라와이 강가를 걸을 때면, 나는 식물의 축축한 뿌리 부분이나 강 웅덩이에 숨어 있는 개구리와 두꺼비를 찾는다. 온몸에 연두색 점액을 두르고 웅크린 채 머리만 내밀고 있는 그들을 발견하면, 내가 보고 있는 존재가 천사일지도 모른다는 생각에 휩싸여 어지러워진다. 나는 늘 혐오감과 혼란스러움에 서둘러 도망쳤다. 만약 그들이 그들을 역겨워하는 내 속내를 들여다보면 어떡하지? 혹은 더 운 나쁘게도, 그들 중 한 마리가 내 안에서 자기가 좋아하는 뭔가를 발견하면 어떡하지? 이런 생각이 들자 나는 표정을 찡그리지도 웃지도 않은 채 조용히 그들로부터 고개를 돌렸다. 혹시라도 나와 혼인하자거나 나를 죽이거나, 나를 하늘로 데려가고 싶어 하는 두꺼비 천사가 있다면, 부디 이런 내 행동이 그를 모욕하는 것처럼 보이거나 역으로 응원하는 것처럼 보이지 않기를 바랐다.

엄마에게 처음으로 개구리를 준 사람은 레노 아줌마였다. "안녕," 아줌마가 우리 몫의 복채를 전해주러 집 안으로 들어오며 말했다. 그녀는 중고품 시장에서 구한 짝퉁 구찌 가방을 뒤지더니 얇은 금줄에 매달린 작은 옥 조각을 꺼냈다. "이걸 베이거스 갈 때 가져갔었어. 내 딸이 아니라 라스베이거스 말이야. 근데 개구리처럼 돈이 튀어서 나에게 돌아오는 게 아니겠어? 제길, 그 일본인들이 … ." 여기에서 아줌마는 자기 머리 위로 손목을 휙 움직였다. "아, 아사미 대고모님, 죄송해요. 편히 잠드소서. 뭐라고 했는지 알아?" 그녀가 금줄을 흔들자 개구리가 엄마 얼굴 앞에서 뛰어올랐다.

신령들은 그 개구리를 받아들였다. 그래서 엄마가 신령들의 세계로 빠져들 때 그 옥 조각을 엄마 몸에 지니는 것을 허락한 것이다. 고객들은 엄마가 신이 들려 그들 삶에 대한 점괘를 읽는 동안, 엄마의 목에서 흔들리는 개구리를 보았다. 그들은 엄마가 개구리를 모은다고 생각했는지 다음 방문 때 개구리를 가져왔다. 자기 개구리부터 백랍 개구리, 돌 개구리, 나무 개구리에 이르기까지 종류도 다양했다. 머지않아 우리 집은 우리를 염탐하는 천사가 얼마나 많든지 간에 그들 모두에게 육신을 부여하기에 충분히 많은 개구리들로 우글거렸다.

"이 개구리들은 어떡할래?" 내가 엄마 집을 팔 계획이라고 말하자 레노 아줌마가 물었다.

"잘 모르겠어요," 내가 말했다. "아마도 좋은 데 써야겠죠."

"애야," 레노 아줌마가 말했다. "내게 맡겨주렴. 내가 팔게. 우리 50대 50으로 나누자. 네 엄마를 찾던 옛 고객들은 모두 네 엄마가 남긴 유품을 원할 게다. 유명한 개구리 영매잖니. 내가 이 개구리 전부에게 좋은 집을 찾아줄게." 아줌마는 재미난 이야기를 한 것처럼 웃었다. 그리고 장례 준비를 할 때가 되었을 때도 같은 말을 반복했다. "네 엄마도 그렇게 하길 원할 거야."

ᘉᘉᕽ

푸나후(하와이의 사립 고등학교―옮긴이)에서 조금 떨어진 레노 아줌마의 오래된 아파트에는 딱 한 번 가봤다. 우리 집에 이중 자물쇠를 설치해야 하나 고민하기 전이었다. 그때 엄마는 신들린 채로 집 밖을 헤맸다. 나는 현관에서 인터폰으로 레노 아줌마를 호출해서 아줌마가 집 밖으로 내려와 우리를 도와주길 기다렸다. 나중에 레노 아줌마가 하와이 카이(스노클링으로 유명한 하와이 하나우마 베이 주변의 고급 주택가―옮긴이)로 이사했을 때는 보증금을 전해주려고 레노 아줌마 집에 몇 번 들른 적이 있다. 현관에서 레노 아줌마를 기다리고 있으면, 당시 아줌마가 교배시키려던 털이 긴 고양이들이 커다란 통창 사이로 나를 쳐다보았고, 나 역시 고양이들을 바라보았다.

카할라 애비뉴에서 조금 떨어진 레노 아줌마 집에 처음 방문했을 때, 나는 아줌마를 기다리면서 천사 조각상이 있는 중앙 안뜰을 빙빙 돌았다. 레노 아줌마는 엄마의 입관 때 엄마가 입을 옷을 고르는 것을 도와주기로 했었다. 레노 아줌마와 알고 지낸 세월 동안, 아줌마가 사는 집 현관 안으로 들어와본 건 이번이 처음이었다. 물론 내가 부탁했다면 아줌마가 날 초대했으리라는 걸 알고 있었지만, 어쨌든 그랬다.

"미안, 미안, 얘야!" 레노 아줌마가 하쿠요샤(하와이 호놀룰루에 있는 세탁업체─옮긴이) 세탁소 비닐을 씌운 옷 몇 벌, 그리고 빈 상자 몇 개와 씨름하며 집 밖으로 나왔다. "으, 좀 도와줘!"

나는 분수대를 지나쳐 레노 아줌마가 발로 찬 빈 상자들을 집어 들었다. "이게 뭐예요?" 내가 그녀 팔에 걸쳐 있던 옷 쪽으로 고개를 돌리며 장난치듯 물었다. "설마 레노 아줌마가 장례식에 뭘 입을지 정하려고요? 결혼식 날의 신부나, 장례식 날의 고인보다 옷을 화려하게 입을 생각은 아니죠?"

레노 아줌마가 입을 삐죽이더니 하늘을 바라보았다. "죽은 네 엄마를 위한 거야. 편히 잠드소서."

그 말에 나는 상자를 떨어뜨릴 뻔했다. "설마 이걸 돈 주고 샀다고는 하지 마세요!"

레노 아줌마는 혀를 끌끌 차더니 옷을 공물인 양 들어 올렸다. 옷 무게로 그녀의 팔이 파르르 떨렸다. "제발, 얘야," 레노 아줌마가 말했다. "요즘은 이런 게 멋지지 않니?" 그녀는 내가 입은 티셔츠와 찢어진 청바지를 경멸스럽게 훑으며 콧방귀를 뀌었다. "이건 내가 왕년에 홍콩에서 잘 나갈 때 입은 옷들이야. 하와이 왕립 무용단과 함께 지낼 때 만든 거지. 살 빠지면 입으려고 갖고 있었는데, … 너도 어떤지 알잖니. 그리고 베이거스, 걔도 원치 않더라고. 코디네이터처럼 '엄마, 구식이에요'라고 말하는 거야. 하여튼 젊은 애들은 클래식의 의미를 모른다니까."

나는 곁눈질로 레노 아줌마의 턱살과 과장된 팔짓, 커다란 사과를 닮은 상체를 쳐다봤다. 그러다 그녀가 나를 보자, 내가 눈썹을 치켜떴다.

"얘, 그만해라." 레노 아줌마가 으르렁거렸다. "네가 무슨 생각 하는지 알아. 너희 엄마와 나는 사이즈가 다르다고. 그래도 머리카락 좀 쑤셔놓고 살 좀 꾸겨 넣으면 아무도 모를 거야. 네 엄마가 죽어서도 춤추지는 않을 거 아냐, 그치?"

레노 아줌마가 웃었지만 나는 아무 말도 하지 않았다. 나는 차 문을 열어 박스를 대충 던져 넣은 후, 드레스를 건네받았다.

"얘, 조심히 좀 다뤄!" 레노 아줌마가 날카롭게 외쳤다. "너 어찌 생각하는 거니, 저 구슬 장식 말이야. 모두 손으로 꿰맨 거라 잘 망가져. 그러니 괜히 축구공처럼 험하게 다루지 마라."

나는 레노 아줌마가 건넨 가운들을 뒷좌석에 실었다. 특히 옷마다 치맛단에 달린 반짝이와 조끼 부근에 달린 구슬과 스팽글 장식이 떨어지지 않도록 신경을 썼다.

레노 아줌마가 오래전 술집에서 입던 옷을 엄마가 입은 모습이

라니, 상상할 수 없었다. 가수였던 시절의 엄마를 막연히 꿈꾸긴
했지만, 엄마가 번쩍이는 조명 아래 서 있는 모습을 진짜로 상상
할 수는 없었다. 정작 엄마는 다른 사람들이 준 옷을 입는 데에 익
숙했는데도 말이다. 엄마가 신령들에게 자기 몸을 내어주면 그들
은 각기 다른 색깔을 요구했다. 칠성은 일출 색인 노란색으로 엄
마를 목부터 발끝까지 집어삼키고 싶어 했다. 삼신할머니는 투명
한 푸른색에 열광했고, 죽음을 게걸스럽게 집어삼키는 사자는 붉
은색이면 무엇이든 움켜잡았다. 내 티셔츠나 반바지, 찢어진 베갯
잇이나, 끝단을 꿰매 커튼으로 쓰려고 크레스(문구 및 잡화점으로
시작하여 소규모 체인 백화점으로 성장한 미국 업체—옮긴이)에서 산
자투리 천처럼, 무엇이든 붉기만 하면 엄마 몸에 강제로 입혀 자
기 욕망을 채웠다.

시신으로 발견된 엄마는 크리스마스 세일 때 힐로 해티(하와이
의 대형 쇼핑센터—옮긴이) 매장에서 산 오렌지색과 초록색이 섞인
무무(꽃무늬가 그려진 밝은색의 하와이 전통 드레스—옮긴이)를 입고
있었다. 여러 색이 섞인 밝은 꽃무늬는 엄마가 죽을 때 혼자 있었
다는 것을 의미했다. 주위에 함께 살던 신령들도 없이, 손을 잡고
엄마의 여행을 위해 기도하라고 가르쳤던 딸도 없이, 엄마가 혼자
죽음을 맞이했다는 것을 나는 믿을 수 없었다.

엄마가 내게 가르쳐준 것들, 죽은 자들을 보호하는 방법이라든
지, 마지막 떠나는 길을 위해 육신과 영혼을 준비시키는 방법이라
든지, 그 모든 것이 막상 죽은 엄마를 발견했을 때 생각나지 않았

다. 나는 "천국의 두꺼비를 기억하라"는 엄마의 말을 기억해냈지만, 오히려 더 두려워질 뿐이었다. 엄마를 구하는 방법을 알려준 것이 아니었으니까. 나는 엄마 침대 옆에 무릎을 꿇고 팔로 엄마의 허리를 감싸안았다. "죄송해요." 반은 죄송한 마음으로, 반은 원망을 담아 내가 말했다. "엄마, 때가 되면 뭘 해야 할지 알려준다고 했잖아요. 하지만 가르쳐주지 않았어요. 뭘 해야 할지 모르겠어요."

누군가 고인이 영원한 안식을 누릴 수 있도록 눈꺼풀을 덮어주어야 한다고 말했던 것이 기억났다. 고작 그 행동이 내가 떠올릴 수 있는 유일한 것이었다. 엄마는 이미 눈을 감고 있었지만 나는 주머니를 뒤져 동전을 찾은 다음 엄마의 한쪽 눈에는 1센트 동전을, 다른 쪽 눈에는 10센트 동전을 올려놓았다. 그때 엄마의 옷이 몸에 감겨 허벅지 부근에 꼬여 있는 것을 발견했다. 그렇게 맨다리가 드러난 걸 알았다면, 엄마는 당황했을 것이다. 나는 치맛자락을 잡고 엄마 엉덩이와 한 차례 씨름을 하고서야, 옷을 발목까지 끌어내릴 수 있었다. 그사이 눈 위에 둔 동전들이 미끄러져 엄마의 머리카락 사이로 떨어졌다. 그 모습이 엄마를 만화 캐릭터처럼 채신없이 보이게 하는 것 같아서, 나는 재빨리 동전을 집어 들었다. 엄마 얼굴 주변의 머리카락을 정돈하고, 엄마의 팔을 가슴 위에 포개어 똑바른 자세로 만든 후 의사를 불렀다.

나는 엄마의 옷을 갈아입힐 생각을 한 번도 하지 않았다. 무무는 엄마가 직접 고른 옷이었다. 나는 신령들이나 레노 아줌마가 엄마를 휘둘렀던 것처럼, 그런 힘을 똑같이 취하고 싶지는 않았다. 마치 엄마가 갖고 놀기 좋은 인형이라도 되는 듯, 엄마에게 옷을 입히고 포즈를 취하게 한 다음에 유리 장식장에 전시하고 싶지 않았다.

✦✦✦

마우나케아 스트리트로 몰려드는 차량 흐름을 막아서면서 나는 보스윅 영안실 앞에서 차 시동을 껐다. "레노 아줌마, 저는 안 들어갈래요." 내가 내뱉은 말에 레노 아줌마뿐 아니라 나 자신도 놀랐다.

"어째서?" 레노 아줌마가 말했다. "내가 화장이랑 옷이랑 액세서리까지 다 준비했는데. 네 엄마가 이승에서 마지막으로 어떻게 비쳐질지 결정하게 도와줘야지. 엄마의 단골 고객들이 문상을 올 거야. 그러니 네 엄마도 최고로 멋진 모습으로 맞이해야지. 안 그래?"

"네, 그럴 것 같아요." 내가 말했다. "그런데 … ."

레노 아줌마가 손을 들어 올렸다. "걱정하지 마. 내가 너무 무심했네. 엄마 시신을 보는 게 고통스럽지, 그치? 어떤 사람들은 이제 막 세상을 떠난 고인, 사랑하는 사람의 그 차가운 몸을 만지고 싶지 않아 하지. 이해한단다. 가보렴." 아줌마가 나를 쫓아내듯 손을 흔들었다. "내가 하마. 음, 내 오랜 친구를 위한 마지막 일이지. 걱정 마, 내가 할 수 있어."

레노 아줌마는 몸을 쭉 편 후 차에서 내렸다. 그리고 뒷좌석에서 옷을 꺼내 비닐을 벗겼다. 화려한 옷이 걸린 옷걸이를 머리 위로 흔들어 보이며 내게 말했다. "네가 해야 할 일을 해. 내 걱정은 하지 말고. 난 이따 알아서 집으로 갈게." 그러곤 양팔로 옷을 끌어안은 채 영안실로 걸어 들어갔다. 그 모습은 마치 머리가 사라진 여왕의 시체를 안고 있는 것 같았다.

ꝏ

나는 아무 생각도 하지 않은 채, 거리에 레이(머리나 목에 두르는 하와이 화환—옮긴이)와 노숙자가 즐비한 마우나케아 차이나타운의 거리를 지나 항구로 차를 몰았다. 다이아몬드 헤드(하와이 와이키키 동쪽의 사화산—옮긴이), 이어서 마우카(하와이에서 산 중턱을 가리키는 용어—옮긴이)를 끼고 돌자 해가 보이지 않았다. 한참 운전을 하다 보니 마노아밸리 주위를 늘 감싸고 있는 안개와 비에 이끌리기라도 한 듯, 나는 어느새 집으로 돌아가고 있었다. 한때 내가 살았고, 엄마가 죽은 그 집으로.

진입로에 차를 댔을 때, 누군가 우리 집의 간이 차고지에 종이 쓰레기와 덩치가 작은 사람만 한 황록색 자루를 내다 버린 걸 보았다. 쓰레기 옆에 주차를 하고 나서야 쓰레기 더미 속에 사람이 묻혀 있는 것을 발견했다.

처음엔 엄마의 고객 중 하나라고 생각했다. 레노 아줌마가 말하길 모든 사람들이 엄마 소식을 들은 건 아니라서, 즉석에서 점을 보려고 집 밖에서 기다리는 사람들이 있다고 했다. 내가 아직 엄마의 부고를 쓰지 못했기 때문이라는 듯, 레노 아줌마가 나를 책망하며 말했다. "파티를 준비한다고 생각해." 그녀가 말했다. "부고는 사람들이 제때에 맞춰 준비하고 외출하는 데에 필요한 초대장이잖니. 적절한 옷을 입고, 그에 맞는 표정을 짓고, 완벽하게 준비된 꽃을 사는 거지. '응답 바랍니다,' 뭐 그런 거."

나는 차에서 내리면서 차문을 쾅 닫았다. 몸이 움직이지 않았다. 설마 시체를 또 발견한 건가라는 생각이 들 때쯤, 중얼거리는 잠꼬대를 들었다. 나는 목을 가다듬었다. 중얼거리는 소리가 점점 커지더니 "하나님의 도움으로 두 숟갈을 얻을 거야"와 비슷한 말이 들렸다.

나는 그 사람에게 가까이 다가가 엄마가 돌아가셨다고 말하려고 했다. 그 사람의 어깨로 보이는 곳을 막 치려고 할 때, 마누아 부랑자에게서 썩은 망고와 씻지 않은 발 냄새가 뒤늦게 풍겨왔다.

그의 냄새를 예전에 맡아본 적이 있었다. 마노아 마켓 플레이스(하와이 호놀룰루에 있는 쇼핑센터—옮긴이)의 세이프웨이(미국의 슈퍼마켓 체인—옮긴이)로 엄마와 장을 보러 갔을 때, 실수로 그와 눈이 마주쳤다. "너!" 그가 나에게 달려들며 외쳤다. "너!" 그의 한쪽 다리는 다른 쪽보다 짧은 것 같았다. 그래서 달릴 때 팔이 크게 흔들렸고, 기름진 밤색 머리카락은 얼굴과 어깨를 뒤덮고 있었다. 오랑우탄 같았다. "읽고 회개하라! 읽고 회개하라!" 그 원숭이 같은 남자가 날카롭게 소리를 질렀다. "하나님은 알고 계신다. 모두 알고 계신다!"

엄마는 풀어헤친 내 머리를 재빨리 셔츠 뒤쪽으로 욱여넣더니 나와 부랑자 사이에 끼어들었다. "저리 가, 무당개구리야." 엄마가 말했다. "이 냄새나는 두꺼비 귀신아, 가! 너는 우리를 잡을 수 없어. 저리 가!

그 오랑우탄 같은 남자가 바지에 손을 넣고 브로슈어 몇 개를 꺼내 든 후, 엄마 얼굴 앞에서 흔들었다. "너무 늦었어, 너무 늦었다고. 너는 벌써 부름을 받았어." 그가 비웃었다. "하나님께서 너를 부르셨다. 그의 몸은 너의 몸이야. 그분의 피로 맺은 약속을 잊었나? 약속은 약속이고 약속이지. 하하 하 하하!" 그는 더러운 브로슈어를 쇼핑 카트 안에 있던 가방 중 하나에 집어넣었다. "도둑이야!" 그가 KC 드라이브인(하와이 와이키키 지역의 오래된 드라이브인 식당—옮긴이)으로 달려가며 외쳤다. "도와주세요! 도와주세요! 도둑이야! 저 악마가 내 성경을 훔쳐갔다!"

주차장과 상점 앞의 사람들이 뒤돌아 우리를 쳐다보자, 얼굴이 빨개졌다. 나는 사람들의 시선을 외면하며 차를 주차한 곳으로 쇼핑 카트를 밀었다. "베카 찬," 엄마가 나를 붙잡으며 말했다. "뛰지 마. 그에게 두려움을 내보이지 마. 저런 것들에게 틈을 보이면 다시 돌아오니까."

나는 속도를 줄이고 엄마에게서 팔을 뿌리쳤다. "난 두렵지 않아요. 그는 미친 부랑자일 뿐이에요."

"미쳤지," 엄마가 말했다. "하지만 위험하다는 걸 잊지 마라. 저렇게 하나님을 사랑하는 자들은 변장한 천사들이야. 인간의 옷을 입은 천국의 두꺼비지."

"흥," 내가 비웃었다. "그건 어린애들 이야기잖아요." 나는 셔츠에서 머리카락을 빼내 손가락으로 빗질했다. 바람에 머리카락이 휘날렸다.

"베카!" 엄마가 머리카락을 잡으려 하면서 외쳤다. "네 것은 꼭 쥐고 있으라고 말하지 않았니? 여긴 그의 구역이야!"

엄마가 내 머리카락을 찾으려고 주차장의 검은 아스팔트를 기어다닐 때, 나는 차 안의 뒷자리에 웅크린 채 몸을 숨겼다.

나중에 식료품 꾸러미를 풀다가 마노아 부랑자가 오렌지와 함께 던진 브로슈어를 발견했다. 그건 너덜너덜해진 뱅크 오브 아메리카(미국의 투자은행—옮긴이)의 예금계좌 광고였다. 앞면에는 이런 문구가 휘갈겨 있었다. "약속은 약속이다. 하나님께서 너를 위해 오고 계신다."

~~~

"아아악!" 내가 마노아 부랑자의 다리를 움켜잡자 그가 소리쳤다. 올챙이 몸에서 뒷다리가 자라나듯, 침낭 끝에서 캔버스 스니커즈를 신은 냄새나는 발이 튀어나왔다.

나는 충격에 휩싸여 손을 놓을 수 없었다. 부랑자는 욕을 하며

15. 베카 249

침낭을 빠져나오려고 꿈틀거렸고, 그 바람에 침낭이 내 쪽으로 쿵 하고 떨어졌다. 나는 버둥거리는 남자를 온 힘으로 밀어냈지만 벗어날 수 없었다. 결국 손바닥이 너무 화끈거려 내가 뒤로 물러났다. 그러자 부랑자는 차고 바닥에서 태어나는 아기인 것마냥 엉덩이부터 내밀며 일어났다.

그가 펄쩍 뛰어오르더니 내가 잡고 있던 다리를 만지려고 몸을 구부렸다. "다리가 불타네." 그가 속삭였다. "그런데 기분은 아주 좋군." 그는 몸을 구부려 한쪽 다리를 움켜잡고 다른 쪽 다리로 한 발 뛰었다. 그가 뜀박질을 멈추고 천천히 고개를 들자, 나와 눈이 마주쳤다. 그를 쳐다보자 그의 눈동자가 갈색에서 푸른색으로 바뀌었다. 나중에 생각해봤는데, 그의 눈동자는 빛에 따라 변하는 적갈색이었던 것 같다. 하지만 내가 그의 눈에서 본 푸른색은 아버지와 하나님의 눈동자에서 발견했던 바다처럼 선명한 푸른색이었다.

그의 갈색 눈에 푸른 커튼이 드리웠을 때, 나는 순간적으로 부랑자의 얼굴에서 아른거리던 아버지의 얼굴을 본 것 같았다. "아빠," 나는 참지 못하고, 사라지는 아버지의 얼굴을 지켜보는 어린 소녀처럼 중얼거렸다.

그러자 아버지와 부랑자의 얼굴이 일렁이더니 하나로 합쳐졌다. 부랑자가 머리를 들며 몸을 쭉 펴자, 그의 얼굴은 차고 구석에 웅크리고 앉아 있던 내 머리 위로 높게 솟아올랐다. "딸아! 너는 지옥의 불길로 불타고 있구나." 마노아 부랑자는 설교자였던 아버지처럼 강단 있는 목소리로 으르렁거렸다. 그가 나를 향해 걸어왔다. "늦기 전에 회개하고 나와 함께하자. 네 어머니와 함께하자."

나는 뒤로 물러났다. "엄마는 죽었어요." 한편으로는 부랑자가 찾고 있는 사람이 엄마이길 바라는 마음으로, 그래서 그 소식을 듣고 그가 떠나길 바라는 마음으로 나는 속삭였다.

"예수는 죽었어!" 그가 소리쳤다. "그리고 부활했지! 그리스도의 축복받은 피로 목욕을 한 네 엄마와 모든 사람들도 그럴 거야. 살아서 하나님을 믿는 자는 결코 죽지 않고 하나님의 왕국에서 다시 태어날 거야!"

"아니에요." 내가 말했다. "우리 엄마는 기독교인이 아니었어요. 엄마는 …," 나는 벽에 등을 기대고 천천히 일어섰다. 부랑자에게 경계의 눈길을 보내며 엄마의 믿음을 설명할 수 있는 말을 찾으려 했다. "엄마는, 음, 조선인이었어요." 내가 불쑥 말했다.

"그녀는 하나님의 양 떼 속에 있는 한 마리 양이지." 마노아 부랑자가 말했다. "나는 길 잃은 양을 되찾으러 온 거야. 나를 거부하지 마. 나를 부정하지 마." 그가 내게로 한 걸음 다가오자, 나는 경고의 의미로 손을 내밀었다. 그를 멈추려고 뻗은 손바닥에 그의 가슴이 아주 살짝 닿았다. 손끝에 닿은 셔츠가 공기처럼 느껴졌다. 그러다 우리 사이로 푸른 불꽃이 탁 하고 일자 부랑자는 총 맞은 것처럼 뒤로 물러났다. 그는 가슴을 움켜쥐며 땅으로 쓰러졌다. 잘 익은 새우처럼 무릎을 이마에 대고 C자 모양으로 오그라들었다.

갈색과 푸른색이 흐릿하게 섞인 눈빛을 지닌 그가 어깨를 웅크린 채 다시 일어섰다. 이번에는 그의 머리가 내 어깨에 약간 닿을 정도였다. "KC 스페셜(팬케이크에 계란을 추가한 KC의 메뉴—옮긴이)이랑 마카로니 샐러드 있어?" 그가 물었다. 침낭과 차에서 새어 나온 기름으로 어지러운 차고를 힐끗 보더니 이어서 나를 바라보았다. "맙소사, 똑같은 일이 다시 일어났어. 그 일이 일어난 걸 보라고. 푸른빛, 우주선, 외계인, 초소형 탐지기. 그들에게 납치되어 자세히 관찰 당한 거야." 그가 자기 물건들을 모으며 횡설수설 중얼거렸다. "유괴야. 『인콰이어러』(미국의 타블로이드 주간지—옮긴이)가 내 얘기를 들어줄 거야." 그는 두 팔로 자기 물건을 긁어모은 후, 신용카드와 예금계좌 브로슈어 몇 장을 흩날리면서 차도 쪽으로 도망쳤다.

그가 떠난 후 나는 손을 주무르며 차도에 앉아 있었다. 얼음물에 손을 담갔다가 빼내 이제 막 감각이 돌아온 것처럼 찌릿찌릿했다. 집에 들어갔을 때에도 손가락이 여전히 욱신거렸다. 손을 흔들어보았지만 아픔이 사라지기는커녕 팔과 어깨, 가슴으로 퍼져 나가며 더 심해졌다.

진통이 머리에까지 이르자 나는 눈을 감고 바닥에 쓰러졌다. 나는 몸 아래에서 일렁이는 마룻바닥을 느끼며 현관문으로 기어갔다. 마침내 일렁이는 것처럼 보였던 바닥이 움직임을 멈추자, 나는 눈을 뜨고 엄마 집에서 아른거렸던 여러 색깔을 떠올리며 내가 무엇을 해야 하는지 간추려보았다. 나는 먼저 배가 고팠을 신령들에게 먹을 것과 물을 올렸다. 칠성을 위해 냉장고에서 찾은 물과 오렌지 몇 개를 부엌 창틀에 놓았다. 사자를 위해서는 집에 있던 유일한 고기인 말린 오징어를 찾아서 현관 밖 계단에 두었다.

나는 마치 가이드 레일 위에 서 있기라도 한 듯이, 방을 돌아다니며 엄마가 붙여둔 부적이 모두 제자리에 있는지 확인했다. 딱한 장, 엄마가 부정적인 에너지가 들어오는 것을 막기 위해 텔레비전에 붙여 놓았던 붉은 테두리의 부적 한 장만 다시 붙이면 되었다. 그러자 개구리들이 생각났다. 나는 엄마가 그랬듯이, 방과 방을 오가며 책장 뒤쪽이나 변기 뒤쪽 여분의 두루마리 휴지 옆에 있던 개구리들이 햇빛을 쬐도록 침실과 부엌으로 옮겼다.

나는 엄마를 다시 느끼고 싶은 마음에 신령들을 돌보며 엄마가 했던 행동을 따라 했다. 엄마의 영혼이 내 옆에 있다는 것을 느끼고 싶었다. 만약 그런 것들이 진짜 있다면 말이다. 살아 있을 때는 아니었지만, 죽은 엄마를 필요로 하는 나를 느끼며 엄마가 내 곁에 와 있을 거라는 생각이 들었다.

"엄마," 내가 불렀다. "저예요, 베카." 눈을 감고 팔을 넓게 벌린 채 엄마가 나를 안아주기를 기다리고 기다렸다. 손목과 팔꿈치 안쪽을 간지럽히는 미세한 바람이나 부적 하나가 미약하게 바스락거리는 소리마저 붙잡으려 했다. 엄마가 보내는 메시지는 무엇이든 붙잡고 싶었다. 팔이 화끈거릴 때까지 팔을 벌리고 있다가 그만두었다. "엄마" 하고 한 번 더 그녀를 불렀다. 일어나서 눈을 감고 방을 돌아다녔다. "여기 있어요?"

엄마의 침실에서 이곳저곳에 부딪히고 나서야 포기하고 눈을 떴다. 나는 엄마의 책상으로 갔다. 엄마는 책상에 제일 친한 신령인 삼신할머니를 위한 작은 제단을 모셔두었다. 접시에 담긴 물이 모두 날아가, 가장자리에는 희미한 물 자국만 남아 있었다. 바짝 마른 옆 접시와 달리, 다른 접시에 있는 밥은 물에 젖다 못해 흥건한 죽처럼 변해 있었다. 나는 빈 물 접시에 손가락을 담갔다가 그 손가락을 혀에 갖다 댔다. 내 손가락 맛만 났다.

엄마는 삼신할머니의 제물 옆에 보석함을 두었다. 황소 뿔과 진주가 박힌 장미 나무 함에는 물고기 모양의 자물쇠가 채워져 있었고 그 안에 엄마의 보석이 들어 있었다. 물고기 자물쇠의 입을 단 한 번도 떠난 적 없는 열쇠로 보석함을 열어보면, 그 안에 무엇이 들어 있는지 나는 알고 있었다. 주로 단골 고객들이 준 개구리 핀, 펜던트, 귀걸이, 온갖 단추들, 나를 보호하기 위해 내 옷에 꿰맨 금색 후크와 옥색 후크, 엄마의 결혼반지, 아기 이빨, 내 탯줄, 내 학창 시절 사진과 성적표, 옥으로 만든 개구리겠지.

나는 개구리를 뺨에 문지르면서 레노 아줌마가 엄마에게 그 목걸이를 준 날의 밤을 떠올렸다. 그날 밤 잠들기 전, 엄마가 나를 향해 몸을 돌려 누었다. 그리고 목걸이를 빼 내 얼굴 앞에서 개구리를 흔들었다. 목줄이 꼬여서 돌 때마다 그 새끼 개구리가 내 코 끝을 때렸다. "새끼 개구리야," 엄마가 말했다. "널 위해 들려줄 이야기가 있어."

"옛날 옛날에 엄마 말을 듣지 않는 새끼 개구리가 있었단다. 엄마가 북쪽으로 가자고 하면 그 아이는 남쪽으로 갔지. 엄마가 강으로 가자고 하면 그 아이는 산으로 도망가곤 했어." 엄마는 내 콧등 위에 옥 개구리를 튕기곤 이마 위에 내려놓았다. 나는 낄낄 웃었다.

"내가 그 새끼 개구리예요, 엄마?" 그러길 바라는 마음과 아니길 바라는 마음으로 내가 말했다. "저 아니죠, 네? 엄마, 그렇죠?"

엄마는 내 입 위에 개구리를 폴짝 올려놓았다. "그 아이가 태어났을 때부터 늙은 엄마가 죽을 때까지 둘 사이는 늘 그랬어. '아가야, 내가 죽으면 강에 나를 묻어주렴. 절대로 산에 묻으면 안 된다.' 엄마 개구리가 말했지. 물론 새끼 개구리를 잘 알고 있던 엄마 개구리는 산에 묻힐 거라고 믿었어."

나는 입을 벌리고 혀로 개구리를 밖으로 밀어냈다. "뭘 원해요, 엄마? 내가 뭘 하길 바라나요?" 내가 말했다. "시키기만 해요. 그렇게 할게요. 알겠죠? 그냥 말해요."

개구리가 내 얼굴을 쓰다듬었다. "엄마 개구리가 죽자," 엄마가 이어서 말했다. "새끼 개구리는 너무 슬펐단다. 그래서 이번엔 엄마가 바라는 대로 해야겠다고 마음먹었지. 그래서 엄마 개구리를 강 입구에 묻었어. 새끼 개구리는 비가 올 때마다, 엄마 무덤으로 뛰어가 강물에 무덤이 떠내려갈까 봐 걱정하며 하늘에 대고 개굴개굴 울었단다."

ᴖᴖᴑ

　그날 밤, 그리고 아마 그다음 날 밤, 나는 「오즈의 마법사」에 나
오는 날개 달린 원숭이처럼 개구리 천사들이 하늘에서 쏟아져 내
리는 꿈을 꿨다. 깨끗해진 알라와이 강물에 엄마와 내가 떠내려가
는 동안, 개구리 천사들은 엄마를 강물에서 낚아채 하늘로 데려갔
다. 개구리 천사들이 높이높이 날아갈 때, 어둠 속의 작은 빛이었
던 엄마가 그들의 끈적이는 발톱과 퍼덕거리는 날개를 때리는 모
습을 지켜봤다. 강둑에 남겨진 나는 어떻게 엄마를 도와야 할지
몰라서, 그들을 지켜보며 하염없이 울기만 했다.

　ᴖᴖᴑ

　내가 이야기를 잘못 기억하고 있는 건 아닌지 궁금하다. 엄마가
"그 두꺼비를 기억해라"고 말할 때마다 사실 "그 개구리를 기억
하라"는 의미였을까. 그게 어떤 변화를 만들었는지도 궁금하다.
엄마가 들려준 이야기를 다시 해석하는 내 모습을 발견한다. 그리
고 엄마가 죽은 지금, 엄마의 삶을 어떻게 기억해야 하는지 잘 모
르겠다.

나는 보석함의 자물쇠를 세게 내려쳐 경첩을 열었다. 얽혀 있던 보석들 아래로 예상치 못한 것을 발견했다. 그건 '베카'라고 적힌 카세트테이프였다.

가끔 엄마의 고객들 중에 한국에서 갓 이민 온 사람들이 고향에 남겨둔 죽은 가족의 넋을 기리기 위해 엄마에게 축복을 바라거나 굿을 해달라며 돈을 줬다. 엄마는 레노 아줌마에게 엄마 몸을 빌려 귀신들이 말하는 순간을 찍으라고 했다. 엄마는 불행한 조상신의 원한을 달래기 위해, 두 시간이든 2주든 혹은 그 이상 얼마가 걸리든 신들린 채로 있었다. 그런 다음에는 아직 한국에 살고 있는 그들의 친척에게 보낼 카세트를 포장했다. 이 꾸러미를 처음 보았을 때, 나는 그게 내 선물인 줄 알고 엄마를 끈질기게 졸랐던 기억이 난다. 결국 엄마가 하나를 보여줬을 때 나는 실망하고 말았다.

"이걸 보렴, 베카 찬." 내가 작은 꾸러미 포장지를 찢어내고 검은 카세트테이프를 발견하자 엄마가 말했다. "이건 네 것이 아니야."

"오," 하지만 나는 포기하지 않고 그것을 틀어달라고 졸랐다. "음악이에요? 듣고 싶어요, 듣고 싶어요!"

엄마는 카세트테이프를 레코더에 넣었다. 윙윙거리고 치직거리는 소리가 난 후에 북소리와 함께 울부짖는 엄마의 목소리가 흘러나왔다.

"아아악!" 나는 손으로 귀를 틀어막았다. "뭐 하는 거예요, 엄마?"

엄마가 내 손을 홱 내렸다. "넌 들어야 해, 알아야 해. 이건 언젠가 너의 모습이야."

"절대 아니에요!" 내가 소리 질렀다. "나는 아무것도 아닌 일에 이렇게 소리 지르지는 않을 거예요."

"아무것도 아닌 게 아니야," 엄마가 말했다. "나는 죽은 자들을 위해 울고 있는 거야. 제대로 된 존경을 보여주려고. 사랑을 보여주려고."

테이프가 서서히 멈출 때까지, 우리는 북소리에 맞춰 울부짖는 엄마의 울음과 신음 소리를 들었다. 나는 엄마가 영매이자 점쟁이로서 죽은 자들을 달래고 회유한 대가로 돈 받는 것을 알고 있었다. 가끔 한국에서 새로 이민 온 고객들이 잃어버린 가족들과 남겨두고 온 망자들을 위해 굿을 해달라며 엄마에게 돈을 지불했다. 그들은 엄마의 노래를 녹음해 고국에 있는 친척과 이웃들에게 보냈다.

어쩌면 예전에 다른 테이프들 사이에서 이 테이프를, 내 테이프를 봤을지도 모른다. 아니면 엄마가 굿을 녹음할 때 옆에서 실제로 들었을지도 모른다. 나는 이 테이프가 엄마의 고객들 중 돈을 지불하지 못한 사람이나 테이프를 찾아가지 않은 사람의 것이라고 생각했다. 엄마가 자기 자신을 위해 굿을 했을 거라고는 생각하지 못했다. 어린 시절 나는 엄마가 과거에 누구를 남겨두고 떠나야 했는지, 누구를 위해 울었는지 생각해본 적이 없었다.

대신에 나는 고객의 테이프를 듣고 나서 엄마에게 말했다. "내가 엄마를 위해 울어줄게요, 엄마."

"그래," 엄마가 답했다. "매해 내가 죽은 날 그렇게 해다오. 네가 나에게 주는 선물이 될 거야." 엄마가 대답했다.

⠀⠀⠀⠀⠀⠀⠀⠀⠀⠀⠀⠀✎

내 것이라고 표시해둔 테이프를 만지작거리며 엄마가 했던 말이 떠올랐다. 고무줄로 묶여 있던 테이프 아래에 봉투가 있었는데, 거기엔 종이가 노랗게 바랜 신문 기사가 들어 있었다. 기사들 대부분은 『한국일보』에서 모아둔 것이었다. 기사를 훑으며 내가 읽을 수 있는 만큼 번역해보니 제2차 세계대전과 일본인들, 수용소에 관한 것이었다. 한영사전 없이는 기사 내용을 더 읽어 내려갈 수 없어서 나중에 보려고 기사를 옆으로 치웠다. 그리고 공문 비슷한 서류 두 개를 꺼냈다. 두 개 모두 행방불명자에 대한 보고서로, 하나는 서울의 미국 대사관에서, 다른 하나는 국제적십자사에서 온 것이었다.

아키코(김순효) 브래들리 여사께. 당신의 자매인 김순미, 김순희, 김순자의 거처를 찾을 수 없다는 걸 알려드리게 되어 유감입니다. 사망했거나 북한에 거주 중인 것으로 추정됩니다.

첫째 줄을 두 번 읽고 난 후에야, 누가 누구인지 이해할 수 있었다. 결코 알지 못했던 엄마의 옛날 이름과 삶에 대해서. 칠성과 관계가 있다고만 알고 있던 이름들은 사실 내가 이모라고 부를 수 있는 여자들의 이름이었다. 나 이외의 다른 사람들과도 연결되어 있었던 우리 엄마. 엄마는 침묵 속에서 족보와 가족으로부터 연이 끊긴 것이었다.

나는 엄마가 정원처럼 보호하고 가꿔온 비밀과 서류에 둘러싸여 앉아 있었다. 나는 순효라고 불린 이 사람을 알고 이해할 수 있는 방법이 떠오르길 기다렸다. 그러다 내가 언제나 엄마가 살아온 삶의 입구에서 시간을 낭비하며 엄마를 기다리고 있었다는 것을, 그 문지방을 넘어 엄마의 고향으로 들어갈 초대장만 기다렸단 걸 깨달았다.

순효

어머니는 생전에 한 번 이상 죽었다.

내 손에 머리를 누인 채 세상을 떠난 어머니의 죽음은 내게 너무 커다란 공허함을 남겼고 그 텅 빈 마음은 내 딸이 태어나기 전까지 절대 채워지지 않았다. 그에 앞서 어머니는 1919년 3월 서울 거리에서 첫 번째 죽음을 맞았다.

독립선언서가 작성된 후 몇 주 동안 어머니와 이화대학 친구들은 거리에 나와서 고향을 떠난 농민들, 실직한 상인들, 이념을 따르는 학생들과 함께 만세를 외쳤다. 그 길모퉁이에서 어머니는 함께 연애란 걸 해보고 싶은 청년을 날마다 만났다. 청년은 어느 날은 붉은 띠를 두르고, 어느 날은 깃발을 들고 있었는데, 사람들에게 전단지를 나눠주기 위해 친구들과 함께 길모퉁이에 서 있었다. 청년과 친구들은 휘날리는 붉은 깃발 아래에서 서로 팔짱을 꼈고

곧이어 도시 곳곳을 행진하는 사람들의 물결에 합류했다.

우린 행복했단다, 어머니가 언니들과 내게 말하곤 했다. 나만 그런 게 아니었어. 내 친구들도, 그리고 거리에서 행진한 모든 사람들이 행복했지. 우리 모두 서로를 얼마나 가깝게 느꼈는지 너흰 상상도 못 할 거야.

물론, 어머니가 덧붙였다. 너희들에게 변명이나 놀림거리로 들릴 수 있겠지만 난 사랑에 빠졌단다.

~~~

어머니가 초주검이 되어 처음 집에 실려온 날, 외할머니는 불길한 예감이 들었다. 제발 가지 말거라, 외할머니가 어머니에게 말했다. 이렇게 애원하지 않니. 자기 딸이 집을 떠나지 않길 바라는 외할머니가 두 팔로 딸을 움켜잡았다. 딸을 붙잡고 지키기 위해서였다. 하지만 어머니는 그 다급한 손을 밀어냈다. 외할머니가 흐느끼며 방을 지나 문밖까지 딸을 쫓아갔지만, 그 딸은 제 어미의 손길을 뿌리쳤다. 외할머니는 딸 뒤로 딸의 운명을 점찍는 경고와 저주를 외쳤다. 그놈을 조심해. 아무짝에도 쓸모가 없어. 쓸데없이 입만 살아남은 놈이라고! 네가 좋은 짝 만날 기회를 그놈이 망칠 거야!

어머니는 다리 위로 종 모양처럼 하늘하늘 움직이는 주름진 하 얀 치마를 입고 예쁘게 땋은 머리에 빨간 리본을 꼽고선 군중을 따라갔다. 어머니는 행렬 속에서 「산토끼, 토끼야」 노래를 부르며 여기저기를 정말 산토끼처럼 뛰어다니는 아이들을 피해 걸었다. 그러다 깃발 뒤로 남들 몰래 입을 맞추는 한 연인에게 시선을 빼 앗겼다. 어머니는 그날 남자 친구도 자신에게 입 맞추리라 생각했 을 것이다.

어머니 주위에 있던 사람들이 각자 구호를 외쳤다. 다른 구호보 다 더 크게, 더 크게 외치던 구호들이 이내 하나의 구호로 합쳐졌 다. 어머니와 친구들이 '대한독립 영원하라!'를 외칠지, '만세! 만 세!'를 외칠지 논의하고 있을 때, 독립 기념을 위한 집결지였던 창 덕궁 쪽에서 소곤거리는 이상한 소리가 들려왔다.

들어봐요! 목청이 큰 학생 한 명이 말했다. 귀신이 된 우둔한 왕 이 저 텅 빈 궁궐을 거닐고 방귀 뀌어대며 나라 잃은 슬픔에 흐느 끼는 소리예요!

어머니의 남자 친구는 한바탕 웃은 후, 어머니를 안심시키려는 듯 설명했다. 도시의 다른 쪽에서 몰려오는 학생들의 소리일 수도 있죠.

저쪽 구호가 우리 것보다 멋지고 우렁찬걸! 다른 누군가 농담 을 던졌다.

그러자 이곳저곳에서 맞아 맞아 하고 동의하는 소리가 들려다. 그러다 또 다른 학생이 소리쳤다. 군인이다! 그러나 사람들은 계속 앞으로 밀려 걸어갔다.

어머니는 사람들이 마치 전장에 나갈 준비를 마친 것처럼 서구식 군복을 입고 무장한 채 날렵하게 생긴 말에 올라탄 일본군을 알아차렸을 때, 사람들 무리 곳곳에서 고함 소리가 터져 나왔다고 말했다. 하지만 그건 분노가 치밀거나 두려움에 떠는 소리가 아니었다. 어딘지 이상하게도 행복에 겨운 소리였다. 거리에서 마주친 연인이 흐느껴 우는 듯한 소리.

그때 일이 벌어졌다.

군대는 보이지 않는 명령이라도 내려진 듯 일제히 번쩍이는 긴 검을 들고 진격해 사람들을 찔렀다. 아비규환 속에서 어머니는 사람들이 일어나! 일어나! 외치는 소리를 들었다. 인파에 떠밀려 행진하던 사람들과 일본군들은 오도 가도 못한 채 잠시 자리에 서 있었다. 그때 선두에 있던 누군가 욕을 했고 다른 사람은 돌인지 신발인지를 던졌다. 일본군과 가까이 있던 사람들은 깃대를 부숴 날카로운 검에 맞섰다.

군인들이 다시 한 번 돌격했다. 그들이 쥔 무기가 사람들을 난도질하며 길을 텄다. 어머니는 바로 눈앞에서 사람들이 칼에 베여 내장이 튀어나오고, 피를 흘리고 비명 지르는 모습을 보았다. 도망치다 넘어지는 사람도 있었다. 이 끔찍한 상황보다 더 심각했던 건 뒤에 있는 사람들이 앞쪽에서 무슨 일이 벌어지고 있는지 모른다는 점이었다. 환하게 웃고 있던 사람들이 계속 대한! 대한! 외치며 전진했다.

어머니의 친구들 중 한 명이 외쳤는데, 아마도 어머니의 남자 친구였던 듯싶다. 저들이 우릴 죽이려 해요! 우릴 죽이려 한다고요! 도망가세요! 그러자 깊게 들이마신 숨을 내뱉는 것처럼 뒤쪽 사람들 무리가 이리저리 밀리고 흩어졌다. 그 모습은 거대하여 도통 막아낼 수 없는 해일 같았다.

어머니와 남자 친구는 사람들 무리에 갇혀 서로에게 발이 걸리고, 사람들이 떠미는 대로 내달리다가 어느 골목길 안으로 내동댕이쳐지듯 밀려들어갔다. 언젠가 어머니는 사람 몸을 밟아서 신발 안으로 그 흥건한 피가 들어오는 기분을 안다고 말했다. 어머니는 사람들에게 짓밟힐까 봐 머리를 숙이고 무릎을 배 쪽으로 당겨 웅크렸다. 그때 남자 친구가 어머니 위로 쓰러졌다.

참았던 숨을 다시 내쉬자 코를 찌르는 연기와 피 냄새가 났다. 어머니는 남자 친구에게 몸을 일으켜보라고 했다. 그에게 두 번 세 번 부탁하고 나서야 어머니는 남자 친구의 피가 자신의 팔과 상체에 흘러내리며 자신을 포근하게 감싸고 있다는 것을 알아차렸다. 어머니는 그가 죽었다는 것을 알았지만 두렵거나 섬뜩하지는 않았다. 자신을 누르는 남자 친구의 몸을 밀어내는 대신 어머니는 두 팔로 그의 몸을 끌어안았다. 그의 고요함과 피가 어머니를 지켜주고 아껴주는 것처럼 느껴졌다. 어머니는 차갑게 식어가는 그의 몸 옆에 누워 잠이 들었다. 이윽고 묵념 소리가 들려 눈을 떴다. 어머니는 그날 이후 잠을 잘 때조차 절대 눈을 감지 않았다고 말했다.

죽은 사내의 몸 아래서 어머니는 곁눈질로 거리를 살폈다. 사람들이 떨군 옷과 신발과 모자, 현수막과 깃발에서 찢긴 천 조각과 시신이 거리를 뒤덮고 있었다. 불타고 있던 교회에서는 매캐한 연기가 뿜어져 나왔다. 가까스로 목숨을 부지한 사람들과 부상당한 사람들이 연기와 신음 소리와 찐득한 피 냄새로 가득한 공기를 헤치며 죽은 사람들을 찾아 헤맸다.

어머니는 자기 몸을 꼭 붙잡고 기다렸다.

ⅇⅇ෨

어머니가 다시 눈을 떴을 때, 외할머니가 장송곡을 부르며 어머니의 손톱을 자르고 있었다. 외할머니는 손톱을 딸 옆에 함께 묻을 생각이었다.

절대 밤에 손톱을 잘라선 안 돼, 이 대목에서 어머니는 잠시 이야기를 멈추고 언니들과 내게 경고했다. 그건 단명할 징조거든.

어머니는 외할머니에게 잡힌 손을 빼내고 자신이 죽지 않았다고 말하려고 했다고 했다. 하지만 어머니가 들려준 이야기에서 외할머니는 언제나 딸을 다시 눕히고 낮은 목소리로 단언했다. "아니다, 넌 죽은 게야!" 그러고 나서 외할머니는 건너편 사람들에게 들릴 만큼 큰 소리로 울부짖었다. 외할머니가 다음 곡소리를 내려고 호흡을 가다듬고 조용히 말했다. "멍청한 것, 내가 지금 널 살리고 있는 기라."

외할머니는 딸을 지키기 위해 딸을 죽였다. 외할머니는 어머니를 북쪽 마을 설설함으로 보내 아버지와 혼인시켰다.

ᘓᘓᘓ

어머니가 날 너무 사랑해서 그랬던 거지, 어머니가 해명했다. 그들은 혁명가라고 의심 가는 사람들의 집이란 집은 모조리 불태우고, 도망가려는 사람은 체포하거나 쏴 죽였으니까 말이야.

ᘓᘓᘓ

어머니는 함에 자신의 예전 삶에서 가져왔거나 나중에 딸들에게 줄 귀중품을 보관했는데 거기에는 조각난 것 두 개가 있었다. 그중 하나는 1919년 6월호 『대동공보』에서 오려낸 신문 기사로, 거리에서 폭동을 일으킨 젊은 불량배들을 체포했다는 내용의 공식 보도였다. 어머니 말로는 기사에 이런 내용이 적혀 있었다고 한다. 도시민 대부분이 사망. 교회와 가옥이 불에 탐. 민족주의자 46,847명 체포. 15,961명 부상. 7,509명 사망. 그 숫자에는 별 볼일 없는 한 소녀에게만 중요했던 한 청년도 셈이 되어 있었다.

다른 한 조각은 외할머니가 어머니 손가락에서 너무 빨리 잘라낸 매장용 손톱이었다.

✑∽∾

어머니가 한 번도 본 적 없는 사내와 혼인을 하러 설설함에 도착했을 때, 어머니는 삶이 끝난 것처럼 느껴졌다. 심지어 그 사내는 적어도 두 사람이 태어난 연월일시 즉 사주가 잘 맞는지 따져보는 중매쟁이가 고른 남자도 아니었다. 어머니는 사무치게 외로웠지만 아무리 운다 한들 자신을 달래줄 사람은 이제 없을 거라는 것을 알았다.

어머니는 연애결혼도 못 했고, 예물을 주고받고 혼례를 치러야 성사되는 중매혼도 못 했다. 먼지를 뒤집어쓰고 한밤중에 마을에 도착한 어머니는 곧장 남편 될 사람 집에 보내졌다. 어머니는 잠시 몸을 씻고 식사를 하거나, 외할머니가 입었던 청홍색 혼례복으로 갈아입을 틈도 없었다. 사실 혼례복은 신랑 측이 예물로 보내야 하는 것이었다. 다만 시부모님 될 분들의 말씀을 들을 찰나의 시간만 있었다. 혼인은 사랑이 아니고 의무라고, 아들을 낳고, 가문의 이름을 지키는 것이라고. 날이 밝을 무렵 어머니는 시댁 식구들에게 두 번 절을 올렸고, 그렇게 혼인이 성사됐다.

그날 이후 어머니는 자기 이름을 두 번 다시 들어보지 못했다.

내가 어렸을 때 아버지는 어머니를 아내라고 불렀고 마을 아줌마들은 어머니를 주로 아버지 이름인 김욱으로 칭했다. 어떤 때에는 딸 어머니라고 부르기도 했다. 언니들과 나는 어머니를 매장할 때가 되어서야 어머니가 태어날 때 지어진 이름이 무엇인지 궁금해졌다. 어머니의 이름을 알 방도가 없었던 우리는 관을 짠 나무판자 중 여섯 번째 판자에 겨우 어머니라고 새겼다. 하늘을 향해 있는 맨 위쪽 면 판자였다.

ↄↄↄ

어머니는 겨울이 오기 바로 전 김장하는 때에 죽었다. 우리 가족은 밭에서 배추와 무를 뽑아와 씻고 소금에 절일 준비를 했다. 언니들과 나는 낮일을 막 끝낸 터였고, 어머니는 엉덩이 높이의 장독을 꺼내왔다. 우리는 장독에 절인 채소를 넣고 밤새 재울 생각이었는데 그때 어머니가 몹시 피곤하다며 넋두리를 늘어놓기 시작했다. 그래도 어머니는 주름진 손이 소금물에 탱탱 부을 때까지 물이 뚝뚝 떨어지는 절인 배추를 비틀어 짰다. 모든 장독이 빽빽이 채워지자 어머니는 맑은 개울에서 떠온 양동이 안의 물에 손을 헹구고 누우러 들어갔다.

그러자 언니들은 어머니가 뒤채에 잠자리를 마련하라는 신호인 줄 알고 요를 깔러 갔다. 나는 언니들과 같이 자러 가는 대신 어머니에게 갔다. 어머니, 물 좀 드시겠어요? 죽은요? 아니면 주물러 드릴까요? 내가 이렇게 하면 혹시 어머니가 이야기를 들려줄까 기대하면서 물었다. 흰머리를 뽑아드릴까요?

어머니가 조용히 하라는 듯 내 입술에 손을 대고선 지친 숨을 길게 내쉬었다. 어머니의 속눈썹이 검버섯 난 피부 아래로 내려앉으며 눈을 감은 모습을 보니, 나는 어머니가 죽었다는 것을 알았다. 나는 어머니가 단지 선잠에 든 것처럼 이불을 덮어주었다. 조선에서는 사람이 죽으면 그의 장남이 고인의 겉적삼을 들고 지붕에 올라가 고인의 혼을 다시 집으로 불러들인다. 혼을 배불리 먹여 저승으로 가는 긴 여정을 준비시키기 위해서다. 나는, 어머니의 막내딸인 나는 겉적삼을 챙기는 대신 어머니가 애지중지한 함을 찾아서 청홍색 혼례복을 꺼냈다.

나는 살얼음이 깔려 미끄러운 초가지붕을 기어 올라갔다. 그곳에서 별들이 내뱉는 차가운 입김과 혼례복의 비단 무게에 온몸이 아플 때까지 밤새 옷을 바람에 날렸다. 그렇게 매서운 밤공기 속에서 어머니의 옷을 붙잡고 소리치며 어머니의 혼이 돌아오길 기다렸다. 돌아오세요, 어머니. 돌아오세요. 그러다 갑작스러운 돌풍으로 몸이 크게 휘청거렸다. 나는 그제야 혼례복 소매를 걷어보았는데 결국 아무것도 붙잡히지 않았다.

ഏ

   어머니의 스물두 번째 기일 날, 내 딸에게 외할머니에 관한 무슨 이야기를 해줄까 고민하던 차에 함이 기억났다. 어머니는 현재보다는 옛 시절에 아낀 물건을 함에 소중히 보관했다. 가령 손톱과 신문 기사, 청홍색 혼례복, 첫아들과 나중에 첫 손주에게 입힐 생일 한복을 만들려고 평생 간직해온 금실, 그리고 자신의 수의로 바느질하길 원했지만 정작 그럴 시간조차 없었던 질 좋은 삼베가 함에 들어 있었다.

ഏ

   나는 제사를 준비한다. 어머니가 좋아하는 음식과 술을 갖추고, 우리 가족 중 밥을 얻어먹지 못한 산 자와 죽은 자 모두를 위해 수저를 상에 올리는 것이다. 그때 딸이 아기 침대에서 잠자기를 거부하면서 불만 가득한 울음소리를 낸다.

   남편은 딸을 재우려고 다시 침대에 눕힌다. 그렇지만 나는 아이가 낑낑거릴 때마다, 아이 곁으로 뛰어간다. 딸이 조금이라도 외롭다거나 버려졌다는 느낌을 받게 하고 싶지 않다. 딸을 잠시 침대에 두고 샤워를 하거나 빨래를 돌리면, 물소리 사이로 자지러지는 아이 울음소리가 들린다. 한달음에 달려가 보면 정작 아이는 얌전히 자기 손과 발가락을 바라보고 있다.

매일 밤 남편이 짜증 난 상태로 잠이 들면 나는 딸을 내 침대로 데려와서 감싸안은 채 잠이 든다. 아이는 꿈속에서도 내 젖을 빨며 배를 채운다. 건강한 아이 몸에서 느껴지는 온기와 부드러운 숨소리가 내 허기를 달래준다.

이제 아이 울음소리가 작은 딸꾹질 소리로 가라앉았다. 나는 딸을 포대기에 싸서 등에 업고 외할머니에게 소개시킬 준비를 마친다. 숭늉을 따르고 두 번 절한다. 인덕의 혼에 감사를 표하고, 큰언니의 혼이 어디에 있든 용서한다. 마지막으로 어머니의 혼에 사랑을 전한다.

천천히 숭늉을 마시면서 어머님께 올릴 기도 문구를 생각해본다. 하지만 할 수가 없다. 대신 내 딸에게 외할머니의 이야기를 들려주기로 마음먹는다. 기억을 되새기며 딸에게 말한다. 외할머니는 공주였어. 학생이었고 혁명가였지. 또 자기 할 도리를 아는 아내였어. 딸들을 사랑한 엄마였지만 딸들 옆에 오래 머물거나 함께 데려가지는 못했단다.

나는 딸에게 이런 것들을 말해주고 어머니의 과거와 미래가 담긴 함에 대해서 이야기해줄 것이다. 그러면 딸이 외할머니의 이름을 알 수 없더라도 어떤 사람인지는 알게 될 것이다.

시간이 흘러 딸이 자라면, 아이는 제 기억을 더듬고 내가 남긴 함을 살펴서 자기 엄마에 대해 알게 되겠지. 그러면 자신에 대해서도 알게 되는 것이다.

나는 딸을 위해 간직한 함에 현재 내 삶의 보물들을 넣어둔다. 가령 딸에게 백일 날 입혔고 아이의 첫 번째 생일에도 입힐 옷, 아이의 황갈색 머리털, 말라붙은 탯줄이 함에 들어 있다. 우리 삶의 비밀과 단편들이 담긴 얇은 검정 카세트테이프 한 개도 들어 있다. 나는 내 진짜 이름 순효와 딸의 진짜 이름 백합을 부르는 것으로 녹음을 시작한다. 언젠가 내가 죽어 딸을 떠나게 될 때, 딸은 내 이름을 들을 것이다. 그러면 딸은 눈물을 흘릴 때 자신이 결코 혼자가 아니라는 걸 알게 되리라.

17

베
카

엄마에 의하면 여자의 인생은 출생, 사춘기, 출산, 그리고 죽음을 기점으로 변하는데, 이 시기는 모두 피가 흐르고 영혼이 자유로워지는 의식과 관련이 있다. 피가 만든 길을 따라 육신에서 빠져나온 영혼이 자유롭게 이곳저곳을 떠돌고 여행하면서, 육체가 스스로 변할 수 있는 기회를 준다는 것이다. 반드시 거쳐야 하지만 위험한 시기다. 이때 영혼은 육신으로부터 분리되어 목적 없이 길을 잃고 영원히 떠돌 수도 있다.

"이건 길 잃은 영혼의 피야." 내가 엄마 팬티에서 나온 피 묻은 생리대를 처음 보았을 때 엄마가 말했다. "한 달에 한 번 여자가 입을 벌리면 방황하는 영혼이 몸을 잡으려 하지. 그럼 나는 그 영혼을 뱉어내는 거야."

"뭐라고요? 어떻게요?" 나는 입을 벌리기 무서워 웅얼거렸다.

"여자들이 피를 흘려야 할 때, 영혼이 우리에게 잘 묶여 있도록 신경 써야 해. 그렇지 않으면 영혼이 혼란스러워하면서 길을 잃게 되거든. 육신에서 쫓겨난 영혼은 그들 이름과 갈 곳을 잃어버린 채, 피의 강을 따라 흘러가. 가끔씩 용선 귀신이 다른 여자의 육신에 침입하려고 해. 아마 자신이 떠나온 육신을 떠올리게 하는 몸이겠지. 영혼이 여자 몸 안에 있는 씨앗을 잡게 되면 다시 태어나지만, 대부분은 죽게 돼. 보이지? 바로 이렇게 말이야." 엄마는 끈적끈적한 생리대를 팬티에서 뜯어내 화장지에 돌돌 감아 쓰레기통에 버렸다.

"그런 일이 나한테도 벌어질까요?" 나는 내 영혼을 잃어버린다는 것인지, 영혼을 토해낸다는 뜻인지 확신하지 못한 채 물었다.

엄마는 죽어가는 영혼의 피를 더 많이 잡기 위해, 대형 생리대 봉투에서 새것을 꺼내 팬티에 붙였다. "내가 널 지켜줄게, 베카," 엄마가 말했다. "그때가 되면 말이야. 널 위해 기도해줄게."

그러나 안전을 염원한 엄마의 부적과 기도, 붉은 재앙인 사자를 물리치는 노래도 소용없었다. 나 또한 내 육신을 보호하려고 노력했지만 결국 나는 피를 흘렸으니까.

배를 잡아당기는 고통을 느꼈을 때가 아마 내가 9학년(한국에서는 중학교 3학년—옮긴이)이었을 때다. 그때 나는 애버넥 선생님

교실에 쥐 죽은 듯 앉아 있었다. 나는 빛 한 가닥이 피를 빨아들이는 상상을 하며 배 위로 손을 감쌌다. 그 번쩍이는 빛이 2년 넘게 다리 사이 상처를 마비시키며 생리를 억눌러 왔다. 하지만 그 빛은 지금 와서 내 꼬리뼈와 보지를 묵직한 주먹으로 때렸고 피와 합쳐졌다. 그러자 깊은 곳에서 묵직하게 흐르는 무언가가 느껴졌다.

애버넥 선생님이 출석을 부르는 동안 나는 책상에 고개를 숙이고 있었다. 시럽처럼 달달하고 끈적거리는 피가 바지와 플라스틱 의자에 스며드는 모습을 상상했다. 첫 수업을 알리는 종이 울리고 아이들이 수업을 위해 교실을 떠났을 때에도, 나는 눈을 감고 자리에 앉아 있었다. 다시 눈을 떴을 때 교실에는 나와 뒤쪽에 앉은 아이 한 명만 남아 있었다. 아이들이 모두 뚱보라고 부르던 피아소 리알토였다. 뚱보는 반죽같이 통통한 볼을 책상에 대고 퍼질러 있었다. 그의 크고 뚱뚱한 팔이 책상 옆으로 길게 늘어뜨려 있어서, 그의 손가락은 슬리퍼를 신은 발 옆을 지나 바닥에 닿을락 말락 했다. 그 아이는 애버넥 선생님이 뒤에서 나타날 때까지 계속 잤다. 선생님은 그의 목뒤에 부드럽게 손을 올렸는데, 그래도 움직이지 않자 뒤통수를 때렸다.

"리알토!" 그가 재빨리 머리를 바로 세우고 붉게 충혈된 눈으로 주위를 둘러보았다. "낮잠 시간은 유치원에서 끝났어. 네 물건을 챙겨서 다음 수업을 할 교실로 이동해."

"네?" 뚱보가 말했다.

"이동하라고." 애버넥 선생님이 나를 향해 걸어오며 말했다. 나는 따귀를 맞을 거라고 생각했다.

"브래들리, 첫 수업 종이 울렸어. 방과 후에 남기 싫으면 왜 아직까지 교실에서 빈둥대고 있는지 말해보렴."

"음, 저는, 잘 모르겠어요." 내가 말을 더듬었다.

"그럼 이동해." 애버넥 선생님은 팔짱을 끼고 내가 일어나기를 기다렸다.

나는 바닥에 시선을 고정한 채, 의자에 붉은 핏자국이 묻어 있을 거라고 예상하며 자리에서 일어났다. 막상 일어나자 핏자국 대신 누군가 새겨놓은 하트 무늬만 보였다. 안도한 나는 몸을 굽혀 책가방을 들었다.

"오, 알겠다." 애버넥 선생님이 말했다. "바로 말하지 그랬어. 나도 여자잖아, 알잖니."

"네?" 내가 말했다.

"불행하지만 자연스러운 일이지. 양호실 허가증을 써줄게."

"왜 그러세요?" 내가 물었다. 나는 우리 두 사람 사이에 놓인 백팩을 움켜쥐었다.

"장난치지 마렴," 애버넥 선생님이 내 바지를 가리키며 말했다. 그리고 얼굴을 찌푸렸다. "너는 5학년 체육 시간에 「네 인생의 시간The Time of Your Life」도 안 봤니?"

나는 양호실에 가는 대신 체육복 반바지로 갈아입고 집에 갔다. 엄마에게 들키지 않게 바지를 세탁실로 몰래 가져가려 했다. 얼룩 제거용 비누로 청바지의 가랑이 부분을 문지르고 있을 때, 엄마가 나를 발견했다.

"때가 되었구나," 엄마가 외쳤다. "할 수 있는 한 미뤄보려 했는데, 이제 때가 되었어." 엄마가 청바지를 뺏어 들고 바짓가랑이를 벌리며 흐느꼈다. "오, 불쌍한 내 아가! 아프니?"

엄마가 나를 안으려고 해서 나는 엄마를 밀쳤다. "그만해요," 내가 말했다. "별일 아니에요. 그냥 살면서 겪는 일이라고 했어요." 엄마에게 말하고 나서 나는 울기 시작했다.

"아이고," 엄마가 나를 침실로 데려가며 혀를 찼다. "많이 아프구나. 여기 누우렴." 엄마는 침대 아래로 이불을 잡아끌고 나를 베개 옆에 눕혔다.

"내가 영혼을 삼켰어요, 엄마." 내가 반쯤 웃으며 말했다.

"아니야," 엄마가 말했다. "그건 네 영혼이 여행하고 싶어서 밖으로 나오려고 싸우는 거야. 우리는 영혼이 나갔다가 다시 돌아올 수 있도록 안전한 길을 만들어주면 돼."

"그냥 농담한 거예요," 내가 말했다. "난 이제 그런 이야기에 속을 아이가 아니에요, 알잖아요." 영혼이 손톱으로 내 자궁을 긁자, 나는 신음 소리를 냈다.

"쉿, 쉿," 엄마가 내 머리카락을 쓰다듬으며 낮은 목소리로 말했다. 내가 눈을 감자 엄마가 내게서 멀어져갔다. 곧이어 정원으로 나가는 유리문이 열리는 소리가 들렸다.

꿈속에서 나는 처음 겪은 경련이 만드는 파도에 올라타 이리저리 항해했다. 엄마는 밤새 갓 자른 풀과 새로 뽑은 뿌리같이 톡 쏘는 향이 나는 물로 내 얼굴과 몸을 닦아주었다. 그렇게 엄마가 나를 쓰다듬고 있을 때, 꿈속에서 나는 헤엄치다가 이내 물에 잠겼다. 별을 향해 둑을 기어올랐는데 그 둑이 침식되더니 무너졌다. 나는 불의 다리를 밟을 때까지, 빛을 따라 모래와 돌 위로 내 몸을 질질 끌고 갔다. 거기서 나를 기다리는 아름다운 여자를 만났다.

처음에 나는 그 여자가 엄마인 줄 알았다. 그러다 나 자신임을 깨달았다. "내 이름은 인덕이야," 그 여자가 내 입을 통해 말했다. 나는 한때 내 것이었던 얼굴을 바라보면서, 그녀가 누구를 바라보는지, 또 인덕이 지금 자기 것이라고 주장하는 그 육신을 바라보면서 내 자리에 서 있는 사람이 누구인지 궁금했다.

지금의 내가 누구인지 이해하려고 나의 새로운 손을 바라보았다. 하지만 손을 바라보자마자 손이 녹아 재로 변했다. 나는 재빨리 내 팔과 다리와 발을 쳐다보았는데 똑같이 무너져내리고 있었다. 용처럼 탐욕스럽고 태양처럼 매서운 불길에 잡아먹히고 있다는 생각이 들었다. 내 몸이 재로 만든 얇은 기둥처럼 변했다. 그리고 나는 이런 내 몸을 날려 보낼 용의 숨결 같은 바람을 기다렸다.

"너는 흐르는 강을 건너 돌아와야 해," 인덕이 숨을 몰아쉬며 재가 된 나를 밤하늘로 날려 보냈다. 꽃가루처럼 날려 보냈다.

～ εε⤳

다음 날 아침, 내가 잠에서 깨자 엄마가 말했다. "너는 흐르는 강을 건너 돌아와야 해." 엄마가 의식용 흰 가운을 내 머리 위에 뒤집어씌우곤, 내 팔을 잡아당겼다. "자, 빨리."

나는 배를 문질렀다. "몸이 안 좋아요," 혼자 있길 바라며 칭얼거렸다.

"알아," 엄마가 말했다. "그래서 이걸 해야 해."

"싫어요," 내가 침대 반대편으로 기어가며 말했다. "학교에 가야 해요."

엄마가 문을 가로막으려고 달려갔다. "내가 벌써 전화해서 네가 많이 아프다고 말했어. 의사한테 가야 한다고."

"오," 엄마가 씌운 가운을 벗으며 내가 말했다. "어디 간다고는 왜 말하지 않았어요?"

엄마가 한숨을 내쉬더니 천천히 말했다. "왜냐하면 우리는 가지 않을 거니까. 나는 그들이 이해할 수 있는 말로 이야기했을 뿐이야."

엄마는 내가 침대에 아무렇게나 던져버린 가운을 바닥에서 들어 올려 내게 주었다. 나는 옷을 입었다. 가운의 밑단이 발목에 닿았을 때, 내가 엄마만큼 자랐다는 것을 깨달았다. "자, 어서." 엄마가 유리문을 열고 정원으로 걸어가면서 말했다.

나도 엄마를 따라 집 뒤쪽으로 갔다. 우리가 소유한 땅을 둘러싸고 있는 닭장 철조망에 이르렀다. 마치 모세가 홍해를 가르듯 엄마는 손을 들어 올려 울타리를 넘어갔다. 나는 울타리에 문이 있길 바라면서, 엄마가 간 쪽으로 걸어갔다. 하지만 문은 없었다. 엄마는 계속 나를 기다렸다. 내가 고리에 손가락을 밀어 넣고 흔들자 울타리가 달그락거렸다.

"여기야," 엄마가 말했다. "여길 보렴." 엄마는 우리 사이에 있는 울타리를 잡더니 부드럽게 울타리를 갈랐다. 울타리는 삐걱거리며 내 몸을 집어넣을 수 있을 만큼 벌어졌고, 다시 내 뒤에서 재빠르게 닫혔다.

나는 엄마가 이끄는 곳으로 따라갔다. 엄마는 부러진 이빨처럼 여기저기 흩어진 마른 나무뿌리와 그리 단단하지 않은 바위 위를 지나쳤다. 엄마의 다리근육이 움직이는 것을 지켜보고 있자니 내가 엄마 피부 아래에 살고 있는 것 같았다. 내 몸이 엄마 몸처럼 굽히고 움직이는 게 느껴졌다. 우리는 햇살이 조각조각 비추는 길을 누비면서, 축축한 부엽토와 시들어가는 낙엽 사이에 난 오솔길을 걸어 올라갔다. 햇살은 밟으면 터지는 과숙한 릴리코이(하와이에서 일컫는 패션프루트—옮긴이)처럼, 흔들리며 반짝였다. 한 걸음 한 걸음 옮길 때마다 어떤 소리가 잔잔히 들렸는데, 좁은 개울 위를 건너갈 때에서야 그것이 강의 노래라는 것을 깨달았다.

"그녀는 영혼을 찾기 위해 위험한 개울을 건넜어요." 엄마가 축 축한 공기에 대고 외쳤다.

"춤을 추거라," 엄마가 내게 말했다. "네 영혼을 자유롭게 하렴, 베카 찬. 네 영혼을 풀어 놓으렴." 그리고 엄마는 제자리에서 빙빙 돌고 껑충 뛰면서 아무 말도 없이 춤추고 노래를 불렀다.

"엄마, 그만해요!" 내가 외쳤다. 우리는 마노아강으로부터 떨 어져 있어 눈에 잘 띄지도 않고, 아무도 모르는 작은 개울 옆에 있 었다. 그래도 나는 누군가 엄마를 볼까 봐 두려웠다. 엄마는 현실 에 닻을 내리지 않은 채 날아다니며, 몸의 곡선이 드러날 때까지 자신의 옷으로 검은 물을 빨아들이고 있었다. 등 뒤에 날개처럼 튀어나온 어깨뼈, 푹 들어간 가슴에서 흔들리던 젖가슴, 뒤집힌 그릇 같은 배가 젖은 옷 아래로 그대로 드러났다.

"제발, 지금 말구요," 나는 엄마와 그녀와 함께 춤추는 신령들 을 향해 소리를 질렀다. 만약 엄마가 신이 들리면 엄마를 숲속에 두고 나 혼자 돌아갈 거라고 맹세했다.

엄마는 나를 향해 돌면서 내 손 하나를 움켜쥐었다. "나와 함께 춤을 추자, 베카." 엄마가 말했다. "저 노랫소리가 들리지 않니?"

엄마가 나를 잡아끌자 나는 발을 바꿔가며 경중경중 뛰었다. "그렇지," 엄마가 말했다. "강이 너에게 말하도록 두렴. 강이 말하 는 걸 들어봐, 들어야 해."

엄마의 춤이 느려졌다. 여전히 내 손을 잡은 채, 엄마는 바지 허리춤에 손가락을 집어넣고는 작은 주머니칼을 꺼내 내 가운뎃손가락 끝을 베었다.

나는 소리를 지르고 재빨리 손가락을 입에 넣었다.

"기다려, 아직은 아니야," 엄마가 내 손을 입에서 빼내면서 말했다. "먼저 손가락을 씻어."

내가 얕은 강물에 손을 담그자, 엄마가 외쳤다. "신령이시여, 강과 함께 날아갔다가 다시 집으로 돌아오소서." 엄마가 내 어깨를 두드리며 말했다. "됐어. 자, 이제 강물을 마시렴."

나는 손으로 흐르는 물을 떠서 입으로 가져갔다. 비릿한 피맛이났다.

"이제 너는 강과 몸을 나누게 된 거야." 엄마가 말했다. "강물은 네 피란다. 네 영혼이 날아갈 준비가 되었을 때, 영혼이 강물을 따라 널 찾아올 거야." 엄마가 말했다.

꠲꠲

내 핏속에 흐르는 강물처럼 엄마는 내가 엄마에게 날아오기를 기다렸다. 엄마가 해야 하는 말을 내가 들을 준비가 되었다고, 내가 엄마에게 말하길 기다린 것이다. 내가 한 번도 묻지 않았지만, 엄마는 계속 내게 말하고 있었고, 나는 그걸 듣지 못했다.

엄마 목소리를 한 번 더 들으려고 마노아 집에서 가져온 엄마의 마지막 메시지, 엄마의 마지막 선물인 '베카' 테이프를 꺼냈다. 내가 고른 이 아파트에서 엄마의 테이프를 처음 듣는다. 어릴 적 엄마가 고객과 굿하는 것을 엿들었을 때, 그리고 엄마가 녹음한 테이프 하나를 몇 년 전 들었을 때와 비슷한 소리가 들린다. 알아들을 수 없는 흐느낌과 날카로운 울부짖음, 그리고 간간이 폭발하는 북소리로 인해 울음이 그치는 소리만 들린다. 집중해서 듣기를 포기하고 나니, 나는 엄마가 노래로 말하고 있다는 것을, 이름들을 외치며 이야기를 하고 있다는 것을 알아챘다. 크게 틀수록 더 쉽게 알아들을 수 있을 것 같아서, 엄마 목소리가 벽을 뒤흔들 때까지 레코더 볼륨을 높였다.

곡: 나는 밤하늘에 대고 울부짖고, 내 슬픔이 이웃의 집에 흘러가고, 내 상실과 사랑을 알린다.

테이프가 계속 감기는 동안, 나는 엄마의 노래를 받아 적으려고 종이와 펜을 찾아 부엌 장을 뒤졌다. 내가 알아들을 수 있는 피와 죽음과 연관된 단어들인 곡, 한, 제사, 주당, 사자, 보지를 휘갈겨 썼다. 검은 글씨로 공책 몇 장을 꽉 채운 뒤에야 나는 레코더를 멈췄다. 작은 종이로는 부족하고 정신이 없는 것 같았다. 더 큰 천이 필요했다. 나는 내 침대 시트를 벗겨내 거실 스피커 앞에 깔았다. 레코더의 재생 버튼을 누르고 다시 엄마의 말을 받아 적었다.

염: 당신의 마지막 가는 길, 나는 당신의 육신을 준비시키기 위해 안방 매트에 당신을 곧게 펴 눕힙니다. 인삼 뿌리를 끓이고, 그 향기로운 물을 식혀 당신을 마지막으로 씻깁니다. 당신의 뻣뻣한 팔과 다리를 문지르고, 팔과 다리를 당신 몸에 바짝 붙입니다. 당신의 은밀한 곳을 씻기고, 당신의 흰머리를 뽑고, 당신의 손톱을 자릅니다. 나는 여기저기 흩어진 조각들을 천에 싸서 당신 아래 묻습니다. 그동안 나는 내내 노래합니다.

나는 하늘, 바다, 천지, 사람과 이름을 노래합니다. 천국, 바다, 천지 사방, 당신의 이름을 노래합니다. 나는 당신이 묻힐 곳을 표시하여, 당신이 언제나 길을 찾을 수 있도록 합니다.

아버지. 어머니. 건 언니. 물 아주머니. 나는 내가 아는 당신의 이름으로, 당신들 모두의 이름으로 노래하여, 당신이 기억하게 합니다. 내가 기억하게 합니다. 내 뒤에 오는 사람들이 알 수 있게 합니다. 인덕. 미요코. 기미코. 하나코. 아키코. 순희. 순미. 순자. 순효.

진짜 이름이 알려지지 않은 채 수많은 이가 가슴속에서 죽었습니다. 수많은 몸들이 준비되지 않은 채 강에서 길을 잃었습니다.

엄마는 한 번도 내 이름을 노래하지 않았다. 영어로 말하고는 있지만 이 테이프도 나를 위한 것이 아니었다. 엄마는 나에게 말하는 게 아니었고, 자기 어머니의 죽음과 제례에 관하여 설명하고 있었다. 비록 나에게 좋은 엄마는 아니었지만, 성실히 제사를 지내며 부모를 기억하는 믿을 만한 딸이었던 것이다.

테이프의 첫 번째 면이 쉬쉬하며 멈출 때, 내가 엄마 곡소리를 강조하는 북소리라고 생각했던 것이 사실은 현관문을 두드리는 음울한 소리라는 것을 깨달았다. 희미하지만 계속 두드리는 소리. 테이프를 뒤집어서 재생 버튼을 누르자, 엄마의 말이 나를 감싸고 문을 향해 떠돌았다. 문구멍으로 확인하니, 아파트 관리인이 문에 기대어 귀찮다는 듯 손바닥으로 문을 두드리고 있었다. 고개를 숙인 그의 몸은 마치 풍선 줄처럼, 그의 머리는 그 줄에 달린 풍선처럼 보였다.

"무슨 일이죠?" 내가 닫힌 문 사이로 외쳤다.

히람 히라노가 붉게 물든 눈을 깜박이고 펄쩍 뛰면서 문에서 떨어졌다. "방해해서 죄송합니다," 그가 빽빽 고함쳤다. "그런데 그쪽의, 아, 음악 때문에 민원이 들어와서요."

나는 그가 벗겨진 머리를 매만지며 한 손가락으로 귀를 막고 있는 것을 보았다. 그는 문구멍을 들여다보려고 애를 쓰며 코를 킁킁거렸다. "여보세요? 제 말 듣고 있어요? 여보세요? 소리 좀 줄여주겠어요?" 그가 말을 더듬었다.

"엄마가 죽었어요." 내가 말했다.

"오," 그는 내 말이 병이라도 되는 듯 문에서 황급히 달아나며 말했다.

소리를 더 크게 높여 듣고 싶은 마음에, 나는 엄마의 말을 따라하며 내 목소리도 소리에 보탰다. 그러다가 내가 알아들을 수 없는 정신대(정신대는 일제가 전시 노동력을 확보하기 위해 주로 군수공장 등에서 동원한 노동 인력 피해자이고, '위안부'는 일본군이 군 위안소로 강제 동원하여 성적으로 학대하고 유린한 여성 피해자를 일컫는다. 정신대와 '위안부'는 엄연히 다른 맥락과 함의를 지녔으나, 1990년대 초까지 명확히 구분되지 못하고 혼용되기도 했다―옮긴이)라는 말을 마주했다. 한 음절 한 음절 단어를 입에 맞춰보았고 한영사전을 뒤져 비슷한 번역어를 찾아 읽었다. 노예 부대.

정신대: 우리 형제들과 아버지들이 징집되었다. 남아 있던 여자들은 과일처럼 맛보고 소비되고 씨앗처럼 뱉어졌다. 그렇게 정신대로 다뤄졌다. 그곳에서 우리는 일본 천황의 명령을 받은 몸 아래에서 썩어갔다. 천황의 명령 아래 우리는 매 맞고 굶주렸다. 천황의 명령으로 우리 몸의 구멍은 그들의 배설물을 묻는 데 쓰였다. 천황의 명령으로 우리는 구덩이에 버려져 태워질 때까지 피를 흘리고 흘렸다. 몸부림치던 우리 팔에서 나온 재는 가끔 우리가 목욕하도록 허락된 강 위에 뿌려졌다. 천황의 명령에 옭매인 우리는 죽은 자들이 지옥에서 빠져나올 수 있도록 강에서 저승 가는 길을 준비시킬 수도 없었다.

일본인들은 자신들이 조선인의 모든 세대를 파괴했다고 믿는다. 우리가 모두 죽었고 그 끔찍한 진실이 우리와 함께 사라졌다고 믿는다. 하지만 나는 살아 있다. 나는 당신을 느끼며, 내가 강을 건너 당신과 함께할 때까지 당신이 내 곁에서 기다린다는 것을 알고 있다. 나는 매해 당신에게 내 작은 몸짓을 바친다. 이 몸짓은 나를 침묵시키기 위해 일본인이 이제야 제안한 죄의식 묻은 돈보다 훨씬 가치 있는 것이다. 당신을 기억하려고 태운 한 줌의 쌀, 끊임없이 부르고 부르는 당신의 이름, 굶어 죽은 사람들을 위한 잔치 부스러기를 바친다.

나는 테이프를 되감아 엄마가 정신대를 말하는 부분을 다시 들었다. 엄마는 엄마가 기억나는 대로 정신대에서 여자들에게 저지른 범죄를 증언했다. 너무 많은 범죄와 너무 많은 이름들이 나와서, 배에 경련이 날 지경이었다. 참고할 만한 것도 없었고, 누가 누구인지 도통 알 수가 없었다. 나는 복수심에 불타는 천사처럼 남자들의 범죄를 열거하는 엄마를 어떻게 이해해야 할지 몰랐다.

"엄마, 어머니, 이게 당신인가요?" 내가 울부짖었다. 하지만 엄마는 슬픔 속에서 망자들을 위한 노래를 멈추지 않았다.

엄마가 여리고 취약한 존재라고 항상 생각해왔던 나는, 엄마가 저 테이프에서 설명하는 '위안부' 중 한 명이었다고는 도무지 생각할 수 없었다. 엄마가 '아키코'라는 이름에 답해온 것을 한평생 봐왔지만, 엄마가 묘사한 저 일들을 어떻게 버텨냈다는 것인지 상상할 수 없었다. 나라면 버틸 수 없었을 테니까. 만약 엄마가 강제로 위안소에 끌려갔다면, 어떻게 결혼을 하고 아이를 낳을 수 있었단 말인가? 이 새로운 배경이 주어지자, 나는 문득 아버지가 병원에 실려 갔었던 기억이 되살아났다. 그건 반쯤 잊고 있던 어느 밤의 기억이었다.

엄마가 했던 이야기의 조각을 이어보자면 이렇다. 우리는 플로리다주의 마이애미 소년 선교원 교정에 있는 예배당 주변 어느 방갈로에서 살고 있었다. 내가 기억하는 건, 내가 놀던 작은 뜰과 혼자 잠을 자던 작은 방이다. 텔레비전 보는 것이 특별히 허락된 토요일 아침, 나는 「미라의 저주Curse of the Mummy」를 보았다. 그걸 언제 봤는지는 기억하지만 내가 본 것이 「애봇과 코스텔로 미라를 만나다Abbott and Costello Meet the Mummy」인지, 아니면 「스코비두와 유령 나오는 집Scooby-Doo and the Haunted House」이었는지 헷갈린다. 무슨 영화였든지 간에 다시 살아난 죽은 자들의 모습은 밤새도록 내 꿈까지 쫓아왔다. 미라가 썩은 내 진동하는 천을 둘둘 감은 팔을 앞으로 뻗고서는 나를 향해 발을 질질 끌고 왔다. 천을 감은 미라는 내가 잠에서 현실로 달아났을 때에도 끈질기게 따라왔다. 미라의 숨결이 내 뒷머리를 간지럽히는 것을 느끼고는, 나는 비명을 지르며 침대에서 뛰어나와 부모님 침실로 뛰어들어 갔다.

침실을 반쯤 가로질러 갔을 때, 방이 비어 있고 아무도 나를 구해줄 사람이 없다는 것을 깨달았다. 미라가 쫓아와 나를 집어삼키길 기다렸지만, 정작 미라는 내 머리를 창문이 열린 쪽으로 돌리기만 했다. 나는 통제할 수 없는 또 다른 꿈에 사로잡힌 줄 알았다. 눈을 뜨자 우리 집의 뜰 오솔길에서 엄마가 춤추고 있는 것이 보였다. 아버지는 엄마 앞에서 무릎을 꿇고서 누가 보기 전에 안으로 들어가자고 애원하고 있었다.

"하나님 앞에 머리를 숙여. 오직 그분만이 당신의 상처를 치료할 수 있어." 아버지가 엄마에게 말했다. "『루가의 복음서』 13장의 여인을 떠올려봐. 그녀는 악령에 사로잡혀 18년 동안 고통 받았어. 예수께서 '여인아, 네 병이 이미 너에게서 떨어졌다'고 말씀하시기 전까지 말이야. 아키코, 그 여인이 했던 것처럼 무릎을 꿇어. 그러면 당신은 자유로워질 거야."

하지만 엄마는 비웃으며 아버지에게 침을 뱉었다. "절대로, 다시는 절대로 남자를 위해 눕지 않을 거야." 엄마가 말했다. 그리고 몸을 흔들며 아버지 주위를 빙빙 돌았다.

아버지는 서서 가슴 앞에 손을 모았다. "그녀를 용서하십시오, 아버지. 그녀는 자기가 무슨 말을 하고 있는지 모릅니다."

"내가 무슨 말을 하는지 똑똑히 알고 있어. 그게 내 본래 이름이니까. 순효, 진정한 목소리이자 순수한 혀이지. 나는 수백 명의 남자를 위해 누워 있었던 것을 말하는 거야. 한 명 한 명은 모두 사자였어, 죽음의 악령 군인들이지. 계속해서 끝도 없었어. 내가 죽을 때까지. 사고 팔린 육신들에 대해 말하는 거야. 그 몸들에 대해…."

"당신 입에서 나오는 사악한 것들 좀 집어치워. 당신 입에서 나오는 그 썩은 말들 말이야. 그렇지 않으면…." 아버지가 고함을 쳤다.

"태우고 잘려진 채로 쓰레기처럼 강 옆의 들개에게 던져진 몸뚱이들에 대해…."

"그렇지 않으면 당신을 때려눕히겠어!" 아버지가 엄마의 어깨를 움켜잡고 흔들었다.

"내가! 바로 내가 당신을 때려눕힐 거야. 그리고 하나님도 때려 눕힐 거야!" 엄마는 비명을 지르며 아버지를 비난했고 얼굴을 할 퀴었다.

하지만 **엄마**를 때려눕힌 것은 아버지였다. 아버지는 엄마의 입을 막으려고 축축한 땅으로 엄마를 넘어뜨렸다. "조용히 해! 당신이 그렇게 말하는 걸 누가 듣기라도 하면 어떡해? 소년들이, 형제들이? 만약 베카가 당신 말을 들으면 어떨 것 같아? 자기 엄마가 창녀였다는 걸 알면 그 애 기분이 어떻겠어."

아버지는 신음하며 자신을 때리는 엄마를 팔로 감싸안고 달랬다. "쉿!" 그가 중얼거렸다. "심판을 할 사람은 내가 아니야. 하지만 '부모의 죄는 자식들과 손자들에게 떨어진다'는 걸 알아둬. 나는 우리 딸이 수치스럽지 않게 당신이 침묵으로 보호해달라고 부탁하는 거야."

그날 밤 나는 엄마의 울음소리를 들으며 부모님의 침대에서 잠들었다. 그리고 다시 깨어났을 때 나는 병원에 있었다. 나는 그 후 몇 주 동안 대부분을 병원에서 보냈다. 복도를 돌아다니고 사탕 자판기 앞에서 무엇을 먹을지 고민했다. 매끄러운 흰 바닥에 미끄러지는 놀이를 하면서 엄마가 아버지 병실에서 나오기를 기다렸다. 아버지를 보겠다고 말했을 때, 엄마가 말렸다. "아버지가 나아질 때까지 기다리렴." 하지만 다시는 아버지를 보지 못했다. 마지막으로 병원에 방문했을 때, '심장마비', '합병증', '폐렴', '죄송합니다' 같은 말을 들었다. 의사가 엄마와 나를 향해 조의를 표하려고 몸을 숙였을 때, 나는 아무 생각 없이 아버지가 아니라 사탕 자판기에 관해 물었다.

～～～

  내가 듣고 기억한다고 믿었던 것들을 부인하면서, 기억과 이야기를 정리해보았다. 그리고 몇 번이고 세계대전 당시 엄마의 나이를 세어보려 했다. 머리를 온통 날짜와 숫자들로 가득 채워서, 엄마의 목소리를 잊어보려 했다. 이런 끔찍한 일이 엄마를 범하지 않았을 거라고, 위안부였다고 했을 당시 엄마는 고작 어린아이에 지나지 않았을 테니 이런 일은 없을 거라고, 나 스스로를 안심시키고 싶었다. 나는 침대 시트에 연도를 휘갈겨 쓰기 시작했다. 1995, 1965, 1945, 1931-2-3 … 그때 관리인이 다시 와서 약하게 문을 두드리는 소리를 들었다. 하지만 내 이름을 부르는 사람은 관리인이 아니라 샌퍼드였다. 내가 임대계약서에 비상 연락망으로 그를 적어두었기 때문이었다.

  나는 문 뒤에서 무슨 일이 벌어지고 있는지 확인하기 위해 스피커 앞을 떠날 필요가 없었다. 부은 눈을 하고 땀을 뻘뻘 흘리는 히람은 의무적으로 문을 두드린 후 물러날 것이다. 그럼 샌퍼드는 복도 아래로 내려가는 소심한 관리자에게 손을 흔들 것이다. 관리자를 이해한다는 표정에, 소년처럼 잘생긴 자기 얼굴을 신경 쓰면서 말이다.

나는 문으로 달려가지 않았지만, 샌퍼드의 가면이 벗겨졌다는 것을 알 수 있었다. "베카!" 그가 문을 두드리며 고함을 질렀다. "나야."

나는 볼륨을 낮췄다. "누구시죠?" 내가 말했다. 그러고는 다시 볼륨을 키웠다.

샌퍼드는 순간 문 두드리기를 멈췄다가 마치 질문을 하듯 자기 이름을 크게 외쳤다.

그가 불쌍해서 문을 열려고 하는 순간, 엄마가 정의를 위한 기도와 노래에 내 이름을 엮으며 나를 부르는 소리를 들었다.

베카 찬, 죽은 자들의 행렬을 인도해라. 네 빛의 밧줄로 출상出喪을 인도해라. 너의 종을 울려서 공기를 정화하고 너의 노래로 우리를 씻겨라. 영혼들을 위해 내가 더 이상 제사를 지낼 수 없을 때, 네가 우리를 먹여주길 기다릴 것이다. 나는 너를 놓아주려고 했다. 하지만 결국 그러질 못하고, 우리가 서로를 항상 짊어지도록 너를 나에게 묶어버렸다. 너의 피를 나의 피에 묶었다.

나는 엄마가 내게 먹을 것을 주기 전, 죽은 자들에게 제물을 차리던 것을 기억했다. 내 침대 시트에서 찢어낸 천 조각을 가지고 내 위에서 춤추기도 했다. 이제 이해가 된다. 내가 엄마에게 존재감이 없고 중요하지 않다고 느낄 때에도, 엄마가 신령들을 위로할 때에도, 엄마는 내가 엄마를 지켜보고 있다는 것을 알고 있었다.

그렇게 엄마는 엄마의 방식으로 항상 나를 데리고 다닌 것이다.

엄마의 팔이 내 허리를 감싸고 있다는 것을 느끼면서, 내가 문으로 다가갔다. "나는 엄마와 말하고 있어." 문틈을 통해 샌퍼드에게 말했다.

"당신 어머니는 죽었어." 내가 엄마에게 불안정하다고 말하던 것처럼, 샌퍼드는 내가 위태롭다는 듯이 말을 건넸다.

나는 작은 문구멍을 통해 샌퍼드를 보았다. 내가 고등학교를 다닐 때, 미술 선생님은 우리가 그리고 싶은 것에 초점을 맞추기 위해 손가락으로 만든 사각형으로 사물을 바라보는 방법을 가르쳐 주었다. 나는 가끔 엄마를 이해해보려고 손가락 액자를 통해 엄마를 바라보았다. 나는 손가락으로 엄마를 포착해 엄마를 다루기 쉽게 만드는 것을 좋아했다. 손가락 렌즈를 통해 눈을 가늘게 뜨면 엄마를 내가 원하는 크기로 만들 수 있었다. 엄마를 점점 더 작게 만들어, 눈 깜박할 사이에 엄마를 사라지게 할 수 있을 때까지 줄일 수 있었다.

엄마를 보았던 것처럼 샌퍼드를 보았다. 그를 내 손가락 사이 공간에 맞추고는 천천히, 천천히, 아주 섬세하게 손가락을 모아서 그를 일반 부고訃告 글줄보다도 작게, 신문 활자보다도 더 작게 만들었다.

"나는 당신을 떠나야 해, 샌퍼드." 그가 온 힘을 다해 문을 두드리는 동안 내가 소리를 질렀다. 그가 어깨를 문지르는 모습을 보았다. 나는 손을 떨구고 눈을 감았다. 아파트를 채우는 엄마의 목소리와 함께 엄마의 말들이 내 어깨 주위로 소용돌이쳤다. 한 번의 꼬집음과 한 번의 깜박거림으로 누군가를 사라지게 하는 게 얼마나 쉬운지 생각했다. "잘 가," 샌퍼드에게 말했다. "엄마가 나를 부르고 있어."

18

베
카

레노 아줌마와 나는 엄마의 시신을 두고 싸웠다.

"이게 뭐예요? 그리고 이건요? 이거는요?" 나는 대여한 관 속에 누워 있는 엄마를 바라보았다. 나는 엄마 눈 주위에 칠해진 검은 아이라이너, 뺨부터 관자놀이까지 펴 바른 블러셔, 밝은 오렌지색 립스틱, 머리에 쓴 깃털 장식을 가리켰다.

"뭐가?" 레노 아줌마가 자기 허리춤에 손을 얹었다. "무슨 말을 하려는 거니?"

나는 엄마와 똑같은 오렌지색 립스틱으로 칠해진 레노 아줌마의 꽉 다문 입술을 바라보고는 콧방귀를 뀌었다.

"대체 뭐가 문제니? 네가 코랄 키스(샬롯틸버리 화장품 회사에서 만든 립스틱 색상 중 하나―옮긴이)를 좋아하지 않으면 바꾸마. 모든 사람들이 나처럼 잘 어울릴 수는 없으니."

"그래요, 레노 아줌마. 립스틱 때문이에요. 그리고 보라색 아이 새도는 누가 엄마를 때려죽인 것 같잖아요. 그리고 스트립 댄스에서나 볼 법한 저 깃털이랑 옷은 베이거스에서 가져온 거예요, 뭐예요?" 나는 관 위로 몸을 굽히며 계속 말했다. "이건 우리 엄마가 아니에요. 이건 아줌마죠. 아줌마가 늘 이렇게 하고 다녔잖아요."

레노 아줌마가 관의 가장자리를 너무 세게 내려쳐서 엄마 머리에 꽂힌 깃털 장식이 흔들렸다. "망할 계집애. 넌 가만있어. 내 손에 이걸 맡긴 건 너잖아. 네가 말했잖아. '레노 아줌마, 엄마에게 옷을 입힐 수 없어요. 레노 아줌마, 엄마 화장을 고칠 수 없어요. 나는 시체를 만질 수가 없어요. 난 망할 부고 한 줄도 쓸 수 없어요.'"

레노 아줌마가 관을 빙 돌아서 내가 있는 쪽으로 왔다. "그래서 어쩔 건데? 딸이 돌보지 않으면 누가 네 엄마를 돌보지? 나, 레노지. 바로 나라고. 그리고 이게 내가 받은 감사의 표시라고."

레노 아줌마가 높은 힐을 신고 요란스럽고 위태롭게 다가올 때, 나는 뒤로 물러서지 않고 오히려 앞으로 나섰다. "오, 아줌마. 감사해요, 감사해요," 내가 빈정거렸다. "감사하다고요. 언제나요. 내 평생 아줌마께 감사해왔죠. 그런데 뭐 때문이죠?"

"뭐라고!" 레노 아줌마가 날카롭게 소리를 지르자 장의사가 방으로 달려왔다. "뭐 때문이냐니, 뭐 때문이냐고?"

장의사가 자기의 겉옷을 매만지며 부드럽게 목청을 가다듬었다. "숙녀 분들, 제가 도와드릴까요?"

레노 아줌마가 이마로 손을 가져가며 그를 돌아보았다. 그녀의 묵직한 몸이 젊은 장의사 위로 위태롭게 쓰러질 듯 휘청거렸다. "선생님, 죄송해요." 아줌마가 숨을 내쉬었다. "잠시 슬픔에 압도되었어요."

장의사는 레노 아줌마의 어깨를 토닥거렸다. 동정적이되 주제넘게 나서지 않는 숙련된 동작이었다. "이해합니다. 남겨진 사람들에게는 어려운 시간이지요." 그가 엄마를 힐끗 쳐다보았다. "아름다우셨네요." 그리고 레노 아줌마를 돌아보며 덧붙였다. "언니인가요?"

내가 코웃음을 치자, 레노 아줌마가 눈을 치켜떴다. "비슷해요. 그녀가 하와이로 이사 왔을 때 도운 사람이 저니까요. 도박을 건 셈이죠. 처음으로 일자리를 주었거든요." 목소리를 높인 레노 아줌마가 장의사에게서 내게로 얼굴을 돌리며 째려보았다. "사업을 관리하고, 그녀가, 음, 병이 났을 때 그녀의 딸도 돌봐주었지요."

나는 억지로 웃었다. "레노 아줌마께 감사하죠. 아줌마가 없었으면 우리는 어쩔 뻔했을까요?" 나는 아줌마의 찌푸린 얼굴에 대고 낮은 목소리로 말했다.

"얘, 내 말을 믿는 게 좋을 거다." 레노 아줌마가 침을 뱉었다.

장의사가 내 쪽으로 손을 들더니 잠시 레노 아줌마와 나 사이를 막았다. "음, 당신이 돌아가신 분의 딸 브래들리 양이죠?"

나는 그를 무시했다. "오, 믿죠, 아줌마. 그리고 아줌마는 우리 엄마가 없었으면 어쩌려고 했어요? 엄마가 아줌마를 위해 번 그

돈이 없었으면요? 어떻게 그 많은 도박 여행을 다 갈 수 있었겠어요? 어떻게 아줌마가 아줌마 자식들을 푸나후에 보낼 수 있었겠어요? 적어도 그들이 쫓겨나기 전까지 말이죠."

레노 아줌마가 장의사의 팔을 치우더니 눈을 가늘게 떴다. "네가 정확히 하고 싶은 말이 뭐야?"

장의사가 문 쪽으로 몸을 조금씩 움직였다. "어이, 프랭크! 프랭크." 장의사가 앞방을 향해 소리쳤다.

내가 장의사를 쳐다보았다. "저기요? 저희끼리 대화 좀 할게요."

레노 아줌마가 내 어깨를 밀쳤다. "얘, 이 사람에게 분풀이하지 마. 그저 자기 일을 하는 거니까. **어떤** 이들과 달리 다른 사람들을 위해 더러운 일을 하는 것뿐이야." 그녀가 눈을 가늘게 뜨고 나를 바라보았다.

장의사는 문에 기대고 섰다. "프랭크, 여기로 와보라니까." 그가 소리쳤다. 긴장 탓인지 사무적이던 그의 말투도 무너졌다. "제발! 전 여기서 일한 지 일주일밖에 안 됐어요. 여기, 여기 911을 불러주세요!"

레노 아줌마는 분주히 장의사에게로 다가갔다. "청년, 조용히 해봐요." 장의사의 손을 두드리며 레노 아줌마가 혀를 쯧쯧 찼다. "걱정하지 말아요. 의견 차이가 있을 뿐이니까." 아줌마가 웃었다. "뭐라고 하셨죠?"

청년은 자기 손을 바지 허벅지에 문질렀다. "아닙니다. 저는 말하지, 아무 말도 하지 않았어요. 사실, 음, 죄송합니다만 숙녀 분들, 다음 사람들을 위한 준비를 하러 가보겠습니다." 장의사가 살짝 미소 지으며 말했다.

레노 아줌마가 그를 향하며 말했다. "갈 필요 없어요. 우리는 여기서 끝났으니까." 내가 아줌마의 팔을 잡자 남자는 도망쳤다.

"아줌마," 내가 말했다. "우린 아직 끝나지 않았어요."

"그럼 뭔데?" 아줌마가 소리를 질렀다. "내가 전에 물어보러 갔잖니. 도대체 문제가 뭔데?"

"그리고 제가 말했죠, 레노 아줌마. 아줌마예요. 아줌마가 내 문제라고요." 나는 엄마 머리로 손을 뻗어 모자 깃털을 낚아챈 후, 레노 아줌마 얼굴 앞에서 그것을 흔들었다. 마치 털 달린 손가락이 매달린 듯했다. "아줌마를 만난 이후 아줌마는 쭉 우리를 이용했어요. 엄마를 이용했고 엄마를 줄 달린 꼭두각시 취급했어요. 나는 오랫동안 아줌마를 지켜봤죠. 엄마가 신들렸을 때 어떻게 했는지 말이에요. 일분일초마다 아줌마는 점점 더 부자가 되었어요. 그렇잖아요? 아줌마는 엄마가 매번 우리 곁으로 돌아오지 않더라도 신경 쓰지 않았어요. 아줌마는 엄마나 나나 전혀 신경 쓰지 않았지요. 아줌마에게 도움이 되는 것들만 신경 썼죠!"

레노 아줌마가 깃털 쪽으로 손을 뻗었지만 나는 손이 닿기도 전에 홱 치웠다. "그건 사실이 아니야." 그녀가 대꾸했다. "나는 좋은 마음에서 … ."

웃음이, 내 목구멍에서 뜨겁고 거친 웃음이 녹아내렸다. "헛소리 집어치워요, 레노 아줌마. 아줌마가 얘기하는 사람은 나예요,

우리 엄마가 아니라. 아줌마가 우리 덕택에 큰돈을 번 것을 알고 있어요."

"자, 들어봐, 얘야 … ."

"나를 그렇게 부르지 마세요!" 내가 소리쳤다. "나를 한 번도 아줌마네 집에 초대하지 않았으면서, 우리가 가까웠다는 듯 감히 어떻게 그렇게 나를 부르죠?" 나는 깃털을 레노 아줌마에게 던졌다. 깃털이 펄럭이더니 우리 사이에 놓인 관 안으로 떨어졌다.

레노 아줌마가 고개를 떨어뜨렸다. "미안하다," 그녀가 속삭였다. 깜빡이는 눈꺼풀은 깃털로 시선을 돌렸다. "전혀 생각하지 못했다. 나는 그냥 너희 엄마 집에서 보면 된다고 생각했어. 하지만 얘야, 네가 말했다면 … ."

내가 어깨를 으쓱했다. "어쨌든," 나는 갑자기 힘이 쭉 빠지며 멍해졌다. 엄마 관 옆에 있던 접이의자에 주저앉아 검은색으로 칠해진 관에 이마를 기댔다. "어쨌든요, 아줌마. 저는 지쳤어요. 더 이상 신경 쓰지 않을게요. 다 가지세요." 내가 속삭였다. 나에게 돈은 상관없어요. 아줌마가 내게 남겨진 유일한 사람이에요, 그런데 나는 아줌마를 믿지도 못해요."

"베카," 레노 아줌마가 내 옆자리에 앉으며 말했다. "네 엄마가 죽어서 우리 앞에 누워 있는 게 아니었다면, 신이시여, 도와주소서, 네가 그런 생각을 했다니, 난 네 머리를 한 대 쥐어박았을 거다." 아줌마는 내 어깨에 팔을 두르려는 듯 팔을 들었다가 주저하더니, 자기 옆에 다시 내려놓았다. "너는 엄마의 딸이야. 네 엄마의 몸에서 나온 유일한 딸 말이야. 그런데 너는 엄마에 대해 쥐뿔도 몰라. 그렇지 않니?"

레노 아줌마가 내 어깨를 움켜잡았다. 나는 아줌마를 떼어놓으려 했지만 그럴수록 더 강하게 나를 움켜쥐었다. "일어나." 그녀가 나를 지렛대 삼아 일어서며 말했다. 그러고는 날 일으켜 세웠다. "자 봐. 네 엄마를 잘 보란 말이야."

나는 다시 한 번 관 속을 들여다보았다. 내 눈물이 엄마의 얼굴, 그러니까 메이블린(미국 뉴욕에 있는 글로벌 화장품 회사—옮긴이)의 황갈색 볼 터치를 바른 광대뼈에 튀었다.

"내가 본 네 엄마는," 아줌마가 말했다. "아주 강한 여자야. 엄마가 한평생 어떻게 다 견뎌냈다고 생각하는 거니, 베카? 네 엄마가 내가 돈 훔치는 걸 가만히 볼 사람이겠니? 물론 나도 그러지 않았지만 말이야. 어쨌든 그랬다면 그걸 몰랐겠니?"

나는 손등으로 눈물을 닦았다.

"혹시 그렇게 생각했다면 네가 진짜 멍청이야." 레노 아줌마는 몸을 기울여 엄마 뺨에 손바닥을 대고, 엄지손가락을 움직여 립스틱의 얼룩을 지웠다. "내가 말하지만 너희 엄마는 누구보다 나를 잘 알았어. 그게 재능이었지. 네 엄마는 사람 마음을 꿰뚫어봤어. 그들의 아픈 마음, 약점, 무엇이든. 왜냐하면 네 엄마는 나로서는 상상도 못할 고통을 겪었기 때문이야."

"아줌마," 내가 그녀 말을 가로막으며 물었다. "그거에 대해 알고 있어요?"

레노 아줌마가 손짓으로 나를 막아세웠다. "음, 나에게 다시는 그것에 대해 묻지 말거라, 얘야." 내 질문을 오해한 그녀가 말했다. "내가 아는 걸 말해주마. 네 엄마는 유일한 생존자였어. 어떻게 네 엄마가 사람들의 마음을 읽을 수 있었겠니. 어떻게 네 엄마가 사람들의 소망과 공포를 볼 수 있었겠어. 어떻게 이 세계에서 지옥으로 여행할 수 있었겠니. 왜냐하면 네 엄마는 이미 그곳에 가봤었고 돌아오는 길을 알았기 때문이지."

"다른 것도 말해주마." 아줌마가 손가락으로 내 가슴뼈를 찌르며 말했다. "네가 나나 네 엄마를 욕보이기 전에 말이야. 네 엄마는 고아가 된다는 게 어떤 건지를 알았어. 음식 찌꺼기든 뭐든 구걸해야 하는 것을 말이야. 네 엄마는 네가 그런 느낌을 모르길 원했어. 네가 돌아갈 곳도 없이 혼자인 기분을 몰랐으면 했다고. 네 엄마는 이 세상 무엇보다 너를 사랑했어. 그래서 너를 걱정했던 거야."

레노 아줌마가 내 손을 움켜잡았다. 내가 손을 빼지 않자 그녀는 자기 손가락으로 내 손가락을 문지르고 쓰다듬었다.

"네가 아는지 모르겠다만," 레노 아줌마가 말했다. "마노아 집은 네 거야. 아주 분명한 사실이지."

나는 아줌마의 표정을 살피려고 고개를 비틀어 바라보았다.

"맞아, 정말이야." 레노 아줌마가 미소 지었다. "너희 엄마는 한창 일본 부동산 붐이 있기 바로 전에 그걸 살 만큼 영리했어. 네 엄마는 그걸로 큰돈을 벌었지."

내가 손을 잡아 뺐다. "그게 아줌마를 행복하게 했겠네요. 그걸로 수수료를 많이 받았을 테니까요."

레노 아줌마가 혀를 끌끌 찼다. "멍청하긴. 왜 내 말을 듣질 않니? 시장이 치솟기 전이라고 했잖아. 수수료는 얼마 되지 않았어."

"그렇겠죠. 엄마가 신들렸을 때 번 것에 비하면요." 나는 그녀에게 굴복하여 용서하고 싶지 않은 마음에 비웃었다.

레노 아줌마는 나를 무시했다. "늘 말하지만 네 엄마는 아주 똑똑했어. 네 엄마가 너를 위해 모든 돈을 저축한 거 아니? 자기가 얼마를 버는지 정확히 알고 있었어. 위싱볼에 있는 마지막 1센트까지 말이야. 네가 학교 점심 값과 수학여행 같은 걸로 몰래 돈 빼낸 것도 다 알고 있었어."

내 입이 떡 벌어졌다. 그러자 레노 아줌마가 웃었다. "넌 몰랐지, 어?" 그녀가 말했다. "말하지만, 내 딸 베이거스와 네바다도 그런 일을 했어. 너희 아이들은 항상 엄마를 속일 수 있다고 생각하지." 그녀가 미소를 흘리며 고개를 저었다. "아무도 자기 엄마를 속이지 못해. 네 엄마는 네 이름으로 특별 계좌를 만들었어. 나한테 매주 확인했지. 왜냐하면 네 엄마는 그만큼 나를 잘 알았으니까. 내 강점과 약점 모두 말이야."

레노 아줌마는 엄마의 관을 받치고 있는 테이블 위 화장품 가방 쪽으로 어기적어기적 걸어가서 네모난 리넨 천을 꺼냈다. 그녀는 천의 한쪽 끝을 감아 뾰족하게 만들더니 그것으로 자신의 눈

꼬리를 두드렸다. 그러고서 코를 풀고 훌쩍였다. 다시 나를 바라보았을 때 레노 아줌마의 코는 빨갰고 코끝 파운데이션이 지워져 있었다.

"누가 보이니?" 레노 아줌마가 엄마 쪽으로 손짓을 하며 물었다.

"엄마요," 내가 엄마를 바라보지도, 생각도 하지 않은 채 말했다. 그리고 다시 말했다. "모르겠어요."

레노 아줌마가 고개를 저었다. "오랫동안 진지하게 생각해봐야 할 거다, 베카. 다시 바라봐."

죽어서 누워 있는 엄마는 관을 겨우 채울 만큼 쪼그라들어 있었다. 엄마가 언제 이렇게 늙었었는지 기억이 나지 않았다. 내 머릿속에서 엄마는 중년 여인으로 남아 있었다. 내가 중학생이 된 이후로 엄마를 보지 않았나 보다. 관에 누워 있는 엄마는 레노 아줌마의 반짝이는 옷을 입고 진한 화장을 한 채 젊은 척하는 늙은 부인처럼 보였다.

"레노 아줌마, 아줌마가 해주신 것을 거부하려는 건 아니에요." 내가 조심스럽게 말했다. "하지만 이건 옳지 않아요. 이건 내가 아는 엄마 모습도 아니고, 기억하고 싶은 모습도 아니에요. 화장이나 화려한 옷은 필요 없어요. 마지막 구경거리라도 된 듯, 멍청히 엄마를 바라보려고 돈 내고 문상 오는 사람들도 필요 없어요." 나는 보라색으로 칠해진 엄마의 눈 끝 주름을 손끝으로 따라가다가, 엄마의 피부가 얼마나 매끄럽고 부드러운지 놀랐다.

"엄마를 화장시켜야 할 것 같아요." 내가 말했다. 레노 아줌마가 화를 내거나 실망하는 모습을 마주할 자신이 없었다. "그리고 아줌마만 괜찮다면, 조용히 장례를 치렀으면 해요. 개인적으로요. 엄마와 나를 위해서 말이에요."

나는 고개를 숙이고 관의 가장자리를 꽉 붙잡은 채 분노에 찬 비명이나 배은망덕하다는 비난을 기다렸다. 나는 목이 뻣뻣해지고 손가락에 경련이 날 정도로 세게 쥔 채로 레노 아줌마의 말을 기다렸다. 아줌마가 내 턱을 잡고서 얼굴을 들어 올렸다. 내 앞머리를 쓰다듬고, 어릴 때 엄마가 했던 것처럼 머리를 귀 뒤로 넘겨주었다. "네가 원하는 대로 하렴. 네 엄마니까."

나는 눈을 감고 엄마의 손가락처럼 느껴지는 아줌마의 손가락에 기댔다. "아줌마가 계획했던 큰 장례식은 어떡하려고요? 선물들과 돈은 어떡하죠? 취소해도 괜찮아요?"

레노 아줌마는 손가락으로 내 머리카락을 빗어 넘기더니 손톱으로 내 귀를 간지럽혔다. 그러고서 깊은 숨을 내쉬며 말했다. "나는 취소하지 않을 거야. **나도** 내가 해야 할 일을 할 거야. 여전히 네 엄마의 친구이자 사업 관리자니까."

내가 소리를 지르려고 입을 벌린 채 펄쩍 뛰자, 아줌마가 손을 들어 올렸다. "잠깐, 잠깐만." 아줌마가 말했다. "들어보렴. 네 엄마는 여기 있을 필요도 없어. 나는 관을 닫은 채 장례식을 치를 거야. 너와 나, 네 엄마 외에 아무도 모를 거야."

"맙소사. 아줌마라도 그건 너무해요. 그럴 수 없어요."

"난 그렇게 해야 해. 네 엄마의 다른 모습을 위해 하는 거야. 사람들에게 비쳐진 네 엄마 말이야. 너도 알잖니, 네 엄마도 사업하는 여자였어. 연기자였지." 레노 아줌마가 어깨를 으쓱했다. "그리고 나는 벌써 부고를 끝냈단다. 그러니 걱정하지 마. 저 장의사가 부고를 신문에 보냈고, 오늘 나오겠지."

레노 아줌마는 눈썹을 흔들었다. "그건 그렇고 저 사람 어떤 거 같니? 귀엽지 않니? 저 머리하며, 잘생긴 얼굴까지, 으흠." 레노 아줌마가 입맛을 다셨다. "장의사 같지가 않아. 리버티하우스(하와이에 있는 백화점—옮긴이)에 있는 신발 판매원 같아. 더 격 있는 사람처럼 말이야. 내가 벌써 물어보았어. 그는 혼자래."

"딴 이야기하지 말아요." 내가 투덜거렸다. "그리고 제가 중매에 관해서 뭐라고 했었죠?"

"그래, 그래, 알겠어." 레노 아줌마가 말했다. "네가 관심 없다고." 그녀가 한숨을 쉬었다. 네가 마후(하와이 원주민 문화에서 제3의 성을 가진 영적인 치유사. 최근에는 하와이 LGBT 공동체에서 퀴어 정체성을 가리키는 용어로 재전유되고 있다—옮긴이)라니 아쉬울 뿐이야."

"아니라고요!" 내가 구석에 몰린 것을 느끼며 웃었다. "저, 남자 좋아해요, 알겠어요!" 엄마가 죽었지만 엄마 앞에서 그런 말을 했다는 사실에 화들짝 놀라 울음이 터질 것 같았다.

레노 아줌마가 내 머리를 가볍게 두드렸다. "그래, 그래, 네가 그렇다면야. 네가 아무리 아니라고 해도 섹스는 재밌는 거야. 하지만 이거 하나는 알아둬. 그건 또한 네가 주의를 기울여야 한다는 것을 의미해. 남자와 너 자신에게 어느 정도 책임을 필요로 하는 거지." 아줌마가 손을 들어 올렸다. "알아, 너희 젊은 애들이 어떤지. 베이거스도 너처럼 말하지. 진지할 필요 없다고. 제길, 뭐였더라? 구속할 필요가 없다고? 세상은 그런 식으로 돌아가지 않아, 애야. 이 세상은 관계 외에 아무것도 없다고."

"그리고," 아줌마가 관 위로 몸을 숙이며 덧붙였다. "내 얘기만 했구나. 어떻게 생각하니? 나와 저 장의사 어때?" 아줌마가 엄마의 가슴에서 깃털을 뽑아 장난치며, 나에게 흔들었다.

나는 목덜미가 붉어졌지만 웃어댔다. "해봐요, 아줌마." 내가 쉰 목소리로 말했다.

레노 아줌마가 자주색 깃털을 나에게 건네고, 손수건을 꺼냈다. "이제야 말이 좀 통하는구나." 레노 아줌마가 말했다. 아줌마는 번진 마스카라를 닦아내고 눈 밑 화장을 가볍게 두드렸다. 그러고는 천의 깨끗한 부분을 손가락에 감아 침을 발랐다. 나를 쳐다보지도 않은 채, 엄마의 화장을 지우려고 관 안 쪽으로 몸을 숙였다. 엄마 고양이가 부드럽고 부지런히 핥듯, 레노 아줌마는 엄마의 얼굴을 조금씩 닦아냈다.

～ees～

염을 준비하려고 돌아왔을 때, 장의사는 나를 작은 부엌처럼 생긴 곳으로 안내했다. 엄마는 전시용 관에서 나와 커다란 철제 피

크닉 테이블처럼 보이는 곳에 옮겨져 있었다. 옷이 한쪽 어깨에서 미끄러져 팔에 걸쳐져 있었다. 나는 레노 아줌마가 시신을 고정하고 보호하기 위해, 엄마 등에 붙여놓은 마스킹 테이프가 느슨하게 풀어져 있는 것을 볼 수 있었다.

"도움이 필요하면 말씀해주세요." 장의사가 말했다. "이분의 몸을 돌리거나, 다른 할 일이 있으면 알려주세요. 꽤 무거울 겁니다. 죽을 만큼 무거워요."

내가 미소를 지었다. "그걸로 농담을 많이 하겠어요."

"네?" 그가 얼굴을 찡그리며 말했다.

나는 목을 가다듬고 혀를 깨물었다. 그의 당황한 얼굴을 보면 웃음이 터질까 봐 두려운 마음에 손가방을 뒤졌다. 엄마의 제사용 도자기 그릇, 내가 엄마의 카세트테이프를 들을 때 적었던 침대 시트에서 잘라온 리넨 천 조각, 정원에서 가져온 생강과 하와이 백합과 히비스커스와 인동덩굴 꽃을 꺼냈다. 고개를 들었을 때 장의사는 가고 없었다.

나는 그릇에 물을 담아 엄마 옆의 긴 탁자 위에 올려놓았다. "안녕, 엄마." 갈라지는 목소리로 내가 말했다. "이렇게 하는 게 맞는지 모르겠어요. 하지만 ··· ."

나는 모자의 핀을 뽑았다. 깃털이 달린 라벤더 줄기는 부러진 뼈처럼 튀어나와 있었다. 엄마의 머리 타래를 풀어내니 머리카락이 탁자 위에서 흔들거렸다. 나는 엄마의 머리카락 끝이 마치 살아 있는 듯 내 팔에 감길 때까지, 빗질하면서 노래를 불렀다. 무슨 말을 해야 하는지도 알지 못했지만, 그래도 노래를 시작했다.

"기억나요." 내가 무슨 말을 하는지 알지 못한 채 노래를 불렀다. "어머니, 당신이 산 자와 죽은 자를 돌보던 걸 기억해요." 나는 엄마 머리에서 떨어진 머리카락을 모아서 줄이 달린 작은 주머니에 담았다. "엄마의 영혼이 강을 건널 때 엄마 몸을 돌봐드릴게요. 제가 보호해드릴게요. 당신이 가시는 길로 인도해드릴게요."

나는 생강과 하와이 백합으로 만든 꽃다발에서 인동덩굴을 풀어냈다. 덩굴을 통째로 감아 물그릇에 넣었다. "향기의 밧줄이에요, 어머니. 순수와 빛의 밧줄이죠. 꼭 붙잡아요. 그러면 제가 가시문의 사자를 지나 엄마를 인도할게요. 엄마가 넘어지면, 만약 그가 엄마를 지옥으로 꾀려 하면 덩굴을 몸에 감으세요. 그러면 제가 엄마의 바리공주가 되어 엄마를 끌어당길게요." 내가 노래를 불렀다.

푸르른 물, 강물도 못 믿으리로다. … 뭇사람의 슬픔도 흘러 흘러서 가노라.

히비스커스를 통째로 그릇에 띄우고, 흰 생강과 하와이 백합의 부드러운 과육을 찢어 물에 뿌렸다. "용기와 독립을 의미하는 무궁화(무궁화는 히비스커스속에 속하는 하위 종이다—옮긴이)예요, 어머니. 조선을 위한 것이에요. 기억해요. 기억해요. 순수와 재생을 의미하는 생강과 백합을."

물을 흠뻑 먹은 꽃들이 그릇 바닥으로 가라앉자 나는 리넨 천 조각을 물에 담갔다. 거미 다리 같은 검은 잉크는 유약 바른 도자기에 생긴 금처럼 연약하고 섬세했다. 잉크는 내가 천 위에 써놓은 글자로부터 벗어 나려고 꿈틀거렸다. 나는 잉크를 만졌다. 손가락이 깨끗해지자 나는 엄마의 눈꺼풀과 뺨을 만졌고, 축복받은 물을 엄마의 얼굴에 떨어뜨렸다. 물그릇에 천을 헹궜다가 비틀어 짠 후 엄마의 입술을 지웠다. "이것은 엄마의 이름을 위한 거예요, 어머니, 당신이 순효, 순효, 순효라고 진정으로 엄마 이름을 말할 수 있도록요."

나는 엄마가 입은 가운의 단추를 풀고 테이프를 떼어낸 뒤, 엄마의 팔을 꺼내려고 용을 썼다. 내 몸에 땀이 나려고 할 때쯤 겨우 가운을 벗겨낼 수 있었다. 가운이 엄마의 옆구리에서 덜렁거렸다. 엄마는 알몸으로 누워 있었다. 나와 닮은 듯 낯선 엄마의 몸은 언제나 나를 당황스럽게 만들었다. 부끄러움과 싸우며 하나씩 하나씩, 엄마의 얼굴, 팔, 다리, 중심을 향해 엄마의 몸을 바라보았다. 내가 어떤 죄책감이나 판단 없이 엄마를 온전히 바라볼 수 있을 때까지.

나는 엄마의 손과 내 손을, 손바닥과 손바닥을, 손가락 끝과 손가락 끝을 거울 보듯 맞춰보았다. 어릴 적 엄마의 보석을 탐냈던 기억이 났다. 특히 엄마의 반지를 좋아해서 그것을 낄 수 있을 만큼 내 손가락이 자라길 바랐다. 나는 반지를 빼내 손가락에 끼어 보며 크기를 쟀었다. 그리고 또 지금까지 알아차리진 못했지만 어느 정도는, 정확히 언제부터인지는 모르지만 내 손은 엄마의 손이 되어 있었다.

"향기로운 물로 엄마의 팔을 닦아드릴게요. 흐르는 강물로 축복한 거예요. 엄마의 다리가 하늘로 헤엄쳐갈 수 있을 만큼 튼튼해지도록 닦아드릴게요." 나는 엄마의 손톱을 닦고 깎아서 주머니에 넣었다. 손으로 엄마 몸을 들어 올리고, 주머니를 엄마 몸 밑에 넣은 뒤 천천히 물러났다. "보이죠?" 내가 말했다. "뒤에 무얼 남겨두었는지 걱정할 필요 없이 이제 엄마의 영혼은 여행할 수 있어요."

엄마의 몸을 닦은 후 나는 축축한 천을 털어 하나씩 엄마의 몸에 늘어뜨렸다. 그다음 천으로 엄마의 팔과 다리를 감쌌다. 나는 엄마의 말을 천 위에 글씨로 적어서 단단히 새겨놓았다. 그렇게 엄마의 영혼과 몸을 묶어 엄마를 이승에 매어두었다. 다 타고 나면 그 말들은 엄마와 함께 강을 건너 자유로이 여행할 것이다.

ꝭꝭꝭ

레노 아줌마가 영안실 예배당에서 거행했던 장례식이 만석이었다는 소식을 들었다. 보스윅 목사와 스님은 통로와 입구에 여분의 접이의자를 갖다 놓아야 했다. 그러느라 그들의 합동 예배가 늦어졌지만, 여전히 사람들이 문간에서 어깨를 부딪쳐가며 몰려들었다고 한다.

"감동적이었어." 접은 손수건으로 눈물을 훔치며 아줌마가 말했다. "많은 사람들이 네 엄마에게 존경을 표하려고 했어. 너도 알지, 네가 입 냄새 때문에 늙은 필래프(밥에 고기, 새우 등 넣고 버터로 볶은 밥―옮긴이) 부인이라고 불렀던 파일 부인도 몇 마디 했단다. 네 엄마가 그 여자에게 다른 사람들에 대한 뒷담화를 멈추지 않으면 입 냄새가 없어지지 않을 거라고 말한 탓에, 그렇게 네 엄마 욕을 하고 다녔는데도 말이야. 그 여자는 여전히 배운 게 없어." 아줌마가 자기 코앞에서 손을 흔들며 말했다. "문밖에서도 그 여자 냄새를 맡을 수 있더라고. 바보 같으니!"

"물론 업계 사람들도 다 왔어. '행운과 번영' 상점의 이 씨, 팔롤로 사원의 승려 황, 카이무키의 라오스인 점쟁이, 그녀도 왔어. 정말 많이 왔단다." 마치 근사한 식사를 한 듯 아줌마가 숨을 내쉬며 배를 두드렸다.

"그러면, 레노 아줌마." 내가 물었다. "아무도 몰랐어요? 아무도 마지막으로 엄마를 보자고 하지 않았어요?" 내가 물었다.

레노 아줌마가 얼굴을 찡그렸다. "무슨 생각을 하는 거니? 이건 장례식이야. 사람들은 매너가 있어, 너도 알잖니. 사람들은 관 뚜껑에 입을 맞추고 그 위에 걸어둔 사진 앞에서 몇 번 절을 하더라. 한 명이 관 위로 몸을 내던지더니 고양이보다 더 큰 소리로 울더라. 쯧, 난 그 여자가 누군지도 모르겠어."

모든 문상객은 예배당에서 나오는 길에 엄마와 엄마에게 있는지도 몰랐던 딸에게, 그들의 사랑을 표시했다. 사람들은 엄마를 기억하며 남겨진 가족을 위해, 그리고 마지막 축복을 위해 돈 봉투와 미니어처 개구리를 위싱볼에 떨어뜨렸다.

ᘒᘒᕲ

레노 아줌마가 장례식을 하던 날 아침, 나는 엄마를 화장시키고 그 유골을 가져왔다. 모조 대리석으로 된 고급 금속 함부터 플라스틱 사탕 통처럼 돌려서 뚜껑을 여는 75달러짜리 기본 함에 이르기까지, 보스윅 영안실이 제공한 유골 단지 앨범을 훑어보았다. 그러다 나는 단지를 직접 가져오기로 결심했다. 엄마의 보석함 서랍들 중 하나를 비웠다. 보석함에는 목걸이 줄과 몇 돈의 금, 옥 장식물, 반지 등이 들어 있었고, 나는 어린 소녀였을 때부터 특별히 찜해두었던 반지를 내 넷째 손가락에 끼웠다. 그것은 엄마가 '바다의 눈물'이라고 불렀던 진주가 장식된 땋은 모양의 금반지였다.

ᘒᘒᕲ

나는 장의사가 엄마의 유골을 담아주기를 바라며 보석함 서랍을 내밀었다. 그의 입이 떡 벌어졌다. "아, 하하, 음." 그가 말을 더듬었다.

"이게 유별나다는 것도 알고 뚜껑이 없다는 것도 알아요, 하지만 보세요." 내가 사란 랩(미국의 식품 포장용 비닐 랩 상표—옮긴이)

상자를 그에게 흔들며 말했다. "위는 그냥 랩으로 덮으세요."

"아니오, 그게, 말이죠." 장의사가 말했다. 그는 내가 그의 배에 들이민 랩을 받아들었다. 그는 랩을 내려보다가 나를 바라보았다. 내가 마지막으로 그를 보았을 때처럼 젤을 발라 머리를 뒤로 넘기지는 않았다. 염색한 머리카락 끝이 눈을 찌르자 그가 머리를 흔들었다. "이해를 못 하시는군요."

"그냥 임시방편이에요." 그가 나에게 유골 단지를 팔려고 한다는 생각에 나는 그의 말을 가로챘다. "저는 유골을 뿌릴 계획이에요."

"그게 아니에요." 그가 말했다. "그러니까, 음, 이건 너무 작아요. 기다려보세요. 제가 유골을 가져올게요. 내 말이 무슨 말인지 알게 될 겁니다." 장의사는 전시용 진열장으로 가서 작은 검은 꽃병을 골랐다.

나는 그가 돌아오기 전에 서랍과 랩을 가방 안에 밀어 넣었다. 장의사는 우리 사이에 놓인 카운터에 꽃병을 놓았다. 그가 뚜껑을 열자 그 안이 유골로 가득 찬 것을 볼 수 있었다. 내가 생각했던 것보다 더 많은 재였다. 뼈와 은빛으로 얼룩덜룩한 회색 검댕도 있었다.

"유골입니다." 내가 반짝이는 조각들을 바라보고 있는 것을 눈치챈 장의사는 마치 사과하듯 말했다.

유골은 내 생각보다 많았다. 하지만 원래 있어야 할 것들이 사라졌다는 생각이 들자 나는 울기 시작했다.

"걱정 마세요, 걱정 마세요." 그가 더 걱정하듯 말했다. "도와드 릴게요, 잠깐만요, 잠깐만, 알겠죠? 당신에게, 뭐라 그럴까요, 무료 유골 단지를 드릴게요." 그는 카운터의 서랍을 열려고 몸을 숙였다. 그는 후롱스(미국의 대형 체인 약국 CVS 산하 드러그 스토어—옮긴이)나 페이리스(미국의 대중적인 신발 소매점—옮긴이)에서 1달러 50센트에 팔 것 같은 접이식 선물 상자를 꺼내 들었다.

ᦁᦁᦁ

우리 집 뒤편 정원에 엄마의 유골을 뿌릴 때쯤, 나는 강의 노래를 들었다. 노래는 언제나 희미하게만 들려왔었는데 지금은 내 귓가에서 크게 울려 퍼졌다. 울타리 틈을 지나, 내 영혼이 방황할 때 엄마가 축복해주었던 곳으로 엄마를 모시고 갔다.

나는 개울로 들어갔다. 물이 차가운 자기 이빨로 내 신발과 청바지 단을 적시게 두었다. 몸을 숙여 엄마의 강물을 한 줌 뜬 후, 엄마 유골이 들어 있는 상자 위로 떨어뜨렸다. "엄마," 물을 내 손가락 사이로 떨어뜨리며 내가 말했다. "어머니, 마셔요. 나와 이 음식을 같이 먹어요. 한 모금 마시면 내가 얼마나 엄마를 사랑하는지 알 거예요."

나는 상자를 연 후, 물 위에 재를 뿌렸다. 천천히 손가락 사이로 재를 떨어뜨리자 손이 온통 재로 뒤덮였다. 입술로 내 손가락을 만졌다. "엄마 몸은 내 몸에 있어요." 내가 엄마에게 건넸다. "그

러니 엄마는 언제나 나와 함께일 거예요, 엄마의 영혼이 고향으로
갈 때도요. 한국으로, 그리고 설설함으로 갈 때도요. 하늘의 강을
건너 칠성에게로 갈 때에도 함께일 거예요."

∞∽

  그날 밤 꿈속에서 나는 물로 다시 걸어 들어갔다. 나는 깊은 강
을 헤엄쳐 엄마가 붉은 리본을 두르고 춤을 추고 있는 먼 해안가
를 향해 갔다. 몇 시간을, 몇 주일을, 몇 년을 헤엄쳤다. 너무 힘들
어 더 이상 헤엄치지 못하게 되었을 때, 무언가 내 다리를 잡아당
기는 것을 느꼈다. 나는 약하게 발길질하며 버둥거렸다. 하지만
고개를 돌려 나에게 매달려 있는 것이 엄마라는 것을 보고 나는
저항을 멈췄다. 깊은 물에 빠질 거라 생각하며 입을 벌렸지만 그
대신 깨끗하고 푸른 공기를 들이마셨다. 너른 바다가 아니라 하늘
로 더 높이, 더 높이 나는 그렇게 헤엄치고 있었다. 자유로운 빛과
공기로 어지러워질 때까지 높이 헤엄쳤다. 그러고는 가느다란 푸
른 강의 빛이 빙빙 돌며 땅을 향하는 모습을 내려다보았다. 그 끝
에서 나는 잠자고 있었다. 엄마가 심어놓은 작은 씨앗 주변에서
똬리를 튼 채 태어나기를 기다리면서.

감사의 글

이 책이 세상에 나올 수 있도록 도움을 주신 다음의 분들에게 사랑과 감사의 마음을 전한다.

진실이든 진실이 아니든 자신의 이야기를 들려준 나의 어머니 태임 빈(한국 이름은 구태임—옮긴이) 여사.

나의 한국어를 교정하는 데 기꺼이 시간을 할애한 나의 언니던 명자 챔니스와 그녀의 친구들.

내가 단편에서 장편소설로 나아갈 수 있게 도와준 뱀부 리지 스터디 그룹The Bamboo Ridge Study Group(1978년 하와이에 설립된 비영리 출판사이자 문학 연구 모임—옮긴이).

전문적인 부분뿐만 아니라 개인적인 문제에 대해서도 나에게 많은 조언과 영감을 준 나의 동료 코호츠 캐시 송과 줄리엣 S. 코노, 그리고 특히 로이스 앤 야마나카.

명확하고 능숙하며 민첩한 대응으로 나에게 협력해준 레슬리보, 엘레나 타지마 크리프, 로라 현이 강.

한국인 커뮤니티와 한국계 미국인 커뮤니티에서 장학 사업과 활동을 펼친 엘리스 차이와 일레인 킴.

침묵을 깬 황금주 할머니.

저서 『여섯 명의 한국 여성 Six Korean Women』을 비롯하여 한국 무당에 대해 연구한 영숙 김 하비.

자잘한 세부 사항과 전체적인 그림을 살펴봐준 수잔 버그홀츠.

소설을 자세히 읽고 수정이 필요한 부분을 고쳐준 캐스린 코트와 비나 캄라니.

기쁠 때나 슬플 때나 나에게 변함없는 지지와 확고한 사랑을 보여준 나의 남편 짐에게 애정과 고마움을 표한다.

'위안부' 엄마와 딸의 대화

상처 입은 과거와 현재를 어루만지는 손길과 노래

"아니다. 이거는 바로 잡아야 한다.
도대체 왜 거짓말을 하는지 모르겠단 말이야.
그래서 결국 나오게 되었소.
누가 나오라고 말한 것도 아니고 내 스스로 ….
하고 싶은 말은 꼭 하고야 말 거요.
언제든지 하고야 말 거니까 ….
절대 이것은 알아야 합니다. 알아야 하고.
과거에 이런 일이 있었으니까."
— 1991년 8월 14일 고 김학순 할머니의 기자회견 중

240명 가운데 일곱 명, 그리고 셈할 수 없는 수많은 여성. 2025년 2월 길원옥 할머니가 자택에서 별세하면서, 한국 정부에 '공식' 등록된 240명의 일본군 '위안부' 피해자 가운데 생존자는 이제 일곱 명으로 줄어들었다. 그러나 '공식'에는 언제나 포함과 배제라는 함정이 도사리고 있다. 여러 자료가 입증하듯, 일본군은 1931년 만주사변부터 1945년 태평양전쟁 종전까지 지속적으로 조선인 여성을 세계 여러 지역의 위안소로 강제 동원했다.[1] 장장 14년에 걸쳐 일본(당시 일본제국)이 한국(당시 조선), 중국, 대만, 인

도네시아, 필리핀, 베트남, 태국, 말레이시아, 네덜란드, 일본 등 22개국에 설치한 위안소 수는 무려 약 400개에서 1천 개 사이로 추정되고, 그곳으로 강제 동원된 세계 여러 국가의 여성 중 51퍼센트가 조선인 여성으로 추산된다.[2] 따라서 한국 정부가 공식적으로 파악하고 등록한 피해 여성 240명이라는 숫자는 최소 수천 명에서 최대 수십만 명에 이를 것으로 추정되는 실제 피해 여성의 수를 대거 누락시킨 결괏값이다. 수면 위로 드러난 숫자와 피해 규모는 극히 일부에 불과하고, 기록되지 않은 수많은 여성은 소리 소문도 없이 역사의 저편으로 사라지고 지워진 것이다. 이 막대한 간극은 일본군 '위안부'를 둘러싼 진상 규명이 얼마나 지지부진했는지, 얼마나 지난했는지, 그리고 그 속에서 실제 피해 여성은 얼마나 외롭게 고통받았는지를 징후적으로 보여준다.

---

1. 관련 자료로는 여성부·(사)한국정신대문제대책협의회 부설 전쟁과여성인권센터 엮음, 『일본군 '위안부' 증언 통계자료집』(2002) 등이 있다.
2. 일본 주오대학교(中央大學校) 교수이자 일본전쟁책임자료센터 대표 요시미 요시아키(吉見義明)가 '위안부' 관련 연구를 주도했다. 관련 연구는 국내에서 요시미 요시아키, 남상구 옮김, 『일본군 '위안부' 그 역사의 진실』(역사공간, 2013); 요시마 요시아키, 이규태 옮김, 『일본군 군대위안부』(소화, 2006); 일본전쟁책임자료센터 엮음, 강혜정 옮김, 『일본의 군 '위안부' 연구』(동북아역사재단, 2011)로 출판되었다.

한국계 미국인 작가의 결심

노라 옥자 켈러의 장편소설 『컴퍼트 우먼』은 오랜 시간 침묵을 강요당하며 역사 속에서 외롭게 사라지고 지워진 '위안부' 피해 여성의 슬픔과 고통, 그리고 이들을 위한 애도 방안을 한 모녀의 이야기로 풀어낸 작품이다. 켈러는 1993년 하와이대학교에서 열린 인권 심포지엄에 참석했다가, 고 황금주 할머니를 처음 만났다. 심포지엄에서 켈러는 일본군에게 납치되어 위안소로 끌려갔다는 황금주 할머니의 증언을 한영 통역으로 들었다. 그 내용은 감히 고통을 가늠할 수도 믿을 수도 없는 반인권적인 내용으로 가득했고, 너무 끔찍하여 듣는 것만으로도 괴로운 일이었다. 당시 임신 3개월이었던 켈러는 그때 '컴퍼트 우먼comfort woman'이라는 낯선 단어를 처음 접했다고 회고한다.

열다섯 살이라는 어린 나이에 위안소로 끌려갔던 소녀는 예순여덟 살의 나이에 이르러서야 홀로 억눌러온 트라우마를 공적 공간에서 증언할 수 있었다. 무엇이 시간을 이토록 지연시킨 것인가? 켈러는 황금주 할머니가 밝힌 충격적이며 압도적인, 그러나 결코 외면할 수 없는 진실 앞에서 자신이 무엇을 할 수 있으며, 무엇을 해야만 하는지 몇 날 며칠 밤잠을 설치며 고뇌했다. 그러다 기자인 한 친구에게 '위안부' 관련 기사를 써보지 않겠느냐고 제안했는데, 그 친구는 오히려 "네가 직접 써보는 게 어때? 한국인이잖아"라고 대답했다고 한다. 그리고 친구의 답변은 켈러에게 일종의 책임감 혹은 공동체 의식을 불러일으킨 듯하다.

세 살 때 하와이로 이주한 켈러는 부모님의 이혼 이후, 줄곧 한국인 어머니 구태임 여사의 보살핌 속에서 자랐다. 어머니로부터 자주 한국 문화와 역사에 대해 들었지만 '위안부'에 대해 들어본 적은 없었다. 또한 켈러는 당시 아시아계 소수 문학을 함께 읽고 논평하는 뱀부 리지 스터디 그룹에서 활동하고 있었는데, 이들과의 지적 교류에서도 '위안부'는 이제껏 논의되지 않은 생소한 주제였다. 이처럼 켈러가 황금주 할머니의 증언을 통해 비로소 알게 된 '위안부'라는 명칭과 역사는 당시 그녀에게 매우 낯선 것이었다. 더욱이 관련 내용을 더 찾아보려고 해도, 켈러가 읽을 수 있는 '위안부' 관련 영어 자료는 절대적으로 부족했으며 일부 자료를 찾았다 할지라도 접근이 어려웠다.

켈러는 이때 자신이 한국어를 읽지 못하는 것이 안타까웠다고 회고한다. 한때 켈러는 자신이 '아시아계 미국인Asian American'이라는 사실이 한평생 뗄 수 없는 일종의 라벨처럼 느껴졌다고 밝힌 바 있다.[3] 특히 사춘기 10대 시절에는 한국인이고 싶지 않았다. 켈러는 미국 사회로 이민 온 한국인들 특히 마늘 냄새를 풍기고 이상한 영어 악센트를 구사하는 어머니와 외삼촌을 보면서, 한국인이 아니라 미국인이 되고 싶었다. 켈러는 그 거부감에 때때로 어머니와 외삼촌의 말을 알아듣지 못하는 척도 하고 무시

---

3. Robert Birnbaum, "Interviews with Nora Okja Keller", Identity Theory(접속일 2025년 3월 8일).

하기도 했다.[4] 의식적으로 한국을 피하고 한국에 대해서 알려고 하지 않았다.

그러나 『컴퍼트 우먼』을 집필하면서, 켈러는 자신과 어머니의 삶, 그리고 그 관계를 성찰하게 되었고, 무엇보다 민족 유산에 대해 많은 생각을 하게 된다. 그리고 자료를 조사할수록, 진실을 가리는 더 큰 장막이 있다는 잔혹한 사실과 마주하게 된다. 황금주 할머니의 증언에서부터 일본의 체계적인 역사 은폐와 책임 회피, 한국 정부의 미온적 태도에 이르기까지, 충격적인 사실에 연이어 맞닥뜨리게 된 것이다. 켈러는 그 충격의 늪에서 빠져나오는 길을 고민했다. 그 길은 마주하기 힘든 진실을 외면하거나 그 여파로부터 도피하는 것이 아니었다. 오히려 그 아픈 기억을 따라가는 작업을 필요로 했다.[5] 이를 계기로 켈러는 지금껏 거대 담론이 숨기고 부인한 진실을 문학을 통해 세상에 알려야겠다고 결심한다. 그 고뇌의 과정이자 결과가 바로 황금주 할머니와 만나고 나서 2년 뒤인 1995년에 발표한 첫 번째 단편소설 「모국어Mother Tongue」다. 이후 켈러는 「모국어」를 출간한 뱀부 리지 출판사와 뱀부 리지 스터디 그룹의 제안에 따라, 이 단편소설을 장편소설로 확장하고 1997년 『컴퍼트 우먼』을 출간한다. 그 과정에서 「모국어」는

---

4. Nora Okja Keller, "Introduction: *Comfort Woman*", *Comfort Woman*, Viking Penguin, 1997, pp. 6-7.
5. "Interview with Nora Okja Keller", Longstoryshort with Leslie Wilcox, PBS Hawaii, First Air Date 9/09/08.

『컴퍼트 우먼』의 제2장 아키코 파트가 되었다. 『컴퍼트 우먼』은 켈러가 치기 어린 수치심에 외면해온 어머니와 선조, 한국에 대해 작가 스스로 미안함을 표현하는 사과이기도 하다.[6]

노라 옥자 켈러의 『컴퍼트 우먼』은 영어권 문학작품 중 '위안부' 문제를 본격적으로 다룬 거의 최초의 작품으로 알려져 있다. 처음에는 하와이에 있는 뱀부 리지 출판사에서 초판 1,000부 정도를 출간할 계획이었으나, 이후 판권이 미국의 대형 출판사 펭귄랜덤하우스 산하의 바이킹프레스로 넘어가면서 초판 부수가 3만 5천 부로 대폭 확대되었다. 출판사에서 대거 늘린 초판 부수만큼이나 『컴퍼트 우먼』은 출간과 동시에 화제작이 되었다. 소설은 1998년 전미도서상을 수상했고 1999년 엘리엇 케이즈상을 받으며 높은 문학성을 인정받았다.

『컴퍼트 우먼』은 문학성 있는 한 편의 장편소설 그 이상의 가치와 의의를 지닌다. 1990년대까지 어둠 속에 가려져 있던 일본군 '위안부' 문제를 한국뿐 아니라 국제사회에 알리는 데 중요한 역할을 했기 때문이다. 켈러의 『컴퍼트 우먼』은 1991년 자신이 '위안부'로 강제 동원된 피해자였다고 최초로 고백한 김학순 할머니의 증언, 1992년 UN 인권위원회에서 '위안부' 문제를 일국이 아닌 국제적 인권 문제로 부상시킨 황금주 할머니의 증언과 더불어 침묵과 금기의 영역이던 일본군 '위안부' 문제를 1990년

---

6. Nora Okja Keller, "Introduction: *Comfort Woman*", *Comfort Woman*, Viking Penguin, 1997, p. 7.

대 본격적으로 공론화하는 데 크게 기여한 작품이다. 이후 한국 사회 내부에서 '위안부' 문제가 묵과된 역사를 자성적으로 되짚으려는 움직임이 일기 시작했다. 이와 맞물려, '위안부'에 대한 일본의 공식적 인정과 사과를 촉구하는 목소리가 나라 안팎에서 분출되었다. 물론 이러한 노력이 전부 『컴퍼트 우먼』에서 비롯되었다거나 영향을 받았다고 볼 수는 없다. 그러나 이 작품이 해방 이후 약 40년 동안 공적 논의에서 배제되어온 '위안부' 문제를 현재의 의제로 소환하여, 다시금 공적 담론의 장으로 끌어올리는 데 크게 기여했다는 것 역시 부인할 수 없다.

이 글은 한국인의 피가 흐르는 사람으로서, '위안부' 피해 여성과 동시대를 살았고 살아가고 있는 공동체의 일원이자, 과거를 기억할 의무가 있는 후손으로서 늦게나마 '위안부'라는 슬픈 역사를 추적하고, 애도하고, 공유하고자 한 켈러의 고뇌를 한 걸음 한 걸음씩 뒤따라가며, 그 고뇌의 무게를 함께 나누는 데 목표를 둔다. 이를 위해 '위안부'의 주요 문제를 살피고, 이러한 문제가 켈러의 손을 거쳐 『컴퍼트 우먼』에 어떤 방식으로 녹아 있는지 살펴보고자 한다. 이 접근 방식이 『컴퍼트 우먼』을 읽고 이해하는 유일한 독법이나 최선의 독법은 아니지만, 작은 소책자가 되어 독자에게 미약하게나마 도움이 되길 바란다.

정신대, 종군위안부, 일본군'위안부'

1945년 해방 이후 위안소로 끌려간 여성에 대한 문제 제기가 민족적 차원에서 대두되었고, 1990년대에는 국가적 차원에서 본격적으로 논의되기 시작했다. 그러나 '위안부' 문제가 근로정신대(이하 정신대)라는 보다 포괄적인 명칭과 범주 아래 논의되면서, '위안부' 여성이 겪은 성 착취의 측면이 희석되는 문제가 발생했다. 정신대가 태평양전쟁 당시 일본이 부족한 군수물자 생산을 위해 주로 미혼 여성을 군수공장 및 방직공장 등으로 강제 동원하여 이들의 노동력을 착취한 제도라면, '위안부'는 주로 10~20대 초반의 소녀를 일본군 위안소로 강제 동원하여 성적으로 유린하고 착취한 제도이기에, 정신대와 '위안부'는 엄연히 구분된다. 게다가 정신대와 '위안부'가 강제 동원이라는 기본적인 맥락을 공유하고 있더라도, 정신대는 교육 기회 및 취업 기회 제공을 미끼로 여성의 '지원'을 일부 유도했다는 점에서 차이가 있다. 물론 당시 여성에게 정신대 '지원'이란 선택의 자율성이 온전히 확보된 상태에서 내리는 자율적 결정이라기보다는, 반강제적 순응에 가까웠다고 볼 수 있다.

중요한 점은 정신대와 '위안부' 구분이 단순히 명칭 구분에서 끝나지 않는다는 것이다. 어느 명칭을 선택하고 따르는지에 따라, 역사적 책임 소재와 피해 및 폭력의 본질 규명 방식이 결정되기 때문이다. 각 명칭에는 역사적·정치적·경제적·군사적·성적 함의가 내포되어 있다. 그럼에도 1990년대까지 정신대와 '위안부' 명칭에 담긴 각각의 복잡한 함의는 명확하게 논구되지 않았고, 그 결과 정신대와 '위안부'가 한동안 혼용되었다. 1990년 37개의 국내 여성 단체 연합으로 결성된 한국정신대문제대책협의회(약칭 정대협)도 2018년 일본군 성노예제 문제 해결을 위한 정의기억연대(약칭 정의연)로 통합되어 출범하기 전까지, 협의회 명칭에 정신대를 표기했다.

이러한 명칭의 혼용은 일정 부분 피해자가 겹친다는 이유에서 용인되기도 했다. 예를 들어 정신대를 통해 공장으로 끌려간 여성 중에는 이후 자신의 의지와 무관하게, 그리고 자신도 모르는 사이에 일본군 위안소에 강제 배치되는 경우가 많았다. 『컴퍼트 우먼』에서 '위안부'가 된 아키코도 처음에는 자신이 가는 곳이 어디인지, 그곳이 무엇을 하는 곳인지 전혀 알지 못했다. 부모님의 죽음 이후, 큰언니는 자신의 혼인 지참금을 마련하기 위해 고작 열두 살에 불과했던 아키코(당시 순효)를 일본군에게 팔아넘긴다. 큰언니는 아키코에게 "일본인들이 그러는데 도시에는 일자리가 많대. 계집애들도 공장 일을 배우거나 식당 일을 할 수 있다는걸. 너, 떼돈을 벌 거야"(38쪽)라고 말하지만, 큰언니는 일본군이 아키코를 공장이나 식당이 아니라 위안소로 데려갈 것이라는 사실을 어렴풋이 눈치채고 있었다. 소설에서 "잡일이나 공장 일거리를 찾아 평양으로"(37쪽) 향한 둘째 언니와 셋째 언니는 이후 정신대로 강제 동원되었으리라 짐작되고, 아키코는 정신대를 가장한 '위안부'로 끌려가 압록강 북부의 위안소에 배치된다.

소설 속 아키코가 겪은 일은 실제 역사에서도 많이 벌어졌다. 일본군'위안부' 피해자 고 문필기 할머니의 2002년 증언에 따르면, 그녀 또한 '공장에 보내준다'는 일본군의 말을 믿었다가 열여덟 살의 어린 나이에 만주 위안소로 끌려갔다. 그곳에는 '돈 벌게 해주겠다'는 말에 속아 모인 네다섯 명의 조선인 여자가 한 방에 모여 있었다.[7] 정신대 피해 여성과 '위안부' 피해 여성이 중첩된 사례뿐 아니라, 1993년 고노 담화(河野談話)[8] 이전까지 일본 정부가 '위안부'에 대한 일체의 역사를 부정하고 국가적 책임을 회피한 부분 역시 두 명칭의 혼선과 혼용에 영향을 미쳤다. 심지어 일본 정부는 위안소 운영 사실을 인정한 이후에도 종군위안부라는 용어를 내세워 피해 여성의 자발성을 부각했고, 이를 통해 강제성과 폭력성을 탈각시키려 했다.

1996년 UN 인권위원회 특별보고관 라디카 쿠마라스와미가 일본군'위안부'를 전시 성노예로 규정하고, 위안소 설치 및 운영은 인권을 침해한 전쟁범죄이므로 일본 정부에 법적 책임이 있다고 주장한 공식 보고서를 발표한 이후, '위안부' 명칭 구분의 중요성이 다시 한번 대두되었다. '위안부'의 실상을 묘사하는 데에는

---

7. 문필기, 「증언/구술 자료: 잊지 못할 상처를 안고 죽으려나」, 여성가족부, 2002.
8. 1993년 당시 일본 내각관방장관 고노 요헤이(河野洋平)가 공식적으로 일본군'위안부'의 강제성을 인정하고 사과한 담화다.

성노예라는 명칭과 용어가 더 적합하다는 지적이었다. 이후 한국은 정신대, 종군위안부, 성노예 등 명확한 구분 없이 각 명칭이 혼용되던 시기를 지나, 한국어로는 일본군'위안부', 영어로는 일본군 성노예를 뜻하는 'the Japanese military sexual slavery'라는 명칭이 자리 잡게 되었다. 일본군'위안부'는 가해자인 일본군과 피해 여성이 강제 동원되었다는 사실을 부각하되, 그들이 겪은 성착취 문제의 본질을 미화하지 않기 위해 작은따옴표를 의도적으로 표기한 명칭이다.

컴퍼트 우먼

노라 옥자 켈러가 『컴퍼트 우먼』을 집필한 1990년대 후반은 일본군'위안부'라는 명칭이 아직 완전히 자리 잡기 이전의 시기였다. 이에 따라 작가는 소설의 몇몇 대목에서 정신대와 종군위안부의 명칭을 혼용한 것으로 보인다. 예를 들어, 제2장에서 아키코는 위안소에서 일본인들이 여자들을 향해 한국어로 "종군위안부"(34쪽)라고 부른 기억을 떠올린다. 반면 제17장에서 베카는 아키코가 남긴 카세트테이프에서 "정신대"라는 말을 듣고, 한영사전을 뒤적여 그 뜻이 "노예 부대"(287쪽)라는 것을 알게 된다. 이어서 정신대에 관해 진술하는 아키코의 육성이 테이프에서 흘러나온다. 이처럼 소설에는 정신대와 '위안부' 명칭이 뒤섞여 있다.

이러한 혼용을 그저 작가의 실수 혹은 설정 오류로 단정 짓기보다는, 앞서 살펴보았듯이, 각 명칭이 혼용되었던 당대의 시대적 맥락과 함의를 함께 고려하여 작품을 읽을 필요가 있다. 실제로 노라 옥자 켈러의 『컴퍼트 우먼』은 이번 번역서가 출판되기에 앞서, 1997년 『종군위안부』라는 제목으로 번역되어 출간된 바 있다. 그러나 이번 번역서에서는 원제인 'Comfort Woman'을 기존 번역처럼 종군위안부 혹은 공식 명칭으로 자리 잡은 일본군 '위안부'로 옮기지 않고, 음차하여 『컴퍼트 우먼』으로 표기했다.

이 결정은 단순한 표기의 문제를 넘어, 작품이 담고 있는 기억과 번역의 간극을 드러내기 위한 시도에 가깝다. '위안부'라는 직접적 표기는 한국 독자에게 곧바로 역사적 실체를 환기시킨다는 점에서 강력한 의미 작용 효과를 갖지만, 동시에 그에 수반되는 일종의 정형화된 이미지와 서사를 불러일으킨다. 예를 들어 '위안부' 피해 여성의 이미지를 '소녀상'과 '할머니'로 고정시켜 피해 여성의 다양한 이야기를 동질화시켰다는 비판도 있다.

반면 '컴퍼트 우먼'이라는 음차 표기는 '위안부'를 둘러싼 역사를 포괄하면서도, 이에 대한 낯선 감각과 거리감을 유발하고, 이를 인식하게 만든다. 그리고 이 간극은 소설 전체를 관통하는 주제와 직결된다. 구체적으로 살펴보면, 『컴퍼트 우먼』에서 아키코의 딸 베카는 미국에서 태어나 영어를 모국어로 사용하는 이민 2세대다. 베카는 종종 이해할 수 없는 말을 한국어로 내뱉고, 인덕과 칠성과 신령들의 이름을 외치면서 몇 시간이고 신들린 듯 춤추는 엄마를 이해할 수 없었다. 한편으로 베카는 그런 엄마가 걱정되어, 자신이 외출할 때면 엄마가 집 밖으로 나가지 못하게 이중 자물쇠로 현관문을 단단히 잠갔다. 그러나 다른 한편으로, 누군가 엄마를 '미친 사람'이라고 몰면서 엄마를 어딘가에 가둬주길 은밀히 바라기도 했다. 베카는 두 손의 엄지와 검지로 만든 손가락 액자 속에 엄마를 가두고, 엄마를 점점 더 작게 만들어 엄마를 자신의 앞에서 사라지게 만들기도 했다. 사랑하지만 외면하고 싶고, 걱정되지만 없어졌으면 하는 엄마, 베카는 아키코를 향해 양가적 감정을 느낀다.

그러다 아키코가 갑작스럽게 죽은 이후, 베카는 엄마가 자신에게 마지막 선물로 남긴 카세트테이프와 한국어로 씌어 있는 신문 기사를 통해 엄마의 과거와 파편적으로 마주하게 된다. 이때 베카가 접한 아키코의 과거는 일부분 한국어로 발화되고 기록된 것으로, 한국어와 한국 역사가 낯선 베카에게는 잡힐 듯 잡히지 않고, 이해될 듯 이해되지 않는 거리감을 남긴다. 베카는 한영사전을 뒤적이면서 엄마가 남긴 흔적을 좇아가고, 점차 그 고통의 윤곽을 파악한다. 하지만 그 여정은 결코 순탄하거나 매끄럽지 않다. 단순히 과거에 벌어진 일을 알아내고 나열하는 데서 그치는 것이 아니라, 언어가 담아낼 수 없는 엄마의 경험과 감정을 더듬으며 따라가고 옮기는 작업을 요구하기 때문이다. 이것은 일종의 번역 불가능한 것의 번역과도 같다. 거기에는 언제나 미끄러짐이 있다. 베카는 엄마의 과거와 삶과 경험과 고통을 더 많이 알면 알게 될수록, "엄마, 어머니, 이게 당신인가요?"(288쪽)라고 울부짖는다. 베카가 "엄마가 들려준 이야기를 다시 해석하는"(256쪽) 자신의 모습을 발견하면서, "이런 끔찍한 일이 엄마를 범하지 않았을 거라고 … 나 스스로를 안심시키고 싶었다"(292쪽)라고 중얼거리거나, "내가 듣고 기억한다고 믿었던 것들을 부인"(292쪽)하는 모습은 이러한 번역 작업이 얼마나 혼란스럽고 어려운지를 잘 보여준다.

미국인 딸 베카가 한국인 '위안부' 엄마 아키코의 고통을 추적하고, 그 고통을 둘러싼 진실과 감정에 연결되는 과정은 두 모녀 사이에 가로놓인 언어적·국가적 장벽과 세대적 간극 너머로 향해가는 번역 과정이기도 하다. 이때 모녀의 관계는 간극을 제거하거나 회피함으로써 완전해지거나 화해하는 것이 아니라, 그 간극을 인식하고 그 위에서 다시 관계를 만들어 나가야 한다는 것이 중요하다. 다시 말해 『컴퍼트 우먼』에서 베카는 아키코의 기억과 경험을 따라가면서 그것을 그대로 소화하는 것이 아니라, 아키코와의 언어적·세대적·경험적 간극을 끌어안으면서 자신의 방식으로 응답한다. 그 끝에서 두 모녀는 과거와 현재, 생과 사를 초월하여 화해한다. 이제 딸은 "어떤 죄책감이나 판단 없이 엄마를 온전히 바라볼 수"(311쪽) 있다.

옮긴이와 출판사는 아키코와 베카 사이에 놓인 간극과 관계 맺음의 방식을 상징적으로 반영하기 위해 이 소설의 번역서 제목을 『컴퍼트 우먼: '위안부' 엄마의 끝나지 않은 노래』로 정했다.

과거와 현재가 맞물린 퍼즐

전체 18장으로 구성된 『컴퍼트 우먼』은 기본적으로 모녀 이야기다. 일부 장을 제외하면, 작품의 구성 역시 베카 파트와 아키코 파트가 번갈아 나오는 순환 구조를 띤다.⁹ 그러나 순환 구조라 할지라도, '위안부'였던 엄마 아키코와 학창 시절 '미친 엄마'를 두었다고 또래로부터 따돌림을 당한 딸 베카의 서사는 단방향으로 매끄럽게 전개될 수 없다. 실제로 작품은 두 모녀가 한국과 미국에서 겪은 여러 사건과 경험을 매개로 줄곧 과거와 현재를 종횡한다.

노라 옥자 켈러는 개인을 압도하는 트라우마를 다루는 작업이 시간적 순서에 따라 순차적으로, 혹은 이성적 논리에 따라 체계적으로 전개되는 것은 아니라고 밝힌 바 있다. 『컴퍼트 우먼』의 집필 역시 그러했다. 켈러는 제1장부터 제18장까지 순서대로 쓰는 대신, 아키코 파트를 먼저 쓰고 그에 응답하는 방식으로 베카 파트를 연결해서 썼다. 이를 통해 베카가 자신의 삶을 살아가면서 아키코와 대화하는 모습을 담아내고자 했다. 켈러는 모녀의 이야기와 삶이 퍼즐처럼 서로 얽히고 맞물리는 순간, 그 안에서 미

---

9. 베카의 서술로 전개되는 장은 1, 3, 5, 8, 12, 15, 17, 18장이다. 아키코의 서술로 전개되는 장은 2, 4, 6, 7, 9, 10, 11, 13, 14장이며, 16장은 순효의 관점에서 전개된다.

처 채워지지 않는 빈틈을 발견하려고 했으며, 바로 그 빈틈이 두 모녀의 다음 이야기와 다음 관계를 모색하는 출발점이라고 말했다.[10] 이 방식은 거대한 역사 속에 휘말린 개인의 삶을 이미 완성된 퍼즐로 전제한 채 짜 맞춰 나가는 것이 아니라, 산발적으로 편재해 있는 삶의 편린을 조각조각 모으고 끼워보고 수정하는 끝없는 작업으로서 접근한다.

노라 옥자 켈러는 『컴퍼트 우먼』을 쓰는 동안 밤마다 꿈에 '유령'이 찾아온 것 같다고 말했다.[11] 『햄릿』에서 죽은 아버지가 유령으로 나타나자 햄릿이 "시간이 뒤틀려 있다"고 말한 것처럼, 『컴퍼트 우먼』의 각 장에서 시간은 뒤틀려 있고, 그 비틀림 속에서 과거와 현재는 명확하게 구분되지 않은 채 교차한다. 예컨대, 아키코가 서술하는 장은 위안소에 끌려가기 전의 기억, 위안소에서의 기억, '천국과 지상 멘소래담과 성냥 회사' 건물에서 지낸 기억, 미국인 선교사 남편과 결혼한 후 미국 메인랜드에서 이곳저곳으로 옮겨다닌 기억, 딸 베카를 출산하고 키운 기억, 유령처럼 출몰한 죽은 인덕의 혼을 받아들이고 영매이자 무당으로 활동한 기억이 혼재한다. 마찬가지로 베카가 서술하는 장은 세 가족이 함께 살던 기억, 아버지가 돌아가신 이후의 기억, 신들린 엄마에 대한

---

10. Terry Hong, "The Dual Lives of Nora Okja Keller: An Interview", *The Bloomsbury Review* 22.5, 2002.
11. Nora Okja Keller, "Introduction: *Comfort Woman*", *Comfort Woman*, Viking Penguin, 1997, p. 6.

기억, 학창 시절 엄마의 눈을 피해 몰래 수학여행을 가고 연애를 한 기억, 직장 상사 샌퍼드와의 불륜, 그리고 죽은 엄마를 발견하고 장례를 준비하는 현재의 기억이 뒤섞여 있다.

여기서 주목할 점은 『컴퍼트 우먼』에서 과거와 현재의 기억이 혼재한다는 사실 자체가 아니다. 그보다는 아키코와 베카가 묻어둔 과거가 현재의 우발적인 사건과 계기를 통해 다시 발견되고 의미를 갖는다는 점이 중요하다. 현재는 과거와 단절된 채 독립적인 사건으로 존재하는 것이 아니다. 현재는 유령으로 출몰한 존재들의 목소리를 통해, 혹은 유령처럼 찾아온 과거의 흔적을 통해 기존과는 다른 의미를 창출한다. 이처럼 과거는 현재를 통해 다시 발견되고, 현재는 과거를 통해 다시 발견된다.

과거와 현재가 맞물린 퍼즐이 중요한 이유는 과거와 현재에 걸친 상처의 치유가 바로 이 맞물림 속에서만 가능하기 때문이다. 예를 들어 아키코는 베카를 출산하기 전, 위안소에서 강제 낙태를 당했다. 아키코는 쥐약과 막대기 중 하나를 선택하라는 담당의의 말에 막대기를 택하고, 담당의는 막대기로 아키코의 배 속 아기를 끄집어낸다. 위안소에서 자신의 영혼은 죽고, 두 번 다시 아기를 가질 수 없을 것이라 생각한 아키코는 20년이 흐른 후에 "기적"(33쪽) 같은 생명, 베카를 배 속에 품게 된다. 제4장은 아키코가 베카를 출산하는 장면으로 시작한다. 그러나 곧이어 아키코가 첫째 아이를 잃고 압록강 상류에서 널브러진 채 속을 게워내던 과거로 돌아가고, 다시 베카에게 젖을 물리는 시점으로 돌아오고,

다시 강가에 누워 있는 아키코에게 만신 아지매를 따라가라고 명령하는 인덕이 등장하는 과거로 돌아가고, 그보다 더 과거로 거슬러 올라가 어머니가 아이를 사산한 때를 기억하다가, 다시 아키코가 갓난아기인 베카를 품에 안고 있는 시점으로 돌아온다.

여기서 아키코는 정신착란으로 과거와 현재를 무질서하게 오가거나 떠올리는 것이 아니다. 그보다는 현재를 통해 과거의 상처, 즉 과거에 품에서 떠나보냈지만 제대로 애도할 수 없었던 첫 번째 아이를 현재로 소환하여 어루만지고, 그 어루만짐을 통해 자신의 상처 입은 과거도 보듬는 것이라고 볼 수 있다. "내 첫아이가 만약 태아에서 유아로 성장했다면, 어떤 모습일지 상상하곤 한다. 그랬다면 그 녀석 또한 살아 있는 내 딸처럼 온전한 형태를 갖췄으리라 마음속에 그려본다. … 이렇게나마 강의 품 안에 안겨 강의 젖을 빨고 있는 내 첫아이를 상상해본다"(70쪽)는 아키코의 독백은 과거와 현재의 교차가 어떻게 상처 입은 존재를 치유의 길로 인도하는지 잘 보여준다.

같은 맥락에서 켈러는 제11장 아키코 파트에서 현재 베카의 출생과 과거 아키코의 출생을 병치한다. 제11장은 아키코가 사내아이를 예지하는 희푸른 용꿈을 꾸었는데, 정작 딸을 출산하게 되어 아키코와 남편 모두 놀랐다는 회상으로 시작한다. 이후 아키코는 과거로 접속한다. 아키코는 자신이 불길한 날에 성별을 잘못 달고 태어나 이 모든 불행을 초래했다는 큰언니의 말을 떠올린다. 아키코는 일본군이 마을에 처음 도착한 해, 그해 첫 번째 보름달이 뜨기 전날인 1월 14일 김 씨 집안의 넷째 딸로 태어났다. 아키코는 사내아이가 아니라 계집아이로 태어났기 때문에, 게다가 보름달이 뜨기 전에는 다른 집을 방문하지 않도록 각별히 조심하는 조선의 풍습이 있는데도 자신이 그 전날에 태어났기 때문에 자신과 가족에게 이 모든 불행이 찾아왔다고 생각한다. 아키코의 어린 시절, 자신을 향한 큰언니의 구박과 조롱은 깊은 상처로 남았다. 그리고 이 상처는 딸 베카의 출생을 축복하는 시점의 행위와 감정으로 일정 부분 치유된다. 아키코는 베카가 "사내아이가 아니고 이곳이 한국이 아닐지언정"(178쪽) 백일잔치를 벌이고 신령에게 기도를 올리며 딸의 장수를 기원한다. 비록 남편과 주변의 백인 부인들은 아키코가 베카를 위해 만든 백일 떡에 시큰둥한 반응을 보이지만, 아키코는 떡가루를 먹기 위해 몰려든 새들을 향해 "고마워, 와줘서 고마워. 내 잔치에 와줘서 정말 고마워"(179쪽)라고 말하며, 딸을 축복하고 그 축복을 통해 자신의 축복받지 못한 출생을 현재에서 어루만진다.

이처럼 『컴퍼트 우먼』에서 때때로 모녀의 현재는 과거로 접속하고, 때때로 모녀의 과거는 현재로 접속하면서 일직선상의 시간을 초월한 양방향의 대화를 보여준다. 현재와 과거를 종횡하는 모녀의 대화는 마치 복잡한 삶의 퍼즐을 맞춰 나가는 과정과도 같다.

죽음과 구원

아키코와 베카의 삶의 퍼즐을 맞추려면, 모녀 주위를 배회하는 죽음의 그림자에 대해 생각할 필요가 있다. 『컴퍼트 우먼』은 죽음에 대한 문장으로 시작하는 장이 유독 많다. 제1장(베카)은 "아버지가 죽은 지 5년째 되던 날 엄마는 아버지를 죽였다고 고백했다"(13쪽), 제2장(아키코)은 "내 아기는 내가 죽은 후에서야 내 품에 왔다"(32쪽), 제3장(베카)은 "나는 죽은 자들의 삶을 기록한다"(46쪽), 제5장(베카)은 "죽음의 전령이자 지옥의 수호신인 사자는 섹스에 들끓던 쥐와 바퀴벌레처럼 우리 집 벽 틈에 살고 있었다"(71쪽), 제16장(순효)은 "어머니는 생전에 한 번 이상 죽었다"(261쪽)는 문장으로 시작한다. 소설에서 아키코는 남편이 죽은 이후, 레노 아줌마의 도움을 받아 무당으로 활동하며, 더 많은 죽음을 접하게 된다. 아키코는 고객에게 돈을 받고 죽은 사람과 대화하고 그들을 위해 기도하며, 때에 따라 굿을 하고 녹음한다. 베카는 대학을 졸업한 뒤, 일간지 『호놀룰루 스타불러틴』에 취업하여 고인의 소식을 전하는 부고 기사를 담당한다. 베카는 처음 이 일을 맡았을 때는 어떤 단어를 써야 하는지조차 막막했지만, 이제는 기계적으로 부고 기사를 써 내려가는 자신의 모습을 발견한다. 이처럼 아키코와 베카의 삶은 죽음과 관련된 인물, 사건, 기억과 느낌으로 촘촘히 엮여 있다.

그런 아키코에게 가장 충격적인 죽음은 단연 자기 자신의 죽음과 인덕의 죽음이고, 베카에게 가장 충격적인 죽음은 아키코의 죽음이라고 볼 수 있다. 아키코가 처음 위안소에 도착했을 때 맡은 일은 빨래를 하고 요강을 비우는 등 그곳에 있는 여자들의 시중을 드는 것이었다. 그러던 어느 날 밤 아키코는 일본군을 향해 소리치는 인덕의 소리를 듣는다. 인덕이 "나는 조선인이다. 나는 여자다. 나는 살아 있다. 나는 열일곱 살이다. 나 역시 너희처럼 가족이 있다. 나는 딸이고 누이다"(41쪽)라고 울부짖자, 일본군은 인덕을 위안소 칸 안에서 끌어내 살해하고, 죽은 인덕의 몸을 숲에 버린다. 그렇게 인덕이 살해된 그날 밤, 아키코는 인덕의 옷을 그대로 물려받아 아키코 41이 되고, "신선한 보지"(42쪽)라는 조롱 아래 경매에 부쳐진다.

아키코는 그날 밤 살해당한 존재가 인덕이 아니라 자기 자신, 순효라고 믿는다. 인덕이 죽음을 통해 아키코 40이라는 이름을 거부하고 본래 자신의 이름과 계보와 정체성을 되찾은 반면, 순효는 아키코 41이라는 이름을 부여받음으로써 죽었기 때문이다. 일본군에게 아키코 40은 이름과 계보, 정체성과 감정을 지닌 한 사람이 아니라 하나코 38, 미요코 42, 기미코 3, 다마요 29처럼 소진되면 언제든지 다시 보급되고 대체되는 군수물자에 불과하다. 순효가 아키코가 된 날, 순효라는 이름과 기억과 삶은 모두 지워졌고 이것들을 두 번 다시 찾을 수 없었다. 인덕이 죽은 날, 순효도 같이 죽은 것이다.

같은 날 죽음을 공유한 인덕과 아키코의 삶은 이후 긴밀히 연결된다. 인덕의 혼은 위안소에서 배 속 아이를 떼고 탈출하여 강가에 누워 있는 아키코를 찾아오고, 다 죽어가는 아키코의 입에 인삼 뿌리를 넣어주어 아키코를 살린다. 그러나 인덕이 아키코를 마냥 품기만 하는 것은 아니다. 인덕은 아키코가 '천국과 지상 멘소래담과 성냥 회사'에서 지낼 때, 불현듯 아키코를 찾아와 자신의 죽음을 방조하고 노천에서 자신의 몸이 썩어가도록 내버려둔 책임을 묻는다. 아키코는 질에서 입까지 꼬챙이로 꿰어져 구더기 끓는 모습으로 자신을 찾아온 인덕에게 자신의 손과 눈과 피부를 내어주고, 용서를 구하며, 구원을 청한다.

이제 인덕은 아키코의 수호자가 되어 그녀를 지키고, 아키코의 안내자가 되어 죽은 자들을 인도하라고 명령한다. 수호자로서 인덕은 죽은 남편 어머니에게 시달리는 아키코를 위해 그 귀신을 납작하게 짓눌러 없애기도 한다. 안내자로서 인덕은 아키코가 자신만의 세계로 침잠하여 신령들과 만나고, 죽은 자들을 애도하도록 돕는다. 이후에도 인덕은 수시로 아키코를 찾아오고 때때로 아키코의 몸까지 요구하지만, 이미 한 번 죽은 아키코를 살려낸 존재가 바로 인덕이기에, 아키코는 자신을 압도하는 인덕이 그저 감사하다. 아키코에게 "인덕은 나를 구원해"(145쪽)준 존재다.

아키코에게 인덕의 죽음이 특별하듯, 베카에게 아키코 즉 엄마의 죽음은 특별한 의미를 갖는다. 베카는 이미 열 살 무렵, 자신이 엄마의 보호자라는 사실을 깨닫는다. 허약한 잠꾸러기인 엄마가 신령과 영혼을 따라 자신만의 세계로 여행을 할 때면, 베카는 엄마의 푸른 생명 끈을 붙잡고 기다리며 엄마가 길을 잃지 않기를, 그리하여 다시 현실 세계로 돌아오기를 바랐다. 엄마의 연이은 자살 시도를 목격하면서, 엄마를 향한 베카의 걱정과 연민과 부채는 더욱 커져갔다. 결국 아키코가 죽었을 때, 베카는 "엄마의 생명줄을 맨손으로 붙잡고 있었다면 엄마가 죽지 않았을 거라고 아직도 믿고 있다. 엄마를 구할 수 있었을지도 모른다"(187쪽)고 되뇌며, 엄마를 지키지 못했다는 더 큰 죄책감을 느낀다.

자신이 지키지 못한 엄마를 위해 이제 베카가 할 수 있는 일이라곤 엄마를 위해 울어주는 것뿐이다. 이것은 베카가 엄마와 약속했던 것이기도 하다. 베카는 어렸을 때 엄마를 졸라, 엄마가 고객을 위해 곡을 녹음한 카세트테이프를 함께 들은 적이 있다. 베카는 테이프에서 흘러나오는 말을 전부 이해할 수는 없었지만, 다 듣고 난 후 "내가 엄마를 위해 울어줄게요"라고 말한다. 그러자 엄마는 "매해 내가 죽은 날 그렇게 해다오. 네가 나에게 주는 선물이 될 거야"(259쪽)라고 화답한다.

베카는 엄마와 한 약속을 지키기 위해, 엄마를 위해 울고 곡을 해주고 싶었지만 막상 엄마에 대해 아는 것이 별로 없었다. 어쩌면 베카는 엄마에 대해 정말로 알려고 하지 않았기 때문에, 아는 것이 없었다. 그래서 베카는 엄마의 죽음 이후에서야 엄마 아키코의 삶 속으로 들어가게 된 것이다. 엄마가 남긴 카세트테이프를 통해, 베카는 엄마가 '위안부'였다는 사실을, 엄마에게 언니들이 있었다는 것을, 엄마가 언니들을 계속해서 그리워했고 용서했다는 것을, 엄마가 가족을 포함하여 역사 속에서 이름 하나 없이 굶어 죽어간 이들을 위해 곡을 하고 염을 하고 기도해왔다는 것을 알게 된다. 엄마가 억누르고 있었던 이 사실, 진실, 발견은 사실 새로운 것이 아니었다. 베카는 "내가 한 번도 묻지 않았지만, 엄마는 계속 내게 말하고 있었고, 나는 그걸 듣지 못했다"(283쪽)고 후회한다.

엄마와 딸을 연결하는 것은 보석함이다. 이때 엄마가 베카에게 남긴 보석함은 값비싸고 화려한 장신구로 가득한 것이 아니었다. 엄마의 보석함은 딸에게 언젠가 전하고 싶었지만 전할 수 없었던 이야기, 혼자서 인내해온 고통과 상실의 흔적, 딸을 향한 무한한 사랑과 축복으로 가득했다. 베카는 엄마가 죽은 이후에서야, 이 보석함을 통해 엄마의 고된 삶을 다시 들여다보고 그 속에서 엄마와 자신의 끊길 수 없는 연결고리를 다시 찾는다.

이 연결고리 속에서 베카는 엄마를 진정으로 애도하고 떠나보낼 수 있게 된다. 아키코는 베카에게 남긴 카세트테이프에서 "베카 찬, 죽은 자들의 행렬을 인도해라. … 너의 종을 울려서 공기를 정화하고 너의 노래로 우리를 씻겨라"(293쪽)고 부탁한다. 베카는 엄마의 마지막 부탁에 따라, 죽은 엄마를 위해 노래를 부르고, 엄마의 진짜 이름인 순효를 반복해서 외치고, 엄마의 몸을 닦고, 강의 노래와 함께 엄마의 유골을 집 뒤편 정원에 뿌린다.

이 일련의 과정은 아키코를 위한 작업으로 보이지만, 이것은 딸 베카 자신을 구원하는 작업이기도 하다. 베카는 어린 시절부터 종종 물속으로 가라앉는 꿈을 꾸었다. 꿈속에서 깊은 물속을 헤엄치다가 다리를 잡아당기는 것을 느낄 때면, 베카는 공포와 불안을 느끼곤 했다. 이 꿈을 왜 꾸는지, 자신을 잡아당기는 것이 무엇인지 전혀 알 수 없었다. 그러다 엄마의 유골을 뿌리고 온 날, 베카는 전과 같은 꿈 그러나 동시에 다른 꿈을 꾸었다. 꿈속에서 베카는 자신에게 매달려 있는 존재가 엄마라는 사실을 발견하고 엄마를 받아들인다. 그러자 입안으로 물이 들어오리라는 걱정과 달리, 푸른 공기를 들이마시게 되고 베카는 하늘로 더 높이, 더 자유롭게 헤엄치게 된다.

몇몇 비평가들은 이 대목에서 죽은 자를 인도하는 엄마 아키코의 역할이 딸 베카로 계승된다고 분석한다. 이는 단순히 엄마의 고통과 역할이 딸에게 고스란히 전가된다거나 반복된다는 뜻이 아니다. 그보다는 광의의 의미에서 과거의 아픈 역사와 고통이 세대를 넘어 기억되고 공유될 때, 서서히 상처가 치유될 수 있다는 의미를 담고 있다. 무당인 아키코의 역할을 그대로 물려받을 수는 없으나, 부고 기사를 통해 죽은 자를 기록하는 베카는 앞으로 자신만의 방식으로 죽은 자를 기억하고, 애도하고, 이들을 위해 노래할 수 있을 것이다. 이것은 베카가 자신을 붙잡고 있던 과거의 트라우마에서 벗어나 스스로를 치유해 나가는 과정을 동반한다.

끝나지 않은 강의 노래

> 푸르른 물, 수많은 사람들이 죽어갔나? 뭇사람의 슬픔도 흘러
> 흘러서 가노라.
>
> ― 강의 노래 중

『컴퍼트 우먼』을 관통하는 주제 중 하나는 엄마가 딸에게 들려주는 강의 노래다. 강의 노래는 아키코의 어머니가 아키코에게 처음 알려주었고, 아키코가 다시 딸 베카에게 가르쳐준 노래이자, 베카가 죽은 엄마를 위해 부르는 노래다. 세 모녀에게 이어진 강의 노래는 조선의 압록강에서 미국 메인랜드로 흐르고, 다시 하와이의 마노아강으로 연결된다.

소설에서 처음 강의 노래가 등장하는 것은 제4장에서 아키코가 '압록강의 언니야'라고 부르는 강가로 가족들과 빨래하러 갔다가 어머니의 노래를 들으면서다. 며칠 전 아이를 사산한 어머니는 "푸르른 물, 수많은 사람들이 죽어갔나? 뭇사람의 슬픔도 흘러 흘러서 가노라"라고 노래 부르면서, 수의에 싼 아이를 강물에 흘려보낸다. 그렇게 어머니는 죽은 아이를 조용히 가슴에 묻는다. 큰언니는 아키코를 놀릴 요량으로 강물에 떠내려가는 죽은 아이가 "지옥 문지기에게 바치는 제물"(69쪽)이라고 말한다.

아키코에게 강과 강의 노래는 앞서 살펴본 죽음, 애도, 구원과 긴밀히 연관된다. 큰언니의 말과는 대조적으로, 아키코는 강을 죽

은 자를 떠나보내는 영원한 상실의 공간이 아니라, 떠난 자와 남겨진 자가 다시 만나는 연결의 공간으로 받아들인다. 그리고 이 연결은 생과 사, 이승과 저승, 조선과 미국의 경계를 횡단한다. 아키코는 베카를 임신했을 때 소년 선교원의 정원에서 흙을 퍼서 흙차를 끓여 마신 것처럼, 베카가 초경을 했을 때 베카에게 강물을 마시게 한다. 모녀가 흙과 강물을 공유하는 것은 서로의 영혼이 머나먼 곳에 있을 때에도 서로를 알아보고 서로에게 향하는 길을 찾을 수 있도록, 그리하여 서로에게 연결될 수 있도록 몸에 각인하는 일종의 의식이다.

아키코는 베카에게 바리공주 신화를 들려주며, 바리공주가 자궁에 있을 때부터 들었고 지옥에 떨어진 부모님을 찾을 때 들었던 노래도 강의 노래라고 알려준다. 그러자 베카는 "엄마가 그 노래를 부르면 무슨 일이 있어도 제가 엄마를 찾을게요, 알겠죠?"(81쪽)라고 말하며, 스스로 엄마의 바리공주가 되기를, 자신이 엄마를 구할 수 있기를 희망한다.

그러나 베카는 죽음의 순간, 정작 엄마를 구할 수 없었다. 베카는 엄마가 자신만의 세계로 깊이 들어가서 그녀의 영혼이 길을 잃었을 때, 그녀의 영혼을 인도할 강의 노래를 부르지 못했다. 베카는 자신이 제때 부르지 못한 노래, 엄마가 자신에게 가르쳐준 유일한 노래인 강의 노래를 엄마의 몸을 염하며 부르기 시작한다. 베카의 노래는 아키코의 영혼이 지옥으로 끌려 들어가지 않도록, 강을 건너 자유로이 여행할 수 있도록 수호한다. 베카는 엄마의 바리공주가 되겠다는 약속을 뒤늦게나마 지킨 것이다.

아키코의 어머니에서 아키코로, 다시 베카에게 이어진 강의 노래는 망자의 넋을 달래는 의례를 넘어, 세대를 가로지르는 기억과 구원의 언어다. 강의 노래는 식민의 역사와 이주의 상처, 여성의 몸에 새겨진 폭력의 기억을 실어 나른다. 그러나 동시에 그 역사와 상처, 폭력 속에서 흩어진 존재들을 기억하고, 인도하고, 애도하는 치유의 노래다. 따라서 강의 노래는 이들에 대한 기억과 애도가 이어지는 한, 계속된다. 비록 노래에 변주가 가미될지라도, 기억과 애도 방식에 변화가 있을지라도 멈추지 않을 것이다. 이 점에서 『컴퍼트 우먼』속 '위안부' 엄마의 노래는 아직 끝나지 않는다.

∼ℯℯℴ

노라 옥자 켈러의 『컴퍼트 우먼』을 번역하는 과정은 감정적으로 결코 쉽지 않았다. 특히 아키코가 회상하는 위안소에서의 경험은 너무 잔혹하여 때때로 책을 덮고 싶은 충동마저 들었다. 단어 하나하나의 의미와 미묘한 뉘앙스를 놓치지 않으려 고민했고, 역사적으로 잘못된 표현은 없는지 검토했다. 소설의 흐름을 방해하는 위험을 감수하면서까지 본문에 옮긴이 주를 넣은 것도 이러한 이유 때문이다. 이에 따라 번역 작업은 당초 예상보다 훨씬 더 오랜 시간이 소요되었고, 진행 속도도 매우 느릴 수밖에 없었다.

옮긴이는 아키코 파트와 베카 파트를 나누어 번역했다. 아키코 파트는 김지은이, 베카 파트는 전유진이 초역한 뒤, 서로의 작업물을 교차하여 검토하고 수정하는 과정을 반복했다. 이번 번역은 최대한 원서에 가깝게 번역하고자 했고, 이에 따라 의역을 최소화하고자 했다. 가장 많이 고민한 부분은 아키코 파트의 대사 처리 방식이었다. 원서에서 아키코 파트에 나오는 대사는 베카 파트에 나오는 대사와 달리 큰따옴표 처리가 되어 있지 않았다. 옮긴이는 아키코 파트의 대사 처리 방식에는 작가의 의도가 있다고 판단했다. 따라서 한국어 번역에서도 아키코 파트의 대사는 큰따옴표를 사용하지 않고, 문장 내에 대사를 포함하는 방식으로 번역함으로써 원문의 느낌과 작가의 의도를 최대한 우리말로 옮기고자 했다.

번역이 더디게 진행되는 동안 넓은 마음으로 기다려주시고 작업을 격려해주신 도서출판 산처럼과 윤양미 대표님께 깊은 감사의 마음을 전한다. 도서출판 산처럼과 윤양미 대표님 덕분에 옮긴이의 거친 문장과 표현이 매끄럽게 다듬어질 수 있었고, 몇몇 중대한 오역을 바로잡을 수 있었으며, 문체에 대한 고민을 함께 나눌 수 있었다. 그럼에도 이 책에 투박한 문장과 오역이 있다면, 그것은 전적으로 옮긴이들의 탓이다.

우리가 살아가는 세상은 너무 소란스럽다. 그 소란스러움은 때때로 우리가 꼭 들어야 하는 목소리를 덮어버린다. 하지만 목소리가 묻혀 있다고 해서, 그것이 사라지거나 잊힌 것은 아니다. 그 목소리는, 그 목소리의 존재들은 여전히 우리 곁을 유령처럼 맴돌며 발화의 순간을 기다리고 있다. 그 잠재된 목소리를 담아내기 위해 노라 옥자 켈러는 오랜 시간 치열하게 고민했고 그 사투 끝에 『컴퍼트 우먼』이라는 아름다운 소설을 세상에 선보였다. 부디 이 소설이 소란한 세상 속에서도 반드시 기억되어야 할 일본군'위안부'의 역사와 고통의 흔적을 생생히 전하고, 함께 나누고, 치유해 나가는 데 작게나마 기여하길 바란다. 그 뜻깊은 여정에 동참하게 되어 참으로 기쁘다. 동시에 일본군'위안부' 문제는 여전히 끝나지 않은 '현재'의 일이자 앞으로도 끊임없이 싸워 나가야 할 과제라는 사실 앞에 무거운 책임감을 느낀다.

2025년 4월 서울에서

옮긴이를 대표하여 김지은 씀

컴퍼트 우먼

'위안부' 엄마의 끝나지 않은 노래

지은이 노라 옥자 켈러
옮긴이 김지은 전유진
펴낸이 윤양미
펴낸곳 도서출판 산처럼

등 록 2002년 1월 10일 제1-2979
주 소 서울시 종로구 사직로8길 34 경희궁의 아침 3단지 오피스텔 412호
전 화 02) 725-7414
팩 스 02) 725-7404
이메일 sanbooks@hanmail.net

제1판 제1쇄 2025년 5월 10일

값 18,800원
ISBN 979-11-91400-20-5 03840